古典文獻研究輯刊

十九編

曾永義 主編

第 10 冊

樊增祥評傳

潘宏恩 著

國家圖書館出版品預行編目資料

樊增祥評傳／潘宏恩 著 — 初版 — 新北市：花木蘭文化事業
有限公司，2019〔民 108〕
目 2+228 面；19×26 公分
（古典文學研究輯刊 十九編；第 10 冊）
ISBN 978-986-485-645-9（精裝）
1. 樊增祥 2. 傳記
820.8   108000768

古典文學研究輯刊
十九編　第十冊   ISBN：978-986-485-645-9

樊增祥評傳

作　　者　潘宏恩
主　　編　曾永義
總 編 輯　杜潔祥
副總編輯　楊嘉樂
編　　輯　許郁翎、王筑　美術編輯　陳逸婷
出　　版　花木蘭文化事業有限公司
發 行 人　高小娟
聯絡地址　235 新北市中和區中安街七二號十三樓
　　　　　電話：02-2923-1455／傳真：02-2923-1452
網　　址　http://www.huamulan.tw 信箱 hml 810518@gmail.com
印　　刷　普羅文化出版廣告事業
初　　版　2019 年 3 月
全書字數　181418 字
定　　價　十九編 33 冊（精裝）新台幣 64,000 元

樊增祥評傳

潘宏恩　著

作者簡介

潘宏恩，男，1983 年生，山西省太原市人，文學博士，助理研究員。2013 年畢業於蘇州大學中國古代文學專業（近代文學方向）。現任職於江蘇淮陰師範學院運河與漕運文化研究中心。主講《國學經典選讀》、《中國古代文學史》、《中國文化概論》、《運河詩文研究》等多門專業課。研究方向爲中國古代文學（近代方向）、運河與漕運文化研究，已發表《20 世紀以來樊增祥詩歌研究述略》、《京杭大運河鎮江段文化遺產保護與利用研究》等相關研究論文多篇。

提　　要

　　李鴻章論其時代爲：「三千餘年一大變局也」。在這個大時代中，除少數先鋒人物外，還有大量的「守舊」遺老，他們生長於舊文化的土壤，並自覺得在歷史轉變中充當了傳統的繼承者與衛道士，他們創作舊體詩歌、不屑於學習西方現代文明，在對古典美的想像與陶醉中，無限懷念著帝制時代的榮耀與驕傲。研究他們的文學創作與思想、搞清楚守舊的文人個體與時代變遷之間的互動關係，可以幫助我們更好地認識古典文學向現當代文學轉型時期的文人心態，並由此管窺中國近代以來文學變遷的內在原因。

　　本文以樊增祥爲研究對象。樊增祥於清末官及「紅頂」，民國初年雖有短暫仕宦經歷，但很快隨著袁世凱帝制夢的破碎而隨之結束。樊氏也轉而「放浪狹邪」，混跡於伶人之中，遊戲於梨園內外。樊增祥以其特殊的經歷成爲「遺老」中的代表人物之一。因此選取他進行全面的研究與評價，是非常合適的。本文基本以作家生平經歷安排行文脈絡。第一章至第三章，論述樊增祥早年行跡，重點討論了樊增祥家世背景對其影響和李慈銘、張之洞二位「恩師」對青年樊增祥思想形成所起到的重大作用，並兼述樊氏與李、張門下眾文人的交遊情況。第四章至第五章，就樊增祥仕宦生涯進行了整理，重點討論了《樊山政書》價值、樊增祥與官僚集團之關係、樊增祥晚年與新政權間的關係等幾大議題，並以此爲基礎，對樊增祥的政治生涯進行了較爲客觀地評價。第六章，是對樊增祥的「豔詩」創作、「捧角兒」癡迷戲曲等問題的探討，論述中嘗試從時代背景的角度分析樊增祥晚年名聲不佳的原因。第七章則專論樊山詩歌創作主張與詩歌藝術特徵，在總結前人成果的同時，對其詩學思想和創作實踐特點做出了補充和修正。文末附錄了樊增祥年譜簡編和部分輯佚詩文，供參考。

緒　論 ……………………………………………………………………… 1

第一章　早歲發奮 …………………………………………………… 7
　第一節　家族背景與「樊燮案」 ……………………………… 7
　第二節　艱辛仕進路與樊燮之影響 ………………………… 15

第二章　李張門下 …………………………………………………… 23
　第一節　越縵愛徒 ……………………………………………… 23
　第二節　南皮門生 ……………………………………………… 27
　第三節　張之洞「中體西用」與樊增祥思想的
　　　　　形成 …………………………………………………… 40

第三章　樊增祥與李慈銘、張之洞門人交遊考 ……………… 47
　第一節　樊增祥與李慈銘門生之交往 ……………………… 47
　第二節　樊增祥與張之洞門生之交往 ……………………… 64

第四章　為官一方 …………………………………………………… 67
　第一節　三十年仕途升降 ……………………………………… 67
　第二節　「擅於聽訟」的樊增祥與《樊山政書》
　　　　　之價值 ………………………………………………… 94
　第三節　升允參劾樊增祥案 ………………………………… 101

第五章　避居海上與民初仕途 ………………………………… 111
　第一節　逃跑藩臺與樊園「超社」 ………………………… 111
　第二節　從「三朝元老」到「楚中三老」 ………………… 122

第六章　「豔詩」、京劇與樊增祥的「人品」
　　　　問題 ………………………………………………………… 131
　第一節　「豔詩」與癡迷戲曲 ……………………………… 131
　第二節　關於樊增祥晚年「人品」之爭議 ……………… 138

第七章　樊增祥的詩歌創作 …………………………………… 145
　第一節　樊增祥詩學思想與創作主張 …………………… 145
　第二節　樊增祥詩歌藝術特徵與詩史地位 ……………… 149

結　語 ………………………………………………………………… 157

參考文獻 …………………………………………………………… 159

附錄一：樊增祥後人情況 ……………………………………… 169

附錄二：樊增祥年譜 ……………………………………………… 171

附錄三：樊增祥詩文輯佚 ……………………………………… 223

致　謝 ………………………………………………………………… 227

緒　論

　　歷史學界通常將 1840～1919 這段時間定義爲中國的「近代」，[註1] 這一時期的總特徵是中國由獨立、封閉的農業型封建國家逐步淪爲被迫開放的半殖民地半封建國家。在這個劇烈激蕩的轉型期，一直享有社會政治權利和文化地位的士大夫知識分子，需要不斷面對新觀念、新思想的持續衝擊。社會經濟發展、技術進步引發的時代快速變化，讓很多固守中華傳統的舊文人感覺無所適從。多重價值體系的引入，使「保守」與「激進」的界限變得越來越模糊。自宋代以來的文人政治「結黨」已不再是之前的政治派別選擇。即使在同一「黨派」內，觀念分歧依然可以有霄壤之別。穩定發展千年的文人集團、士大夫的價值判斷都面臨全新的挑戰。在這樣的環境中，文人個人的思想、心跡和社會交往是值得發掘與體味的。可以說，士大夫個人的經歷是打開那個時代各種變化內在原因的一把鑰匙。只有充分瞭解他們的所思所想、價值選擇才能盡可能得還原 100 多年的眞實歷史時空，把握那個漸行漸遠時代的脈搏。瞭解了近代史，也就掌握了當代社會的內在機制，並能爲未來的前進提出建設性的意見。因此，全面整理近代文人的傳記、經歷對於建設文化強國的當代戰略具有極爲重要的現實意義。

　　但是，深入探尋近代文人的思想有兩大困難。第一，價值座標系難以確立。近代文人不是純粹的傳統文人，也不是受到西方影響較大的當代文人，所謂「不古不今」、「不是東西」。如何爲他們的思想、行爲尋找合適的評價座

〔註 1〕　海外歷史學家還有不少其他的說法，例如，徐中約先生的《中國近代史》將
　　　　　中國近代社會的上限提到明末的 1600 年，下限止於新世紀。他認爲這 400 年
　　　　　是中華民族由古典社會邁向現代社會的轉型期。

標系變得極其困難。把握不准，會陷入「關公戰秦瓊」或者「以西度中」的錯誤中。所以，必須選擇合適的評判標準。然而，單一的評價標準也會把複雜歷史環境中的個人變得刻板和臉譜化。因此，本文在選取近代文人的傳記進行個案研究時，注意在宏觀上牢牢依據人類歷史發展的大勢方向進行回溯，對符合歷史發展規律的人、事進行積極地評價，反之則找出其問題根源，予以否定。同時在微觀上注意把握具體問題的來龍去脈，詳細分析其產生原因、發展過程及最終影響意義，避免因循前人評價甚至以訛傳訛。第二，近代史料蕪雜，難以取捨。近代社會距今不過百餘年，相關資料汗牛充棟。浩如煙海的史料一方面爲多側面研究人物提供了可能；但更多時候爲史料的考證、辨別和利用帶來巨大的困難。同一件事的描述可能完全相反，如果沒有參照、比對和判斷，完全無法發現事情的是非曲直。故而，本文在人物事件的史料的選納上格外慎重。有旁證、異說的情況下，儘量比對、加以考證。如果無法判斷，則客觀羅列各種說法，以俟來者。

　　本文選取同光時代著名詩人樊增祥作爲研究對象。之所以選擇他，是因爲樊增祥在其同時代詩人群體中地位較高。李慈銘甚至認爲他同時代詩人中，只有樊增祥可以和自己相比。而且樊增祥在「詩人」光環之外，還是一位比較成功的官員。他是一個懂得「實學」、「實務」的優秀地方官，這與同時期和他齊名的易順鼎形成鮮明的對照，樊增祥是如何在「才子」與「官僚」之間進行切換的，很值得研究。此外，樊增祥在民國後，遭到遺老和新貴兩大集團的排斥，本人又因爲愛好戲曲，屢受非議。因此，還原眞實的樊增祥很有必要。

　　樊增祥傳記研究中除上文所述兩大困難外，尚有一些具體的障礙。其一，樊增祥個人的歷史定位問題。如何將樊增祥放在中國歷史、中國文學史的兩大系統中進行客觀定位、同時將二者綜合爲一個較爲合適的總體評價，是不大容易的。需要同時考慮傳統與現實的雙重標準並將之有機結合。其二，樊增祥現存詩歌數量極爲巨大，已整理校點出版者，逾七千首。有待整理者尚有數千。全面整理的工作量之大，超過同時期其他詩人甚多。其三，樊增祥一生仕宦三十餘年，歷光、宣朝，民國後入仕又歷袁、黎、徐等北洋政府政要。再加上樊本人爲當世名詩人，故交遊之廣、交遊人數之多、相互關係之複雜都甚爲可觀。將樊山詩友的情況摸排清楚，亦爲一難。其四，現有關於樊增祥的研究涉及文、史、哲、法、管理等諸多人文社會學科，很多成果因

爲缺乏整體觀，過於偏頗甚至有嚴重的事實錯誤，將其去粗取精、去僞存眞、重新綜合是有一定難度的。

　　然而，進行全面的樊增祥傳記研究也有諸多有利條件。可以說，對樊增祥全面研究的時機業已成熟。20 世紀上半葉，有關樊增祥的傳記資料層出不窮。其中較著者有王森然《樊增祥先生評傳》〔註2〕、蔡冠洛《樊增祥傳》〔註3〕、邵鏡人《同光風雲錄·樊增祥》〔註4〕和錢海岳《樊樊山方伯事狀》〔註5〕。這些傳記廣泛採錄民國初年關於樊增祥的各種軼聞、掌故與評論資料，對於搞清楚樊樊山的生平履歷，有不可替代的重要價值。然而，這些傳記也各有其不足、缺陷，比如王森然在《評傳》中就批評沃丘仲子的《當代名人小傳》「頗有失實之處」。總體來說這些傳記資料雖材料豐贍，但對人物的整體評價、定位和具體史事的考證，都略顯不足。與此相對應的是同期的一些文學史家在專著中涉及樊增祥的評價卻往往精覈且允當，其中代表是錢基博《現代中國文學史》〔註6〕有關章節和陳子展《最近三十年中國文學史》〔註7〕，二文對樊增祥在其時文壇的定位較爲公允，極具參考價值。其後汪國垣、錢仲聯先生等對樊增祥的文學評價影響亦甚大。汪在《光宣詩壇點將錄》和《近代詩人小傳稿》等文章中，對樊增祥的詩歌特徵及其地位予以評說。〔註8〕錢仲聯先生則在「選詩」的基礎上，對樊增祥的風格特質給予評價並將其歸入近代「唐宋兼採派」詩人中。另外，在民國諸多詩話中，以陳衍《石遺室詩話》對樊山詩作、軼事之記述爲最詳贍。這一代學人有關樊增祥的不少評價成爲爾後幾十年文學研究界對樊增祥定位的基礎和藍本。20 世紀末期的一系列中國文學史著作有關樊增祥的評價均爲因襲汪、錢、陳幾位大家的相關評價。〔註9〕進入新世紀，樊增祥的相關研究進入全面發展的新階段，以著作的整理出版、相關研究不斷深入爲特徵。古籍整理方面，涂小馬、陳宇俊《樊樊山詩集》〔註10〕標點、校勘樊增祥大部分詩歌，對於全面研究樊增

〔註 2〕　《近代名家評傳》，三聯書店，1998 年版。
〔註 3〕　《清代七百名人傳》，北京圖書館出版社，2008 年版。
〔註 4〕　《清代傳記叢刊》，明文書局，1986 年版。
〔註 5〕　《海岳文編》，《民國人物碑傳集》鳳凰出版集團，2011 年版。
〔註 6〕　上海世紀出版集團，2007 年版。
〔註 7〕　上海古籍出版社，2000 年版。
〔註 8〕　《汪辟疆說近代詩》，上海古籍出版社，2001 年版。
〔註 9〕　參見拙文《20 世紀以來樊增祥研究述評》，《黑龍江史志》，2009 年第 5 期。
〔註 10〕　上海古籍出版社，2004 年版。

祥幫助極大。可惜樊增祥民國後刊印的《樊山詩詞文稿》十二卷〔註11〕、《樊山集七言豔詩鈔》十卷〔註12〕未予收錄，甚爲遺憾。2007 年中華書局出版那思陸、孫家紅點校《樊山政書》二十卷，對於研究樊增祥在近代法制史上的貢獻，極有幫助。此外，關於樊增祥的專門性研究也已展開，且取得一些成果。例如，針對樊增祥父親「樊燮」被湖南巡撫駱秉章參劾一案，有關左宗棠在其中所充當角色的問題；樊、左之間個人恩怨問題，劉江華《從清宮檔案看左宗棠樊燮案眞相》〔註13〕一文，利用清宮檔案對之前人們的猜測和推理進行了有利的論證，雖然在某些細節的結論方面還存在過於絕對化的傾向，但就總體說來，已基本解決這一歷史公案。再如，上海大學周容博士論文《論李慈銘與樊增祥的詩歌理論及其創作》，發掘了樊增祥在李慈銘、張之洞交惡期間所起到的作用，並對樊增祥受李慈銘影響下的詩詞創作和詩學主張進行了全面的分析。類似的重要成果都成爲本文展開的前提和基礎。

　　本文根據時間的次序，對樊增祥一生進行全面的研究。第一章詳述樊增祥早年行跡，重點考述其家世背景和科舉之路。深入探尋早期生活經歷對樊增祥一生的重要影響。第二章詳述樊增祥與兩位影響其一生的師長間的關係，因周容博士論文已涉及樊增祥、李慈銘關係，故重點放在樊增祥、張之洞關係的整理上，以時間順序論述二人的交往史事，間有簡評穿插其中。第三章單獨羅列樊增祥與李慈銘、張之洞門人的關係，通過對樊增祥交遊的整理，以期準確定位樊增祥在同時期文人圈中的地位、作用和影響。本章重點考論樊增祥和李慈銘門人的關係。第四章對樊增祥在晚清的仕途進行了全面的考論，尤其關注他在 1900 年「庚子國變」中的作用。本章另外兩個重點是《樊山政書》的價值、「升允參樊增祥案」。前者的法學研究成果甚夥，遺憾缺乏全面的價值認定。後者的研究還是空白，僅有幾篇基礎文獻的發表作爲依據。本章的意義在於綜合各方已有成果，對樊增祥一生最重要時期的主要經歷進行全面綜合研究，並得出幾個基本結論：樊增祥的行政能力如何？樊增祥如何在複雜官場鬥爭中生存、并步步高升？第五章詳述樊增祥在辛亥革命前後的履歷行跡，以求發現樊增祥爲代表的一批遺老在鼎革前後複雜的思想。重點在對樊園「超社」和樊增祥民初仕途的敘述。第六章針對樊增祥飽

〔註11〕上海廣益書局，1926 年刊。
〔註12〕上海廣益書局，1916 年刊。其中所錄 1911 年後《新聞集》等爲樊山佚集。
〔註13〕《紫禁城》，2012 年第 7 期。

受爭議的晚年行跡進行考辨，重點分析了樊增祥「豔詩」的價值及樊增祥晚年名聲不佳的深層次原因。第七章是對樊增祥文學思想、創作與文學史定位的全新認識。是在總結前人成果基礎上的進一步深入分析。本文通過對樊增祥傳記資料的系統整理、重點分析和難點疏通，意圖能夠全面表現樊增祥跌宕起伏的一生，並爲其尋找適當的歷史定位與文學史地位。文末附有樊增祥後人的一些簡單情況、樊山年譜與作品輯佚。

　　本文希望在第一次全面整理樊增祥傳記資料的基礎上，拋磚引玉，吸引更多人對樊增祥一類近代文人的關注，進而能夠展開對晚清民國士大夫知識分子的全面研究，以期更好地爲近代史研究做出貢獻。

第一章　早歲發奮

第一節　家族背景與「樊變案」

一、樊氏譜系

　　古代中國是一個宗法社會，人們靠著血緣關係的紐帶，組成一個個適用於農耕文明發展的基本結構——宗族。並以此為模板，由下而上地形成一套完整的家－國體系。在嚴密而極富情感色彩的倫理道德觀念系統中，穩定又和諧地傳遞著華夏文明。中華文明之所以可以綿延數千年不致失落，宗族社會這種「超穩定」的社會結構是其重要之基礎。

　　具體到歷史語境中，家－國系統構造了封建制國家的上層建築。國家體制中的統治者，也在極力維護這種穩定的秩序以鞏固其統治。例如，封建制國家皇帝的中央集權，將整個國家的政令、法律、官僚群體緊緊地控制在紫禁城的手中。但是，中央集權卻是有一定的範圍——「皇權不下縣」。「縣」以下的民政更多是被宗族、地方鄉紳所掌握的。皇帝中央集權在民間基層社會，是靠著「上以風化下」式的道德倫理教化來實現的。而且，宗族對於同構的國家政權並沒有本質的衝突。那麼，歷代統治者也就樂於支持健康的宗族社會的建立與發展了。

　　在這樣一種大背景下，一些在民間有影響力的豪紳望族登上了歷史舞臺。宋代的范仲淹及其所代表的蘇州范氏就是封建社會宗族之典範。清代除了在江南一帶以科舉名聞天下的武進莊氏、常熟翁氏等，還有影響近代中國思想文化轉型的江西義寧陳氏等等。名門望族對整個國家政治、經濟、思想

文化等各方面的巨大影響，不一而足。〔註1〕

　　微觀方面，宗族也在觀念思想、氣質秉性上決定著一個「社會人」的形成。傳主樊增祥生活在一個什麼樣的家庭當中？家庭因素對其人生選擇有著怎樣的影響？就成了必須解決的首要問題了。

　　樊增祥出身於「恩施樊氏」。其家族本「皆以躍馬鳴稍尚勇健，用武功顯者七世矣」〔註2〕，世居湖北恩施縣（今湖北恩施土家族苗族自治州）。但樊增祥卻在贈繆荃孫的《繆藝風前輩七旬壽宴壽序》中，與藝風老人敍爲鄉鄰：「維君與余，注籍西蜀，則爲同鄉」。〔註3〕另一首詩則直陳自己「余原籍蜀三臺縣」。〔註4〕好友張佩綸在《樊山詩集敍》中又稱呼樊爲「武威樊君」，樊氏本人在早期也偶爾自稱「甘涼武威人」。

　　準確把握樊氏籍貫、譜系，需尋索其家譜資料。據《中國家譜總目》〔註5〕著錄，【湖北恩施】有抄本《樊氏歷代譜序》一冊，樊天達等纂。書名據書衣題。始遷祖懷韜，號三陽居士，宋代人。所載譜序止於清康熙間。分藏於恩施圖書館和恩施人大樊子瑞處。〔註6〕此譜似爲樊氏之來源，但因爲「譜序止於清康熙間」，並未收錄嘉慶十八年（1813）出生的樊變與道光二十六（1846）年出生的樊增祥等人信息，是否爲樊氏宗譜，待考。除此以外，《中國家譜總目》還收錄四川簡陽樊氏宗譜三種，但是其來源「始祖日遷，明洪武三年由湖北麻城遷四川宜賓。始遷祖伯龍、伯鳳，明永樂間遷成都府簡州」，顯然與出身「甘涼」的樊氏先祖無關。因此，樊氏宗譜至今杳不可聞。

　　樊增祥本人所撰寫的《家大人六十生日徵詩文啓》、《先考墓碑》兩篇文章。〔註7〕曾對樊氏來源、世系有過簡單描述。「樊氏之興始自甘涼，遷於梁益，再徙施州。僑居彝水」，在樊變高祖一代發跡，「先勇毅公（按：樊廷）之杖節而興也，廓清青海，都典西藩」，因軍功，高祖勇毅公被陞擢爲陝甘固

〔註1〕常熟翁氏祖孫四代人受清廷「皇恩澤被」，號稱「一門四進士、一門三巡撫；父子大學士、父子尚書、父子帝師；叔侄狀元」。在晚清漢人官僚群體中，翁家可以說是顯赫無比了。

〔註2〕錢海岳《樊樊山方伯事狀》，錄自《民國人物碑傳集》。

〔註3〕《樊山集外》卷二。

〔註4〕《倒疊高齋韻簡執庵弢甫湘農》「轉令鄉貫忘三臺」句下注，《樊山續集》卷十五。

〔註5〕上海圖書館編，上海古籍出版社，2008年版。

〔註6〕同上，第八冊，第5133頁。

〔註7〕《樊山集》卷二十四。

原提督，贈都督同知，世襲一等輕車都尉〔註8〕。並獲賜「鐵券一方，子孫世守」。其實所謂「丹書鐵券」並不是「免死金牌」，而是「忠孝帶」。樊增祥在《辛丑元旦早朝》不無得意得寫道：「臣有傳家忠孝帶，憶曾瞻對顯皇來。」詩下小注：忠孝帶爲先子舊物，咸豐八年入覲即佩此。無論是樊燮咸豐八年（1858年）入覲時佩戴「忠孝帶」還是樊增祥在辛丑年（1901年）提調「行在」政務處期間的「紀恩詩」，都包含了樊氏子弟對家族榮譽的珍視、對輝煌家史的自豪，同時藉此向統治者表明「效忠不貳」的臣子之心。從這個角度看，鼎革後樊增祥對前朝的懷戀，一部分是建立在家族傳統基礎上的。樊氏的尙武傳統在高祖取得輝煌成就後，仍延續了三代：「曾祖尙彬公，三等侍衛，廣東右翼鎮總兵。祖東麓公，湖北施南協副將。考愼五公，宜昌鎮中營游擊。」樊氏家族也因爲這種軍旅生涯，而不斷處於遷徙狀態，「夜郎弭節久之，遂作州民。彝水建牙，其後常爲寄客」。樊增祥高祖一代正式遷入恩施：「（樊燮）曾祖樊繼祖，清軍副將。嘉慶元年白蓮教義軍一萬餘人，由川東進入鄂西利川、咸豐、來鳳一帶，清廷大震，調集多路大軍圍剿堵擊，繼祖此時亦應調率部來鄂西參加鎮壓軍事。事平，調任施南協副將，他見恩施地方山清水秀，人民淳樸，乃決意落籍於恩施。」〔註9〕據此，樊增祥籍貫武威、四川、恩施的說法，都可以找到相關的依據。樊增祥還在《先考墓碑》透露父親樊燮其實是過繼給長房的「嗣子」：「（先公）本生祖紹堂公，本生考孟修公，皆身齊律度，性合元和。儼爲長者」。「嘉慶三年，繼祖升任浙江鎮總兵，因病死於任所，靈柩仍回葬恩施，其子孫從此遂皆入恩施縣籍。繼祖只有女兒，沒有兒子，死後乃以他二弟的兒子樊從典承嗣，繼襲一等輕車都尉，任宜昌鎮中營游擊。侄樊從鑾是恩施的秀才。贅婿彭邦鼎，南昌人，嘉慶年間爲施南府佟知府的幕客，後調任山東巡檢。樊從典娶恩施北鄉杉木壩褚氏女爲妻，褚氏爲杉木鄉拔貢褚上林（春農）的胞姊，樊山的父親樊燮即爲褚氏所出。後樊燮曾於咸豐七年（1857）爲其舅褚上林鐫刊《香雪山館詩集》行世。」〔註 10〕

〔註8〕 據錢實甫《清代職官年表·提督年表》載，樊增祥高祖樊廷，原名王剛。籍貫甘肅武威，改四川潼川。乾隆三年歿，諡號「忠毅」。於雍正九年二月廿九日，由肅州總兵遷爲陝西提督，十年閏五月十三日出征往軍營，直到乾隆元年三月十七日改哈密總兵。

〔註9〕 劉厚章、鄭正《鄂西籍近代文學家——樊樊山生平紀略》，《鄂西大學學報》，1986 年第 1 期。

〔註10〕 同上。

樊氏家族在決定過繼樊燮時，期望他能繼承祖宗尚武的傳統。孰料，樊燮卻徹底改變了整個樊氏家族的命運。

　　樊燮（1813～1881），字子重，號鑒亭。作為整個家族的繼嗣者，樊燮身負重託，加之自身也努力奮進，因此，前半生仕途可謂順風順水。「年十八，承襲一等輕車都尉。歷署郎中宜後督左諸營游擊，荊州營參將，仍補宜昌中營游擊。……咸豐元年擢廣西賓州營參將。大府交薦，堪勝陸路總兵。尋擢新泰協副將，未拜，復擢左江鎮總兵。……居鎮歲餘，軍民大和。尋擢湖南永州鎮總兵。……既至湖南，未履任，權常德提督。……六年七月還永州任。」道咸之際，南方太平天國運動興起。起義的農民軍一路向北征伐，摧垮了腐朽專制帝國看似堅不可摧的統治。朝廷眼中的「第一大患」也為武將們「建功報國」提供了千載難逢的機會。樊增祥在《墓碑記》中對乃父之戰功多有溢美之辭，贊其「光昭蘭錡，譽美觸辰」。咸豐八年，四十六歲的樊燮在永州鎮總兵任滿四年，循例進京入覲皇帝。八月，樊燮交卸工作北上，途經湖北，樊燮專程前往拜訪時任湖廣總督的官文，請其代為保薦。樊氏幾代坐守宜荊地區，官文恰又因功擢為荊州將軍，兩家淵源頗深。滿洲大吏官文面對湖廣地區迅速崛起的漢人湘軍集團咄咄逼人的氣勢，也有意培植自己的黨羽勢力，就接受了樊燮的請託。在其進京路上，即專奏請樊燮署理湖南提督，又奏請雲南臨元鎮總兵栗襄署理永州鎮總兵。官文奏摺保舉樊燮寫道：「（永州鎮總兵）已赴京陛見，經過鄂省，面加察看，知其久歷戎行，曾經戰陣，人亦明幹，於署理提篆，可期勝任」。〔註11〕咸豐上諭批覆也很順利：「湖南提督印務著樊燮署理，仍來京陛見；其湖南永州鎮篆務著栗襄署理，毋庸來京陛見」〔註12〕。

　　按照清代官制，提督品秩從一品。樊氏自高祖勇毅公授贈陝甘固原提督之後，子孫雖也曾授總兵（正二品）、副將（從二品）、游擊（從三品）等職，但多由蔭封，再難企及先祖所達到的高度。肩負中興家道使命的樊燮此時距離祖先的榮耀只一步之遙。不料，二十天後，命運的天平就滑向了另外一端。曾國藩評論「波浪掀天」〔註13〕的「左宗棠樊燮案」，徹底的改變了兩

〔註11〕《奏請樊燮署理湖南提督栗襄署理永州鎮篆務事》，轉引自《從清宮檔案看左宗棠樊燮案真相》一文。

〔註12〕《軍機處上諭檔》咸豐八年十一月十三日，轉引出處同上。

〔註13〕《覆毛寄雲中丞》，《曾文正公書札》卷十九。《曾文正公全集》本，中國書店，2011年版。

個人的人生軌跡。

樊廷（忠毅公）— 尙彬公 — 樊繼祖（東麓公）— 樊從典（愼五公） ⎤ 樊燮 ⎡ 樊增潯
　　　　　　　└────── 紹堂公 — 樊從鑾（孟修公）⎦ 　　└ 樊增祥

二、樊燮參左宗棠案始末

　　咸豐八年到九年，發生了一起震驚朝野的官員互相參劾案，這起案件的當事人左宗棠、樊燮在結案後，各自走上了迥異的人生道路。這起案件表面看是地方官員之間的矛盾糾葛，實爲清中後期官場上滿漢地方官僚集團之間的權力鬥爭。湖湘勢力在鎮壓太平天國的過程中逐步坐大，而出身「湘軍」集團的左宗棠正是借助此時的大好形勢，在師友鄉黨的通力協助下打贏「御前官司」，從此扶搖直上，成就了一番事業。另一邊，有滿洲官僚支持的樊燮，卻在湘軍集團巨大的壓力面前，顯得孤立無援，輸掉官司、革職回鄉，從此隱遁於鄉里。這次地方滿、漢官僚集團的角力，也逐步開始改變清後期地方滿、漢督撫大員之間力量對比，爲形成漢族官僚主導地方事務的新格局埋下了伏筆。

　　左、樊案持續近一年，期間的波折種種可以參看賈熟村《對樊燮控告左宗棠案的考察》（《近代史研究》，1986 年第 2 期）與劉江華《從清宮檔案看左宗棠樊燮案眞相》（《紫禁城》，2012 年第 7 期）二文。賈文成文較早，對左樊案的分析立足於翔實之史料，基本理清此案的脈絡。然而受制於彼時學界對這一階段的總體性定位，賈文將此案定性爲「經世派與權貴派互相傾軋互相惡鬥的性質」，「兩派鬥爭的結果，使咸豐帝充分認清了要鎮壓農民起義就必須依賴經世派，終於使左宗棠危而復安，並且飛黃騰達，使地主階級經世派取得了決定性的大勝，也是清政府鎮壓農民運動起義進入了一個新階段」。這樣的結論僅僅從階級鬥爭的角度予以闡釋，並未能看到清代官僚集團內部滿漢外臣之間對地方統轄權的爭奪，已不能成爲公論。賈文由於條件所限（檔案資料整理、利用並不充分），立論的依據很大程度上是靠著筆記、日記、年譜和家書等私人史料。因此，諸如「左宗棠掌摑樊燮」等說法予以採信，致使荒謬流播，幾成定論。2012 年發表的劉江華《從清宮檔案看左宗棠樊燮案眞相》一文，即對賈文的上述缺陷予以撥正，價值甚高。我們不妨從賈文所疏通的脈絡出發，輔以劉文的相關論證，進一步廓清事實，對「左樊案」給

予再認識。

　　首先，是本案發生的背景。清咸豐八年戊午歲（1858）可以說是清中期不平靜的「多事之秋」。這年四月初八日，英法聯軍攻陷天津大沽炮臺。同年十月初十日，太平軍陳玉成在安徽三河大破湘軍，浙江布政使李續賓陣亡。面對內憂外患，大清帝國各地的八旗駐防軍與綠營兵已不堪使用。步步緊逼的太平軍促使南方各地鄉紳招募鄉勇、民團來「保境安民」。「湘軍」即爲其代表。是年，湘軍正在長江中下游一代與太平軍鏖戰不休，兵力捉襟見肘，曾國藩在愁苦之際，甚至有「安得撒豆成兵耶？」這樣的感歎。〔註 14〕再如，易順鼎之父易佩紳在會試之後，即被駱秉章奏調徵召入軍幕效力。〔註 15〕朝局動盪，咸豐帝不得不對滿清入關以來重滿輕漢的政策進行調整，鼓勵、擢升有軍功的漢人士大夫，令其效前驅，維護統治秩序。倚重漢臣，意味著權力的下放和尺度的放寬。時任湖南巡撫的駱秉章，舉凡軍政、民事悉付於幕僚佐宗棠，甚至有人將舉人出身的左宗棠呼爲「左都御史」〔註 16〕。湘軍集團的曾國藩、郭嵩燾等人非常看重這位有經世之才的同輩鄉黨，胡林翼更是與左家結成姻親。所以，左宗棠無論是在前任湘撫張亮基幕，還是現任駱秉章幕，都可以獨擅大權，按著自己的意見和集團利益的取捨，獎罰賞黜。黔陽知縣、桂陽知縣、新化知縣等地方官因此紛紛落馬。湖南湘軍集團的崛起，引來滿洲官僚的不快，時任湖廣總督官文、湖南布政使文格，即對湖南湘軍集團多有微詞，奈何湘人得寵，不便彈壓。參劾樊燮案成了兩派矛盾集中爆發的導火索。

　　其次，是本案的原委曲直。上文提到樊氏世居荊宜，又累代從戎，與曾任荊州將軍的官文頗有淵源。官文對轄地的非「湘系」僚屬，也有意籠絡，於是，樊燮被「湘系」視作了「滿洲系」的人。咸豐八年（1858）樊燮在永州鎮總兵任上任滿，循例奉旨北上入覲。途經武昌，樊燮特意拜訪官文，請代爲引薦。官文欣然應允，並於十年十一月初二日奏保樊燮署理湖南提督。官文在《奏請樊燮署理湖南提督栗襄署理永州鎮篆務事》中奏明是「會同湖南撫臣駱秉章恭摺具奏」，按照正常程序，駱秉章對奏保一事應爲知曉。但

<hr />

〔註 14〕樊增祥《賦得緣豆呈伯熙》「荷戈眞願爾成兵」下注：「襄粵匪之亂，黃子壽師在曾文正公座，文正仰屋自語曰：安得撒豆成兵耶？師嘗舉以爲笑。」（《樊山續集》卷八）

〔註 15〕參見筆者碩士論文《易順鼎年譜》。

〔註 16〕薛福成《庸庵筆記》卷二。

是，二十天後，駱即上《參劾永州鎮樊燮違例乘輿私役弁兵摺》。參劾樊燮的理由表面看是「違例乘輿」、「私役弁兵」，但是放在軍興「剿匪」的大背景下，性質就極爲惡劣了：「維永州一鎮控制兩廣交界地方，最爲緊要，……樊燮北上之時，正廣東連州、廣西賀縣賊勢披猖之際，……乃當轄境軍務緊要，存城標兵不敷派撥之時，猶敢搜役棄兵隨同出境，似此玩視軍務希便私圖，實爲軍政之蠹，應請旨將永州鎮總兵樊燮先行交部嚴加議處，昭定例而肅戎行。」〔註 17〕左宗棠擬《參劾摺》還提到永州鎮在過去的征剿中，未出全力，協防湘軍不積極，全鎮 2000 人僅派出 200 人參與「助剿」，令湘軍上下恚怒不已。民間傳聞左宗棠參劾樊燮的原因是二人見面，言語不合，左宗棠一時興起，「掌摑」樊燮。劉成禺《世載堂雜憶》即載此說，後人多有附會。劉江華《從清宮檔案看左宗棠樊燮案眞相》一文根據清宮檔案，辨正此說不足信。我們還可以從理性上推斷，清代雖有「重文輕武」的傳統，但官拜正二品總兵的樊燮無論如何不會在正二品巡撫駱秉章面前，遭受其幕僚、舉人左宗棠的差辱。左宗棠雖跋扈擅權，但囿於官場禮習，斷不至於如匪徒般「掌摑」、「腳踹」二品總兵。小說家言不足徵也。眞正促使左宗棠發難的動因，並非「私仇」，而是永州鎮大敵當前之時，不與湘軍通力合作的「公恨」。

咸豐帝面對湘人的指控，迅速收回之前准奏的官文保舉奏摺，下旨將樊燮交部嚴加議處、即行開缺，同摺保薦的栗裏也被一併否決。保薦樊、栗的官文被置於一尷尬境地，雖然駱摺在最後出於客氣地爲官文開脫：「該總兵劣跡敗露，均在去任之後，臣近在一省尙始知覺，督臣遠隔千數百里，匆匆接晤，自難遽悉底蘊。陳奏兩歧，實非別故，理合一併聲明。」〔註 18〕但官文確已察覺湘人的矛頭正在指向自己。咸豐九年二月二十八日，駱秉章再上《已革樊總兵劣跡有據請提省究辦摺》，上諭再准：「樊燮著即行拿問，交駱秉章提同人證、嚴審究辦，並著湖北巡撫飭查該革員現在行抵何處，即日委員押解湖南聽候查辦」。〔註 19〕

湘人步步緊逼，欲置樊燮於死地。樊燮只能由家鄉奔至官文處避難，廣爲聯絡，準備反戈一擊。咸豐九年六月，樊燮呈請《已革永州鎮總兵樊燮爲

〔註17〕《左宗棠全集·奏稿九》，嶽麓書社，1996 年版。
〔註18〕同上。
〔註19〕同上。

參案情節重大首府飭令改換親供實保員弁串通文員挾嫌陷害事抄呈狀》，隨後官文也上《奏爲已革永州總兵樊燮呈訴首府飭換親供文武串通挾嫌陷害一案事》〔註20〕。官文、樊燮就此將矛頭對準駱秉章及幕後的左宗棠。樊燮指控左宗棠勾結地方官員，蓄意構陷，而駱秉章則有疏於察驗之咎。官文附議樊燮的說法，並請派員徹查此事。兩湖正值用兵之際，督撫大員卻被捲入一樁相互參劾的大案中，咸豐帝對此高度重視，委派監臨湖北鄉試的都察院左副都御使錢寶青查勘此案。

官文的奏摺讓左宗棠的處境變得非常艱難。左宗棠對於自己個人被捲入案中甚感意外。他在給胡林翼的信中表示，數年來的彈劾奏保未嘗出於私情。〔註21〕駱、左參劾樊燮瀆職，理由還都限於「職務犯罪」；官、樊二人參劾駱、左，則指向個人結黨營私、道德虧損。官、樊的反擊使得湘軍集團異常緊張，郭嵩燾、高心夔等紛紛代爲說情，胡林翼更是情辭懇切地投書官文，請他原諒左宗棠之過。〔註22〕湘人爲了能迴護前輔，駱秉章於咸豐九年九月再上《將樊燮妄控奏明》、《將所查處的樊燮貪污證據樊燮本人的口供送軍機處備查》等件，指控樊貪污四千兩等。案件有進一步擴大的趨勢。咸豐帝對本案並不在意樊燮、駱秉章的問題，而是關注左宗棠被控的「通知」罪名是否成立。至於坊間傳聞左被控「劣幕」，咸豐帝密旨官文「一經發現，就地正法」的故事，劉江華文章也考證其係係訛傳，不足信。

事情的轉機發生在咸豐九年十二月二十五日，官文上《奏爲密陳遵旨查辦湖南巡撫駱秉章奏摺及親供帳簿涉及情形事》之後。官文在密摺中指出，左宗棠「恣意要挾」的罪名「一時尙難有確據」〔註23〕。顯然，湘軍集團對官文的「公關」起到了效果，隨後的幾個月，在湘省官員（曾國藩、劉坤一也參與調停）的內外調節之下。咸豐十年二月，左樊案以認定樊燮動用米折一項二百多兩，「延不發還，即係爲私自借用」，「合依監臨主將私發錢糧、私自借用計贓以監守自盜論。監守盜錢糧四十兩，斬，雜犯徒五年律。擬徒五年，從重發往軍臺效力贖罪」的結果正式結案。從本案除樊燮被輕判外、駱

〔註20〕俱見中國第一歷史檔案館藏《軍機處錄副檔》，轉引自劉江華《從清宮檔案看左宗棠樊燮案眞相》。
〔註21〕《左宗棠全集·書信一》，嶽麓書社，1987年版。
〔註22〕《胡文忠公年譜》卷三。
〔註23〕中國第一歷史檔案館藏《軍機處錄副檔》，轉引自劉江華《從清宮檔案看左宗棠樊燮案眞相》。

左皆未得咎、只將另外幾位涉案的中級官員議處的結果看，矛盾雙方在做出讓步後妥協達成一致。

最後，是本案的意義影響。樊燮左宗棠互參案，可以看做湘軍集團在爭奪地方權力過程中一次有意無意間的「試水」。官文所代表的滿洲大吏雖然還有掌控大局的實力，湘軍集團卻也展現出自身巨大的能量。此案拉開了漢族士大夫官僚逐步控制地方管轄權的大幕。案件的幾位當事人，命運也隨之發生了根本的轉折。樊燮發配充軍，刑滿後返回故里，「息交絕遊，杜門卻掃。」〔註24〕專意於「教子課藝」，以期「雪恥」。左宗棠於結案後當年四月，即奉旨以四品京堂候補，襄辦署兩江總督曾國藩軍務，不久又因軍功擢升浙江巡撫，既而閩浙總督，扶搖直上，成就一代偉業。官文仍任湖廣總督，直到同治五年（1866），因戰失利，被曾國荃、左宗棠參去。這樣的結果顯示，漢人士大夫官僚的代表——湘軍集團在與滿洲地方官僚的爭權博弈中，取得了最終的勝利。

第二節　艱辛仕進路與樊燮之影響

一、以科考求干祿的人生方向

道光二十六年丙午（1846）十一月初一日，〔註25〕樊增祥生於父親任職的官舍，「昔歲丙午，太翁官宜昌游擊，先生生於官舍。兒時不好弄，恒於室中獨步，且行且語。或窺之，則止。」〔註26〕在樊增祥之前，樊燮與徐氏育有一子，名樊增綯（號福門）。徐氏還育有三女，但顯然樊氏兄弟更被寄予厚望。

同治初年，官場失意的樊燮退隱山林，起復無望的他會以怎樣的教育來影響後輩的人生？我們不妨看兩條筆記所錄之故事。

劉成禺《世載堂雜憶》「左宗棠與樊雲門」條記錄了左、樊的過節對樊增祥兄弟人生命運的影響。

> 近歲避地施南，尋樊雲門老輩故居，老屋在恩施縣城內梓潼
> 街，尊人諱燮總戎所置宅，雲門先生兄弟讀書處也。數椽欲傾，一

〔註24〕《樊山集》卷二十四。

〔註25〕《生日子珍遣五寶來祝兼惠臺香湘茗》「我生仲冬朔，性與冰雪親」（《樊山集》卷七）。

〔註26〕余誠格《樊樊山集敘》。

角讀書樓，巍然尚存，旁支居之。恩施父老有聞見當時事者曰：「樊燮公作某鎮掛印總兵官，有戰功。駱秉章為撫帥，左宗棠尊居帥幕，樊謁大帥畢，再謁左師爺，謁大帥請安，謁師爺不請安。左怒，奏劾免官回籍。遂有賣宅延師，嚴課雲門兄弟一段佳話。」各日記、雜載，多誌其事。然據見聞所及，有足補記載之缺者。施城吳老人，年九十矣，幼時曾見燮公，其言曰：「燮公謁駱帥，帥令謁左師爺，未請安。左屬聲喝曰：『武官見我，無論大小，皆要請安，汝何不然？快請安。』燮曰：『朝廷體制，未定武官見師爺請安之例，武官雖輕，我亦朝廷二三品官也。』左怒益急，起欲以腳蹴之，大呵斥曰：『忘八蛋，滾出去。』燮亦慍極而退。未幾，即有樊燮革職回籍之朝旨。燮公攜二子增袺、增祥歸，治梓潼街宅居之。樓成，置酒宴父老曰：『左宗棠一舉人耳，既辱我身，又奪我官，且波及先人，視武人如犬馬。我宅已定，敬延名師，教予二子，雪我恥辱，不中舉人、進士、點翰林，無以見先人於地下。』於是以重金禮聘教讀，以樓為書房，除師生三人外，不准上樓。每日治饌，必親自檢點，具衣冠，延先生下樓坐食，先生未下箸者，即易他品。增袺、增祥在家，不准著男裝，咸服女衣褲。曰：『考秀才進學，脫女外服；中舉人，脫內女服，方與左宗棠功名相等；中進士、點翰林，則焚吾所樹之洗辱牌，告先人以無罪。』當燮歸施，即寫『忘八蛋，滾出去』六字於板上，製如長生祿位牌，置於祖宗神龕下側，朔望率二子禮之。曰：『不中舉人以上功名，不去此牌，汝等總要高過左宗棠。』樊山中進士後，樊家始無此牌。恩施父老談樊家遺事相同。」云云。〔註27〕

邵鏡人《同光風雲錄》：

樊山天性敏慧，美姿容，髫齡即卓舉異群兒，父燮，官副將，以嗜酒誤事，巡撫駱秉章將劾之，而湖南舉人左宗棠方佐秉璋幕，綜理軍政。往謁乞解，伏地拜，宗棠不答禮，且詬讓之。燮以武官至紅頂矣，亦還詬，終被劾罷官。歸召其子曰：「一舉人如此，武官尚可為耶？汝不發奮得科第，非吾子也。」樊山感而刻苦工讀，卒中光緒丁丑進士，入翰林院，出補縣令，善聽頌，樊山判牘，膾炙

〔註27〕《世載堂雜憶》，中華書局，1960年版，第44、45頁。

人口。累官至陝西藩臺，江蘇布政使，頗復一時清望，殆得力於庭訓者耶？〔註28〕

據劉江華《從清宮檔案看左宗棠樊變案眞相》考證，左宗棠「腳踹」、「掌摑」〔註29〕實爲道聽途說之議。從左宗棠被樊變參劾後的反應看，二人似無宿怨過節。所以樊變對左氏的嫉恨應在左爲駱擬摺參劾之後方產生。由此，上述二文中的左樊矛盾，很有可能是樊變帶著滿腹怨懟和羞辱服滿苦役、狼狽回鄉後，爲自己的意外落馬尋找的合乎道義之「理由」。樊變曾豪情萬丈地想光宗耀祖，再躋高位，怎料在距離「夢想」最近的地方被人「構陷」，以致黜落。巨大的心理落差，令樊變把命運轉折的原因全部歸咎於左宗棠本人。左與樊又素無交涉，驟然起釁，不可思議。樊變以多年官場經驗推斷，有清一代「重文輕武」之傳統是讓舉人出身的左幕僚向二品武將樊變發難之根源。因此，樊變回鄉教子的方針就此敲定——「棄武習文」，科舉求功名方爲正途！

其實樊變在得咎歸鄉前，對二子即嚴格要求，令其刻苦讀書。咸豐二年壬子（1852），彼時方七歲的樊增祥已開始展現出過人的天賦。「七歲已能屬對。時方讀唐詩，先君曰：汝能對『開簾見月』否？余應聲曰：閉戶讀書。先君心喜之而慮其狂也，訶曰：書可對月耶？」〔註30〕樊變不僅僅對樊增祥的機智應對非常滿意，更對其好讀書的學習態度暗自欣喜。樊增祥雖開蒙較早，然而樊家因爲動盪的時局，未能給他提供更好的教育機會。「咸豐初，太翁官廣西道，爲賊梗，眷屬留長沙，久之，乃達。故九歲始入塾，然未授讀以前，已能辨四聲，竊觀諸小說，與兄姊講說不倦，人稱奇童。十一歲能詩，十三歲學經義。太翁即於是歲罷官，待勘者二年，貧不能延師。先生與兄訒齋自相師友。」〔註31〕樊氏子弟先因戰亂而耽誤學業，後由樊變罷官發苦役、無經濟來源，而無法正常延師就讀。少年讀書的黃金時段就被這樣錯過了。

樊變官場失意，返回故里，舉家遷往宜昌，開始將樊氏振興的希望寄託在增祠、增祥兄弟身上。「年十六，太翁盡室還宜昌，先生兄弟仍鍵戶讀書，

〔註28〕錄自周駿富《清代人物傳記資料叢刊》第 62 冊，臺灣明文書局，1985 年版，第 670～675 頁。
〔註29〕見柴小梵《梵天廬叢錄》。
〔註30〕《樊山續集》自敘。
〔註31〕余誠格《樊樊山集敘》。

太翁日坐齋中督課。屬文每數行必取閱，閱必數數訶罵，蓋望之過深也。而文亦因是益進，試輒冠其曹，先後典郡者皆為延譽。」〔註32〕至於劉成禺故事中的「以樓為書房，除師生三人外，不准上樓」、「增禧、增祥在家，不准著男裝，咸服女衣褲」、「中進士焚所樹之洗辱牌」等因係私聞，實情已無從稽考，聊備一說。但可以肯定的是，武將樊燮在罷官後無人理睬的境遇，深深刺激了樊氏兄弟。「舊德自傷先友盡，朝賢原視右班輕。」下有注：「先子罷官歸，無執訊者。先師彭於翁詫曰：仕宦三十年，無一朋舊何耶？」（《五十自述》）〔註33〕

二、登龍折桂，一雪前恥

樊氏兄弟天賦資質甚高，雖荒廢學業數年，但在嚴父的督促下，進步神速。劉成禺在「左宗棠與樊雲門」條下附按語記增禧：「增禧學問切實，高於樊山，張之洞督學湖北，刻《江漢炳靈集》，載增禧文多篇。樊山得庶吉士後，增禧不久病死，士林惜之。」〔註34〕相對於兄長的早得文名，樊增祥於制藝、試帖等科考項目用力更勤。多年後，樊增祥將張之洞與自己的試帖詩結集匯刻時，猶帶著複雜的感情評價這些「應試」詩歌。「近人議科場之弊，集矢時文，然八比之佳者，猶能發揮義理，包羅史籍。至試帖，則真無用矣。余在政務處倡議廢八韻詩，而又有此刻，不無矛盾之疑。抑思故人有以圖繪取士、棋弈待詔者，後並廢之，而《畫史》、《棋譜》自在也。是則余刻《二家試帖》之意也。」〔註35〕同治三年（1864），十九歲的樊增祥參加了甲子科湖北鄉試。同治六年（1867），二十二歲的樊增祥以監生身份〔註36〕第二次參加鄉試，中式丁卯科舉人。〔註37〕次年，樊增祥赴京計偕，應戊辰科會試，報罷。這次北上進京雖未考中，但樊舉人借機結交賢達顯貴、貴胄公子〔註38〕。自戊辰至丙子（光緒二年1876）共歷4科會試，樊增祥屢試不中。

〔註32〕余誠格《樊樊山集敍》。
〔註33〕《樊山集》卷二十七。
〔註34〕《世載堂雜憶》，中華書局，1960年版，第44、45頁。
〔註35〕《二家試帖詩》敍。
〔註36〕《清代官員履歷檔案全編》第六卷，第517頁。
〔註37〕《中秋夜憶中兒北闈鄉試》下注：余甲子就試，丁卯領解，今三十一年矣。（《樊山集》卷二十五）
〔註38〕李慈銘門下會稽陶氏兄弟，於戊辰歲與樊增祥訂交。見《陶仲彝七十壽序》（《樊山集外》卷七）。

同治九年庚午（1870），兄樊增裪病故。樊家陷入更爲艱難的境地，「雪恥」
科考的重擔也落到樊增祥一人的肩頭。余誠格記錄恩師的這段艱辛歲月也不
無感慨：「兄訒齋卒，徐太夫人慟甚，恒不許先生出，而不出又無以爲養，故
歲嘗數出數歸。誠格嘗見先生《潛江家乘》，仿山谷《宜州家乘》。每日薪蔬
不過三十錢，性不肉食，食或不託數枚，或湯餅一器，取諸市肆，並爨火省
焉，而盡以所獲奉親舍。徐太夫人知先生好書，每持館金歸，必檢數金界之
曰：『爾且可買書。』如是者十年。」〔註39〕樊增祥對早年這段艱苦的歲月刻
骨銘心，光緒二十一年（1895）五十歲的樊增祥反思回顧自己的前半生，憶
起青年時的這段經歷仍覺得淒苦不已，「年少朱門學曳裾，養親負米食無餘。
營巢自比銜泥燕，登第難於上竹魚。南北東西三寸舌，管收除在幾車書。白
頭阿姊猶能記，歲歲還家逼歲除。」（《五十自述》）〔註40〕

　　光緒二年（1876），丙子科會試報罷。但樊舉人的詩名早已聲聞士林，並
先後拜入張之洞、李慈銘門下。發榜後樊增祥離京，赴保定，應黃彭年之聘，
於蓮池書院校書，並與李慈銘、陶在銘等師友往來唱和。樊增祥認爲這段經
歷，對於自己的登第，起到關鍵作用：「丙子秋，先生命祥入蓮池校書，是爲
登龍之始。丁丑通籍，實以蓮池爲初地焉。」〔註41〕

　　光緒三年（1877）四月廿五日，丁丑科殿試傳臚，樊增祥以二甲第四十
四名，賜進士出身。五月，改翰林院庶吉士。同榜中式的王仁堪、盛昱、潘
遹、濮子潼、周鑾詒、何福堃等人日後成爲樊增祥的詩友。而盛昱、周鑾詒、
樊增祥三人更是被譽爲「三才子」。〔註42〕

　　樊氏在歷盡艱辛的十八年後，終於完成了由武將世家而進士門第的轉
換。次子樊增祥終於不辱重託，得遂乃父心願。樊燮也就在「光緒七年二月
十九日，以疾終於宜昌里第」〔註43〕。

三、樊燮之仕途經驗與樊增祥在詩歌創作中所受到的影響

　　樊燮對樊增祥的影響還體現在兩方面，一爲仕途官場經驗的傳授，二爲
詩歌創作態度的影響。

〔註39〕余誠格《樊樊山集敘》。
〔註40〕《樊山集》卷二十七。
〔註41〕《鄂中呈黃煉訪丈即用留別》，《樊山集》卷七。
〔註42〕《得旭莊觀察書卻寄》，《樊山續集》卷二十四。
〔註43〕《先考墓碑》，《樊山集》卷二十四。

（1）樊燮宦海沉浮二十八年，雖然在巔峰跌落。但也積累了豐富的經驗與教訓。雖然沒有更多的資料顯示樊燮曾指導樊增祥爲官之道。但是通過整理與分析，發現樊增祥混跡官場的立足之道極具樊燮風格色彩。

首先是，結交師友中，地方「大吏」比重極大。樊燮爲官善於依附地方督撫大吏，不料最終被捲入黨爭的漩渦。但是不可否認的是，結交朝廷權貴重臣，於己之升遷仕進，作用甚爲關鍵。筆者整理《樊山師友交遊錄》收錄九十餘人，其中做到正三品以上的中央、地方大員占到三分之一。督撫一級的大員不可勝數，張之洞、鹿傳霖、端方、榮祿等人於樊增祥有提攜之恩；黃彭年父子、黃體芳父子、夏峕父子、王仁堪兄弟、袁昶、盛昱、王懿榮、馮煦等人則是樊增祥多年的詩友、親舊；至於余誠格、周樹模等則是晚輩後進。樊增祥在這樣一個圈子中游刃有餘。即使在光緒末年被升允參劾去職後，也因爲師友援助，讓樊增祥可以「澄清冤抑」開復原官。

其次，是與滿洲貴族的關係。清代官場，滿洲人的地位向來不可撼動。樊燮與官文、文格等地方滿洲大員交好，意圖明確。樊增祥友朋中，滿洲人對其影響不可忽視。同榜進士盛昱與樊山往還酬唱數十年，可謂生平摯交。端方本爲樊之晚輩，因仕途暢達，躋身高位後，是樊增祥的上司府主。二人情誼甚篤，樊增祥被參劾罷官後，也是吏部尚書鹿傳霖與兩江總督端方多方斡旋，才得以起復。而慈禧太后的親信榮祿，更是樊增祥仕途轉折的關鍵人物（後文有詳述）。如此看來，樊增祥與滿洲權貴的交好，對其仕進也起到關鍵作用。

（2）樊增祥在《先考墓碑記》中曾著錄「（先公）著有《綠淨軒詩集》二卷，其他文、移、箋、奏之屬，又數十篇，大半散佚。」樊燮雖爲一介武將，身後竟留下詩集二卷。樊燮對「詩人」樊增祥的養成產生了什麼樣的影響？

有清一代，多有文人出身而可以帶兵征伐之例，卻絕少武將好風雅而自創新詞者。樊燮縱然戎馬倥傯、「百戰貂裘，箭痕可數」，奈何一朝隕落，「既辭南國，遂返東山，息交絕遊，杜門卻掃……二十年來常如一日」〔註44〕不免寂寞傷懷。作詩度曲，聊解一時煩悶，故有別集之存世，然而「詩」之於武將出身的樊燮，未必有如對士子文人的意義。詩歌只是他消遣的工具而已。樊增祥在父親、兄長的影響之下，自然雅好詩文。「未授讀以前，已能辨

〔註44〕《先考墓碑》，《樊山集》卷二十四。

四聲」、「十一歲能詩」〔註45〕、「余年十二學詩，十六學爲詞」〔註46〕。然而早歲的貧苦生活境況，令樊增祥縱有滿腹才華，也難像後來的易順鼎、陳三立一般，靠家學淵源提升自己的學問修養、詩藝詞品。這也就造成了樊山作詩多而濫，重技巧、重巧思，而無氣力風骨。率多香軟滑俗、綺麗奢靡之作。雖然樊山拜師張之洞、李慈銘等當世大儒，然而於爲詩一途，絕少變化。才情多，而學養乏，恐怕是樊增祥一生都無法突破之「格」。究其內中緣由，自然有家庭環境，甚至早期教育的影響在其中。樊山中年時也感慨「詩人」無用寫道「且置詩人五等中」〔註47〕。終其一世，「詩人」樊山都難以逃脫樊孌遊戲筆墨、消遣文字的影子。

〔註45〕余誠格《樊樊山集敘》。
〔註46〕《五十麝齋詞賡》敘。
〔註47〕《小詩窘於邊幅更爲七言廣之》，《樊山續集》卷二。

第二章　李張門下

　　樊燮對樊增祥性格、氣質，乃至世界觀、人生觀的形成都產生過重要影響，但眞正決定成年以後樊山發展方向的，卻是他的兩位「恩師」──李慈銘、張之洞。

第一節　越縵愛徒

　　同治十年辛未（1871），二十六歲的樊增祥在京再次參加會試。下第後，他結識了一位聲名遠揚，卻場屋失意、半生蹭蹬的江南聞人──李慈銘。從此以後的 23 年，二人亦師亦友，往來密切。李慈銘也成爲對樊增祥影響最爲全面且深刻的人之一。

　　就在這一年，張之洞湖北學政任滿回京，與潘祖蔭在京城龍樹寺觴客，廣邀京城賢達名宦與會吟詠作樂。初出茅廬的樊增祥雖已名列張之洞門下，但似乎仍不夠資格受邀參加這場「高端詩會」。詩名遠揚的李慈銘自然是重點邀請對象，甚至張之洞就是否同時邀請勢若水火的李慈銘、趙之謙，而與潘祖蔭頗爲斟酌一番。〔註1〕樊增祥後來對彼時文壇派系恩怨做了一番評說：

　　　　聞之樊樊山曰：「南派以李蓴客爲魁首，北派以張之洞爲領袖，
　　　南派推尊潘伯寅，北派推尊李鴻藻，實則潘李二人，未居黨首，不
　　　過李越縵與張之洞私見不相洽，附和者遇事生風，演成此種局面
　　　耳。越縵與子（樊山自稱）最善，予以翰林院庶吉士從彼受學，知

────────────────
〔註 1〕劉成禺《世載堂雜憶》「龍樹寺觴詠大會」。

予亦香濤門人，對予大起違言，由其滿腹牢騷，逼仄所至，不知實
有害於當時朝士之風氣也。」（劉成禺《世載堂雜憶》）

先入張門，再入李門〔註2〕的樊增祥顯然對「愛伯師」的秉性、脾氣，分
寸拿捏得很準。這也就為此後樊山調停李、張矛盾埋下伏筆。

梳理清楚李慈銘與「愛徒」樊增祥的關係，首先要認識李慈銘其人。李
慈銘（1830～1894）初名模，字式侯，一作式甫，亦字法長，更名慈銘，字
愛伯，號蓴客，室名越縵堂，晚署越縵老人。二十歲時方中秀才，四十歲時
始中舉人，五十歲考中進士，他為此特地刻了一枚履歷閒章自嘲，曰：「道光
庚戌茂才，咸豐庚申明經，同治庚午舉人，光緒庚辰進士。」光緒六年（1880）
進士，官至山西道監察御史。數上封事，不避權要。日記三十餘年不斷，朝
廷政事及讀書心得無不收錄，後影印為《越縵堂日記》。學識淵博，史學功力
尤深。詩詞古文，名聞天下。一生著述頗豐，有《越縵堂文集》、《越縵堂詩
集》、《湖塘林館駢體文鈔》、《白華絳跗閣詩集》、《後漢書集解》、《北史補傳》
等。李越縵終其一生始終生活於「文壇盟主」與「仕宦蹭蹬」的巨大鴻溝之
間。在學問、詩才等方面引領潮流主沉浮，卻無奈場屋失利。反差造成的心
理失衡，影響到李氏性格，為人刻薄、敏感、氣量偏狹。被譽為近代四大日
記之一的《越縵堂日記》，於人物臧否、著述評說、朝議野聞，多指謫、諷刺、
呵責，不枉李越縵「好罵」之名。越縵友朋親舊對其指責往往不予回應，分
析原因：一方面欽慕於李慈銘才氣；另一方面卻哀憫其命運多舛。例如：李、
張交惡（後文有詳述）期間，二十七歲高中探花的張之洞面對年過半百還在
與晚輩競爭的李慈銘之發難，多採取迴避或不聞不問的態度。儘管張心底未
免沒有對李有包括人品道德等諸方面的不屑（例如，李向張借貸買妾，張僅
借銀十兩〔註3〕；李好京戲，好狎妓，張皆惡之）。而今存張之洞文稿卻難以
發現直接指責李慈銘的痕跡。張對李始終沒有「完全決裂」，直至後來的和好。
背後的原因，怕是張基於理解的寬容，也因氣量使然。

樊增祥對「愛伯師」的態度，也與其他眾人相仿：慕其才，恕其狹隘。
樊山在與越縵的交往中，受影響最顯著的當屬詩詞創作、觀劇賞曲等方面。

〔註2〕 對此李慈銘頗為不滿，李慈銘、張之洞交惡期間，李在日記中寫自己與樊山
關係說：「況余與雲門本無定分，瞿公署戶，豈爭一雀之入羅。陰生授徒，未
有雙鳳之投贄。既欲割寧之席，不彎殼羿之弓。我豈容心，彼何過計。」（《越
縵堂日記》光緒十年五月二十三日）
〔註3〕 見《越縵堂日記》光緒四年四月九日。

一、詩詞創作

李慈銘作為一代文壇之領袖，於詩學理論頗有心得，其理論見解可以參看上海大學周容博士論文《論李慈銘與樊增祥的詩歌理論及其創作》一文的第三、四、五章。作者詳述李氏詩學主張、為詩之道和詩體之開拓種種甚詳，不贅述。

《樊山集》、《續集》所收樊山詩中約有百十首是與李慈銘的往來酬唱之作。李慈銘無疑是樊增祥一生往來唱和最多的人。樊增祥在初識李慈銘時，仰慕於其學問，曾贊曰：「學如秋實始足珍，剛經柔史次第陳。乾嘉故是開風氣，吳越今知有異人。窮年握槧不知苦，黃葉打頭墮如雨」（《題愛伯師秋林著書圖》，《樊山集》卷三）又有：「會稽山水淨無塵，禹穴秦封有異人。家近賀公眠井處，地鄰西子浣紗村。青山紅粉今無恙，快閣蘭亭屹相望。晉宋風流孰代興？百年人物堪惆悵。越縵先生挺殊質，長庚夜見蓬萊驛。述德工為謝客文，生花雅擅江郎筆……」（《丁丑八月乞假出都愛伯師以詩贈行久未奉報歸途無事懷舊抒情用志一時人文之盛兼寓身世之感云爾》）〔註4〕。樊增祥對乃師經史造詣，欽仰無比，認為李慈銘是乾嘉學風的直接繼承者。樊增祥同時認為，李慈銘能夠冠絕當世文壇的秘訣，並不是作詩技巧和辭藻的潤飾，而是他紮實的經、史功底。儘管樊增祥本人一生好炫詩藝，但在大文化背景下，樊山認為「詩人」還是不得已而為之：「向來考據家薄詞章，道學家薄考據，經濟家又薄道學」（《小詩窘於邊幅更為七言廣之‧賦詩》）〔註5〕樊增祥對以經史為根基的李慈銘詩歌頗多嚮往，奈何力不能及。

另一方面，李慈銘肯定樊增祥有「詩才」：「雲門詩得力於信陽，而兼取北地，其七律足追蹤唐之東川、義山，而古體勝之。」（《樊山集題辭》）李慈銘為樊詩上溯淵源，找到明代的何景明、李夢陽。並進一步指出樊增祥學效唐音的詩學追求（這正是李慈銘大力主張的）。可見，李慈銘對樊增祥的創作傾向是極為讚賞的。李慈銘同樣也指出樊增祥的不足和努力的方向。光緒十年春，樊增祥外放陝西宜川令，出都前，李慈銘不忘囑咐愛徒努力開拓詩境：「子之詩信美矣，而氣骨少弱。關中，漢唐故都，山川雄奧，感時懷古，當益廓其襟靈，助其奇氣，老夫讓子出一頭矣」（《樊山續集》自敍）。樊增祥雖才情滿腹，而囿於學問、識見、閱歷有限，創作卻「氣骨少弱」，李慈銘希望

〔註4〕《樊山集》卷四。
〔註5〕《樊山續集》卷二。

樊增祥入陝後，進一步開拓詩境，無疑是切中樊詩之要害。樊後期歌行屢有駁奇之作，實爲越縵指導之功。

此外，李慈銘對樊增祥的詞作也多有褒獎：「今世學人能詩者，皆幽邃要窈，取有別趣。若精深華妙，八面受敵而爲大家者，老夫與雲門，不敢多讓。」（陶在銘《樊山續集》敘）。同門陶方琦亦認可李慈銘的評價：「雲門詞學，自愛伯師外，同輩無與抗者。吾詩詞皆不逮，獨經學差勝耳」（樊增祥《蘭當詞》跋引陶方琦語）。好爲豔體的樊增祥，於「本爲豔體」的詞之創作，更爲嫻熟。進入李門後，遂於有同樣偏好的李慈銘一拍即合，往來不絕。受李慈銘影響甚著：「自後從愛師、子珍遊，而所學益進，始學蘇、辛、龍洲，繼乃專意南唐二主及清眞、白石」（樊增祥《五十麝齋詞賡敘》）

總之，樊增祥在詩學主張、詩歌創作以及詞的創作上，受到李慈銘全方位的影響。

二、觀劇賞曲

樊增祥晚年流連於梨園劇場，「捧角兒」頗爲人所不齒。拋開對戲曲演員不尊重的狎玩心態，樊增祥對京劇在民國初年的發展，曾作出諸多貢獻（後文詳述）。若推究而來，樊增祥最初對戲曲產生興趣，也受到李慈銘的影響。

李慈銘因科場偃蹇，屢試不第，再加上內室未能生養，導致其放浪形骸。長期流連於歌樓舞館間，狎妓夜飲，爲時人所鄙夷。李氏亦好戲曲，混跡梨園之中，與優伶過從甚密。近人張次溪由《越縵堂日記》中輯出《越縵堂菊話》一卷，收入《清代燕都梨園史料》，是研究晚清戲曲發展的重要史料。

樊增祥自同治十年（1871）結識李慈銘後，長期陪侍左右，常偕伴至戲館觀劇。同治十三年（1874）甲戌會試，同在京師參加科考的李樊師徒，不忘觀劇。三十年後，老戲迷樊增祥與後輩易順鼎談到同光年間的優伶掌故，寫道：「君不見鼉鼉海上三朵雲，顏色鮮明青碧俗」下注：謂雲青、碧雲、素雲。後又注：愛伯師有《菊部三珠讚》；又，甲戌會試，景和堂五雲最知名，仲修收入《群芳小集》。（《碧雲辭和石甫》，《樊山集外》卷二）。又如，民國初年，樊增祥在歡迎梅蘭芳南下訪滬所作的《梅郎曲》中，也提到了當年李慈銘追捧伶人之狂熱：「南臺御史李會稽，親將第一仙人許」下注：愛伯師謂霞芬爲眞狀元。「霞芬」即「同光十三絕」之一的梅巧玲（梅蘭芳祖父）弟子朱霞芬。曾是光緒初年的京城紅伶。樊增祥向後輩談及這些梨園舊事，頗爲得意。我們今天評價李、樊的梨園舊事，應該清楚的認識到，他們對旦角演

員的追捧（早起各劇種旦角演員均由男子充當），並不像後來民國時期文人對京劇的熱愛是基於藝術欣賞一般。他們對演員的傾慕，更多是類似於愛好「三寸金蓮」式的變態畸形的憐愛心理。易順鼎也曾毫不諱飾的說自己是因「好色」（男旦所扮演的舞臺角色）才去捧角兒。這一點在後文，我們還將單節討論。

第二節　南皮門生

張之洞（1837～1909）直隸南皮人（今河北南皮縣）。字孝達，號香濤、香岩，又號壹公、無競居士，晚年自號抱冰。同治二年（1863）一甲三名進士，授翰林院編修。出任湖北學政。轉任四川學政、山西巡撫。光緒九年（1883）中法戰爭爆發，因力主抗爭任兩廣總督。光緒十五年（1889）調任湖廣總督，並多次署理兩江總督。光緒三十三年（1907）補授軍機大臣。謚文襄，晉贈太保。教育方面，他創辦了三江師範學堂、武漢自強學堂等。張之洞與曾國藩、李鴻章、左宗棠並稱晚清「四大名臣」。其書、文、函、牘、電稿等輯為《張文襄公全集》。

張之洞與樊增祥初識於同治六年（1867）。是年，張之洞以翰林院編修充浙江鄉試副考官，旋督湖北學政。南下至宜昌時，偶然看到樊增祥文章奇麗，招致幕下，是為師弟二人交誼之始。〔註6〕直到宣統元年（1909）張之洞去世，交往四十餘年。張之洞成為在各方面影響樊增祥最大的人。

張之洞「少有大略，務博覽為詞章，記誦絕人。」〔註7〕就連一向刻薄的李慈銘也不得不服膺：「張香濤者，名之洞，南皮人。去年一甲第三人進士，為北方學者之冠。壬戌科會試，亦以經策冠場，為主司所抑，僅取謄錄者也……若張君壬戌經策，予曾見之，博贍實非予所能及。」〔註8〕張之洞不僅學問淹通，而且好提攜後進，任鄉試副考官期間「南皮典浙試，得士最盛」〔註9〕，選拔出一批浙省人才，「所取士多雋才，遊其門者，皆私自喜得為學

〔註6〕　余誠格《樊樊山集敘》：「會南皮張先生視學至宜昌，見先生文，奇賞之，招致賓座，又薦為潛江院長」。
〔註7〕　《清史稿》卷四百三十七，《列傳》卷二百二十四。
〔註8〕　《越縵堂日記》同治三年九月二十五日。
〔註9〕　余誠格《樊樊山集敘》。

途經」〔註10〕。樊增祥也很慶幸自己在問學的早期即得到當世大儒的指點。「先生（按：樊增祥）雖天資高異，而己巳歲（案：同治八年）以前，無書可讀，見南皮後，始知學問門徑。南皮亦奇其敏惠，盡以所學授之。」〔註11〕樊增祥自己也認為得到張之洞點撥後，進步神速，「同治己巳夏，孝達師以此題試宜昌古學，余與仲彝各擬四首。郡守聶公攜呈學使，深蒙賞異，是為登龍之始」（《茉莉用漁洋秋柳韻》序）〔註12〕。巧合的是，樊增祥亦稱自己獲李慈銘授學，為「登龍之始」（見本章第一節），又把光緒二年丙子（1876），應黃彭年之命，入保定蓮池書院校書，稱為「登龍之始」〔註13〕樊增祥對張之洞、李慈銘、黃彭年三人皆執弟子禮，這樣的說法可以看出樊增祥處事之圓滑，這也就可以理解樊增祥為什麼可以在李慈銘、張之洞交惡時充當調停人的角色了。

　　同治九年庚午（1870），樊增祥以張之洞幕屬身份，隨行至荊州科試，並充分校。〔註14〕這段從遊經歷，對樊增祥觸動很大，以至於樊增祥將之前的創作付之一炬，「庚午歲，從南皮師遊，始有捐棄故伎，更授要道之歎。舉前所作皆火之，故存稿斷自庚午」〔註15〕「故先生存稿，斷自庚午，猶宋人以「見黃」名集云」〔註16〕樊增祥對張之洞的學術、詞章欽服不已，急於將自己之前的「野路子」拋棄，從而進入張氏所指引的正途「門徑」。樊山在這段轉型期中是極為痛苦的，「時迭主潛江、江陵講席，稍稍以餘金買書，或從人借讀，且讀且抄且作。夙夕下筆千言，至是七言八句，或終夕不成，或脫稿斤斤自喜，閱時又焚棄之。自庚午至乙亥所作，又千餘首，痛自芟薙，存其十之一，釐為上下二卷，曰《雲門初集》」〔註17〕樊山苦於自己的詩作屢屢達不到張之洞的要求，所以會「脫稿自喜」，轉而「閱時焚棄」，選輯時又以極嚴苛的標準取十分之一。那麼張之洞的要求是什麼？樊增祥在《二家詠古詩》序中記：「治庚午，從孝達師於武昌試院，縱言至於詩，師曰：「詩非有事勿

〔註10〕《清史稿》卷四百三十七，《列傳》卷二百二十四。
〔註11〕余誠格《樊樊山集敘》。
〔註12〕《樊山集》卷二十八。
〔註13〕《鄂中呈黃煉訪丈即用留別》小注，《樊山集》卷七。
〔註14〕《尚書師巡視荊州萬城大堤增祥隨節西上賦呈一首》小注：公以庚午三月科試荊州，增祥亦與分校。（《樊山集》卷十三）
〔註15〕《樊山續集》自敘。
〔註16〕余誠格《樊樊山集敘》。
〔註17〕《樊山續集》自敘。

作，吾少時流連光景，雕繪風霞之什，大半軼去，獨通籍後與同年數人作《詠古詩》，既熟史事，且覘學識。每一篇中，必取材於本傳之外，以爲旁搜博識之驗。凡數十首，今亦不存矣」。初窺門徑的樊山將「詩非有事勿作」當做自己的準則和尺度，盡心規範，所以會有了這種轉型期的痛苦選擇。

同治十年辛未（1871），張之洞丁憂回京，樊增祥參加辛未科會試，住在張之洞府中，四月初七，張之洞公子張蘇卿出生，樊增祥曾親手「與湯餅焉」〔註18〕，師徒關係非常親密。這年，樊增祥還結識了大名士李慈銘，並「一見若平生歡」。樊增祥驚異於李慈銘學問的廣博，虛心受教，潛心鑽研，樂在其中，「近執經於越縵。聆其餘論，稍知樸學。於是劣辨形聲，間通雅詁。」〔註19〕從此樊山常常在李、張複雜又微妙的關係間斡旋。

同治十二年癸酉（1873）至光緒三年丁丑（1877）張之洞在四川學政任，而樊增祥與李慈銘門人交往密切，終日宴集唱酬，吟風弄月。樊增祥中丁丑科進士後，恰逢張之洞任滿回京，當得知樊增祥這些年來耽於風雅之事，張之洞表現出極大的不滿，並力勸樊增祥改弦易張，回歸正途。

> 丁丑通籍，南皮自蜀還京，與先生別且久，相見歎曰：「子其終爲文人乎？事有其大且遠者，而日以風雅自命，孤吾望矣。」先生皇然請業，盡屏所爲詞章之學，非有用之書不觀。南皮與先生故皆好談，至是談益劇，達晝夜不止，相與上下千古，舉凡時政得失之由、中外強弱之形、人才消長之數，每舉一事，必往復再三，窮其原始，究其終極，所著《廣雅堂問答》一卷，即當日疏記者也。（余誠格《樊樊山集敘》）

樊增祥在張之洞規勸下，幡然悔悟，回歸張氏所倡導的「實學」之路。繆荃孫協助張之洞編成的《書目答問》也在此時刊刻，樊增祥據此書而更加準確的把握張之洞學問的脈絡。

光緒六年庚辰（1880），翰林院庶吉士樊增祥參加散館考試，殿試二甲四十四名的樊山，這次卻意外受挫。樊增祥弟子余誠格道出其中隱情：

> 試列二等，名與湖南孫宗錫相次，孫在湘序第四，先生在鄂第三。已而，孫得館職，先生竟改外。時清流方盛，南皮爲之盟主，

〔註18〕《張蘇卿公子二十生日索詩賦贈二首》小注：君以辛未浴佛前一日生，余適假榻師門，與湯餅焉。（《樊山集》卷十三）

〔註19〕《答潘鳳洲孝廉書》，《樊山集》卷二十四。

廣雅堂中戶屢恒滿。先生雅不欲附和，南皮疑其稍持異同，故薦剡
不及，先生無悶也。會以外艱歸，遂有高尚之志。（余誠格《樊樊山
集敘》）

　　張之洞對樊增祥不積極參與清流黨，頗有微詞，所以也不像之前那樣盡
力保薦後學樊山了，樊增祥就此無奈的接受外官的任命。或許是樊增祥對張
之洞的不滿不便於發出，只好藉弟子之口爲己申明。樊山本人後來把這次散
館考試失利的原因歸咎於考官錫珍的黜落，而不歸咎於張之洞的援助不力。
樊增祥《輓潘伯寅尚書》詩「十載門牆虛一面，恰從身後泣南豐」下有注：「庚
辰散館，祥卷爲錫尚書所擯。以公與讀卷之列，不一援手，意不能無望。十
餘年來曾未通謁，及聞李越縵師、沈子培比部言，乃知公力爭不得，至今憤
惋，狀易簀前五日，猶與子培道及。今錫君已矣，公又告逝，悼念平生，恩
怨都盡，賦此以誌都門之痛云」〔註20〕。樊增祥的考卷是被時任刑部右侍郎
的錫珍所擯棄，樊增祥不知內情，對時任戶部尚書的潘祖蔭產生誤會，認爲
潘祖蔭對自己無提攜之利。直到光緒十六年（1890）樊增祥回京，才得到李
慈銘、沈曾植的報告，說當年潘祖蔭力爭不得，直到臨終，仍以爲恨事。樊
增祥消除了對潘祖蔭的誤會，感念之餘，傷悼不已。

　　張之洞在京官任上（國子監、翰林院任職），參與到當時朝中興起的「清
流」黨爭中。彼時，外患日迫，俄事方棘，言者蜂起。「之洞喜言事，同時寶
廷、陳寶琛、張佩綸輩崛起，糾談時政，號爲清流」。〔註21〕清流黨的思想根
源，辜鴻銘曾總結爲：

　　　　當同、光間，清流黨之所以不滿意李文忠者，非不滿意李文
　　忠，實不滿意曾文正所定天下之大計也。蓋文忠所行方略，悉由文
　　正手所規定。文忠特不過一漢之曹參，事事遵蕭何約束耳。至文正
　　所定天下大計之所以不滿意於清流黨者何？爲其僅計及於政而不計
　　及於教。文忠步趨文正，更不知有所謂教者，故一切行政用人，但
　　論功利而不論氣節，但論材能而不論人品。此清流黨所以憤懣不
　　平，大聲疾呼，亟欲改弦更張，以挽回天下之風化也。蓋當時濟濟
　　清流，猶似漢之賈長沙、董江都一流人物，尚知六經大旨，以維持
　　名教爲己任。是以文襄爲京曹時，精神學術，無非注意於此。即初

〔註20〕　《樊山集》卷十五。
〔註21〕　《清史稿》卷四百三十七，《列傳》卷二百二十四。

出膺封疆重任，其所措施，亦猶是欲行此志也。(《張文襄幕府紀聞》
卷上)

清流黨的思想淵源、政治目的如上，是士大夫文人發起的一次「正本清
源」式的運動。張之洞希望弟子樊增祥接受其思想，並參與其中。樊增祥常
常不忘樊燮捲入黨爭的後果，雖「亦有所論列」，但聽聞「當軸弗善也」〔註
22〕後，就遠避不參與，顯得很超然：「庚辰散館，改知縣，選司注牒，燕市行
歌。是時言路方開，清流奮起，余坐聽批鱗之論，間同歌酒之筵，譏之者曰
遨遊隴蜀之間，譽之者曰趨步申屠之後，皆弗恤也」。〔註23〕樊增祥其實歸根
結底是不認可「清流黨」的結朋黨，他在這個問題上是站在李慈銘一邊的，
劉成禺《世載堂雜憶》記錄了樊增祥轉述的李慈銘對清流黨之鄙視：「清流黨
者，呼李鴻藻爲青牛（清流同音）頭，張佩綸、張之洞爲青牛角，用以觸人；
陳寶琛爲青牛尾，寶廷爲青牛鞭，王懿榮爲青牛肚，其餘牛皮、牛毛甚多。
張樹聲之子，爲牛毛上之跳蚤（此亦樊山述越縵之批評）。香濤、韜庵諸人，
連同一氣，封事交上，奏彈國家大政，立國本末，此越縵派人所不能爲，故
嫉忌愈甚」。樊增祥也因爲這個問題，在那個時期，與張之洞產生一定的分歧。
最終導致自己無法在朝中立足。

張之洞身邊的清流議臣，有「翰林四諫」的說法，然而，具體爲哪四人，
卻眾說紛紜。陳聲聰《兼於閣詩話》定爲：張佩綸、黃體芳、寶廷、何金壽。
還有定爲「張之洞、張佩綸、寶廷、黃體芳」或「黃體芳、寶廷、鄧承修、
張佩綸」〔註24〕。樊增祥則提供了「翰林四諫」說法的另一出處：《用〈受軒
仁甫兩同年並於余詩有過情之譽戲用仁甫韻奉柬〉韻書感》有句：「今日漢庭
疏汲黯，袞衣誰爲補華蟲」，下有小注：宋仁宗朝有「四諫」。光緒初，何、
黃、陳、寶俗稱四大金剛，張孝達師易其名曰翰林四諫。後又有所謂松筠十
友者，不能悉記。今皆亡之。〔註25〕據樊增祥所言「翰林四諫」本爲張之洞
所定名，因此，「四諫」絕不應有其本人，「張、張、寶、黃」的說法不成立。
又考鄧承修於光緒初尚在外官任上，並未任職翰林院，故，「黃、寶、鄧、張」
說亦不成立。陳聲聰爲晚輩，其記錄當爲道聽途說之言。因此，張之洞弟子

〔註22〕余誠格《樊樊山集敘》。
〔註23〕《樊山續集》自敘。
〔註24〕分別見於《中國少數民族詩歌史》(祝注先主編，中央民族大學出版社，1994
　　　年版)，《瑞安歷史人物傳略》(余振棠主編，浙江古籍出版社，2006年版)。
〔註25〕《樊山續集》卷二十三。

樊增祥作爲當事人、見證人，他的說法可信度最高，當從樊增祥說。「翰林四諫」是「何金壽、黃體芳、陳寶琛、寶廷」。

樊增祥散館考試後，留京不成，只好想方設法選擇一個離親舊故交不太遠的地方任職。樊增祥在光緒十年（1884）始補實缺，出爲陝西宜川令。光緒六年五月至光緒九年十二月這段時間，往來於京師、家鄉和各個地方官的幕府中，曾在黃彭年幕中幫辦，也曾往湖北鄂中書局校書。張之洞則出爲山西巡撫。直到光緒十年初張之洞入覲，二人才在京師再次相遇。「癸未冬，謁選入都，……南皮師自晉入覲，又日與再同侍側，朋簪之樂，於斯爲盛」〔註26〕樊增祥於光緒九年十二月進京途中，寄詩予尙未入京的張之洞。《寄懷張中丞師太原》詩中除對張之洞的奉承外（「上黨故爲天下脊，中丞今是國家楨」）還透露一個值得玩味的信息，樊增祥曾屢次推脫，拒入張之洞幕。上引詩第二首「失計避人方曲底，卻看並代是恩門」下小注：「公屢盼余入幕，卒以事羈，未往」。〔註27〕賦閒待缺的樊增祥入黃彭年（有姻親關係）幕，卻不願入張之洞幕，除卻之前對「南皮師」略爲不滿之外，李慈銘的影響也是存在的。李慈銘此時正與張之洞交惡，常在樊增祥面前痛斥張之洞等人。「（越縵）知予亦香濤門人，對予大起違言。由其滿腹牢騷，逼仄所至，不知實有害於當時朝士之風氣也」〔註28〕樊增祥對此本不以爲然，但是在涉及到自己切身利益——仕途升降時，就不能不認眞考慮李慈銘的建議了。光緒十年（1884）四月，張之洞以山西巡撫署理兩廣總督，七月實授。臨行前曾再一次邀請樊增祥隨行入幕。對此，樊增祥去徵詢李慈銘的意見，李在《越縵堂日記》光緒十年五月二十三日寫道：

> 雲門來夜談。近日南皮、豐潤兩豎以朋黨要結，報復恩怨。惡余之力持清議，深折奸萌。二憾相尋，欲致死力於我。遂廣引纖子，誘以美官。南皮儉腹高談，怪文醜札，冀以炫惑一時聾瞽，尤惡余之燭其隱也，故日尋干戈。以雲門盛氣負才，益籠絡之。誘以隨往粵東，爲掌書記。甘言重幣，煽惑百端，許以捐升同知，或登之薦牘，擢以不次。幸其叛我，多樹敵仇。……雲門既惡所選宜川，山北苦寒，且荒癖甚，聞豐潤言，不能無動。繼入南皮餌，遂欲從之

〔註26〕《樊山續集》自敘。
〔註27〕《樊山集》卷八。
〔註28〕劉成禺《世載堂雜憶》。

過嶺。余謂之曰，仕宦惟州縣可爲，捨自有之官，而入他人之幕，已爲非計。且君以有母，呈請近地，今遠適嶺外，必致人言。即吏部亦必格之。雖南皮悍然不顧律令，君何苦以自累見在？朝廷既停事例，何例可捐。況不就真除之縣令，而求銅臭之冗丞，毋乃誖乎定制。凡實授官必到任始許捐升，南皮固全不識吏事，君何昧耶？雲門雖不然余言，然亦因此自阻。觀於交際之變幻，可以驗世會之睢剌。世無尼父，豈有顏回？況余與雲門本無定分，翟公署戶，豈爭一雀之入羅。陰生授徒，未有雙鳳之投贄。既欲割寧之席，不彎穀羿之弓。我豈容心，彼何過計。

李慈銘攻擊張之洞、張佩綸等人結黨營私的話，樊增祥也許沒聽進去（雲門不然余言）。但是李慈銘指出的幾條不能南下的理由，卻都是樊增祥無法迴避的，1.仕宦惟州縣可爲。長期在別人的幕府中執事，官方無法對幕賓的實際能力進行評估考核，因此對仕途升遷毫無益處。後來的易順鼎雖屢獲保舉，但遲遲得不到放實缺的機會，就是因爲這個原因。〔註29〕2.樊增祥曾向吏部投供，以「親老告近」，希望安排到離湖北家鄉較近的地方任職，以侍奉母親。現在與張之洞同赴更遠的嶺南，恐遭人非議。3.張之洞許諾的令樊增祥以幕僚身份捐升五品同知銜的允諾，於成例不合（凡實授官必到任始許捐升），根本無法實現。樊增祥聽李慈銘分析後，表面上不發表意見（這讓李慈銘很不快），暗自還是贊同的。樊增祥因此並未隨張之洞南下。

光緒十年（1884），張之洞授兩廣總督，時正值中法戰爭，張之洞領導並參與了對法作戰。中法戰爭後，張之洞思想發生一定程度的轉變。辜鴻銘評論：「洎甲申馬江一敗，天下大局一變，而文襄之宗旨亦一變，其意以爲非效西法、圖富強，無以保中國；無以保中國，即無以保名教。雖然，文襄之效西法，非歐化也。文襄之圖富強，志不在富強也。蓋欲借富強以保中國，保中國即所以保名教。吾謂文襄爲儒臣者以此。」〔註30〕中法戰爭後，清廷「不敗而敗」。張之洞：「恥言和，則陰自圖強，設廣東水陸師學堂，創槍炮廠，開礦務局。疏請大治水師，歲提專款購兵艦。復立廣雅書院。武備文事並舉。」〔註31〕張之洞在廣州六年，開始關注並致力於辦「洋務」。樊增祥則

〔註29〕「安徽蕪湖道缺出，（張之洞）屢爲易順鼎言之，監國曰：「聞易某湖南詩人，能作詩固佳。蕪湖缺繁，恐妨事。」卒不予」《國聞備乘》卷三。
〔註30〕辜鴻銘《張文襄幕府記聞》。
〔註31〕《清史稿》卷四百三十七，《列傳》卷二百二十四。

在這段時間內於陝西四縣為官，後丁內艱，回鄉。光緒十五年己丑（1889），服喪期間的樊增祥同時受到江寧布政使黃彭年與兩廣總督張之洞的電報，召其入幕幫辦。於是樊增祥由湖北順江而下：「是時南皮師督粵，子壽師撫蘇，皆飛電見招。六月如吳，寄家滬上。七月從子壽師至金陵，監臨鄉試。九月返滬。十月如粵，會南皮師移節兩湖，相從還鄂。」〔註32〕張之洞改調湖廣總督，樊增祥隨行北上。至武昌後，師徒間的一番長談讓張之洞對樊增祥刮目相看：「己丑秋，徑吳如廣，尋復從南皮還鄂。南皮高掌遠蹠，舉措非常。初，以先生弗嫻西學，清談而已，久之，稍與謀議，乃大歡抱，謂族子樞曰：「雲門智數過人，真幕府才，惜吾不能留耳。」〔註33〕張之洞因內憂外患而產生了革新積弊、辦實業救國保種的思想，而樊增祥在這一年元旦猶自吟詠「生為太平雀，歌詠我猶能」〔註34〕，很難想像樊是因強烈的憂患意識而產生學習「西法」念頭的。樊與張之洞交流的可能更多是他縣令任上的治理經驗，如再投其所好地講一些傾向「西學」實務的話，必然會被張之洞所賞識。因此不能因張之洞的賞識來推斷樊增祥很早就產生學習西方思想的結論。此時的樊增祥仍然更加重視對「古」之經驗教訓的學習，「光緒己丑，師由廣州移節兩湖，余在幕府，與蘇卿公子檢視書篋，得師手稿一冊，起辛酉，訖丁卯，都七十餘首，而《詠古詩》在焉。」〔註35〕樊增祥將乃師評騭歷史人物，總結歷史教訓的詠古詩視若珍寶。第二年，樊增祥釋服，告別張之洞，入京待補。入京見到久別的李慈銘及其門人，親密無比，「明年庚寅二月釋服，八月入都……入都與愛伯師相見，別七年矣。執手悲喜，文宴無虛日」〔註36〕論私交，樊增祥與李慈銘之間的關係相對於張之洞更為親密。

甲午戰敗，舉朝為之震動，就連一向不關心外事的樊增祥，亦反覆創作隱晦的諷諭時局詩以洩怨憤。〔註37〕張之洞隨勢而動，積極支持康有為等人的救亡運動。甚至列名「強學會」。光緒二十四年戊戌歲（1898），張之洞更是讓梁鼎芬招章太炎至武昌主筆《正學報》。章太炎解釋張之洞召其赴鄂的原因：

初，余持《春秋左氏》及《周官》義，與言今文者不相會。清

〔註32〕《樊山續集》自敘。
〔註33〕余誠格《樊樊山集敘》。
〔註34〕《己丑元日次雲生韻》，《樊山集》卷十一。
〔註35〕《二家詠古詩》序。
〔註36〕《樊山續集》自敘。
〔註37〕見《樊山集》卷二十五。

湖廣總督南皮張之洞亦不喜公羊家，有以余語告者，之洞屬余爲書
駁難。余至武昌，館鐵政局。之洞方草《勸學篇》，出以示余。見其
上篇所說，多效忠清室語，因答曰：「下篇爲翔實矣。」梁鼎芬者，
嘗以劾李鴻章罷官，在之洞所，倨傲，自謂學者宗。余聞鼎芬先與
合肥萠光典爭文王受命稱王義，至相箠擊，因謂鼎芬不識古今異法。
一日聚語，鼎芬頗及左氏、公羊異同。余曰：「內中國，外夷狄，《春
秋》三家所同。弒君稱君爲君無道，三家亦不有異。實錄之於盧言，
乃大殊耳。」他日又與儔輩言及光復，鼎芬恧焉。未幾，謝歸。（《民
國章太炎先生炳麟自訂年譜》）

張之洞本人極厭惡公羊學，得知大名鼎鼎的章太炎以《左氏》反公羊，
於是希望延聘至幕中，爲新政鼓與呼。但是太炎終究還是有大志向、大抱負
的革命家，與保守的張之洞、梁鼎芬是沒有辦法契合的，因此雙方不歡而散。
張、章的這次交晤，可以看做是「革命派」與「洋務派」間的一次直接對話，
雖然雙方有共同的目標，但是從出發點到實現手段的選擇上，雙方有著無法
逾越的巨大鴻溝，這不可能通過對話妥協達成一致。因此，在戊戌政變失敗、
庚子國難之後，革命派開始謀求暴力革命以推動社會進步。所以，我們今天
仍然可以從晚清的歷史中得到教訓，以資借鑒——沒有達成廣泛的各階層之
間的共識，貿然推動社會變革，必將會讓整個社會陷入極端的暴力威脅之下。
而粗暴簡單的暴力變革，並不能成爲治療社會積弊的「良藥」。「治標不治本」
的革命甚至會引發社會的迅速倒退。

據陳灝一記述，向張之洞舉薦章太炎的是石遺室陳衍，張之洞電召章太
炎入鄂後，又是梁鼎芬密報章太炎爲革命黨，張之洞才將其遣走。〔註38〕此
說可以從陳衍《石遺室詩話》中得到驗證：

二十年前，從湘人童伯和處見章太炎所著《左傳經說》，以爲杭
州人之傑出者，言於林迪臣、高嘯桐，使羅致之。戊戌正月，客張
廣雅督部所，廣雅詢海內文人，余與孫仲容、皮鹿門，以次及君。
廣雅以爲文字詭譎，余復言終是能讀書人。迨余入都，聞廣雅已電
約君至鄂，旋聞以與朱強甫談革命，強甫以告星海，星海將懸而榜
之，未果，狼狽歸。〔註39〕

〔註38〕陳灝一《新語林》卷八。
〔註39〕陳衍《石遺室詩話》卷七。

而劉成禺則記載章太炎見張之洞事，更爲不堪。

　　庚子事變後，康、梁「公羊改制」說盛行。張之洞本新派，懼事不成有累於己，乃故創學說，以別於康、梁。在紡紗局辦《楚學報》，以梁鼎芬爲總辦，以王仁俊爲坐辦，主筆則餘杭章太炎炳麟也。太炎爲德清俞曲園高足弟子，著有《春秋左傳讀》一書，之洞以其尚左氏而抑公羊，故聘主筆政。予與江蘇朱克柔、仁和邵仲威（伯綗之弟）、休寧程家檉，常問字於仁俊先生之門；仁俊先生曰：「他日梁節庵與章太炎，必至用武；梁未知章太炎爲革命黨，其主張奴視保皇黨，豈能爲官僚作文字乎？」《楚學報》第一期出版，屬太炎撰文，太炎乃爲《排滿論》凡六萬言，文成，抄呈總辦。梁閱之，大怒，口呼「反叛反叛，殺頭殺頭」者，凡百數十次。急乘轎上總督衙門，請捕拿章炳麟，鎖下犯獄，按律制罪。予與朱克柔、邵仲威、程家檉等聞之，急訪王仁俊曰：「先生爲《楚學報》坐辦，總主筆爲張之洞所延聘，今因《排滿論》釀成大獄，朝廷必先罪延聘者，是張首受其累，予反對維新派者以口實。先生宜急上院，謂章太炎原是個瘋子，逐之可也。」仁俊上院，節庵正要求拿辦；仁俊曰：「章瘋子，即日逐之出境可也。」之洞語節庵，快去照辦。梁怒無可泄，歸拉太炎出，一切鋪蓋衣物，皆不准帶，即刻逐出報館，命轎夫四人，撲太炎於地，以四人轎兩人直肩之短轎棍，杖太炎股多下，蜂擁逐之。太炎身外無物，朱、邵等乃質衣爲購棉被，買船票，送歸上海。陳石遺《詩話》某卷第二段，曾言太炎杖股事，故太炎平生與人爭論不決，只言「叫梁鼎芬來」，太炎乃微笑而已。〔註40〕

　　劉成禺此說不確，此事發生於戊戌年（1898），不是「庚子事變」後。且章太炎受邀赴楚所主筆爲《正學報》，非《楚學報》。至於太炎被杖責一事，更是道聽途說之聞。陳衍《石遺室詩話》中並無相關記載，只是說章太炎在返回杭州後給舉薦人陳衍來信，「斥廣雅之非英雄」。〔註41〕因此，劉成禺「章太炎被杖」一事不確。

　　在如火如荼的改良運動中，樊增祥沒有絲毫之介入。依然在其渭南令任

〔註40〕劉成禺《世載堂雜憶》「章太炎被杖」條。
〔註41〕陳衍《石遺室詩話》卷七。

上「聽訟決獄」。「百日維新」失敗後，張之洞因「先著《勸學篇》以見意，得免議。」〔註42〕辜鴻銘爲張之洞申辯：「厥後文襄門下，如康有爲輩，誤會宗旨，不知文襄一片不得已之苦心，遂倡言變法，行新政，卒釀成戊戌、庚子之禍。東坡所謂其父殺人報仇，其子必且行劫，此張文襄《勸學篇》之所由作也。嗚呼！文襄之作《勸學篇》又文襄之不得已也，絕康梁並以謝天下耳。韓子曰：「荀子大醇而小疵。」吾於文襄亦云然。」〔註43〕辜鴻銘此論不單是撇清張之洞與康梁變法本無瓜葛，更是從理論上劃出了保守的「洋務派」與「改良派」之間的分野。

「庚子事變」中，樊增祥奔赴「行在」意外獲得獎擢機會，先入政務處、再遷安徽鳳潁六泗道。而張之洞則與兩江總督劉坤一、兩廣總督李鴻章一道策劃「東南互保」以避禍。直到光緒二十九年癸卯（1903）署兩江總督張之洞奉召進京時，樊增祥才又見到張之洞。十多年未相見，樊增祥感慨「老矣狄公門下士，九重天上復從遊」。〔註44〕這年，樊增祥受命調補浙江按察使，奉旨進京召見。入對時，論及邊疆大吏，慈禧太后表現出對張之洞極大的信任，〔註45〕並因此而器重樊增祥，「入覲，孝欽后垂詢履歷甚詳，謂爾爲張之洞弟子，之洞才備文武，爾必能肖爾師。」〔註46〕樊增祥準備出京赴任前，張之洞曾召集沈曾桐、寶熙、于式枚、李希聖等設宴餞行。〔註47〕孰料，樊增祥出京方至天津，又有旨意，改爲陝西按察使。光緒三十二年丙午（1906）八月初三日，恰值張之洞七十壽辰。已遷爲陝西布政使的樊增祥不僅作「哲學環球第一家，上流二紀建高牙」的《壽抱冰師七十用香山九老詩格》詩〔註48〕，更作二千言祝壽文，以電報分日拍發。

　　總督張之洞七十壽辰，樊山方布政陝西，乃以儷體文二千言爲壽，用電報，分日拍發，中有警句云：「不嘉其謀事之智，而責其成

〔註42〕《清史稿》卷四百三十七，《列傳》卷二百二十四。

〔註43〕辜鴻銘《張文襄幕府記聞》。

〔註44〕《六月二十九日政務處同人公宴宮保師於第一樓是日晴雨相間即席疊前韻三首茲韻凡二十疊矣》，《樊山續集》卷十九。

〔註45〕《奉和入對恭紀》「宣仁第一庸司馬，蘇軾因霑賜茗香」下注：祥入對，言及疆吏。慈聖曰：「兩江甚好。」既而曰：「終以張之洞爲最。」（《樊山續集》卷十九）

〔註46〕王森然《樊增祥先生評傳》。

〔註47〕《樊山續集》卷十九。

〔註48〕《樊山續集》卷二十四。

事之遲，不諒其生財之難，而責其用財之易。」蓋之洞志大而謀遠，任督撫四十年，每有興作，耗費鉅萬，一時有國家敗子之稱，此文極盡斡旋之能事，故之洞大聲朗誦，擊案而呼曰：「雲門真可人哉！」〔註49〕

張之洞把樊增祥引為知己。拋開樊氏奉承的因素，他確是為數不多的支持張之洞大興實業者之一。張之洞自兩廣總督任上開始辦實業，至武昌後，官湖廣總督十幾年，將主要精力放在修鐵路、開礦局等工業建設上，我們從今天的歷史評價角度來看張之洞的所辦之「洋務」，是利國利民，有前瞻、有眼光之舉。毛澤東在建國後曾說，談起重工業，不能忘記張之洞。張在19世紀末的農業中國，力排眾議，發展工業是要背負巨大壓力的。李慈銘就曾惡意攻擊張的一系列舉措：

> 漱翁留小飲，出近日所上言開鐵路借洋債利弊疏，通計近年所借洋款本利之數，戶部酬還之期限，各省釐金洋稅之出入，其言至為詳盡，有旨該衙門知道。該衙門者，蓋海軍衙門，總理衙門及戶部也。鐵路之議，創於合肥。去年試行於天津至大沽，未數月，即有火車觸裂死傷人百餘者。醇邸亦疑之。而合肥固持必欲先試之天津至通州，次漸推之清江。醇邸意動，詔下各省督撫議。張之洞者，僉人也。在廣東貪縱驕恣，甚虧公帑至千萬。日以進奉求媚，而刻薄粵人。凡官吏之臟賄發露者，罰以多金，仍任事如故，專用小人為耳目。奸商滑胥，肆意橫行。日以獻計，誅求漁利。為事不足，則借洋債重息以餌之。土木繁興，廣事營建。於城外強買民地百餘畝為廣雅書院，且欲拓城十餘里，包以入。布政游智開固執不可，始止。其署中營造尤奢，內為洞房麴室，琱飾奇麗。以兼署巡撫為飛橋，以通兩署上為樓觀，亙數里。余日攜妓妾往來其間，近年有旨修萬壽山，首進銀三百萬。及奉此詔，獨疏言鐵路之利甚博，且久中國得此方能自強。須由湖北之漢口直開至天津，以達京師。兩粵可酬一千萬金，每年解百萬，以十年為限，而兩湖總督裕祿、湖北巡撫奎斌皆上疏力言不可行。故朝廷移之湖廣，責以與合肥力辦之。湖北先自襄漢開至河南之南陽。直隸先自天津開至真定，計費至五千萬。凡渡河十八道皆用鐵橋，其路寬二十丈，一來

〔註49〕 邵鏡人《同光風雲錄》。

一往爲兩道。其鐵及機器皆購之英國，所費皆數百萬。路所經約四千里，凡民地悉以官價買之。遇村落墳宅，即城郭衙署，皆毀之。人心洶洶，訛言四起。翁尚書屢爭之於醇邸，且言之上。上深恐激變，不欲行。大學士張之萬，之洞無服族兄也，亦甚不然之，斥言之洞必誤國。上每召見外吏，必詢此事民心若何，而無敢對者。悲哉。〔註50〕

　　由李慈銘之口，我們可以看到當時朝野輿論對張之洞的質疑主要是在幾個方面：1.向洋人銀行借貸之憂慮。2.修鐵路的質疑：鐵路不安全，事故頻發，且在建設中會侵害百姓利益。3.造成國庫空虛。張之洞就此上書廣言修建盧漢鐵路有「七利」，包括經濟、交通、國防、海運、漕運等各個方面的優勢，就百姓擔心的「平墳」問題，張也認爲可以通過線路選擇最大程度上避免侵害百姓利益。〔註51〕今天看來，張之洞的遠見卓識是超越他那個時代的。所以，張之洞在晚清的社會環境中，處境艱難，常常四處碰壁，盧漢鐵路的最終開工建設也是在 7 年之後了。張之洞在晚清的陳腐政局中，艱難得爲實業而鼓呼。他非常希望能得到朝野知識分子的認可與支持，事實上，終其一生，也很少有人理解他辦實業的意義。樊增祥的祝壽文讓張之洞感受到了弟子的聲援，所以會擊節稱快。樊增祥的恭維語還隱藏一層意思：希望士人對張之洞的評價「看大節」，不必計較「小義」。張之洞在地方爲官「二紀」，雖然於爲官聲譽極爲重視，〔註52〕難免會有李慈銘提到的「營造飛橋」之類涉嫌以公謀私的醜聞。〔註53〕張之洞本人性格狹隘且剛愎，與當朝王文韶、鹿傳霖等都有過節，常常會受到這樣「揭醜」式的攻擊。張之洞希望那些與他本無仇怨的人「看大節」，以他爲國家所做的貢獻來評價他，樊增祥的祝壽文迎合了他這種心理，所以受到張之洞的激賞。

　　宣統元年（1909）八月二十一日，體仁閣大學士、軍機大臣張之洞逝世。他與弟子樊增祥持續四十二年的關係就此畫上了句號。

〔註50〕　《越縵堂日記》光緒十五年七月二十日。
〔註51〕　《清史稿》卷四百三十七，《列傳》卷二百二十四。
〔註52〕　《尚書師旣閱江堤遵陸入郢沿漢而歸再呈一首》小注：公恐州縣供億，以輪舟爲行臺焉。（《樊山集》卷十三）
〔註53〕　葛虛存《清代名人軼事》「治術類」，張之洞：「倪旣去任，文裏護理巡撫，兩署懸隔，往返頗不便，思空中構鐵橋，溝通兩署」，「橋成後，每夕陽欲下時，姬妓羣或靚妝炫服，逍遙其上，人望之如天半神仙云。後某督至，始拆去之。」

第三節　張之洞「中體西用」與樊增祥思想的形成

　　首先是積極入世的態度上，樊增祥繼承張之洞傳統儒家的觀點。總結樊增祥與張之洞的關係可以發現：張之洞在政治、經濟、文化觀念上深刻的影響了中年之前的樊山，是樊氏干祿仕進的啓蒙者與引路人。張之洞一生秉承儒家入世之觀念，以「保國保種」爲出發點，以自強復興爲目標，在晚清內憂外患的變亂時局中立足實業，紮實地進行重工業建設。在眾多傳統士大夫知識分子眼中，位極人臣的張之洞做出了一番宏大的「事業」，值得傚仿。在樊增祥眼裏，孝達師是其爲官爲政的楷模。樊增祥自從被張之洞斥責「子其終爲文人乎？事有其大且遠者，而日以風雅自命，孤吾望矣」後，在學習爲政之道上，用力最多，終成晚清一代「聽訟決獄」之能臣。對於仕進升遷，胸懷偉志的樊增祥自然非常積極。光緒二十七年辛丑（1901）歲，於西安「行在」政務處書記的樊增祥雖仍是四品道員銜，且年屆花甲，卻依然雄心不減。「他日凌煙圖將相，河汾一老鬢如銀」（《人日與及門諸子照像自題一律》）〔註54〕此時的樊增祥似乎仍躊躇滿志想幹一番事業。庚子之後，朝野內外更換了一批大員，很多人藉著這股風潮迅速升遷。樊增祥卻僅僅得到正三品的陝西按察使之職，年齡小於自己的瞿鴻機拜工部尚書入軍機處，科名遠不及己的升允也已擢陝西巡撫，成了樊的直接領導，樊增祥於是向同年中進士的何福堃抱怨：「幾人身在五雲間」下注：「丁丑一榜，內無尚書，外無節鉞。」《次壽萱柬宦陝諸同年韻同年居陝者凡五人》〔註55〕樊增祥的牢騷其實涉及到時人對歷科進士的評價：「歷科榜運，其盛衰各不相同，故諺有響榜啞榜之說。順治三年丙戌，爲本朝第一次舉行甲科，其間位躋卿相者甚夥。阮亭《居易錄》內，曾歷舉其姓氏，以爲美談。近有客問道光以來，何科最盛？余以壬辰、乙未、丁未三科答之」。〔註56〕但是朱彭壽統計樊增祥所在之丁丑科，並不能算「啞榜」：「丁丑科進士，尚書一（陳璧），侍郎三（吳郁生、劉永亨、長萃），內閣學士二（楊佩璋、許澤新），鎮邊大臣一（訥欽），布政使七（余聯沅、濮子潼、何福堃、樊增祥、胡湘林、繼昌、陳燦）」。〔註57〕樊山在清末爲官三十五年，做到從二品的布政使，不能說是「懷才不遇」，但樊並不滿

〔註54〕《樊山續集》卷十三。
〔註55〕《樊山續集》卷二十三。
〔註56〕朱彭壽《安樂康平室隨筆》。
〔註57〕同上。

足於此，民國後多次向上獻媚求官，被指責為「官癮極大」。就樊山本人主觀願望來說，未嘗不是想效法張之洞掌大權後，做成一番事業。可是，民國後觀念層次已整體落後的樊增祥再無機會參與政治了（後文詳述）。

其次是學問上，樊增祥較好的繼承了張之洞「中體西用」說。這一點，迥異於極端排斥「西學」的李慈銘。

> 閱郭嵩燾侍郎《使西紀程》，自丙子十月十七日於上海拜疏出洋，至十二月八日抵英吉利倫敦止。倫敦者，英夷都城也，記道里所見，極意誇飾。大率謂其法度嚴明，仁義兼至，富強未艾，寰海歸心……迨此書出，而通商衙門為之刊行，凡有血氣者，無不切齒。於是湖北人何金壽以編修為日講官，出疏嚴劾之，有詔毀板，而流佈已廣矣。嵩燾之為此言，誠不知是何肺肝，而為之刻者又何心也？〔註58〕

李慈銘以「正統」自居。不接受西方「夷狄」文明高於「中國」的現實。這在士大夫階層中是比較普遍的看法，張之洞早年也未嘗不在此列。只是外放地方後，著手於地方實業的發展，不能不學「西法」，才逐漸改變對「西學」的看法，但張之洞等對「西學」的好感也僅僅止於「器物」層面。隨著時代的發展，早年痛罵張之洞辦實業「誤國」的李慈銘（也有個人恩怨的因素），在樊增祥調停下，不光與張之洞修復私交〔註59〕，對洋務派的做法也有了更多理解：

> 得張香濤尚書武昌書，其言鐵廠工程辦法及利弊凡千餘言，甚為詳盡。然江夏大冶等處煤井皆須掘深數十丈方能取出佳煤，又須作爐數十座煉成焦炭，約至七月井工方能告成，然後採鐵煉鋼，可以製造槍炮輪船及各種機器，庶奪洋鋼洋鐵之利，非僅為修造鐵路用也。其苦心籌畫，甚為周至。然事屬創辦，其頭緒繁密而功力浩大，所費不貲。近日許季和廷尉已有疏糾之，以此歎任事之難耳。
>
> 〔註60〕

「洋務」為國人所接受，確實經歷了一個過程，從李慈銘上述兩篇日記的態度，就可以明確的感受到這種「觀念之變」。

〔註58〕《越縵堂日記》光緒三年六月十八日。
〔註59〕見周容《論李慈銘與樊增祥的詩歌理論及其創作》第一章。
〔註60〕《越縵堂日記》光緒十九年二月初十日。

在時代觀念的推動下，加之受到張之洞的直接影響。樊增祥對「西學」的態度由早期的「不聞不問」轉向「被動的接受」——申明自己並不排斥「西學」，甚至還是眞爲「西學」者。

> 《五十麝齋詞賡》跋：「太史公曰：『好學深思，心知其意。』余一生服膺此語。學問、經濟，並以知意爲難。有眾生爲之而莫知其意者，斷無知其意而不由於好學深思者。西人每作一事，皆積勞苦思而後成。中人則鹵莽施之，滅裂報之，可謂官失而守在夷矣。」

樊增祥認爲「西人」能夠取得經濟、、科技、軍事等方面的成就，是因爲他們貫徹司馬遷「好學深思，心知其意」主張認眞的緣故，中國在晚近的失敗落後，根源在於「鹵莽施之，滅裂報之」。中國若想振興，恢復《大學》所設立的倫理秩序「格物、致知、誠意、正心」才是最爲緊要的。樊增祥意識到推動社會的進步，首先應該改造「國民性」，但是他並不能像「五四時期」的啓蒙先行者提出「廢禮教」的口號。而是認爲國家衰弱是因爲道德淪落，道德淪落是因爲「人心不古」，因此需要從根源處入手，改造一代風氣。可以說，樊增祥依然走在「改良派」「託古改制」的老路上，當然他的「復古」立場與張之洞一致，即建立在謹愼考據基礎上的「釋古」，這是迥異於康梁式的「復古」。〔註61〕樊增祥在《五十麝齋詞賡》跋的結尾處，不忘爲自己的「眞西學」做法申辯，「今人皆詆吾爲守舊，不知吾做事甚似西人，其不合於時賢者，世皆襲西人之貌，吾則取其意也」。樊增祥很好地繼承了張之洞「中體西用」的精髓，巧妙地把「西學」納入了既有「中學」邏輯框架內，進行分析。這樣的改造策略，樊增祥的好友馮煦也在使用。

馮煦（1842～1927）江蘇金壇人。原名馮熙，字夢華，號蒿庵，晚號蒿叟、蒿隱。少好詞賦，有江南才子之稱。光緒八年（1882）舉人，光緒十二年（1886）進士，授翰林院編修。歷官安徽鳳陽知府、山西按察使、安徽布政使和安徽巡撫。辛亥革命後，寓居上海，以遺老自居。曾創立義賑協會，承辦江淮賑務，參與纂修《江南通志》。馮煦工詩、詞、駢文，尤以詞名，著有《蒿庵類稿》等。馮煦論及「自由」：「今之新學，每言『自由』，而不知二字所始。案，唐裴廷裕《東觀奏記》，太宗語文德皇后曰：『魏徵每廷辱我，使我嘗不得自由』。『自由』二字殆即始於此邪，蓋意在任情縱慾、無所檢制

〔註61〕 樊增祥以正統自居，敵視康梁。《五題湘綺樓集》：「請看滄海橫流日，惟有湘潭徹底清」下注：康梁構逆，先生門下無一附和者。

也。」〔註62〕馮煦所指出的「自由」語詞的來源並不準確，「自由」在漢代鄭玄注《禮記・少儀》「請見不請退」的注中，已有「去止不敢自由」之語。〔註63〕且古籍中的「自由」與近代翻譯著作中的「自由」之涵義已漸行漸遠。1885年，傅蘭雅與應祖錫翻譯《佐治芻言》，1890年前後何啓、胡禮垣作《新政眞詮》。都介紹了自由思想，但都只是「自主之權」意。直到嚴復在 1895年的天津《直報》上發表的《原強》、《論世變之亟》等文，才將現代西方政治學意義上的「自由」闡述出來：是包括自由、平等、人權在內的民主思想的總原則。〔註64〕

樊、馮等都是把「西學」的一些現象簡單對應於「中學」類似概念，在「中學」倫理框架內進行分析。然而遺憾的是，他們並不知道對於各自獨立運行幾千年的兩個文明，是無法簡單通過語詞的一一對應，就能夠把握對方文明的精神、氣質、內涵的。這個問題即使在今天依然部分存在，語詞簡單對應引發的文化誤讀直接影響文明間正常、理性的對話。近代以來的中西文明衝突，多數皆因之而起。無論是西人不懂中土之「傳統」，以「科學」眼光衡量中國文化「野蠻與否」式的古板；還是國人不懂西人現代民主思想，用「權謀」詮釋「普世價值」「包藏禍心」式的狹隘。都是在用自身文明內的語境硬套對方的觀念，造成誤解。瞭解文明間「誤讀」的原因，今天依然有意義。

光緒三十四年戊申（1908），罷官後閒居一年的樊增祥偕弟子來到河南蘇門山遊覽，期間日記一則，顯示此時的樊增祥在思想上較前已經有了較大的飛躍。

> 世皆謂予不信西學，不知西人哲理，久契吾心，即在官時，興學練兵，何一不取諸彼。惟今之新學家，專事剪辮髮、戴草帽、著窄衣革鞮，其所效者僅形容，而所言者皆紕繆，不惟不足自立，且轉以自害。今所當學者，以教育普及爲最急，兵制工藝爲最要，而學制當中西並重，不當偏倚。若立憲則是中國古法，而專制已久，未可驟更，不惟民格不及，官格、紳格皆不及也。至於中西風氣，各有異同，事事捨己從人，徒滋訕笑。試問香檳、勃蘭，何如越酒？

〔註62〕《萬庵隨筆》卷三。
〔註63〕參見熊月之《中國近代民主思想史》，第 266 頁。
〔註64〕同上，第 268 頁。

羊排、牛羜,何如郇庖?圭竇、蓽窗,難登圖書;毛衣、革履,焉
有威儀?飲食日用間,各適其宜,各從所好可矣。吾今不當言政事,
所取法西人者,「談哲理」、「吸空氣」而已。〔註65〕

此時的大環境是,清廷在簽訂屈辱的《辛丑條約》後,革命黨人毅然走
上暴力革命推翻滿洲統治的路,清廷則被迫加速了改革變政的步伐,廢科舉、
預備立憲、派大臣赴西方考察政治制度。在這樣的大歷史背景中,樊增祥「與
時俱進」地提升了對「西學」的認識。樊增祥又一次申明自己是「眞維新」、
「眞西學」,只是這一次,樊氏心中原本並不相稱的兩大文明「中學爲主、西
學爲補」的形態已悄然變爲可以「平等對話」「各取所需」的狀態。樊在日記
中強調,不要膚淺的只學習洋裝洋服,要學西方的形而上「哲理」,還申明學
西人哲理是自己的一貫原則。樊增祥同時強調,「民主」(樊並無明確的民主
概念,只是模糊的感到專制有另一對立面)應該「緩行」。所謂「民格」、「官
格」、「紳格」不及,類似於今日的「國民民主素質論」。樊增祥敏銳地意識到
了改革勢在必行,卻萬萬沒想到「革命」發展的速度超過了「改革」的速
度,3 年後即爆發了「辛亥革命」。樊增祥在這篇日記的結尾處指出,飲食、
衣著等物質文化方面不必盡學西人,而哲理、語言等精神層面的東西倒是可
以認眞學習。樊山此論可謂「眞知灼見」。但是事與願違,文明的對話中,往
往是物質層面的影響最快、最徹底,而精神層面的融合卻是最緩慢的。10 年
後,民國初年的樊增祥再看到自己的這篇日記時,是否也會視其爲「書生之
見」?文末樊山用諧趣的口吻使用了兩個新詞匯「談哲理」、「吸空氣」,以此
暗示語言亦可變。新詞匯、新語法不會危及到文化的根基,但用無妨。

最後是文化觀。張之洞文化觀比較保守,表現在對新詞匯的排斥上。

南皮在同時諸巨公中較有識,然量亦殊隘,陳伯弢《衺碧筆記》
稱:「張文襄鎮廣州時,林訪西觀察在其幕府,訪西名賀峒,侯官林
文忠公長孫也。文襄欲以女妻訪西弟,訪西白庶母意不可,文襄大
慚恨,遂與林疏,後文襄督兩江,猶以前事爲嫌,訪西終不得進
用。吾郡易實甫亦文襄所特賞,朝夕進見,靡會不從,後以奉命撰
擬文稿中,頗用新名詞,文襄大怒,戒從官以後易道來謁,毋得通
報,其喜怒有如此者。文襄獎新學而喜舊文,又一日見一某君擬件,
頓足罵曰,汝何用日本名詞耶?某曰,名詞亦日本名詞也。遂不歡

〔註65〕《樊山集外》卷八。

而散。」案伯弢所記皆實事；然亦有誤。南皮之戒閽人不爲實甫通報，殆偶然一次以示懲，非遂不見也。至訪西事，予以叩於朗溪年丈。（灝深）得報書云，訪伯晚年與南皮論事不合則有之，婚事殆傳聞之誤。〔註66〕

黃濬轉引陳銳記錄張之洞與人爭執「名詞」一事，及懲罰易順鼎用新語之事，已不能確考，但張之洞「獎新學而喜舊文」，極端鄙視「詩文」創新，卻是實有其事。而樊增祥在張之洞七十壽辰時上詩，卻屢用新名詞，似乎不可理解。「哲學環球第一家，上流二紀建高牙」的《壽抱冰師七十用香山九老詩格》〔註67〕，「哲學」、「環球」等新詞匯爲何沒有激怒張之洞？另一則文人筆記似乎可以解釋這個原因。

樊增祥雲門爲陝藩課吏，游令某文中有「起點」字，樊痛斥之，批語有云：「本司在此，誓以天帚掃此狂氛。」游竟以是落魄，後改官於吳。然樊晚年與易順鼎實甫唱和，往往以新名詞入詩爲戲謔，又可笑也。〔註68〕

樊增祥詩文中厭惡使用新名詞，卻在寫詩時引入，只是爲了調笑而已。爲恩師上的祝壽詩，本不是正式場合所作之公文，用新詞彙調笑一番，也是爲了增添喜劇色彩。張之洞知其所本，所以才不會惱怒。

相對於保守的詩文創作觀，樊增祥對西洋風俗人情的認識卻經歷了一個由反感到接受的態度轉變。樊山作於光緒二十二年（1896）的《秋興八首》中提到洋人進入漢人的生活圈。

自南至北杜鵑聲，漸見關西景教行。時有戎人伊水祭，豈殊突厥渭橋盟。牧師尚訪唐宮闕，夷女都從漢姓名（注：西國遊歷女士有名鄧金蓮、李翠娥者）。九曲崑崙皆濁水，且沿清渭濯冠纓。〔註69〕

樊增祥對洋人「入侵」漢人生活圈非常不滿，甚至用「杜鵑啼血」典故隱喻自己對中國「禮義」淪喪的悲哀。洋人婦女爲了融入中國文化而刻意改漢名的做法也遭到揶揄。此時的樊增祥受甲午戰敗的低落情緒影響，對「洋人」充滿敵視。而到了光緒三十一年（1905），時任陝西布政使的樊增祥，在給陝西新開的女子學堂的詩中，卻表現出對「西洋」新禮俗的支持。

〔註66〕黃濬《花隨人聖庵摭憶》。
〔註67〕《樊山續集》卷二十四。
〔註68〕曹弘《畫月錄》，轉引自涂小馬等點校《樊樊山詩集》附錄三。
〔註69〕《樊山集》卷二十八。

治外法權操女手，自由婚嫁順人情。虢姨騎馬羞前輩，韋母稱師畏後生。成就國民四百兆，中分一半是娥英。(《賦得女學堂十四韻》)〔註70〕

樊增祥承認「自由婚嫁」的正當合理性，並將女學生比作歷史上的女傑如唐虢國夫人、東晉韋逞之母宋氏和娥皇、女英。這是對西方傳入的女權平等之肯定，但是不能說樊增祥已經具備了現代西方女權思想，他對女權興起的接受，更多是被動的接受。此時的樊增祥骨子裏仍是舊道德倫理的堅定擁護者，他在同時期的一篇詞作就能反映其眞實的想法。

王嶺梅者，署三原令陳嫂婢也。令故兄買自歸化城，長而秀慧。令有奴曰王喜，儇捷美姿儀。以梅許之，俾納銀幣爲聘。喜蜀人，假歸告母而後娶。至蜀，購一小婢償主人。還經漢南，遇所識流妓，載與俱。小婢洩其事，令妻與嫂皆怒，還聘逐喜。梅私語所親媼曰：人皆知吾字喜，奈何他適？媼以主婦方怒，勿敢言。梅仰藥死，彌一日夜不殊。或呼：喜臨之，遂暝。淇泉學使話其事，屬登諸樂府以旌表其烈。余曰：使喜爲邐蔗戚施，則嶺梅不死矣。因譜是詞繼吳縣諸學使後，俾采風者考鏡焉。(《高陽臺》序)〔註71〕

這是陝西學政沈衛講給樊增祥一則當代「貞烈」的故事。王嶺梅誓死捍衛的「名節」，在樊增祥看來依然是可貴，且值得表彰宣傳的。樊增祥並沒有因爲接受新女性的社會角色，而改變對女權的看法。民國後，他在作詩爲文中也常常以調侃的口吻說起婚戀自由，比如樊增祥在給陶在銘的《陶仲彝七十壽序》中說道「嘗謂吾文如近來女學生婚嫁，義取自由，不可強而奪也。」〔註72〕1912 年，避居上海的樊增祥與一群遺老日日笙歌，一次偶然的機會聽說徐園有以西洋禮結婚者，他們興致很高地去圍觀，可惜禮終人散。〔註73〕此時的樊山於西洋禮俗之看法，較之 20 年前已有了較大的轉變。

從樊增祥身上，可看到一位典型的舊文人士大夫是如何在中西文明撞擊的 20 世紀初矛盾又固執地面對新事物的。

〔註70〕《樊山續集》卷二十四。
〔註71〕《樊山續集》卷二十二。
〔註72〕《樊山集外》卷七。
〔註73〕《鶯啼序》序：「壬子上巳後一日穀雨，同午詒、石甫、笏卿過徐園看牡丹。是日，園中有文明結婚者，比至，則禮成歸去矣。」《樊山集外》卷六。

第三章　樊增祥與李慈銘、張之洞門人交遊考

第一節　樊增祥與李慈銘門生之交往

李慈銘「以詩文名於時」，後輩學人以投入其門下爲榮，據《清史稿・文苑傳》：「弟子著錄數百人，同邑陶方琦爲最」〔註1〕。樊增祥於同治七年戊辰歲（1868），結識浙江會稽人陶在銘，同治十年辛未歲（1871），拜於李慈銘門下。同治十三年甲戌歲（1874），在京師才第一次見到陶在銘之弟、李慈銘門下最得意的弟子——陶方琦。自此，樊增祥完全融入「越縵門下」這個圈子。李慈銘弟子眾多，但是核心成員有限，且以「越中子弟」爲主。張預《崇蘭堂詩初存》錄詩一首，題爲《四月四日同人集陶然亭分韻得詩字》，小注曰：會者：會稽李愛伯、孫子宜、孫彥清，海寧羊辛楣，嘉興許竹簀，黃岩王子裳、楊定夫、王弢甫，山陰潘伯馴（循）、陶仲彝、子繢、心雲昆弟，仁和潘儀父，恩施樊雲門，桐廬袁爽秋，山陰胡梅卿，錢塘諸遲鞠及余，共十有八人。〔註2〕這份越縵弟子名單中，只有樊增祥籍貫不是浙江，其餘皆爲越中同人。李慈銘詩友圈子皆爲浙人並不稀奇，清代舉子公車赴考，常居住於京師中各省同鄉開辦的「會館」中，這些會館又集中在宣武門附近，因此而形成了一種以漢族士大夫爲主體的「宣南文化」，「宣南酬唱」成一代之風尚。楚人樊增祥好與浙江文人親近，同門孫德祖歸因爲樊增祥才氣高，只與浙省才

〔註1〕 《清史稿》卷四百八十六。
〔註2〕 張預《崇蘭堂詩初存》十卷，光緒七年刻本。

子相投契。「以德祖之不善爲交遊，士之名於鄉國者，有不尋執鞭弭焉，爾乃獲交施南樊雲門。聞之，雲門其於鄂之人士亦落落寡和也。……雲門少於德祖六年……雲門才高氣盛，睥睨一世。尠當意者，獨善仲彝」〔註3〕樊增祥弟子余誠格也說其師「與浙士最親」（《樊樊山集》敘）。樊增祥在才士輩出的李門，卻往往成爲核心。樊山《六疊前韻贈晦若》：「四十年來客兩京，袁陶盛顧說齊名」下有小注：「余初入都，世稱陶樊，繼稱袁樊，既又稱樊盛，在陝又稱樊顧。」〔註4〕樊增祥可以與京師李門中的佼佼者陶方琦、袁昶齊名，足見其於李門之地位。

　　樊增祥在李門的唱酬中創作的作品有一個顯著特點，就是以經史學問入詩。例如，光緒十七年辛卯歲（1891），樊增祥服闋起復，赴京召見，準備發回原官。居京期間，恰値辛卯開歲，當時民間風俗傳聞當年「遇危星、乘危日，而日主又恰逢金」，根據風水說法，需要「相與祀」祈財，並「時有驗者」。樊增祥家人「從俗，致祭、禱之」，祭法又非常不可思議「用一羊頭，或一鴨。夜半潛起，散衣、垢面，而拜取祭品，盡食之，勿令人見。」樊增祥看來非常有趣，即用「去年九月，可莊、子培亦於祀日作詩」之韻，作詩寄予李慈銘及同門諸友。〔註5〕樊增祥以「占、鹽、簽、添、嚴」爲韻索和，並命名此詩爲「金危危詩」，沒想到得到李慈銘和同門的積極響應。李慈銘與樊增祥三、四、五疊韻開來，各逞其才，於詩中旁徵博引，廣關經史子部典故。樊增祥在與李慈銘往來十數首詩中，曾引郎瑛《七修類稿》、《漢書·翼奉傳》、《南齊書》、《宋書·符瑞志》、《宋書·禮志》、《韓詩外傳》、《史記·日者傳》及不知名的風水書等。這組「金危危詩」成爲樊增祥向李慈銘問學的媒介。李慈銘詩作也引《素問》、《酉陽雜俎》等回應。樊增祥以「金危危詩」爲載體問學，引發李門子弟的效法。沈曾植興致尤高，乃至陸廷黻、黃體芳之子黃紹箕也加入：「旬月以來，金危危詩和者益眾，子培、仲弢各疊至十餘首，可謂盛矣」，李門的金危危詩甚至「盛傳都下，有笑其貪者」。詩作用典更不限於古典，黃紹箕在詩中就引了《欽定滿洲祭神祭天禮》的「今典」。疊韻作「金危危詩」對於樊增祥本人而言，未必有祈福免禍的初衷。樊氏本人對「鬼神」之事一貫遵循孔子教導「敬而遠之」。多年後，看到好友易順鼎沉迷於扶乩請

〔註3〕孫德祖《寄龕文存》四卷，光緒十年刻本。

〔註4〕《樊山續集》卷十九。

〔註5〕《樊山集》卷十六。

仙，樊增祥曾作詩嘲諷：「小說家言厄寓耳，浮世豈有神仙哉」（《聞石甫扶乩六疊韻嘲之》）〔註6〕又一首詞作《浣溪紗》的小注也語多輕蔑：「石甫扶乩，顧五錄其詩爲一峽，題曰《夜半蒼生》」〔註7〕。可見，樊增祥本人並不佞信鬼神，只是認爲「金危危」及其避禍祈福的禮俗甚爲有趣，於是引來以爲作詩之「噱頭」，至於後來組詩成爲問學載體，並引來都下眾人效法等等，是他始料未及的。李門子弟對疊韻「金危危詩」顯示出的極大熱情，是追隨乃師以經史作根基而爲詞章的最好體現。

一、陶氏兄弟

樊增祥在李慈銘門下，與會稽陶氏兄弟往來最爲密切。據光緒癸卯重修本《會稽陶氏族譜》，同光之間，活躍的陶氏子孫有陶方琯（字伯英）〔註8〕、陶在銘（字仲彝）、陶祖培（字少簣）、陶方琦（字子珍）、陶在儀（字公威）、陶在寬（字七彪，號栗園）、陶在恒（字南常）、陶濬宣（原名祖望，字文沖，號心雲）等，他皆爲東晉「陶淵明第四十五代孫」。樊增祥稱陶在銘（字仲彝）爲「四兄」，陶祖培（字少簣）「五兄」，陶方琦（字子珍）「六兄」，陶濬宣（原名祖望，字心雲）「八弟」，又與陶在寬（字七彪，號栗園）過從。因陶氏兄弟多拜入李慈銘門下，故在此一併述之。

陶方琦（1845～1884）浙江會稽人（今紹興）。原名在一。〔註9〕字子繽，亦字子珍、紫珍，號湘湄（眉），一號蘭當，又號撰廬、香澂、湘澂、香湄、湘輶、湘麇，又室名湘麇閣、漢孳室、琳清仙館、玲青館、巽繡齋、甄奧閣。光緒二年（1876）進士。光緒五年（1879），以編修督學湖南。有《鄭易京氏學》、《鄭易馬氏學》、《鄭易小學》、《韓詩遺詩補》、《爾雅古注校補》、《字林補逸》、《許君年表考・年表》、《淮南許注異同詁》、《倉頡篇補輯》、《老子傳輯本》及《蘭當詞》、《撰廬詩稿・駢文選》、《漢孳室經說・文鈔》、《湘麇閣遺詩》等。又善書畫。《清史稿・文苑傳》評價陶方琦：「學有本末，汲汲於古，述造無間歲時。治《易》鄭注，《詩》魯故，《爾雅》漢注，又習大戴禮

〔註6〕《樊山續集》卷十五。

〔註7〕《五十麝齋詞賡》下。

〔註8〕見《漢孳室文鈔》所附仁和譚獻撰《陶君小傳》：「父良翰，福建興化府知府。君與兄方管同治六年同榜舉人」。

〔註9〕見徐友蘭跋《漢孳室文鈔》（四卷），小注「陶君心雲（濬宣）有《族兄在一先生事略》」。

記。其治《淮南王書》，力以推究經訓，蒐採許注，拾補高誘。再三屬草，矻矻十年，實事求是。」〔註10〕作為李越縵門下最受器重的高徒，陶方琦於經史學問的開拓，無人能出其右。徐友蘭跋《漢孳室文鈔》也高度評價陶方琦的學術成就：「大都證明義訓、拾補遺藝。衷古而不煽虛詞，於實事求是之家法，執持甚嚴」。光緒十八年刻《漢孳室文鈔》四卷（《補遺》一卷）收錄陶方琦經史子部雜文，除上述《易》、《詩》、《爾雅》、《大戴禮記》、《淮南子》等，還涉及民俗學（《釋儺》）、小學（《說文古讀考敘》、《說文古本考書後》、《楊雄倉頡訓纂即在方言中說》）等領域。無家學、無根基，「見南皮後，始知學問門徑」〔註11〕的樊增祥顯然不能與博通經史的陶方琦相比。樊、陶交情更多體現在詩詞創作心得的交流上，即所謂「詩友」。

樊增祥早年先結識陶在銘，久聞其弟陶方琦文名，但一直無緣得見。「至甲戌始相見於都門」，陶的風姿、才情給樊留下了深刻的印象「稠人中直前握手曰：「此奎哥也。」眾皆驚笑。由其秉姿秀異，夙已飫聞，故望而知之。奎者，君小名，余與陶氏為昆弟交，於其群從皆呼小字故也」〔註12〕「甲戌京邸，子珍以所作《高陽臺》詞為人書扇。其過變云：『相思不在天涯遠，在兜鞋花底，燒燭苔陰。』汝翼誦之，幾欲俯首至地」（《高陽臺》序）〔註13〕雖同為越縵愛徒，但在最初的幾年，樊詩詞才能還大有不及。「是時李愛伯師民部師為詞壇祭酒，獨厚吾兩人，有黃梅能秀之契。嘗以兩家詩卷示潘文勤，文勤答書曰：『兩生皆俊人，陶詞是野橋一派體格，大段成就；樊詞稍淺而氣清，他日必名家』」〔註14〕陶方琦才力過人，詞作風格偏於濃豔香軟，「甲戌會試，場前寓長巷寶勝西棧。一夕，與汝翼、仲彝、子珍聯句作《蝶戀花》詞，即成，匿其名，使彥清辨之。讀至收句云：「牆外柝聲如雨迸，天涯剩個愁人聽。」彥清曰：「此必子珍作也」相與大笑。」（《蝶戀花》序）〔註15〕李慈銘對陶方琦的這種詞作風格其實並不欣賞，「愛伯師嘗云：子珍前生定是好女」（《角招》序）〔註16〕並曾受到過李慈銘的批評「同治庚午，子珍將以所

〔註10〕《清史稿》卷四百八十六。
〔註11〕余誠格《樊樊山集》敘。
〔註12〕樊增祥《兩家詞賡》上。
〔註13〕《樊山續集》卷二十八。
〔註14〕樊增祥《兩家詞賡》上。
〔註15〕《樊山續集》卷二十八。
〔註16〕同上。

作《金麈詞》付梓，求序於李愛伯師。師報書，歷敘詞學源流，而歸本於玉田清空質實之論，以箴其失……而止不刻」〔註17〕陶方琦延續自己濃豔香軟的詞作創作路數，並沒有因爲李慈銘的規勸而主動改變。而看到「子珍之失」的樊增祥，卻按照潘祖蔭、李慈銘的詞學主張，效法宋人張炎的玉田詞，以「清空質實」指導創作「君見書不懌，余乃自慚譾薄，不懈益進，舉文勤所見者悉焚棄之」〔註18〕「余初見君，自知弗如遠甚，然服其才多，惜其理少，嘗曰：『吾詞唯恐人不解，君詞唯恐人解。我誠傷於淺，君毋乃傷於深乎？』弗聽。……故論詩則長吉不如香山，論詞則夢窗不如玉田，斷斷然矣。……通籍以後所作，漸入清眞矣。」〔註19〕可以說，陶方琦是樊增祥學習效法的典範和修正創作理路的標杆。

光緒二年丙子歲（1876）至光緒三年丁丑歲（1877），陶在銘、陶方琦與樊增祥在李慈銘門下交往日益密切。師生幾人常結伴出遊，往來酬唱不斷。「越縵先生朝隱流，升堂特許瞻顏色。著書閉戶還寂寥，誰與從者唯二陶。看花每約同車出，置酒頻煩折簡招。」（《同仲彝子珍昆季過越縵堂飲紫藤花下作歌呈李愛伯丈》）〔註20〕師生之間除詩酒聯歡外，還有大量學問授受交流。光緒二年，師生四人同時參加丙子科會試，發榜後，只有陶方琦一人中式。是年夏，陶氏兄弟、陳燾（汝翼）、王彥威（弢夫）、胡壽鼎、樊增祥同在李慈銘宅邸度夏。〔註21〕李慈銘每日講授經史學問，閒來外出賞玩、把盞言歡。〔註22〕多年後，樊增祥仍對人生中這段短暫卻「樂且無央」的快活經歷，記憶猶新；對同門寥落物故，滿懷悲愴。「丙子端午與愛伯師、子珍昆季遊龍樹寺，各賦詩詞紀遊。」（《午日對酒疊前韻寄爽翁》注）〔註23〕，「憶丙子榜後居愛伯師宅，過夏賦重臺榴花詞。」（《五十麝齋詞賡下》），「四子及門三歎逝，十書敘別九思歸」（《丙子丁丑間祥與陶子珍陳汝翼胡匡伯從愛伯師

〔註17〕《樊山續集》卷二十七。
〔註18〕樊增祥《兩家詞賡》上。
〔註19〕《樊山續集》卷二十七。
〔註20〕《樊山集》卷二。
〔註21〕「丙子報罷，居李愛伯師宅過夏，與師及子珍、彥清迭相唱酬。」（《樊山續集》自敘）
〔註22〕「及丙子夏課，遂與陶子珍仲彝昆季俱受業焉。」（余誠格《樊樊山集敘》）；「及丙子報罷，居先生宅過夏，遂與汝翼、弢夫、仲彝、子珍同受業焉，先生尤重余。」（《二家詞鈔》序）
〔註23〕《樊山續集》卷九。

與京邸朝夕談宴樂且無央既而汝翼告姐子珍繼逝比得師二月寄書則匡伯又物故矣書稱曩日同遊惟兩人在又云季弟病歿里中歸已無路是何言之悲也感賦是律即以寄慰》〔註24〕

　　光緒三年丁丑歲（1877）三月，等待會試的樊增祥與陶祖培、陶方琦、陶濬宣等賃屋京城「蕭寺」。是時「婪春多雨，短燭親人，永夕談諧，不復知其是客也」，樊增祥填《高陽臺》「首賦此詞索諸君和，並柬彥清、仲彝」。詞作中有「天涯兄弟圓如月」之句。〔註25〕孰料一語成讖，五月發榜，樊增祥中丁丑科二甲進士，自此進出京師，與陶方琦等陶氏兄弟聚少散多，再難有談讌論文的機會。陶方琦在給孫德祖的書信中，談及與此，也悲從中來「去冬，愛伯師書來。頗以絕學見許，而亦以過勞為慮。同志相愛，令人心悢悢耳。雲門、仲彝齋書頗勤。雲門寄書則云：彥清客汝，足下居越，天涯知己大半寥落。淒鬱之語，弟不忍聞，亦不忍述也。然，鍾情之徒，多在我輩。不令其日聚，而令其散之四方，蒼蒼之意。」（《致孫彥清同年書》）〔註26〕

　　光緒七年辛巳（1881），丁憂在家的樊增祥於漢口偶遇陶方琦，陶方琦此時正以翰林院編修督學湖南。老友相見「聯榻雨眠，翦燈心語，出其《湘軺集》，一再誦之，於是吾兩人之論文，乃如珀芥針磁，鱙合無間。」（《二家詞賡》上）〔註27〕光緒八年壬午（1882）冬，樊增祥進入鄂中書局校書，再次遇到同來的陶方琦。二人交流詩詞創作體驗時，樊增祥吃驚的發現，入仕前的那個狂放不羈的「才子」子珍，發生了非常大的變化。當年「天才奇逸，篤嗜許、鄭，英辭樸學，舉世高之。顧其為交，專工澀體，樂府尤近夢窗，每出一篇，十色五光，眩人心目。躡其蹤由，渺無定處，屢樂笑翁『七寶樓臺』之謂以相規切，而君迢然弗顧也」〔註28〕已再難尋覓蹤影。陶方琦能「乃盡洗其脂粉之習，而一歸於雅淡」（《蘭當詞》跋）〔註29〕，「又自變其穠麗之習。康樂芙蓉，盡謝琱飾」（《二家詞賡》上）〔註30〕陶方琦還出示新作《蘭當詞》「手抄三十餘闋，付余點定」。樊增祥讚歎「皆清真、白石佳境，無復

〔註24〕《樊山集》卷十。
〔註25〕《樊山集》卷二十一。
〔註26〕陶方琦《漢學室文鈔》補遺。
〔註27〕《樊山續集》卷二十七。
〔註28〕同上。
〔註29〕同上。
〔註30〕同上。

綺繻之舊。餘篇篇評點，心形俱服」、「篇篇佳作」並在入都後告訴李慈銘，陶方琦的這一喜人變化：「子珍近詞足傳矣」〔註31〕陶方琦詞風轉變，詩風亦與前大不同。他稱讚樊增祥「詩益高澹」〔註32〕，對蕭遠淡吟之作產生極大的興趣：「（樊增祥）在鄂中志局得詁經初集，讀之，每至查詩諷不去口，以視子珍六兄，同為擊節。蓋其事其詩皆蕭遠野逸，與僕天情相契故也。」（《擬桃花源詩三首並序》）〔註33〕

　　光緒九年癸未（1883）四月，樊增祥完成校書任務，與陶方琦一道買舟南下，同遊浙江西湖、嘉興煙雨樓、上海，二人在蘇州臨別之際，陶方琦還贈送樊增祥由陶妻縫製的筍絲衣，〔註34〕但人事難料，這次告別竟成二人的永別。「君癸未與余分手，又逾年而後歿，竟無一篇一詠」、「自癸未多別於吳中，遂成千古」（《二家詞賡上》）〔註35〕樊增祥在《輓陶子珍六兄》中悲歎天不假年，英靈早逝，士林為之扼腕「玉棺一夕從天下，多少朝賢淚滿衿」。〔註36〕又惋惜其成就無法更進一步「天不假年，轉塵之悲，限以四十，故所詣止此」（《高陽臺》序）〔註37〕光緒十三年（1887），在陝西宜川令任上的樊增祥，每追憶其老友，依然悲愴滿懷：「十餘年來，愛師、子珍寄余詩札多至盈尺。暇日展視，春明舊事恍在目前。於是子珍怛化忽已三載，愛師浮沉郎署，音訊亦疏。余薄宦秦中，了無佳興。以疇昔親愛之人，一旦有死生離別之感，徒持其生平手跡，慨想前塵，亦可悲矣。爰製此闋寄愛師都門，並告子珍之靈，使知故人之心不隔幽顯也」（《鶯啼序》序）〔註38〕在樊增祥看來，陶方琦不僅是才華橫溢的同門「詩友」，更是生命中為數不多的可以傾訴衷腸的至交。

　　如果說樊增祥與陶方琦的關係是深相敬慕、彼此欣賞，那麼樊山與陶在銘的關係就如兄弟手足一般了。陶在銘（1844～民國間）浙江會稽人（今紹興），字仲彝，同治九年（1870）舉人。歷任江蘇高淳、銅山、江寧、上元縣知縣，邳州知州，江西鹽巡道。戊戌維新期間曾捐廉，開設算社，並捐資《時

〔註31〕《樊山續集》卷二十七。
〔註32〕《樊山續集》自敘。
〔註33〕《樊山集》卷九。
〔註34〕見《子珍以筍脯絲衣見惠各志以詩衣蓋其姬人手製》，《樊山集》卷七。
〔註35〕《樊山續集》卷二十七。
〔註36〕《樊山集》卷十。
〔註37〕《樊山續集》卷二十八。
〔註38〕《樊山續集》卷二十一。

務報》。辛亥後，攜家眷避居上海。陶在銘較之介弟陶方琦，在科名、才氣等各方面，都弗如遠甚。但卻能享壽七十餘，可謂仁者壽。陶在銘與樊增祥於同治七年戊辰（1868）締交，定金蘭之好，至民國初年，兩人皆避居上海租界，詩文往來不斷，雙方友誼維繫了半個多世紀，可謂情義篤深。

同治七年戊辰歲（1868），二十三歲的樊增祥在宜昌遇到二十五歲的陶在銘，〔註39〕二人相談甚歡，決定結拜，樊增祥「乃讀君詩詞」，甚爲喜愛，「自是書問無虛月」〔註40〕樊、陶「手足情誼」在早期的艱難歲月表現得尤爲充分。

> 吾之兄，君兄之，君之諸弟，吾皆弟畜之。余出而負米，君日
> 至吾家，省吾父母，撫吾子侄，君在外而吾亦如之，蓋手足不啻也。
> 余與君及子珍，同計偕者四，行同舟車，居同寢饋，衣互著而財相
> 通也，蛩駏相依者十年。乃各以令長筮仕，秦吳千里，書問無虛月。
> （《陶仲彝七十壽序》）〔註41〕

登第後，樊增祥外放陝官，而久試不中的陶在銘也赴江蘇地方任職。二人雖遠隔重山，但書信往來從未中斷，光緒二十三年丁酉歲（1897），五十二歲的樊增祥在進京途中路過河南鎮坪泥溝驛，撫今追昔，感慨不已，作詩一首寄予陶在銘追憶兩人二十多年前的經歷。〔註42〕

雖同爲越縵門下弟子，陶在銘卻不似陶方琦、樊增祥等人致力於辭章之學。陶在銘對經濟爲政等「實學」的興趣更大——當然也有可能是生活境遇使然。

> 方初定交時，詩社文壇，互爭雄長，君才氣英發，余與子珍交
> 推之，已而曰：「此事屬弟輩。」遂專力於政治之學，余非笑之，君
> 嘅曰：「科場得失不可知，吾屬皆有老親，更數年不捷，能不爲貧而
> 仕，既仕而學從政，是以民命爲試手之具也。」余心服其言，故居憂
> 時，讀律三首，而後謁選。及到官，用汪龍官須自做之言，不用丁
> 幕，以是聲名冠三輔，皆君有以啓之也。（《陶仲彝七十壽序》）〔註43〕

〔註39〕《得仲彝徐州書悵然有寄》，《樊山集》卷十九。
〔註40〕《二家詞賡》序，《樊山續集》卷二十七。
〔註41〕《樊山集外》卷七。
〔註42〕《曩與仲彝辛未下第丙子計偕兩宿泥溝驛皆有詩奉贈今廿餘年矣丁酉八月廿八日重經斯驛再疊前韻寄仲彝徐州》，《樊山續集》卷三。
〔註43〕《樊山集外》卷七。

樊增祥被「四兄」潛心為政之道的觀點所觸動，地方官任上，勤於政務，留下了「善聽訟」的名聲。樊增祥對陶在銘踏實苦幹的工作作風也評價甚高：

> （仲彝）調銅山，在銅九年，而同僚有至開府者，君遂以道員改官江西。……余開藩江寧，君已入贛。會高淳治河，銅山清鄉，余檢舊牘，見君所上書，條析利病，訂定章程，雖百年不易也。乃飭當事者俱如擬行，果皆有效。（《陶仲彝七十壽序》）〔註44〕

民國初年，樊增祥將同來上海「避難」的陶在銘拉入「遺老圈」活動。〔註45〕並度過了一段「籌燈話舊，徒步看花，酒肆買春，歌樓顧曲」〔註46〕式的平靜、安逸的日子。1914年，樊增祥為陶在銘祝壽並作《陶仲彝七十壽序》，言及二人維繫近半個世紀的友誼，樊增祥寫道：「吾今所謂通書問共杯酒者，大率五六十後相識為多；若四十定交者，十得四五焉；三十定交者，十僅二三焉；若弱冠相從，春明同社，結交四十六年者，惟君一人，為巋然靈光也。」此時二人之情義遠遠超越了年輕時代的相互欣賞，而又增加了無法割捨的親情因素：「人生身事家事，有秘之於妻孥，而傾吐於朋友者，其投分深也。吾兩家之事，彼此悉及纖微，每見則互相告語，其可喜者，言之足以快心，其抑鬱於中久茹而不吐者，言之更足以舒肝而已病。是吾兩人之相關為何如？能不互相祈天永命乎？」〔註47〕

其餘陶氏兄弟中，陶祖培（字少籋），同治九年（1870）舉人。曾與樊增祥、陶方琦、陶在銘一道參加會試。光緒十五年（1889）樊增祥南下投奔兩廣總督張之洞時，曾在廣州與陶祖培會面，陶祖培時任順德令，兩人回憶前塵往事，念及陶方琦早逝、兄弟同門垂垂老焉，不禁愴然。〔註48〕陶在寬（1851～1919）字七彪，號栗園。清諸生，襲雲騎尉。官郎中。曾遊歷南洋、歐美各國。遞陞道員。清末歸田，寓杭州忠清巷。精製造，所作陶公櫃、陶公床、陶公椅等，為中外人士歡賞。亦通英文。著有《安南志略》、《安南王傳》、《自

〔註44〕《樊山集外》卷七。
〔註45〕《四月既望與仲彝散原石甫節庵留垞至徐園久坐晚歸茶仙亭飲酒徵詩欣然有作》，《樊山集外》卷一。
〔註46〕《陶仲彝七十壽序》，《樊山集外》卷七。
〔註47〕《樊山集外》卷七。
〔註48〕《余與陶少籋五兄別十許年頃至廣州少籋攝順德令以事至會城得一執手曩與少籋仲彝子珍同試禮部寢饋與俱殆非一日今子珍墓草已宿余三人亦將老矣念之悽然遂有斯贈並示八弟心耘》，《樊山集》卷十三。

嬰堂叢刊》等。光緒十六年（1890）南下的樊增祥曾與他同船由天津至上海。
〔註49〕陶濬宣（1849～1915）原名祖望，字心雲，亦作心耘，又字文沖文仲，
號稷山，室名稷山館。貢生。光緒二年（1876）舉人。以教授自給。善書、
畫，工詩詞。樊增祥稱其爲「八弟」。

二、袁昶、沈氏兄弟

樊增祥在李慈銘門生中，交誼最深者除陶氏兄弟外，就屬袁昶了。袁昶
（1846～1900）原名振蟾，字爽秋，一字重黎，號漸西村人，浙江桐廬人。
光緒二年（1876）進士，歷官戶部主事、總理衙門章京，辦理外交事務，後
任江寧布政使，遷光祿寺卿，官至太常寺卿。光緒二十六年（1900），直諫反
對用義和團排外而被清廷處死，同時赴刑的還有許景澄、徐用儀等四人，史
稱「庚子五大臣」。《辛丑條約》簽訂後，清廷爲其平反，諡「忠節」。著有《漸
西村人初集》、《安般簃詩續鈔》、《春闈雜詠》、《水明樓集》、《于湖小集》等。
《樊山集》、《續集》中贈袁昶的詩詞有百餘首，「樊袁」是繼「陶樊」之後第
二對李慈銘門下才子的代表。

袁昶與樊增祥同年出生，〔註50〕早年在李慈銘門下相互結識後，曾一同
參加科考。師徒皆住京師外城宣南，「當年宣南數晨夕，李（愛伯師）袁（爽
翁）王（可莊）盛（伯兮）若連枝」。〔註51〕二人關係的開始可以追溯到光緒
九年（1883）。

> 癸未冬，謁選入都，偕壽平居萬明寺，寺在前明曰「水浙」，與
> 愛師、敦夫、辛楣、爽秋、會生、伯熙昕夕過從，飛箋賭韻。南皮
> 師自晉入覲，又日與再同侍側，朋簪之樂，於斯爲盛，命其所作曰
> 《水浙集》。（《樊山續集》自敘）

樊增祥因謁選入京師期間與李慈銘、鮑敦夫〔註52〕、羊復禮、袁昶、周
鑾詒、盛昱組成又一圈子，往來歌詩不斷。樊增祥贈袁昶的第一首詩題爲《次
韻答袁爽秋戶部見贈（時兼領總理衙門事）》，袁昶先於樊增祥一年中進士，
謁選後留京充戶部主事，兼領總理各國事務衙門章京，開始接觸外交事務。

〔註49〕《栗園不遠二千里送余滬上賦此誌別》，《樊山集》卷十三。
〔註50〕《補壽袁爽秋觀察五十》序：觀察與余同丙午生。（《樊山集》卷二十八）
〔註51〕《端午與旭莊同車訪子培久談作歌貽兩君》，《樊山集外》卷二。
〔註52〕鮑臨（1835～？），字仲怡、敦夫、鏡予。山陰人。同治十三年（1874）進士，
改庶吉士，授編修，歷官國子監司業。

而樊增祥則外放爲陝西宜川縣令，二人從此走上不同的仕途。最終命運也由
此而改變。

光緒十六年庚寅（1890）二月樊增祥「丁內艱」「釋服」，八月入京。居
京待召見期間「與愛伯師相見，別七年矣。執手悲喜，文宴無虛日，時則漱
蘭丈喬梓、子培昆季、敦夫、漁笙、弢甫、紫潛、伯循、再同、伯熙、廉生
結駟連鑣，朋簪雲合，自秋徂春，唱和至數百首」。〔註53〕樊增祥此次居京逾
六個月，期間與李門子弟過從，與袁昶往來詩贈尤多。李慈銘對兩位門生中
的佼佼者青睞有加。然而「文無第二，武無第一」，李門才子恃才爭寵，「陶
樊」之爭，樊增祥學問遠遜陶方琦，自然甘居下風。此時又有「袁樊」之謂，
而袁、樊才力相當，均以詩名聞之於世。於是好事者請李慈銘評價孰優孰劣，
李慈銘一時偏袒樊增祥，贊樊更佳，消息傳到袁昶處，引發袁爽秋的不快，
作詩呈李慈銘。李慈銘轉給樊增祥後，他回贈袁昶詩《偶從愛師許見爽秋詩
札有云先生試評之當復減雲門否戲書二絕句貽之》：「無我無卿妙解頤，蒼茫
袁謝得同時。揮毫並賦紅鸚鵡，獨步江東定屬誰？」〔註54〕樊增祥用六朝「獨
步江東」典故，引喻二人高才頡頏，本在伯仲之間。但是因有李慈銘祖護在
先，袁昶對樊增祥這樣的解釋並不滿意，認爲樊這是挾師寵之倨傲之詞，於
是和詩「誰是南能誰北秀，秤量試喚沈傳師」〔註55〕用禪宗六祖慧能、神秀
衣缽大統繼承之爭的典故，暗示李慈銘，自己重學問的詩學取向才是「正宗」，
並拉來同門沈曾植評判。李慈銘爲了維護門內弟子間關係和諧，同時也淡化
誰承「正統」的話題，於是作詩《爽秋雲門各以詩集見視欲余定其優劣爰賦
長歌詒兩君》：

> 袁子清言琢冰玉，樊子秀語奪山綠。乾嘉以後將百年，二妙一
> 時壓尊宿。桐廬梅花三萬株，夷陵清峭天下無。盛年隨計旋通籍，
> 各搜奇傑研京都。嚴灘夾嶂蔽林筱，巴峽啼獠楚天曉。故應仙骨常
> 人殊，胎息岩花狎溪鳥。漸西詩版傳玉京，（爽秋《漸西村人詩鈔》
> 已刊行都中。）茗樓十集東南行。（雲門《樊山詩集》亦曰《茗花樓
> 集》，已分十餘集寫定。）……南能北秀並肩出，獅吼龍嗋善知識。……
> 彩樓更問沈佺期，（謂子培）嚼雪吟香睹千首。（《越縵堂日記》光緒

〔註53〕《樊山續集》自敘。

〔註54〕《樊山集》卷十五。

〔註55〕同上。

十六年十二月初五日）

李慈銘用風格的不同來解釋袁、樊之差異，針對袁昶的幾個尖銳的問題，又巧妙的化解迴避，以期平息這場討論。樊增祥看到老師出面息事寧人，也應和乃師。作《愛伯師評騭袁樊兩家詩格以山水花木茗果爲喻敬答一首柬爽秋兼柬子培》：

> 袁詩如食欖，我詩如噉蔗。世有知味者，甘乃居苦下。袁詩黍稷馨，我詩桃李花。古人亦有言，秋實勝春華。袁詩爲帛我爲錦，袁詩爲酪我爲茗。袁爲冰柱爲雪車，我爲丹曦爲紫霞。袁詩好處無人愛，我詩愛好皆驚嗟。早年把臂得陶君，（謂子珍六兄）晚歲齊名遇袁子。七寶樓臺屬化城，千尋石壁橫江水。秦黃並受蘇門知，能秀俱事黃梅師。吾師兼愛何分別，得失心知寧自私。少年紅燭照清歌，宛轉春風競綺羅。邇來漸欲歸平淡，奈此餘波綺麗何。此事推袁非一日，可畏隱然臨大敵。更鬥東陽瘦沈來，三交不覺蛇矛失。

樊增祥此詩較之前「戲書」就嚴謹得多，表達清楚自己的詩學主張，不忘退讓一步，恭維袁詩自有獨到之處。至此方平息一段公案。關於袁昶、樊增祥、沈曾植對李慈銘詩學體系之不同見解，可以參看周容《論李慈銘和樊增祥的詩歌理論及創作》第三章第二節有關內容。袁樊這段公案在李慈銘出面後看似終結，其實袁樊之比較卻並未停止。光緒二十五年（1899），樊增祥依然在給袁昶的詩《爽翁賜和前韻奉酬二首》寫道：「州宅東西詫元白，詩名南北擬朱王」，將自己和袁昶比作唐人元、白，近人王士禎、朱彝尊。可以說是二人前事之延續。

袁昶自光緒九年考入總理衙門後，供職戶部並兼領總理衙門章京長達九年。〔註 56〕同門沈曾植於此時亦供職於總理衙門。〔註 57〕雖然身處中西文化碰撞的最前沿，但二人興趣不同，因此發展方向也產生差異。袁昶與樊增祥相似，既拜李慈銘爲師學習「辭章」之學，同時也是張之洞門下高徒，向南皮師討教「經世之學」。張之洞「中體西用」的主張對袁昶影響很大。袁昶的治學門徑「中學」方面，主攻「佛、道」（樊增祥詩《夜宿挹翠山房讀爽秋詩集》「玄爲道家言，深與佛理會……聞否木樨香，上人不能對」）〔註 58〕，專

〔註 56〕 「公以農部兼譯署者九年」，見《太常袁公行略》，光緒刻本。
〔註 57〕 《臘月廿三日子培昆季招同叔衡爽秋仲弢陪黃副都丈飲全浙舊館即席賦呈》小注：爽秋以戶部、子培以刑部，俱值譯署。《樊山集》卷十五。
〔註 58〕 《樊山集》卷十七。

力於「宋學」，甚至曾主張開洋學堂後須聘任講宋學的教習先生，向學生申孝悌之義。同樣受張之洞影響的樊增祥對其學問之路羨慕不已，曾試圖傚仿。〔註59〕於「西學」，袁昶則頗爲追求西洋器物層面的「時尚」，最大限度地學習、接受新事物，並樂於向友朋進行推廣。光緒二十五年（1899），樊增祥恰在京等待召見，已升任太常寺卿的袁昶送樊一罐咖啡，卻被樊增祥誤當做鼻煙使用，鬧了笑話。樊增祥只好用徐子興不識岕茶，將珍品賞僕人的典故自嘲：「也如白雪樓中主，不識人間有岕茶」。〔註60〕常年接觸涉外事務的袁昶，其視野、見聞是內陸基層縣官樊增祥所不能望及的。袁昶踐行張之洞「中體西用」經世觀，加之其所處環境之影響，得以初窺「西學」之門徑。因此，袁在學問上，超越樊增祥甚多。

　　袁、樊的交情延續了近二十年，期間雖兩地爲官，卻也書信無間斷。光緒二十一年（1895）在安徽蕪湖分巡徽寧池太廣道的袁昶仍寄書給樊增祥，希望他能來江南爲官，兄弟一道把盞聯歡、賦詩吟曲。〔註61〕直到光緒二十六年（1900）的那個夏天，面對列強的緊逼，熟稔「洋務」的袁昶與許景澄、徐用儀、立山、聯元因「主和」而同時蒙禍，被判處斬。彼時的樊增祥先在端方的幕府中，繼而入榮祿府中參幕，爲了向清廷表現自己「政治正確」的覺悟，樊增祥的《樊山續集》中對同門好友之意外逝世，未置一詞。光緒二十八年壬寅（1902），樊增祥集中才出現爲「平反」已一年多的袁昶、許景澄所作之悼詩，詩題又是頗值得玩味的《再哭許袁二公》〔註62〕。

　　沈曾植（1850～1922）（一作增植）字子培，號巽齋，別號乙盦，晚號寐叟，晚稱巽齋老人、東軒居士，又自號遜齋居士、腝禪、寐翁、姚埭老民、李鄉農、城西睡庵老人、乙僧、睡翁、東軒支離叟等。浙江嘉興人。光緒六年（1880）進士，授刑部主事。與李文田、袁昶最相友善。歷任刑部員外郎、郎中、江西廣信、南昌知府，總理衙門章京、安徽提學使，主講兩湖書院。支持康梁變法。以安徽布政使護理巡撫任上，觸怒權貴，乞病歸，居上海。辛亥後，以遺老自居，張勳復辟，授「學部尚書」，事敗仍歸上海。學識淹博，精研西北史地，精佛典，亦工詩，書法極富盛名。著有《海日樓文集》、《乙盦詩存》、《海日樓詩集》、《海日樓詩補編》等及史地類著作多種。沈曾桐

〔註59〕　《擬從爽翁講宋學公微笑曰儒門淡泊收拾不住》，《樊山續集》卷十。
〔註60〕　《爽翁惠咖啡余誤爲鼻煙》，《樊山續集》卷十。
〔註61〕　《爽翁盼余除江南一州得共遊宴賦此誌感》，《樊山集》卷二十七。
〔註62〕　《樊山續集》卷十八。

（1853～1921），字子封，號同叔，沈曾植弟，光緒十二年（1886）進士，選庶吉士，授翰林院編修。曾任湖北考官，甲午後憂憤國事，常與同僚議論朝政，主張變法維新，提倡西學，支持康有為開強學會，列名為發起人。清末曾任廣東提學使，對嶺南大學的西式教育極為稱道。亦好收藏，購南海孔廣陶的舊藏甚多，凡新抄本，皆歸之。宣統元年（1909），奏請在廣雅書局舊址設立廣東圖書館，撥款 5 萬元興建廣東圖書館。

沈曾植是李慈銘愛徒，而沈曾桐則是張之洞門生。樊增祥與兄弟二人的交誼前後持續三十餘年，他們相識於李慈銘寓所，詩詞唱和往來不絕。辛亥後避居上海，樊增祥、沈曾植招集遺老成立詩社，交往進一步加深。值得一提的是，沈氏兄弟與樊增祥一樣，都是受李慈銘影響，好觀劇聽曲。

三、陳豪、張預等人

陳豪（1839～1910）浙江仁和人。原名鍾琦，字藍洲，號邁庵、墨翁，又號怡園居士，晚號止菴、止菴老人，室名多暄草堂、多煙草堂。同治九年（1870）優貢生，歷官湖北房縣、應城、蘄水、漢川知縣，有惠政。嘗倡立輔文社，挑選優秀者親自教導。後因養母年老，歸家奉事，家居十餘年後去世。詩書畫皆工。著有《多暄草堂詩鈔》等，國家圖書館今存潘鴻編《多暄草堂遺詩》二卷，雙鑒樓藏書，裝幀極其精美，首有高雲麟題簽。

張預（1840～1911）浙江錢塘人。字子虞，號虞廬、虞庵（《有虞庵詞》）、腹廬，室名止菴、崇蘭堂。光緒九年（1883）進士。授編修，充會試同考官，歷任湖南學政，松江知府候補道。著有《崇蘭堂詩存・遺稿》，又有《北行紀程》、《赴津日識》等。

樊增祥在《止菴止止菴辨》提到與這二位同輩的交往「吾平生結交多浙人，藍洲陳君、子虞張君，皆四十年兄事者也」，二人晚年曾同署「止菴」，造成一時混淆。「藍洲晚號止菴，詩札往還，悉以此稱之。去年得子虞詩，亦自署止菴，余戲謂兩止菴皆杭人，皆吾兄，又皆入吾集，傳之後世，鹵莽者必崤謅，考據家必聚訟矣」，因此「子虞乃改為止止菴」，張預改「止菴」為「止止菴」依然極盡內涵，「由前之稱，晚節必無辱殆；由後之說，老年猶愛吉祥」〔註63〕。光緒二十八年壬寅（1902）十二月二十六日，樊增祥在陝西按察使任上，接到電報，命調補浙江按察使，要他奉旨進京入覲。樊山得到

〔註63〕《樊山集外》卷七。

消息後，欣喜不已，「平生結交多浙人」，念及很快可以和許多老友相見，又想到不少浙籍老友早已物故，樊增祥作詩「知己至今餘管鮑」（下注：謂藍洲、子虞諸君）〔註64〕，將他們的交情比爲管鮑之交，足見樊山對浙人感情之深。

　　陳豪詩、詞俱佳，樊增祥在交往中常常與他討論「詩藝」。樊有詩贈陳，詩題略述其對「不盡之意」表現手法的意見：洪北江詞云：燕子平生眞恨事，不見梅花。陳藍洲酷愛此語，因畫梅一枝，著玄鳥其上，以爲可以補恨。余謂：「洪詞誠雋，而傷於直。不若史梧岡《遊仙詩》云：『水雲凄冷到初冬，避盡春來蝶與蜂。最是花神不安處，海棠無福見芙蓉。』語較婉麗。」藍老何不寫此詩意，爲海棠種福耶？戲書四絕句爲湊。〔註65〕樊增祥認爲如果想把「遺憾」之情寫得有餘味，一定務求委婉豔麗，喚起讀者的憐愛之心，再說美好事物無法兼備的遺憾，這樣的表達手法才能起到應有的藝術效果。

　　光緒八年壬午（1882）冬，樊增祥進入鄂中書局校書時，同僚除了陶方琦，還有陳豪、諸可寶。偶集於陳豪寓所時，陳豪說：「吾屬骨相平平耳」，惟有樊增祥、諸可寶「貌清而奇，可以入畫。」光緒三十二年（1906）夏，二十五年後，陶方琦、諸可寶早已去世多年，樊增祥憶起往事，唏噓不已。〔註66〕將自己一張近照附在詩後寄給陳豪，以寄託自己對舊友的思念。陳豪晚年仍好做豔詩，作豔語，而本人的私生活卻與詩中境界完全無涉。這一點與樊增祥很相像。樊增祥曾描述陳豪生活與詩歌的關係：「兩重公案一時清」下注：君四十歲後即絕欲，嫂氏歿十餘年，塊然獨居，如苦行頭陀。今聞畫眉而及紅粉，正理學家近人情語。昔蘇子由以聞鄰牆釵釧聲而心動者爲破戒，葉石林譏之云：知爲隔牆是一重公案，知聲爲釵釧又是一重公案，遑問其心動否乎？若藍老者，吾知其古井不波矣。〔註67〕爲豔詩者，未必有豔事。

　　張預曾與樊增祥共同參加過會試，感情自然不比尋常。張預於宣統三年（1911）去世。1912年，避居上海的樊增祥回憶起四十二年前同治辛未科會試，他住在張之洞府上，張預來訪，將新作十首詩書於團扇上，其中一首七絕《晚渡齊河》得到張之洞嘉許，也給樊山留下深刻印象「窄窄齊河帶影

〔註64〕《十二月二十六日得電鈔調補浙江臬使敬賦》，《樊山續集》卷十八。
〔註65〕《樊山集》卷五。
〔註66〕《讀藍洲舟行富春江雜詩三十首題後》，《樊山續集》卷二十四。
〔註67〕《再書藍洲嚴灘詩後》，《樊山續集》卷二十四。

長，斷橋晚溜去堂堂。流黃不照春人鬢，辛苦牽車上野航。」如今，師友俱逝，扇亦燬於庚子，此時的樊增祥面對拿來讓他題詩的《齊河晚濟圖》，老懷根觸，傷情不已。〔註68〕

樊增祥曾在作於光緒九年（1883）的《崇蘭堂詩初存題識》中，論及作詩之由。是否要以「因事而作」當成一以貫之的作詩標準。

> 祥與子虞，皆涉歷多故，見理漸深，頃年相戒，非有理、有情、有事，不復爲詩，此集所存。述事諸作，庶幾近於紀實。非徒藻繢煙霞流連光景已也。中年以往，人事益迫，佳興益慳，哀計年勞，恒寥寥無所得。匪直意，興摧頹，亦以吾輩立身別有事在，不欲復以此自見也。然而雪絮風萍，時一相遇，左執行卷，右把酒杯，燭跋雞鳴，逡巡未已。雖明知無益，猶復樂之。則以性之所耽，不能已也。

樊增祥說中年以後，作詩的動力不一定是「歌詩合爲事而作」，而是「性之所耽，不能已也」。作詩的社會意義追求讓位於個人精神追求。這可能是很多晚清詩人共同的特徵。

從李慈銘遊，而又與樊增祥往來密切者，還有以下諸公。

孫德祖（1840～1905）浙江會稽人（紹興）。字彥清，號寄龕，室名飲雪軒、學庸齋。同治舉人。官訓導。著有《寄龕文存‧詞》、《飲雪軒詩》。孫德祖才略資質皆爲中等，因此對樊增祥崇敬有加。光緒二十五年（1899），孫德祖刻印《寄龕詩質》（十二卷）時，樊增祥不但予以資助，還親自幫其修訂，孫德祖因此稱樊增祥爲「畏友」。「遠自秦中置郵而資之，以庀梨棗傭剞劂者，恩施樊子也。樊子者，吾畏友也，定吾文章者也。」〔註69〕

羊復禮（1844？～1892？）〔註70〕海昌人（今浙江海寧）。羊咸熙子。字

〔註68〕《仿蘇以齊河晚濟圖乞題同治辛未會試假榻南皮師宅張子虞同年見過爲錄近作十餘首於團扇上師獨取其晚渡齊河一絕云窅窅齊河帶影長斷橋晚溜去堂堂流黃不照春人鬢辛苦牽車上野航今四十二年師友俱逝扇亦燬於庚子而此詩猶在胸臆披此圖不禁老懷根觸也爲題三絕句歸之》，《樊山集外》卷五。

〔註69〕孫德祖《寄龕詩質》自敘。

〔註70〕陳玉堂《中國近代人物名號大辭典》「羊復禮「生年記爲1840，此說不確，樊增祥有詩《比年朋舊凋謝同輩中如羊辛楣朱鼎父葉槐生黃再同王可莊俱年不過五十朱曼君不盈四十鄧鐵香齒稍長亦不及六十而殞感賦》（《樊山集》卷二十五）可知，羊復禮未過五十歲，如果考證其1892前後仍在世，生年當定在1843年之後。

敦復，一字敦叔，號辛楣、褆盦，室名傳卷樓。同治六年（1867）舉人。官廣西鎮安府知府。光緒四年（1878）官刑部。著有《蠶桑摘要・圖說》，與蘇宗經合有《廣西通志輯要》。輯有《海昌叢載》，計有明許令瑜《容庵遺文鈔・存稿鈔》、清朱嘉徵《止谿文鈔・詩集鈔》等三十二種。另有《續鎮安府志》。

王彥威（1842～1904）浙江黃岩人。原名禹堂，字弢夫，一字弢甫、弢父，號黍庵。同治九年（1870）舉人。歷任工部衡司主事，營繕司員外郎，軍機章京，江南道監察御史，太常少卿。光緒十二年（1886），為軍機處漢官領班章京。輯編《《籌辦洋務始末記》。著有《西巡大事記》、《清朝掌故》、《清朝大典》、《樞垣筆記》等。

濮子潼（1848～1909），字紫銓，號止潛、紫潛。浙江錢塘人（今杭州）。同治九年（1870）舉人。光緒三年（1877）進士，改庶吉士。歷官兵部主事、會典館協修官、兵部員外郎、方略館協修官，改兵部職方司員外郎。曾入值軍機。外放後，歷任江蘇松江府知府，湖北荊宜施道、安徽按察使、廣東按察使、江蘇布政使、護理江蘇巡撫。是樊增祥同榜進士，與許景澄交好。

陸廷黻（咸豐至光緒間）浙江鄞縣人。字漁笙，號己雲，室名鎮亭山房。同治十年（1871）進士。官翰林院編修，後視學甘肅，任內以培養人才，移風易俗為己任，建求古書院，又於河西五郡設河西講舍。歸後主講崇實、月湖書院。工詩文。著有《鎮亭山房詩文集》等。樊增祥曾為其《鎮亭山房詩集》作序，自稱「館年侍生」，並稱讚其詩：「漁笙前輩屬詞綺練，砥學深閎。」〔註71〕與樊增祥詩詞往來甚多。

吳講（1841～？），字介唐，號省齋。浙江山陰（今紹興）人，同治十三年（1874）進士。曾與李慈銘通譜，結兄弟之好。

鮑臨（1835～？），字仲怡、敦夫、鏡予。浙江山陰（今紹興）人。同治十三年（1874）進士，改庶吉士，授編修，歷官國子監司業。

陸、吳、鮑三人交好。光緒十六年（1890）樊增祥與三人往來酬應頗多。四人常宴集飲酒、賦詩、述志。樊增祥《次韻酬敦夫見贈並簡漁笙介唐》有小注：「漁老屢有歸志。又，敦夫、介唐善飲。」〔註72〕當聽說鮑臨有納妾的想法，卻又不敢付諸實現。陸、樊、吳一首一首疊韻，以調笑的口吻勸鮑臨納姬。樊增祥連續三首《漁笙用前韻催敦夫納姬戲疊一首》、《漁笙以詩調敦

〔註71〕陸廷黻《鎮亭山房詩集》四卷，光緒刻本。
〔註72〕《樊山集》卷十五。

夫戲疊前韻二首》、《敦夫得詩久不報再訊一首邀漁老和》詩中，風格各異，甚至模仿小妾口吻，勸鮑臨抓住機會。如此文人間的遊戲筆墨讀來頗為輕鬆、詼諧。

第二節　樊增祥與張之洞門生之交往

張之洞一生「愛才好客，名流文士爭趨之」〔註73〕，而門下士人，又以樊增祥、梁鼎芬最為得寵。

> 張文襄有侍姬二，一名遠山，一名近水，皆得寵幸。及薨，某部郎作輓聯云：「魂兮歸來乎，星海雲門同悵惘；死者長已矣，遠山近水各淒涼。」蓋以梁星海、樊雲門均為其得意門生也。梁名鼎芬，官湖北按察使。樊名增祥，官江寧布政使。〔註74〕

邵鏡人《同光風雲錄》：「當時幕府人才濟濟，而之洞最賞識者，惟樊山與梁鼎芬兩人耳。」〔註75〕

梁鼎芬（1859～1919）廣東番禺人。字星海，一字心海，又字伯烈，號節庵，別號不回山民、孤庵、病翁、浪遊詞客、葵霜、藏山、藏叟等；室名有恥堂、葵霜閣、棲鳳樓、抗憤堂等，光緒六年（1880）進士，授編修。歷任知府、按察使、布政使，曾因彈劾李鴻章，名震朝野。後應張之洞聘，主講廣東廣雅書院和江蘇鍾山書院，為《昌言報》主筆。辛亥革命前有反帝主戰思想。後任溥儀的毓慶宮行走。詩詞多慷慨憤世之作，與羅惇曧、曾習經、黃節並稱「嶺南近代四家」。

梁鼎芬常年遊於張之洞幕，曾被委以重任，「張文襄公之洞督鄂時，梁鼎芬以一知府干預全省吏治，同僚憚之如虎。文襄嘗語人曰：『向以星海為文士，迨試以吏事，人所不能為者彼為之，條理井然，人所不敢言者彼言之，理由充滿，眞大材也。』未幾，以梁矜才恃己，舉動浮躁，登諸白簡。疏入，樞府諸巨公皆詫異。鹿定興以私電詢文襄用意所在，文襄覆電曰：「梁鼎芬誠懇精勤，為眾所忌，劾之者，乃塞反對派之口也。」〔註76〕張疏遠梁的做法，讓二人漸生齟齬，但縱觀梁鼎芬一生，卻是忠實貫徹張之洞思想的。例如，

〔註73〕《清史稿》卷四百三十七，《列傳》卷二百二十四。
〔註74〕徐珂編《清稗類鈔》「詼諧類」。
〔註75〕周駿富《清代人物傳記資料叢刊》第62冊。
〔註76〕陳灥一《睇向齋秘錄》。

梁鼎芬反對康有爲學說的立場，與張之洞、樊增祥是保持一致的。

> 有爲昔爲新人物之巨擘，戊戌黨禍之前，鼎芬極醜詆之，與王
> 先謙書有云：「四夷交侵，群奸放恣，於是崇奉邪教之康有爲、梁啓
> 超，乘機煽亂，昌言變教。」又謂：「湖南乃忠義之邦，人才最盛。
> 昔吾粵駱文忠公，巡撫此地，提倡激勵，賢傑輩出，同衛社稷，如
> 雲龍之想從，至今海內以爲美談。豈意地運衰薄，生此三醜。（指康、
> 梁及黃遵憲。遵憲，鼎芬所斥爲『陰狡奸悍』者也）以害湘人、以
> 壞嶺學，凶德參會，無所底止。上則欲散君權，下則欲行邪教，三
> 五成群，邪說暴作，使湘有無窮之禍，粵有不潔之名，孰不心傷，
> 孰不髮指！」……深惡痛絕，一至於此。晚年乃同以勝清愚忠見稱
> 焉。〔註77〕

梁鼎芬把康有爲當作「粵人之恥」，歸根結底是反對其政治主張。梁鼎芬與樊增祥除了在政治立場上保持一致，緊隨張之洞。文化觀上，也有非常相似。樊增祥曾有詩《星海遠寄佳茗二瓶瓷杯二事報以小詩用素瓷傳靜夜芳氣滿閒軒爲韻》：「毋將咖啡來，減我龍團價」〔註78〕樊山同樣以新名詞、新事物入詩爲贈，表達調笑諧謔之意，博同門一笑。這類詩不會贈予「新派」人物，只能是在文化立場上較爲接近的人才能讀出其中「揶揄新學」的味道。

梁鼎芬爲人正直不阿，陳灝一記載的一件事足見其人品：

> 清德宗奉安崇陵，梁節庵素衣往送，縱聲大哭，其時在陵諸遺
> 老亦無不流涕，惟趙爾巽無淚，奕劻獨後至，亦無戚容。梁正色厲
> 聲，數其誤國殃民、不忠不敬之罪，奕劻羞慚不敢仰視，沈子封顧
> 梁曰：「公言爽直嚴屬，聞者當無異辭，獨不爲奕劻稍存體面耶？」
> 梁曰：「非傾吐不足張其罪。」〔註79〕

光緒、隆裕奉安大典在 1913 年 12 月，梁鼎芬大鬧典禮（據傳，還曾聲言願爲光緒帝殉葬）一方面是其爲人正直、性格豪爽的表現，另一方面，也表現出他的「愚忠愚孝」。圓滑世故的樊增祥在這點上和他還是有很大的不同。

錢振常（1825～1898），字仲彝，一字笙仙，室名學呂齋。浙江歸安人（今

〔註77〕《凌霄一士隨筆》卷二。
〔註78〕《樊山續集》卷二十。
〔註79〕陳灝一《新語林》。

湖州）。錢振倫弟。同治十年（1871年）進士。官吏部主事，光緒八年（1882）
辭官南歸，曾爲紹興、揚州書院山長；寓居蘇州，晚年精於考據，治小學。
著有《樊南文集補編》、《示樸齋駢體文》、《示樸齋制義》、《鮑參軍集注》、《玉
谿生詩箋注》等。樊增祥曾於錢振常處聽得河南「蘇門山」風景之秀麗，「昔
歲庚辰，與同門歸安錢笹仙禮部侍廣雅師坐，試問天下山水孰爲第一，笹仙
以蘇門對，余自是心識百泉矣。」〔註80〕光緒末樊增祥被參劾罷官後，饒有
興致地遊覽了神往已久的蘇門山，遊歷期間又頗有一些「退隱」後對新學、
官場人事的反思，後將詩作與日記結爲一集，名曰《蘇門遊記》，附於《樊山
集外》之後。

〔註80〕 《蘇門遊記》，《樊山集外》卷八。

第四章　爲官一方

第一節　三十年仕途升降

　　如果自光緒三年（1877）中進士算起，直到 1911 年辛亥革命時去職，樊增祥在 32 歲至 66 歲期間，始終活躍於晚清的政治舞臺上。樊增祥自光緒十年（1884）實放陝西宜川縣令，到宣統三年（1911）携江寧布政使關防出逃上海租界，在官場卅載生涯中幾度沉浮，與晚清光宣時期幾十位中央、地方官員結交。他的經歷可以反映出晚清官僚集團的特徵，也一定程度上揭示了封建王朝末世官僚集團集體沉淪的原因。

　　光緒三年（1877）四月二十一日，丁丑科殿試。四月二十五日傳臚，錄取王仁堪、余聯沅、朱賡颺等三百二十九名爲新科進士。樊增祥以二甲第四十四名中進士。五月初十日，樊增祥等七十八人被選授翰林院庶吉士。

　　樊增祥爲樊氏一雪前恥（見第一章），春風得意馬蹄疾。在這一年的八月乞假出都，「丁丑秋仲出都，多仲歸覲，承色笑居里門者凡九閱月，涉歷江海，偃息山林，命其所作爲《東歸集》。」〔註 1〕第二年的秋天，樊增祥入荊州知府倪文蔚幕，以積累爲官經驗，「戊寅秋入倪荊州幕，是冬入方武昌幕，歲盡始歸」〔註 2〕。倪文蔚（1823～1890）安徽望江人。字豹臣，亦字豹岑，別號七鳳山樵，室名小桐蔭閣、兩彊勉齋。咸豐二年（1852 年）進士。以主事參曾國藩軍幕。官至河南巡撫、河道總督。爲學治今文尚書。著有《禹貢說》、

〔註 1〕《樊山續集》自敍。
〔註 2〕同上。按，方武昌即武昌知府方大湜。

《兩彊勉齋詩文集》。光緒九年（1883），廣西巡撫倪文蔚在桂林衙署刊刻《兩強勉齋古今體詩存》二卷、《兩強勉齋課詩賦存》。樊增祥作《兩強勉齋課詩賦存》序，讚譽倪文蔚雄才高蹈，並敘刻書之由：「豹岑前輩晝日蓬萊，瞻雲香案，吟禁林之風月；奚止三千，掌畫省之絲綸。夙工四六，今所存館課詩賦一卷，皆初入翰林時所作也。」倪文蔚於是年移撫廣州，第二年張之洞由山西巡撫署兩廣總督，既而真除。據葛虛存載，張之洞與倪文蔚在任中多有不合，導致倪文蔚於光緒十二年（1886）去職，粵撫由張一併代署。

> 文襄督兩廣時，倪公文蔚為巡撫，文襄以倪新進，頗慢易之，倪亦負氣不稍讓，二人意見日深，時相齟齬。一日，倪以事謁總督，文襄拒不納，三謁三拒之。倪問何時可見，期以旦日日中。倪先期往，日過午仍不獲見。倪私問僕從：「大人有客乎？」則對曰：「無之，簽押房觀文書耳。」問何不稟報，則曰：「大人觀文書，向不許人回話。」倪愈不懌，大步闖然入。戈什大聲言巡撫至，瞥見文襄執書坐安樂椅中，若為弗聞也者。倪忿然作色曰：「督、撫同為朝廷命官，某以公事來，何小覷我也！」拂衣竟出，欲辭官，將軍出調和之，為置酒釋嫌，二公皆許諾。屆期倪先至，文襄日旰不來，將軍強致之，至則直入坐上座。將軍起奉卮，文襄立飲之，將酌以奉倪，文襄又飲之。倪大怒，推案起，脫帽抵幾，逕回署，即日謝病。政府知之，乃調倪他所。〔註3〕

張之洞為人狹隘，除非當世大儒（例如李慈銘等），皆難以入其法眼。擠兌一無學識、二無治功的同僚倪文蔚是可以理解的。也許正是因為倪文蔚與張之洞的矛盾，樊增祥自此再無與「豹岑前輩」的詩文往來。

光緒五年己卯（1879），樊增祥在外遊歷，年末方返回京師，等待三年修業期滿的散館考試，「己卯春遊滬上，其夏歸漢口，憩陳氏江樓，沿溯風潮，流連朋酒，裒其詩曰《涉江集》。己卯冬入都。」〔註4〕散館考試失意的樊增祥面臨被外放縣令的結果，他對自己仕途的起點不夠滿意，於是以申請「親老告近」之名留京等待其他機會。光緒六年（1880），樊增祥在李慈銘的座中結識許景澄、王懿榮。

許景澄（1845～1900）字竹篔，一作竹筠。浙江嘉興人。同治七年（1868）

〔註3〕葛虛存《清代名人軼事》「治術類」。
〔註4〕《樊山續集》自敘。

進士。歷任編修、侍講、鄉試考官，出使法、德、意、荷、奧、比六國公使。
光緒二十四年（1898）任總理衙門大臣兼工部左侍郎，後改吏部右侍郎旋遷
左侍郎，又充京師大學堂總教習，管學大臣。主張鎮壓義和團，反對對外宣
戰，與袁昶一同被殺。有《許文肅公遺稿》、《許文肅公外集》、《許竹筠詩稿·
文稿》、《出使函稿》等。許景澄與袁昶交好，二人皆在總理各國事務衙門的
考試中被選拔進入譯署當值，在工作中接觸西洋文化，對歐洲列強有了深刻
的認識，所以會有庚子戰前的冒死直諫。袁、許二人皆從李慈銘遊，但他們
所具有的視野，是越縵門下其他弟子所不具備的。

　　現存臺灣藝文印書館印行，嚴一萍編《清末名家自著叢書》（初編）本《許
文肅公遺書》收錄其奏疏、公牘、函牘、電報、雜著、附錄、日記、書札、
外集、年譜（高樹撰）、傳記（章一山撰），為現存許景澄著作之大全。翻檢
遺文，許景澄與外交糾紛的處理、勘界、外交官素質、外交禮儀、西方精神
文明特質等方面都有獨到的見解，即使在今天看來，都有頗多值得我們學習
之處。例如，對於邊界勘定之事，在卷十一《附錄》有許一篇《譯錄阿富汗
布哈爾二國交界記略（光緒十八年六月）》，考察當時帕米爾邊界問題的由來，
為中俄帕米爾勘界爭端提供重要的參考。中、阿、巴邊界至今仍是地區熱點，
在 120 年前的清末，有興趣研究邊界爭端的，恐怕是領先於那個時代了。許
景澄在出使期間，曾收陸徵祥為弟子，並教其外交注意事項：「公平日最不贊
成中國拜師節弟之習氣。既收陸徵祥為弟子，乃囑陸莫饒舌。……許欽使教
學，從四字下手：衣食住行。……我教你做的，都是平常的事。只是「不作」
兩字。教你不抽鴉片……教你不賭……」。〔註5〕《遺書》卷首有《光緒二十
三年文肅公自柏林致陸徵祥法文書信》一份，文中許景澄提到了對現代外交
使節的基本要求：

> 「先一年，公於席間談論使才，謂楊子通星使曰：『外交官以通
> 方言為最要，歐洲各國使臣大都能操英法德三國語言。吾輩惜未講
> 究此道。異日，如胡馨吾、劉紫升、陸子興輩出膺使事，庶可免帶
> 舌人。豈非快事乎？』……先輩識見之遠，求學之敏，洵足為後進
> 楷模。」

　　提倡使節學習外語，這在大多數保守自大的天朝官員眼裏實在難以接
受，但是被許景澄視作外交官之素質要求，足見其對現代文明的深刻理解，

〔註5〕《許景澄年譜》轉引羅光《陸徵祥傳》。

在當時的滿清官員中，實在是出類拔萃。許景澄不惟對西洋外交諸事甚多研究，對西洋文明精神層面的內涵特質，亦有深刻的感悟：

> 「許師説，歐洲的力量，並不在於他的槍炮。也不在於他的科學，乃在於它的宗教。你日後當外交官，你必有機會就地研究基督的宗教。基督的宗教，分有多數宗派。你選其中最古的一宗，能直接上溯到教會的根源，你便進這宗。研究教義、力行教律，考察教會組織法，觀察教會各種事業。日後你退休時，或許還能進一步。你選擇一個最古的修會，若可能，你就進會，成一會士。研究會士精神生活的秘訣，等你明白了這等精神生活的秘訣，把握了基督宗教的精髓，你便把所心得者，輸進中國，傳之國人。」

> 「許師對於這種集中的精神神權，很爲注意，尤其重視這種神權溯源於基督宗教的創立者。爲能就近觀察，許師於遊歐時，曾留羅馬多日，且在城內度過聖誕節。」〔註6〕

能夠看到基督教對歐洲現代文明的推動作用，許景澄的眼光不可謂不獨到。許對基督教的判斷，也反映出光宣年間一部分知識分子對強大西方文明之成因產生濃厚的興趣。他們發現列強之「強」，不在船堅炮利，而在「政通人和」、「工商興旺」。因此，由現象出發探究文明發展之動力，就成了必然之選擇。許景澄對基督教研究饒有興趣，但囿於語言文化差異，無法更準確把握，於是身體力行近距離觀察羅馬天主教的宗教活動，希望能從中獲得啟示，遺憾的是我們從許景澄的遺作中，未能找到他對基督教的研究成果。然而，許景澄的眼界雖寬，但他對陸徵祥提出的學習建議卻並不一定有效。許認爲研究基督教需要上溯最古之教派，考察其精髓後再傳遞給國人。這樣的方法其實還是傳統治學「辨章學術、考鏡源流」的路數，是以傳統儒家的「舊瓶」盛基督教文明之「新酒」。這樣的建議深刻的影響了陸徵祥本人（民國後放棄外交工作，入比利時一修院學習，後晉鐸爲神父）。〔註7〕可是，對於中西文明的精神層面交流，並不非常適用，故許景澄之思想在後世並無更多影響。並且，今本《許文肅公遺集》並未收錄許景澄與樊增祥往來酬唱的詩文，因此無法判斷許景澄對樊增祥以及李慈銘門人的影響。

王懿榮（1845～1900 年）山東福山（今煙台）人。字正儒，一字廉生、

〔註 6〕《許景澄年譜》轉引羅光《陸徵祥傳》。
〔註 7〕論者多不解陸徵祥「出家」之因，參許景澄語，可知就裡。

蓮生、濂生，號古現村人。光緒六年（1880）進士，授編修。泛涉書史，尚經世之務，嗜金石，因見藥店所售「龍骨」上的刻紋，發現甲骨文，為收藏殷墟甲骨的第一人。三為國子監祭酒。庚子八國聯軍入京時，投井死。謚號「文敏」。有《王文敏公遺集》八卷。王懿榮與樊增祥、盛昱三人交誼最深。王、盛二人都曾官國子監祭酒，且遊於李慈銘門下。因此，但凡樊增祥進京，必然與二人遊宴不絕。王懿榮在朝時頗受權貴的倚重：「自入翰林值南齋，尚方貼絡所需其章幅較大者，孝欽皇太后必降口敕，曰『令王懿榮書。』」〔註 8〕樊增祥也對其學問欽佩不已，樊增祥在《王文敏公遺集》序中稱讚其學問：「然顧其微至樸澀處，余雖百思不能到也。」所以樊增祥很信任與王懿榮談論時政，光緒二十年（1894）中日戰起，樊增祥寄給王懿榮的詩多直抒胸臆表達自己對戰事的評論，「歸朝天子虛前席，莫問和戎問徙戎」（《寄王廉生祭酒》）〔註 9〕。王懿榮還是當朝作試帖詩的名家，光緒二十六年（1900）春，他曾向樊增祥提議刻《四家館課》：「光緒庚子孟春，余有西河之戚，王廉生祭酒過余，曰：「吾屬皆老人，當善自排遣。吾久欲刻四家館課，子盍助我？」四家者，張督部師、宗室伯熙祭酒、廉生與余也。」〔註 10〕世事難料，四家試帖詩未及刻成，庚子奇變，王懿榮留京全家殉國，「一門忠烈死猶馨」（《哭廉生十三兄》）〔註 11〕直到宣統年間，樊增祥猶對王懿榮意外離世悵恨不已：「公之歿也僅十一年，而世事日新月異。昔所論奏，今視之如隔年百葉矣……雖然使公至今猶存，其出入諷議輔導，沖皇必更有障遏橫流，扶翼聖教者」〔註 12〕。對現狀的不滿化為對故人的思念。

　　樊增祥自進京會試始，至外放縣令之前，在京師文人圈結交甚多，現舉主要者羅列如下。

　　王仁堪（1848～1893）字可莊，又字大久、忍菴，號忍龕、公定，福建閩縣人（今福州）。光緒三年（1877）進士，狀元。授翰林院修撰，歷官山西學政、鎮江、蘇州知府。善設色花卉。有《王蘇州遺書》十二卷。王仁堪祖父慶雲，進士出身，官至四川總督，工部尚書。其父傳燦未考中功名，據說在王仁堪高中狀元後，以「父尚書、子狀元」自嘲，世人引為笑談。王仁

〔註 8〕樊增祥《王文敏公遺集序》。
〔註 9〕《樊山集》卷二十六。
〔註 10〕樊增祥《二家試帖詩序》。
〔註 11〕《樊山續集》卷十一。
〔註 12〕樊增祥《王文敏公遺集序》。

堪之弟王仁東（1854～？）字旭莊、剛侯，又字勘專，別署完巢。光緒二年
（1876）舉人。初任內閣中書，後官南通知州、江安督糧道、蘇州糧道兼蘇
州關監督。有《完巢賸稿》。王仁堪之姊王眉壽嫁陳寶琛。王氏三代受「皇
恩」，多人身居要職，亦為清廷所扶植家族之一。前文曾論及常熟翁氏四代翰
林故事，如此家族官僚在有清一代非常普遍，這可以看做統治者籠絡漢族
士大夫知識分子的手段，當然更深層次的原因還在於傳統社會親緣倫理的影
響。歷代雖有各種親屬迴避原則，〔註 13〕然而在大的倫理框架之中，表面上
的制度限制往往成為虛設。「朝裏有人好做官」仍是官場不變的準則。王仁
堪入翰林院後，正值「清流」風起，王仁堪與前科狀元曹鴻勳也加入「清流
黨」，抨擊時政，彈劾在中俄換約中失職的大臣崇厚。王仁堪久在京卿任上，
於光緒十四年（1888）出任戊子科江南鄉試副考官，〔註 14〕光緒十五年
（1889）出任己丑科廣東鄉試副考官。〔註 15〕終因忤權貴，光緒十六年
（1890）被外放江蘇鎮江知府，甫到任，即發生「丹陽教案」，王氏秉公執
法，巧為斡旋，和平結案，中外稱譽。〔註 16〕三年考核政績列江蘇省第一。
光緒十九年（1893 年）調任蘇州知府，同年病逝於任上，因其政績被破格提
入國史館立傳。

　　樊增祥初識王仁堪當在居宣南科試期間。清王朝覆滅後，樊增祥與王仁
東回憶起三十年前的科考，傷心不已：「當年宣南數晨夕，李（愛伯師）袁（爽
翁）王（可莊）盛（伯兮）若連枝……漢南已傷此樹老，故宮復見彼黍離。」
〔註 17〕黃體芳詩《輓王可莊詩十六首》：「宣南故宅愁重過」下注：君弱冠時，
寓順治門街道東，今數易宅矣。〔註 18〕王仁堪居京期間也在李慈銘門下游，
因此，樊王交誼著實不淺。王仁堪病歿後，樊增祥親自為蘇州興建的王祠作
記，「僕與君誼同花萼，契結雲霞。惜賈誼之無年；喜蘇環之有子。聞茲盛舉，
彌切老懷，彥和來自京江乞為祠記。爰記其實如此」。〔註 19〕樊增祥與王仁堪
之弟王仁東的交往則持續到民國初年的上海。

〔註 13〕張之洞早年為迴避族兄張之萬，被迫兩次未參加鄉試。
〔註 14〕《送同年王可莊殿撰出守潤州》注：君戊子科典試江南，《樊山集》卷十五。
〔註 15〕《可莊倒疊前韻見答元日無事亦如來韻報之》小注：君去秋典粵試，適與余
　　　　值，《樊山集》卷十五。
〔註 16〕「丹陽教案始末」事見《王蘇州遺書》卷六。
〔註 17〕《端午與旭莊同車訪子培久談作歌貽兩君》，《樊山集外》卷二。
〔註 18〕黃體芳《漱蘭詩葺》一卷，1943 年刊本。
〔註 19〕《故鎮江府知府王公祠堂記》，《王蘇州遺書》。

　　除王仁堪外，同榜進士中，與樊增祥交好者尚有潘遹（字伯循），周鑾詒、何福堃、盛昱。周鑾詒（1859～1885）湖南永明人（今江永）。字譽齋，一字惠生、慧生、薔生、會生，室名嶽色堂、淨硯齋、共墨齋。收藏家。光緒三年（1877）年進士，授翰林院任編修。與其兄周銑詒合輯有《永明嶽色堂印董》、《共墨齋印譜》，亦名《共墨齋古鐔印譜》（共墨齋原爲銑詒齋名），《淨硯齋印譜》。周鑾詒少年得志，中進士後，與樊增祥、盛昱並稱爲「三才子」。盛昱有詩《答雲門》「榜中落落三才子，海內錚錚七品官」下有注：弋陽江同年惡余記雲門薔生指爲三才子。〔註 20〕樊增祥《得旭莊觀察書卻寄》詩有注曰：「丁丑同年，目余與伯兮、薔生爲三才子」。〔註 21〕可惜天不假年，周鑾詒未及三十而卒，樊增祥與盛昱回憶舊事，盡是對命運無常的無奈：「半點半癡違世好，一生一死見交情。顏回好學曾無命，愁絕人間兩魯生。」〔註 22〕

　　何福堃，字受軒，一字壽萱。山西靈石人。光緒三年（1877）進士，改庶吉士，授編修，官至甘肅布政使。有《午陰清舍詩草》。光緒六年散館後，何福堃與樊增祥走上各自仕途，樊增祥《壽萱枉過話舊》：「功名各自庚辰始」下注：是年君留館而余改外。〔註 23〕何福堃送別樊增祥後沒想到日後二人還有同僚的機會。〔註 24〕光緒二十四年（1898）何以甘肅安肅道遷甘肅按察使。是年，樊增祥解任陝西渭南令，奉召入京。光緒二十七年（1901），樊增祥以功遷陝西按察使，何福堃遷爲甘肅布政使。光緒三十一年（1905）何福堃因過被解任甘肅布政使，降三級調任。第二年，樊增祥被參劾，去職陝西布政使。兩人爲官起點雖不同，但後期大致同步，而且均在陝甘總督節制下分別任職甘、陝二省。二人同僚期間，書信往來密切，樊增祥甚至有「幾人身在五雲間」的感慨《次壽萱東宦陝諸同年韻　同年居陝者凡五人》。〔註 25〕此外，何福堃與王仁堪、周鑾詒交誼不淺。《寄輓周薔生編修（鑾詒）二首》：「蘭亭回首酒盈樽」下注：予瀕行時，薔生病小愈，同人釀飲王可莊齋中，甚歡。

〔註 20〕　《鬱華閣遺集》卷二，光緒刻本。
〔註 21〕　《樊山續集》卷二十四。
〔註 22〕　《伯熙贈詩有榜中落落三才子海內錚錚七品官之句感賦二律呈伯熙兼悼慧生》，《樊山續集》卷四。
〔註 23〕　《樊山續集》卷二十三。
〔註 24〕　《午陰清舍詩草》卷一《五日同人置酒江亭送樊雲門同年之宜川縣任》，光緒刻本。
〔註 25〕　《樊山續集》卷二十三。

此後遂成永別。〔註26〕何福堃族侄何乃瑩也是都中名流。何乃瑩，字潤夫，號梅叟，室名靈樗山館、靈樗仙館。光緒六年（1880）進士，改庶吉士，任內閣學士。歷官奉天府丞兼學政，升順天府尹，遷左副都御史。有《靈樗仙館詩草》。何乃瑩與端方等滿洲權貴私交甚篤。

　　盛昱（1850～1899）滿洲鑲白旗人，清宗室。愛新覺羅氏，字伯熙，一作伯羲、伯兮、伯熙，號韻蒔，一號意園。室名鬱華閣。肅武親王豪格七世孫。光緒三年（1877）進士，授編修、文淵閣校理、侍講、侍讀、國子監祭酒。詩文、金石皆負盛名。著《八旗文經》、《雪屐尋碑錄》、《鬱華閣文集》等。盛昱是著名的滿洲學者，曾與其表弟合編《八旗文經》五十六卷，以彰顯八旗文運盛衰為目的，搜羅有清一代旗人著作，對於研究滿洲文學具有極高的參考價值。盛昱學問廣博，「先生博聞強識，其考訂經史及中外地輿之學皆精覈過人。尤以練習本朝故事，為當世所推重。」〔註27〕盛昱也是「清流黨」的後繼者，關心時政，好上書言事，屢次彈劾當朝大員。現存宣統刻本《意園文略》二卷，大多為議政類的文章。例如：《光緒九年劾彭玉麟不應朝命奏》：「兵部尚書，奉命數月延不到任……不足勵仕途退讓之風，反以開功臣驕蹇之漸」。〔註28〕盛昱以其「宗室」身份，彈劾朝官不避權貴，不少名臣都深受其苦。他曾劾王闓運「不應官」，參陳寶箴「任意妄為」，甚至從儒家禮教的「本位」出發，反對馬建忠加入「天主教」。「馬建忠身習邪教、黨結夷人。李鴻章信任徇私……」（《論馬建忠奏》）〔註29〕。由此也可以看到盛昱保守的文化觀，在認可「儒教」的正統中心地位的問題上，樊增祥與盛昱是一致的。「上書幾輩效嚴安，道統於今廢孟韓。」（《書憤呈伯熙鳳孫二十八疊韻》）「景教流行意不安，豈徒時藝薄方韓」「會開強學真陳許，議鑄先零即孔桑」（《再為俳體詩呈伯熙三十韻》）〔註30〕也許是同受李慈銘的影響，二人在這個問題上的認識是完全相同，這與許景澄主張學習基督教的觀點形成鮮明的對照。盛昱在文化觀上的保守除卻儒家的影響之外，還源自其滿洲人的身份——清末的滿洲貴族普遍比較保守、封閉。當時朝中上至載漪、剛毅等「后黨」親信，下至普通八旗子弟，對待西方文化唯恐避之不及。這與清王朝近

〔註26〕《午陰清舍詩草》卷四。
〔註27〕柯劭忞《鬱華閣遺集序》。
〔註28〕《意園文略》卷二。
〔註29〕同上。
〔註30〕《樊山續集》卷四。

二百年的滿洲防範、不信任漢人的心理有關。彼時，倡導「辦洋務」的大多爲漢族上層官僚，主張向西方學習的也多爲漢族士大夫知識分子，這不能不引起滿洲貴族的警覺，長期積累起來的不信任轉變爲極端保守的文化觀。這就爲庚子年縱容、甚至支持義和團的蔓延埋下了禍根。盛昱與樊增祥因思想傾向相近，私交甚篤。光緒十年（1884）樊增祥出都赴任，盛昱《贈雲門》在送別詩不忘強調官員的道德使命：「又充計吏上長安，朝論何人解惜韓。排斥異端存正學，留連民命戀卑官。」〔註31〕而另一首送別詩：「哭可當歌醒亦醉，廿年此別最爲難」（《廉生席上三疊韻贈雲門》）〔註32〕則將老友間眞切的情感表現得非常充分。

　　樊增祥散館後留京等待外派分發這段時間，主要是參與李慈銘門下活動。交往的也是科舉同年、李慈銘門下和張之洞門下「浙人」。光緒七年（1881）樊燮病故，樊增祥南下回鄉丁憂。這年年底，他又來到鄂中書局，校書以養家。光緒八年（1882）夏，樊增祥入黃彭年幕。樊與黃有姻親關係，〔註33〕黃又是當朝名宿。黃與樊之關係近於師生，兩人關係頗爲親密，「貴築先生居蓮池，爲後進標準，臧否人物，瑕瑜不掩，獨與先生無間。」〔註34〕

　　黃彭年（1824～1890）字子壽，號陶樓，晚號更生、遯庵，貴州貴築縣（今貴陽市）人。道光二十七年（1847）進士，選翰林院庶吉士，散館授編修。咸豐初年，隨父赴貴築（今貴陽）辦團練，後入駱秉章在四川的軍幕，雖多有建言，卻無人保薦。同治初年，劉蓉請其主講關中書院。同治八年（1869），授湖北襄鄖荊道，遷按察使。光緒十一年（1885），遷江蘇布政使。光緒十六年（1890），調湖北布政使。又曾主講保定蓮池書院。應李鴻章聘修《畿輔通志》。著有《萬卷樓藏書總目》、《陶樓文鈔》、《陶樓詩鈔》、《蓮池日記》等。

　　樊增祥在幕中曾爲黃彭年代擬《光緒八年壬午正科武鄉試錄後敍》等公文（《樊山集》卷二十三）。在臨別之際，黃彭年作《送樊雲門庶常序》：「施南樊氏，世以軍功顯。而雲門以文學致身，值天下多故之日，有非常之志，於其行，書以相助」。〔註35〕樊與黃之子黃國瑾交往亦密切。黃國瑾（1849～

〔註31〕《鬱華閣遺集》卷二。
〔註32〕同上。
〔註33〕《夏日遊城東諸山寺爲黃子壽先生作生日敍》：「遠尋山寺，獨祥與傅君以姻家子得從焉。」（《樊山集》卷二十三）
〔註34〕余誠格《樊樊山集敍》。
〔註35〕《陶樓文鈔》卷十四。

1890）貴州貴築人。字再同，號公瑕，室名訓眞書屋。黃彭年之子。光緒元年（1875 年）舉人，二年（1876 年）進士，選翰林院庶吉士，散館授編修，充本衙門撰文、國史館纂修、會典館總纂、兼任繪圖總纂官。後主講天津問津學院，培養不少人才。光緒十六年（1890 年）因父病逝，悲痛嘔血，慟哭六日後亡。善詩文，博覽群籍，稱譽一時。喜收書。家中秘書遍讀之，與同時名家葉昌熾過往甚密，相互鑒別版本。收藏精品頗多。僅宋本元刻達數十種，如抄本宋仁宗《洪範政鑒》、宋槧本《婚禮備用》、元刻《困學紀聞》、《玉海》、《鮑明遠集》等，皆秘籍。藏書印有「貴築黃氏珍藏訓眞書屋」、「黃在同藏」、「詔旨東觀讀所未嘗見書」等。所藏金石拓本亦多。著有《訓眞書屋詩存》、《訓眞書屋文存》、《夏小正集解》、《殷氏說文假借釋例》、《離騷草木疏纂》、《訓眞書屋集》等。平時留心時務，俄人伊犂之議、法人越南之戰，都上有條陳。工詩文、精考證，擅書法。黃國瑾是張之洞門生，〔註36〕因其父與李慈銘交好，也參加李慈銘集團的活動。

　　光緒九年癸未（1883）春、夏，樊增祥與陶方琦偕遊杭州西湖、蘇州吳中、上海等處。途經蕪湖與安徽按察使張蔭桓過從（《至蕪湖呈張樵野觀察》）。是年冬，樊增祥服喪期滿，入京待吏部謁選。在京期間結識張佩綸，張不久即啓程赴天津佐李鴻章。這一年的十二月，樊增祥被吏部選授直隸唐山縣知縣，可是因樊「係告近人員。十年正月，改選陝西宜川縣知縣」〔註37〕。此時張之洞改任兩廣總督，邀樊增祥入幕，樊增祥猶豫再三，在李慈銘慫恿下，婉拒張之洞，準備赴任陝西。（詳見第二章第二節）

　　光緒十年甲申（1884）三月，遊京郊西山並題壁於靈光寺塔之巔，遇祝氏隨家人同遊，「憶甲申三月，曾偕朱舍人往遊，題詩靈光寺塔之巔，內子時猶未聘，隨母燒香，見之，內兄謂之曰：『汝履危即怯，彼題詩者當何如？』內子微哂曰：『岳正膽大時亦不知誰何也。』比五月，即來歸，偶話其事，余曰：『膽大者，老奴也。』相與大笑。」〔註38〕樊增祥請李慈銘議婚祝氏，閏五月成親，「爲雲門議婚祝氏，今日迎娶，往賀。又：雲門新夫人來見，涓潔如玉茗樓詩格，足稱佳耦矣。」〔註39〕元配早亡，獨居多年的樊增祥感覺生

〔註36〕「南皮師自晉入覲，又日與再同侍側，朋簪之樂，於斯爲盛。」《樊山續集》自敘。
〔註37〕《清代官員履歷檔案全編》第六卷，第 517 頁。
〔註38〕《樊山續集》自敘。
〔註39〕《越縵堂日記》光緒十年閏五月初四日。

命煥發出第二春，樊山《五十自述》詩第九首：「娶妻生子從頭起，已閱韶光四十春」下注：「甲申服闋，謁選得宜川令，是歲始膠續，余年已三十九矣。」〔註40〕是年七月，樊增祥出都赴任，途經山西，心情愉悅的樊山記敘沿途黃土高原風物人情，結爲一集，名曰《西征集》。到任後的樊山已沒有了在京師時的猶豫彷徨和不滿，在寄給陶方琦的詩序中，他寫道：

> 既謁選，得秦之宜川令，以甲申七月出都，暑雨間關，久乃得達。屬以鯨鯢未戮，海國驛騷，既踸踱與風塵，更屏營於褰緯。嗟乎！隙駒百年，單門八口，何慮不給而就微官。昔人不能降志於督郵，而顧手版倒持，爲茲僕僕哉！苟有一廛，如淵明所記，稻田鱗比，花竹蟬嫣，所不即歸，有如江河。因擬是題，寓息壤之意，並寄子珍都中。若以吾意在避秦，則失之遠矣。（《擬桃花源詩三首並序》）〔註41〕

此時的樊增祥初到秦地，對關中地區充滿了新鮮感。興奮之餘，想到仕途不順、前景黯淡，樊才子的感情依然十分複雜。於是他也很自覺地將詩情引向奇偉的秦川景色中。樊增祥初到任所，出遊中隨口賦詩一首《八月六日過灞橋口占》：「柳色黃於陌上塵，秋來長是翠眉顰。一彎月更黃於柳，愁煞橋南繫馬人。」〔註42〕此詩竟被論詩家所稱賞，甚至有人將其比之於清初王士禎《秋柳》詩。後樊山又填詞詠秋柳，〔註43〕足見這一時期的樊增祥情緒高漲，詩情勃興，與京城中應酬不斷的樊翰林已判若兩人。

光緒十一年乙酉（1885）至光緒十三年丁亥（1887）的三年裏，樊增祥往來於關中四縣，公務纏身，又加上初來陝省，缺乏知音，閑暇時只好寄書京師的親舊好友，「自甲申冬訖丁亥，星紀再周，余自宜川而咸寧，而富平，而長安，易地者四，勞形案牘，掌箋幕府，身先群吏，並用五官，猶以余閒結興篇章，怡情書畫，嘗以《春興八首》寄愛伯師，報書曰：『子詩日益遒上，曩所許不虛矣。』宰長安六閱月，以禮去官」〔註44〕。入陝前，李慈銘曾鼓勵樊增祥多吸納秦地英靈之氣，爲詩作加添陽剛之美：「子之詩信美矣，而氣

〔註40〕《樊山續集》卷二十四。
〔註41〕《樊山集》卷九。
〔註42〕《樊山集》卷十。
〔註43〕《雙調望江南》序：甲申九月七日行次灞橋，秋柳數株，搖落可念，根觸既久，爲賦此詞。（《樊山集》卷二十一）
〔註44〕《樊山續集》自敘。

骨少弱。關中，漢唐故都，山川雄奧，感時懷古，當益廓其襟靈，助其奇氣，老夫讓子出一頭矣。」〔註45〕樊增祥公務之餘筆耕不輟，寄詩向李慈銘請教，李慈銘嘉許樊詩「日益遒上」。樊氏刻意追求中氣充盈、骨力遒勁的新風貌，令樊山詩又開一新境界。

居陝初期，樊增祥結識了同在關中作縣令的李嘉績。李嘉績（1843～1907）字雲生，一字冰叔，號潞江漁者。祖籍直隸通州（今北京通縣），其父官於四川，遂隨父居於華陽。中進士第後，歷知陝西保安、千陽、韓城、華州、扶風、邠州、臨潼、富平等縣。富藏書。年幼時，喜文翰，後來作官每到一地，必訪問書肆，先後在西安、濟南、四川等地購書數百種，數年間，藏書益多。宋元舊本不多見，大多為明代及清乾、嘉時刊本，多單行校本、類書、叢書等。建藏書樓「五萬卷閣」、「雙桐書屋」、「江上草堂」、「代耕堂」等，自編有《五萬卷閣書目》著錄圖書2400餘種，毛鳳枝為書目作序，記他的藏書數量為52000餘卷。他自稱有「30萬卷」。卒後，藏書由柯逢時以數萬金購去，柯逢時購得此書後曾致函繆荃孫，稱「無甚秘本，惟西北藏書，此間亦有無可搜羅者」。刊刻圖書幾十種，多歷代文集和詩稿，其代耕堂刊本在陝西為著名的刊本之一，刊刻的字體重厚、古樸。工於書法、善隸、草體，真草近鍾可大。善刊刻，長詩古文詞。編有《五萬卷閣書目記》；著有《華州治水道記》、《江上草堂前稿》、《榆塞紀行錄》、《代耕堂雜著》、《代耕堂詩稿》、《代耕堂全集》等。

李嘉績常年在陝地為官，樊增祥在陝西近二十年，與李嘉績交情不絕。李有貪多之病，無論藏書，抑或作詩，皆用力甚勤，但精品貧乏。現存光緒二十六年刊《江上草堂前稿》四卷，首有樊增祥題識：「光緒癸巳中秋在渭南署拜讀一過，並誌墨口，此集於千五百首中僅存三百餘首，固宜刪，無可刪也。」〔註46〕樊氏表面是在說李詩所餘詩作有保存價值，但翻閱本集，多為平淡無奇之平庸之作。所以樊山此處「固宜刪」，就顯得耐人尋味了。李的其他詩集，或有樊山題簽，或由樊山序跋，可見二人關係之密切。

光緒十三年丁亥（1887）十一月，樊母徐太夫人病故，樊增祥開缺回原籍丁憂。因傷心過度，患肺病。後回陝西靜養。「余以積瘁之身洊丁大故，遂得咯血疾。寅僚慰解方，藥將獲，至戊子春，杖而能起。僑居三輔，自比桐

〔註45〕《樊山續集》自敘。
〔註46〕《代耕堂全集》本。

鄉。將及小祥，瑟居無俚，乃結青門萍社，同志十許人，更唱迭和，裒其所作曰《關中後集》。」〔註47〕

　　光緒十五年（1889）秋，樊增祥南下江寧，入署理江蘇巡撫江蘇布政使黃彭年幕，隨黃彭年一起監試江南鄉試。「六月如吳，寄家滬上。七月從子壽師至金陵，監臨鄉試。九月返滬。……在金陵時，與子壽師摭闈中雜事，詠之以備掌故，別爲《紫泥酬唱集》一卷」。〔註48〕樊增祥曾任乙酉科陝西鄉試同考官，這是他第二次參加科舉鄉試的考務工作，在闈中與黃彭年的往來詩作，頗有一些清末科場見聞。這次考試，朝廷鑒於過去的舞弊醜聞，嚴令整頓：「是科奉特旨，整頓江浙鄉試場規。」〔註49〕樊增祥據見聞，爲科考學子鳴不平：「先是，朝廷以江浙士習爲憂，特敕整頓。至是分三路點名，士子皆魚貫而入，無敢擁擠喧嘩者。公嘗爲兩江士子稱枉云。」〔註50〕樊山連作「躧場、入闈、印卷、點名、封門、歸號、發題、散飯、放牌、進卷、出闈」十一首詳述科考經過，其中涉及一些場屋故事，可資參考。例如《發題》：「就中亦有華胥客，敲遍闌干喚不應」下注：「發題率以夜半，亦有高臥不起者。」學子中竟有心寬高臥者，讀來令人忍俊不禁。《散飯》詩小注：「公先期驗視米色，至是復親嘗之。」說明了監考的職責之一是監管後勤。《放牌》詩小注：「出場早者可以蓄養精力，料簡考具，遲則常有不及之勢。」科舉時間安排緊湊，學子須合理安排考試時間，這也屬於「臨考策略」的內容。《出闈》注：「故事，監臨不待發榜，謄封事畢，即啓節還蘇。」〔註51〕謄寫彌封後，監考職責完成，就可以離開考場。樊增祥還奉黃彭年之命，作四所詩，分詠收捲所、彌封所、謄錄所、對讀所之功能。〔註52〕又作五色筆詩（即：主司用墨筆；同考官用藍筆；監臨以下通用之紫筆；謄錄生用朱筆；對讀生用黃筆）記考官之工作。〔註53〕黃彭年命樊增祥詳記闈中之事，還有一重目的就是留詩以備監察。朝廷嚴令整頓場屋秩序，以詩紀事將整個過程記錄下來，如果

〔註47〕　《樊山續集》自敍。

〔註48〕　同上。

〔註49〕　《黃中丞丈監臨江南鄉試取道上海見示新作次韻二首》小注，《樊山集》卷十四。

〔註50〕　《點名》小注，《樊山集》卷十四。

〔註51〕　清制，江蘇設二布政使，江寧布政使分管長江以北，江蘇布政使駐節蘇州，負責蘇南地區。

〔註52〕　《四所詩中丞丈命作》，《樊山集》卷十四。

〔註53〕　《詠五色筆同壽丈作》，《樊山集》卷十四。

受到御史的舉報彈劾，紀事詩是最好的申辯材料。樊山《紫泥酬唱集》不獨是闈中無聊的往來應酬之作。在考場中，公務之餘，黃、樊等也會創作一些即景詠物的作品。多年後，樊增祥回憶起這段與黃彭年最後相處的時光，仍感傷無比：「己丑歲，侍貴築公坐，公曰：『余昔蓮池課士，以山河影賦命題，都無佳卷，瑾兒擬作，亦未佳，非子莫能為也。』」〔註54〕黃彭年父子在一年後相繼逝世，樊增祥每次回憶起來，都會「為之泫然」。

樊增祥在短暫留滬期間，於湖南巡撫邵友濂座中結識初出茅廬的沈衛。〔註55〕沈衛（1862～1945）浙江秀水人。字淇泉，號兼巢、兼巢老人，亦署紅豆館主，光緒二十年（1894年）進士，授翰林院編修。後任甘肅主考、陝西學政。善詩文，工書法，晚年寓居上海鬻字，名播江南，被推為翰苑巨擘。係沈鈞儒叔父。沈衛後來在任陝西學政時與樊增祥同僚，遂成詩友。

這年秋天，樊增祥入兩廣總督張之洞幕，旋即隨之北調武昌。光緒十六年庚寅（1890）八月至光緒十七年辛卯（1891）二月，樊增祥居京等待召見和吏部分發。「寓北半截巷」〔註56〕與京師舊友同好「結駟連鑣、朋簪雲合」終日遊讌。這段時間，樊增祥從盛昱口中聽說了一位後輩才子龍陽易順鼎。〔註57〕還加入到黃體芳父子的活動圈子。

黃體芳（1832～1899），浙江瑞安人，字漱蘭，號蓴隱，別署瘦楠，晚號憨山老人，亦署東甌憨山老人，人稱「瑞安先生」，室名蓼綏堂、崇素堂。咸豐元年（1851）舉人，同治二年（1863）進士，授翰林院編修，累遷內閣學士、督江蘇學政、兵部左侍郎。建南菁書院。與張之洞、張佩綸等被稱之為「清流」。曾劾駐俄使臣崇厚誤國。因劾李鴻章治兵無效，降任通政使。晚年主講於金陵文正書院。列名強學會。有《江蘇採訪書目》（光緒九年刊刻）

黃紹箕（1854～1908）一名紹基。字仲韜，亦作仲弢。號漫庵，別號鮮庵。浙江瑞安人。黃體芳之子。光緒六年（1880）進士。任翰林庶吉士，授編修；歷任四川鄉試副考官、武英殿纂修官、會典館提調、湖北鄉試正考官、

〔註54〕《賞月詩》注，《樊山續集》卷二。

〔註55〕《再疊鑪字韻贈淇泉》序：己丑，客滬上，識淇泉於小村中丞座中。時君初登賢書，一彈指頃十五年矣。三疊前韻誌感。（《樊山續集》卷十八）

〔註56〕《余曩以雞汁淪井茶貽伯師及子培張之以詩頃研蓀太守復繼以詞計貽師歿已七年子培在淮南亦無消息不虞一七箸間復有滄桑之感也因賦長句邀梅君研蓀晴谷仲綱和之》注（《樊山續集》卷十二）

〔註57〕《石甫屬題張夢晉山茶梅花卷子卷為伯熙所贈以石甫為夢晉後身也》「不堪含淚讀梅花」注：余庚寅入都，伯希為余言贈畫事。（《樊山續集》卷十二）

侍講、左春坊左庶子、翰林侍講學士、京師大學堂總辦、兩湖書院監督、京師編書局監督兼譯學館監督、侍讀學士兼日講官、湖北提學使。與康有爲交好。曾與文廷式上書抗議簽訂《馬關條約》。是強學會發起人之一。著有《鮮庵遺稿》、《廣藝舟雙楫論》等。

樊增祥於同治末年在張之洞處結識黃體芳，〔註 58〕黃體芳對後輩樊增祥照顧細緻，「瑞安黃先生，清聲義問，舉朝敬憚，獨折輩行與交。官副都時，以先生不樂衣冠之會，特屏騶，從至酒肆祖餞焉」。〔註 59〕黃因爲加入「清流黨」而與張之洞熟絡，並爲子黃紹箕娶張之洞侄女，成爲親家。〔註 60〕所以兩人「存卹甚至」。同時，因黃體芳與李慈銘同爲浙人，又有同鄉之誼，過從亦多，甚至李慈銘的仕進也有黃體芳的幫助：「考軍客以戶部郎中考御史，資淺不及格，於是黃漱蘭、盛伯希代捐俸滿，考取後，自期言人所不敢言，一補御史」〔註 61〕。後張、李交惡，黃在其中所起到的作用，也應重視。樊增祥此次進京時，黃體芳正以通政使司通政職署理左副都御史，李慈銘又補爲都察院山西道監察御史，故兩人常招門人一同聚集。樊增祥參加集會時，感時傷逝，懷念七年來過世的舊友，作《感懷呈愛師漱丈》：「春明師友皆風義，逢著唐衢總淚垂」。〔註 62〕光緒十七年辛卯（1891）二月初二，花朝日，李慈銘招集門下浙江弟子與黃體芳、陳彝在全浙會館宴集，兼送樊增祥返秦（《辛卯花朝日適值春分愛伯師招同陳六舟黃漱蘭兩中丞丈可莊旭莊子培子封爽秋苕卿子虞班侯漁笙仲弢夢華集浙館紫藤精舍愛師賦詩贈行二十八疊韻奉酬前二首紀是日遊宴後二首則出都敘別之作云爾》）〔註 63〕。這組詩也是疊《庚寅臘月廿四日立辛卯春次愛伯師韻》詩的最後幾首。辛卯年未到而先立春，李慈銘作詩紀之，樊增祥於是和乃師交相酬答，疊韻至二十八，非有冠世之才，難爲也。花朝日宴集後，樊增祥出都，李慈銘招集弟子送行，令樊增祥極爲感動：「北望燕雲總淚垂，春風塔院把離卮」下注：辛卯出都之前兩旬，無日不共談讌，即路之日，公與漁笙、止潛送至天寧寺，抵暮始別。（《哭

〔註 58〕《漱丈贈詩謂識余於南皮師許距今逾二十年感呈二律並寄南皮師武昌》，《樊山集》卷十五。

〔註 59〕余誠格《樊樊山集敘》。

〔註 60〕同上，注：「仲弢公子婚南皮師女姪。又，寶侍郎歿後，公與南皮師存卹甚至。」

〔註 61〕黃濬《花隨人聖庵摭憶》。

〔註 62〕《樊山集》卷十五。

〔註 63〕同上。

李愛伯夫子十首》）〔註64〕

　　樊增祥一路再沿七年前入陝路線過山西。到西安後，候補知縣。恰值鹿
傳霖任陝西巡撫，於是邀樊增祥入幕「掌箋奏」。〔註65〕樊增祥在鹿傳霖幕府
兩年，成為其心腹。

　　鹿傳霖（1836～1910），字潤萬，又字滋（芝）軒，號迂叟。直隸（今河
北）定興人。同治元年（1862）進士，選翰林院庶吉士，初入清軍勝保部，
對抗捻軍。歷任廣西興安知縣、桂林知府（1874），廣東惠潮嘉道道員、福建
按察使、四川布政使。光緒九年（1883）晉升河南巡撫，十一年（1885）調
任陝西巡撫，次年因病開缺。十五年（1889）復任陝西巡撫。光緒二十一年
（1895）調任四川總督，整頓吏制、創建文學館和算學館。因為得罪恭親王
奕訢被罷職。二十四年（1898）戊戌政變後由榮祿推薦任廣東巡撫，次年調
任江蘇巡撫，兼署兩江總督。二十六年（1900），八國聯軍攻佔北京，鹿曾募
兵三營赴山西隨護慈禧、光緒帝到西安，授兩廣總督，旋升軍機大臣。二
十七年（1901）回京後兼督辦政務大臣。宣統嗣立，鹿與攝政醇親王同受
遺詔，加太子少保，晉太子太保，歷任體仁閣、東閣大學士，兼經筵講官、
德宗實錄總纂。宣統二年（1910）病發，曾四上奏摺辭官，均被「溫諭慰留」。
七月二十二日（8月26日）逝世，贈太保，諡文端。著有《籌瞻疏稿》等。

　　樊增祥因為這段經歷，與鹿傳霖交好，二人多年書札詩文往來不斷，尤
其是鹿進京任職後，樊常將地方動態稟告鹿，而鹿也常將中央情況告知樊，
二人關係非同尋常。樊增祥在這段時間也有幸結識西安將軍榮祿，並為其代
擬文稿，〔註66〕這段經歷對其日後仕途升遷起到重要影響。

　　光緒十九年（1893），樊增祥實授陝西渭南縣令，在任四年餘，期間專心
地方民政，多有政績。中日甲午戰起，一向不好言時政的樊增祥也頻繁作詩
一抒胸臆。

　　從這些戰時的紀事詩中，可以窺見樊增祥對這場戰爭的看法。比如，《重
有感》：「痛惜八千兵不返，浪誇十萬劍橫磨」「大言空指黃龍府，羞面難窺鴨
綠江。禁裏廉頗殊未老，奈何遺矢向東邦」「五千貂綺喪鯨牙，太尉全將錦被
遮。不遣朝衣向東市，猶持故節領長沙……咫尺江東羞不渡，憤王雅量故應

〔註64〕《樊山集》卷二十五。
〔註65〕《樊山續集》自敘。
〔註66〕《代定興公祝榮將軍五旬晉九生日並送還朝祝嘏敘》、《代榮將軍贈鹿中丞敘》
　　　　（《樊山集》卷二十三）

差」是對清軍在朝鮮陸戰失利，連續敗退回國的強烈不滿。「功名總讓韓擒虎」下注：謂宋軍門。將四川提督宋慶比作隋滅陳時名將韓擒虎，希望他能帶來勝利。

《書憤》

　　朝堂強半利和戎，大計安危屬相公。九節度師俱戰北，七防倭鎮盡朝東。密輸情款中行說，斷送河山左企弓。遼瀋舊京天下重，園陵佳氣夕陽中。

這首詩是對清軍潰敗的失望與對主和派的譏諷，並暗指如此一潰再潰，滿洲祖陵所在的盛京瀋陽終將不保，社稷堪憂。

《陸沉》

　　不分神州竟陸沉，鯨牙高啄海雲陰。平章尚詡擎天手，義士寧忘蹈海心。鑄錯六州煩聚鐵，罷兵九牧更輸金。君家世世修降表，始自南朝直到今。

這首詩是對李鴻章求和行爲的鄙夷和痛斥。乙未年（1895）清軍戰敗後，李鴻章父子代表清廷向日本求和，向來無視日本的中國士大夫被激怒了。在士大夫們印象中，東鄰番邦本是應該來朝貢的「屬國」。沒想到明治維新後強大到可以向西方列強一樣，逼迫中國簽訂不平等條約。這對於士人來說不可思議，但又極具震撼。代表中國求和的李鴻章自然被士大夫視爲「國賊」。樊增祥在《陸沉》詩中諷刺李鴻章是南唐李氏之後人，「修降表」是家族傳統。「李鴻章」賣國，在當時是比較普遍的看法。樊增祥的《馬關》詩，對李鴻章的諷刺愈加辛辣。

《馬關》

　　海上無勞解議圍，七牢改館駐驂騑。偎顱冉猛顏何厚，濺血唐雎事總非。恨不歸元從白翟，豈眞傷首類緋衣。度關不用雞鳴客，賣卻盧龍顏面歸。

　　格天閣裏說和戎，此亦周公與魯公。今侍樓船持使節，昔從襏襫授儀同。天津杜宇啼春暮，都尉駕鴦戀虜中。爭怪可汗頻賜宴，郭汾陽是親家翁。〔註67〕

李鴻章在馬關遇刺，在樊增祥看來不過是「苦肉計」。由李鴻章來擔任使節，也讓億兆民眾顏面掃地。第二首則斥責李鴻章組織作戰不力，與異族屈

〔註67〕上引諸詩皆見《樊山集》卷二十五。

膝求和卻在行的醜行。兩首詩皆爲諷刺李鴻章的作品，很能代表戰敗後士大夫們的憤懣不滿。樊在這一年所作詩中屢屢直刺李鴻章無能，《書劉聰傳後》：「李中堂改愧賢堂」下注：漢有堂曰「李中」，聰改曰「愧賢」，見禁扁。直言「李中堂」「愧賢」。樊增祥還對戰後的連鎖反應頻繁發表看法，例如，爲朝鮮成爲日本屬地而遺憾：「遼海競開都護府，冰天誰築受降城。似聞海外新頒朔，鴨綠君臣不忍更」（《又追和鹿溪岐山冬夜》）。對遼東半島陷入敵手感到痛惜：「幼安避世愁無地，今日遼東是鬼方」（《鹿溪辭鳳翔講席寄訊一首》）。鄙夷臺灣布政使唐景崧不戰而逃：「豈謂解元唐伯虎，不如殘寇鄭芝龍」（《書臺北事》）

　　光緒二十一年（1895）對於樊增祥來說，非常艱難。於國家而言，簽訂喪權辱國的《馬關條約》讓樊增祥等士人覺醒，明確感覺到「國難當頭」。於親舊故交而言，李慈銘病故〔註68〕、鹿傳霖入川而不能同往〔註69〕。樊增祥在鬱鬱中作詩《自嘲》：「生本煙波舊釣徒，無端塵夢落西都。歷三令尹猶寒乞，（下注：謂曩宰富平，近宰咸寧、渭南）奉一先生自暖姝。射虎愁逢灞陵尉，解貂難付酒家胡。景宗飲慣黃羊血，新婦帷中耐得無。」樊增祥年近五十，卻壯志難酬、寂沉下僚、生活困頓，樊山對此怨望而無奈。只好把牢騷都訴諸筆端，給沈曾植寄詩：「桑海古來無此變，鳳城今日有何春。請君細數三閭後，直到同光幾恨人」（《再寄子培》），明爲哀歎遼東易主，呼喚屈原再世，實爲澆胸中塊壘。又如對作戰失利卻仍舊「革職留任」的湖南巡撫吳大澂表達不滿的《再閱邸鈔》「長沙持節太匆匆，詔遣歸吳類轉蓬。侯白徒爲士林笑，陶朱不失富貴家。暫將湘郡還溪狗，尚以街亭擬蜀龍。此去石頭城下水，莫爲明鏡照司空。」〔註70〕將不懂軍事、卻剛愎請戰的書生吳大澂比作失街亭之馬謖。一向不言時事的「浪子」、「才子」樊增祥在這一年變得尖刻、敏感而常懷不平之氣。

　　命運往往會和人開一個否極泰來式的玩笑。樊增祥在是年得到了朝廷的獎勵：「在捐助軍餉案內獎敘花翎」，並在官員「大計」時，被護理陝西巡撫張汝梅「保薦卓異」。第二年，正式得到朝廷嘉獎。光緒二十三年（1897）

〔註68〕《哭李愛伯夫子十首》小注：「公歿於十一月二十三日，今年正月十日始得訃書。」（《樊山集》卷二十五）
〔註69〕《送府主定興公總制四川》：「未得長卿歸舊里」下注：公欲祥偕行，礙於原籍而止。（《樊山集》卷二十五）
〔註70〕上引諸詩皆見《樊山集》卷二十六。

得到進京召見的機會，「十月十九日，引見。奉旨准其卓異，加一級，仍註
冊回任，候升。」〔註71〕六年後再入京師，樊增祥又變回當年名震都下的「才
子」，與故交親朋終日酬和不斷，「丁酉計薦入覲，五月去渭，……八月發西
安，重九抵都，故交則伯熙、廉生、午橋、壽平，朝夕相見，長白相國、嘉
定尚書、南海侍郎、命酒賦詩，月嘗數集，而婦家群從，並在門牆，竹延兄
弟、繡漪姊妹，立雪受書而稱弟子，典釵沽酒而奉先生，出則角逐雲龍，歸
則滿懷珠玉，流連半載，乃始西遷。」〔註72〕居京半年，物是人非，當年舊
友多已零落，李慈銘、黃彭年早已遽歸，張之洞尚在外官，黃體芳講學於江
南。樊增祥所結交之人，惟余盛昱、端方、王懿榮、余誠格等人。在陝結識
的榮祿此時已是協辦大學士兼九門提督，樊增祥不失時機地聯絡投靠，得以
在其門下活動。樊山又聯絡故交戶部左侍郎張蔭桓並結識兵部尚書徐郙。從
仕進的角度說，這次京師之行，樊增祥獲益甚多。光緒二十四年（1898），
回任陝西的樊增祥很快又得到新任陝西巡撫魏光燾的保舉「學問淹通，辦事
精敏」。是年十月，經魏光燾傳知，奉電旨：「陝西渭南縣知縣樊增祥，著傳
知，該員迅即來京，預備召見。」〔註73〕回陝方半年的樊增祥於是滿懷憧憬
的再次入京，這次看重他，並調他入京的，正是在「戊戌政變」中得寵的「長
白相國」榮祿。光緒二十五年（1899）二月初八日，樊增祥蒙召見一次。得
旨：「本日召見之陝西渭南縣知縣樊增祥，著開缺，以道府存記，交榮祿差
遣委用。」〔註74〕

　　樊增祥進入榮祿幕府後受命「參武衛軍事」並「掌機要」。戊戌政變後，
慈禧太后深感手中無有可倚重之武裝親衛部隊，於是命軍機大臣榮祿爲統
帥，編組北洋各軍爲「武衛軍」。至光緒二十五年（1899）年6月正式成軍。
直隸提督聶士成部淮軍「武毅軍」爲前軍，駐蘆臺（今天津寧河）；甘肅提
督董福祥部甘軍爲後軍，駐薊州（今天津薊縣）一帶；四川提督宋慶部「毅
軍」爲左軍，駐山海關內外；袁世凱部新建陸軍爲右軍，駐天津小站。另招
募勇丁、抽調八旗兵組成中軍，由榮祿親統，駐南苑（今北京大興）。武衛
軍右軍、前軍參照德軍軍制重新建軍，其餘各軍則沿舊制，但全軍皆配備新
式武器，以袁世凱右軍爲例，袁曾得到配屬百餘隻最新式德製毛瑟 Gewehr 98

〔註71〕《清代官員履歷檔案全編》第六卷，第517頁。
〔註72〕《樊山續集》自敘。
〔註73〕《清代官員履歷檔案全編》第六卷，第517頁。
〔註74〕同上。

步槍（Kar 98k 前身）。武衛軍是庚子事變之前京畿地區最強的武裝部隊。光緒二十六年（1900）庚子事變，清廷對外宣戰後，聯軍緊逼北京，武衛軍前、中、後、左幾乎都在抵抗後被擊潰，只有袁世凱的右軍因提前調往山東鎮壓義和團而得以保存，後成爲清末北洋新軍的基礎。

樊增祥這次入京一年又二個月，從諸老友遊：「既入對，遂以道府參武衛軍事，於時竹篔、爽秋、伯熙、廉生、叕甫、壽平，並集輦下，文酒之宴，不減甲申、丁酉。時余卜居北池，屋後起臺曰「北臺」，內苑垂楊，玉河紅藕，倚欄斯見，觴客無休」。〔註75〕樊自外放後第三次進京，同遊之友朋只剩下了盛昱、王懿榮、袁昶、許景澄、王彥威、余誠格等人，追憶前塵往事，樊增祥常常悲從中來。他在光緒二十五年十二月十九日（1900 年 1 月 19 日）參加「東坡生日」聚會時寫下的序言中，表達出這種傷惋的情緒：

> 十餘年來，每遇茲日，率邀客賦詩。今年伯熙同年飾巾待盡，中情慘慄，寢饋都廢，因憶光緒己卯、癸未、庚寅，均以是日集愛伯師宅，前年則念初席上，去年則午橋署齋，俱作詩歌以誌嘉會。前塵荏苒，復值茲辰，歡逝傷離，舊交漸盡，橋梧獨據，不自知涕之無從也。作此呈竹篔少宰、廉生祭酒、爽秋太常，並寄午橋中丞西安。《東坡生日作》序〔註76〕

李慈銘好於東坡生日（十二月十九日）招集賓客宴集賦詩，〔註77〕樊增祥是李慈銘每次宴集活動的積極參與者。十幾年後的今日，舊交多已寥落，盛昱又罹患重病，樊增祥撫今追昔感慨「前塵荏苒，復值茲辰，歡逝傷離，舊交漸盡，橋梧獨據，不自知涕之無從也。」樊山預感到了一個時代的遠去，雖悲憤，亦無能爲力，「師友宣南氣誼眞，死生契闊劇悲辛」。〔註78〕旋，盛昱噩耗至，樊增祥連作幾首悼詩懷念這位摯友的下世：「玉柄松枝俱寂寞，豈惟國學憶張譏」，〔註79〕將盛昱比作南梁大儒張譏，以肯定其學問人品。

庚子歲（1900）元旦，樊增祥猶作詩「紫極將開萬壽筵，十洲欣喜戴堯

〔註75〕《樊山續集》自敘。

〔註76〕《樊山續集》卷十。

〔註77〕張之洞、端方等人亦有此好。

〔註78〕《東坡生日作》，《樊山續集》卷十。

〔註79〕《廉生見余東坡生日詩屬題所藏坡懷子由詩帖以當引首時伯熙猶在病榻也未幾而凶問至矣即用坡韻哭之》，《樊山續集》卷十。

天」(《庚子元旦宮詞》)〔註80〕祈求國泰民安。不想,光緒二十六年成爲晚清歷史上最黑暗的一年。

義和團「拳亂」在山東袁世凱鎮壓下,被迫北上,蔓延到直隸與京城,漢族平民與滿洲貴族的排外情緒被迅速點燃,又加之慈禧太后意圖用拳民來抗洋的政策縱容,京師很快淪爲義和團民的大本營。春夏之交,樊增祥結識了神交已久的龍陽才子易順鼎〔註81〕。而窗外的局勢卻一天壞似一天,拳民肆虐,在京城中焚教堂、殺教士,導致各國強烈抗議並派兵保護。最終中外矛盾激化,聯軍在大沽口登陸,一路北上京師。形勢緊迫,國運難測,樊增祥與袁昶只好向「日者」求卦算命:

> 光緒庚子三四月間,袁忠節公昶與樊雲門布政增祥至京師琉璃廠,就日者談命。日者謂樊驛馬星發動,樊問何方,曰:「在西。」忠節曰:「我何如?」曰:「君後未可量。」以死事言之,未可量者,廋辭也。〔註82〕

五月,北京已是狼煙四起,樊增祥有詩紀之《庚子五月都門紀事》:「民命累累輕似草,神言往往降於莘」引用《左傳》「神言降於莘」的典故,極言義和團「妖言」之虛妄不可信,這是樊增祥所代表的士大夫們對義和團的基本評價。「擎拳豎腳盡神兵,炮火弓刀日夜驚」這是對義和團蠱惑人心的諷刺。義和團用民間會道門的邪說僞造「神兵」來吸引群眾加入。「崇仇棄好復何言,十國揚兵日月昏」是樊增祥反對無因起釁於外國。「三朝聖后媲媧皇,豈意流言煽左璫……黃閣有人兼將相,忠言不入怨天亡。」下有注:府主病起入對,極言拳匪妖妄,慈聖曰:「吾亦不信,而吾左右皆惑之,奈何?」〔註83〕樊增祥此詩注記載了榮祿進宮見慈禧的一次經歷,榮祿勸慈禧勿聽信義和團的「妖言」,慈禧卻態度曖昧,表示周圍左右很多人佞信,沒有辦法。

慈禧的對答道出了實情:當時朝中大臣也分爲兩派,漢族士大夫朝臣大多力主對內剿匪、對外主和,其中尤以袁昶、許景澄爲代表。袁、許曾在總理衙門辦洋務多年的,瞭解國際交往的一般成例,對西洋文化也略知一二。所以他們反對義和團最爲堅決。另一派主要是滿洲權貴大臣如端郡王載漪、莊親王載勳、怡親王溥靜、貝勒載濂、載瀅、協辦大學士吏部尚書剛毅等和

〔註80〕《樊山續集》卷十。
〔註81〕有《酬仲實觀察見贈》詩,《樊山續集》卷十。
〔註82〕《清稗類鈔》方伎類「日者爲袁忠節樊雲門談命」條。
〔註83〕《樊山續集》卷十一。

漢人大學士徐桐父子、刑部尚書趙舒翹等皆主張以拳滅洋。這些人多出於保守的極端排外認識，仇視西方，力主開戰。他們甚至左右了慈禧太后的意志。唐文治在《許文肅公外集序》中記載了御前會議時廷議和戰對策的一段秘聞：

> 「方拳匪橫恣時，兩宮惶遽不知所出。召見諸大臣，決議進止。端王載漪、莊王載勳、宰臣徐桐、崇綺、剛毅輩，一意主戰，氣張甚盈。廷無敢面責之者。德宗乃執文肅公手，而泣曰：『此時寧可戰耶？汝當直言。』載漪屬聲曰：『許某執皇上手何為者？！』太常寺卿袁昶（諡忠節，與文素疏陳拳禍後，同時遇害）曰：『是皇上執許某手，非許某執皇上手！』時公惶悚甚，曰：『請皇上釋手。』乃叩頭退。蓋公與袁忠節殺機已伏於是矣。悲夫！悲夫！」

主戰派雖佔據上風，但最終的決策還需要慈禧太后完成。據《中國近代史資料叢刊》之《義和團》所收袁昶《亂中日記殘稿》（係輯錄自《太常袁公行略》記載一則有可能造成慈禧誤判形勢而決定開戰的事件，即列強是否「照會」清廷要求「歸政」光緒帝。

> 「決戰之機，由羅糧道嘉傑上略園（注：榮祿號略園）相書，稱夷人要挾有四條，（相出示同列，其一條，稱請歸政，不知確否，各公使無此語，豈出於各水師提督照會北洋耶？北洋不以上聞，而羅輕啟當國者，此人乃禍首也。）致觸宮闈之怒，端邸、徐相、剛相、啟秀等，又力主懲治外人，推杆之幾遂決。推原禍本，蘇糧道羅嘉傑，密稟大學士榮祿，所稱夷人要挾四條，多悖逆語云云。乃五月二十一日至二十三等日，聖慈所由激忿，王貝勒等眾情所由憤怒，兵釁所由驟開，然羅嘉傑所稱，既非各國提督照會裕祿，亦非天津各領事揚言。又李鴻章、劉坤一等前後電奏，各國外部語絕無此說，各外部僉言此次調兵，係為保護使臣，助剿亂民，斷不干預中國國家政治家法。當時戰未交綏，何所施其可要挾？可知羅語荒誕不根，荒唐無據，輕率密稟，實為禍魁，非請旨革職拿問，訊明嚴懲不可。（按此注係續記者）」〔註84〕

類似的記載還有不少，例如李希聖《庚子國變記》：「欲遂立溥儁，各公使不聽，有違言。太后及載漪內慚，日夜謀所以報。會江蘇糧道羅嘉傑以風

聞上書大學士榮祿言事，謂：『英人將以兵力脅歸政，因盡攬利權』。榮祿奏之，太后愈益怒。」〔註85〕又如惲毓鼎《崇陵傳信錄》：「太后隨宣諭：『頃得洋人照會四條：一、指明一地，令中國皇帝居住；二、代收各省錢糧；三、代掌天下兵權。』……退班後，詢之榮相，其一勒令太后歸政，太后諱言之也。……群臣既退，集瀛秀門外，以各國照會事質之譯署諸公，皆相顧不知所自來；或疑北洋督臣裕祿實傳之，亦無之。嗣乃知二十夜三鼓江蘇糧道羅某遣其子扣榮相門，云有機密事告急，既見，以四條進，榮相繞屋行，旁皇終夜，黎明遽進御，太后悲且憤，遂開戰端，其實某官輕信何人之言，各國無是說也。故二十五日宣戰詔，不及此事。」〔註86〕

　　對此，當代學者林華國《歷史的眞相——義和團運動的史實及其再認識》〔註87〕、孔祥吉《袁昶〈亂中日記殘稿〉質疑》〔註88〕分別就惲毓鼎記載的可信度、袁昶日記有無被篡改增添進行了考辨，並得出一致的結論：羅嘉傑並未以假「照會」交予榮祿並呈慈禧。但遺憾的是，二位的考辨亦存在武斷之處，所引用之論據多爲間接證據，沒有直接證據證明惲毓鼎記載係僞造，且袁昶日記係道聽途說。袁昶日記「二十四日」一段雖爲「續記」，但其所本仍舊無法準確考出。因此，羅嘉傑以假照會誤導慈禧一案，雖於情理不合，疑點重重。但不能貿然斷其爲僞造。還需要等待更多新史料的發現，才能下結論。現在可以確定的是，慈禧在第一次御前會議（五月二十日）與第二次御前會議（五月二十一日）上的態度完全不一樣，究竟是什麼讓太后下決心宣戰？還是一個值得探討的問題。

　　主和派的失利讓局勢更加惡化，許景澄致書樊增祥，希望樊能在榮祿面前進言，以代籌「感佛（按：慈禧）阻端（按：載漪）助慶（按：奕劻）之法」。〔註89〕樊增祥對榮祿進言的內容已無法確知，但可以從記載中略窺一二：「然榮之陰持匪類，使不得逞，乃用其門人樊增祥之言。」〔註90〕

　　五月二十五日上諭向各國宣戰，此時的北京城大軍壓境，人心惶惶。清軍與義和團卻更加猖狂的進攻京城內的殘餘洋人和教民。樊增祥詩《五月廿

〔註85〕《義和團》（一），第 11 頁。

〔註86〕同上，第 48 頁。

〔註87〕見林華國《歷史的眞相》，天津古籍出版社，2002 年版。

〔註88〕見孔祥吉《晚清史探微》，巴蜀書社，2001 年版。

〔註89〕《義和團》（一），第 338 頁。

〔註90〕《清稗類鈔》外交類「張文襄與各國領事立約」條。

五日董軍攻德法意美四使館克之》就是諷刺董福祥甘軍是土匪部隊：「火烈崑山寧辨玉，兵來隴上慣摸金」、「妖鳥羅平成底事，董昌遺孽到如今」。〔註91〕袁昶憂心忡忡地致信老師張之洞：

> 「受業與竹篔坐困危城中，典（署）昨由剛相、莊邸派拳匪百
> 人保護，已在西所設紅山老祖壇矣。竹篔昨入署，不得不拈香一拜，
> 團長則四品宗室長四爺，服奉民衣冠，而棄其四品官服矣。」（《致
> 夫子大人函文》）〔註92〕

六月初七日，李鴻章、張之洞、劉坤一等與列強達成協議「東南互保」。六月十八日，聯軍佔領天津。唐文治在局勢漸趨無法挽回時面見袁、許，氣氛頗為悲壯：「文治知禍且立至，於六月二十七日謁見兩公，陳述利害，相對欷歔。然，兩公絕不與言密疏事。文肅神情較黯淡，惟言此後外交若何而可？汝輩善籌之。忠節意氣灑然。」〔註93〕七月初四日，許景澄、袁昶被處斬，後又有徐用儀、立山、聯元等相繼罹難，是為「五大臣」被殺一案。唐文治描述了袁、許慷慨赴死的情形：

> 「七月朔，兩公被逮，文治與譯者諸同人，謀通一問，不可得。
> 越日而凶耗已遍傳矣。聞過菜市時，忠節對監刑徐承煜頓足戟手，
> 罵：汝父子誤國，不容誅！吾候汝於地下！（承煜為徐桐子。時官
> 刑部侍郎，不半年，以拳匪禍首，伏誅。）文肅呼忠節字曰：『爽秋
> 何庸若此？』遂相與從容就義云。悲夫！悲夫！是年冬，文治常夢
> 兩公臨刑狀，醒時，淚滿於枕。蓋知己之相感，有如是者！悲夫！
> 悲夫！」〔註94〕

袁、許就義，身在榮祿幕中的樊增祥雖悲傷不已，卻不能紀事哀悼（二人「罪名」未除）。直到光緒二十八年壬寅（1902），樊增祥的詩集中才出現為「平反」的袁昶、許景澄所作之悼詩《再哭許袁二公》，或許是樊增祥未將彼時悼念詩收入集中，或許因為要與「朝廷」、「慈聖、聖上」的意見保持一致。總之，樊山集中庚子、辛丑兩年中皆無悼念袁、許之詩。樊在後來奉和張之洞懷念袁昶的詩中曾提及庚子年七月的事：「湖壩未立雙忠祠，（注：兼謂竹篔）漢室誰憂七國兵。海內詩名長不死，夢中英爽凜如生。（注：庚子七

〔註91〕《樊山續集》卷十一。
〔註92〕《袁忠節公手札》商務印書館，1940年刊。
〔註93〕《許文肅公外集序》。
〔註94〕同上。

月既望，夢君與竹簣見過，言亟從至此，時車馬猶未出也。）」〔註95〕從樊增祥提到的「託夢」事，依稀可以看到樊與袁、許的友朋情深。

　　七月二十一日，北京城破之日，兩宮倉皇出逃，一路西奔進入山西。樊增祥則早已先行逃離，「既而都下奇變，構釁西鄰，似典午之阽危，甚揚州之妖亂，乃獻書府主，潛備西巡，願效前驅，脫身虎口，徑宣府，歷大同，入雁門，涉代郡，崎嶇兩月，復歸於秦。……是年七月還秦，依午橋幕府。」〔註96〕樊增祥狼狽地攜家眷回到西安〔註97〕，入陝西按察使、護理陝西巡撫端方幕中。九月初四日，兩宮抵西安。樊增祥隨端方迎駕「未幾而京師瓦解，萬乘西行，霸上迎鑾，西京駐輦」〔註98〕「西狩」的兩宮在西安「行在」安頓下來，重新恢復對政權的控制。獎擢迎駕有功人員。端方由陝西按察使遷為河南布政使，護駕之岑春煊由甘肅布政使遷為陝西巡撫。樊增祥也因功「補授安徽鳳潁六泗道」，並「命備兵皖北，詔留行在」。據樊增祥《樊山續集自敘》：「慈聖諭府主曰：『自今機要文字，可令樊增祥撰擬，仍當祕之，勿招人忌也。』聞命感泣，黽勉馳驅。」考樊增祥《樊山續集》匯刻時在光緒二十八年（1902），如果榮祿沒有向樊增祥講過此事，樊斷不敢杜撰犯上。所以，樊增祥於西安「行在」掌機要文字一說成立。光緒二十六年十二月二十六日以光緒帝名義下《罪己詔》，即成自樊增祥之手，「而『罪己』一詔，剴切委婉，讀者泣下，感激忠義，維繫人心，世推如陸敬輿《興元詔書》云。」〔註99〕慈禧落難，所下之詔書也顯得情辭懇切。「光緒庚子西巡，孝欽后與德宗下詔罪己，實出榮祿之意，樊增祥為之起草者也。朝臣稍稍趨行在，每召見，孝欽必哭，臺臣條奏自強之計，多所採納。」〔註100〕詔書中對庚子之亂的總結中，於「民教衝突」的分析，雖把責任全部推給地方官，刻意迴避了中央在政策制定、執行尺度等方面的領導之責，但其指出的地方官在判罰中的不公，確是切中肯綮：「各國在中國傳教，由來已久，民教爭訟，地方官時有所偏：畏事者袒教虐民，沽名者庇民傷教。官無辦法，民教之怨，愈結愈

〔註95〕　《樊山續集》卷二十五。

〔註96〕　《樊山續集》自敘。

〔註97〕　庚子夏，京師俶擾，余盡室入關，珍玩圖書，概從委棄。（《二家詠古詩》序）
　　　　　余所得先生（李慈銘）詩詞書牘，積一巨麓，燬於庚子之變，為可惜也。（《二家詞鈔》序）

〔註98〕　同上。

〔註99〕　錢海岳《樊樊山方伯事狀》，《民國人物碑傳集》。

〔註100〕　《清稗類鈔》諫諍類「七御史一日七奏」條。

深。拳匪乘機，浸成大釁。由平日辦理不善，以致一朝驟發，不可遏抑，是則地方官之咎也。」〔註101〕

西安「行在」為恢復政權正常運作，在軍機處以下再設「督辦政務處」。「《軍機處致全權大臣電信》奉旨：設立政務處。昨已刊給關防，現在中外條覆甚多，若不趕緊急辦，詳加商議，分別去取，請旨遵行，恐有積壓之虞」。〔註102〕由奕劻、李鴻章、榮祿、昆岡、王文韶、鹿傳霖、瞿鴻磯等人擔任督辦政務大臣，劉坤一、張之洞、袁世凱等人參預政務處事宜。下設提調二人，章京若干人。「敝處現擬派：樊增祥、徐世昌、孫寶琦及軍機章京陳邦瑞、郭曾炘經理其事」，〔註103〕並建議全權大臣李鴻章將幕僚中的張佩綸、于式枚推薦進入政務處。「是多設政務處，與陳侍郎並充提調」〔註104〕樊增祥與工部右侍郎陳邦瑞帶領若干章京，日夜操勞，為和議談判完成，立功不少。「是時行在於軍機內閣外特置政務處，如唐政事堂，總內外詔奏，管樞密大計，而以提調命公。帝在西安，夷兵窟京師，正議款，萬目彎彎，……羽檄如山，手披口校，十老吏張燈通曙，猶不給。公獨裕如，霆催的破，當機立斷，幹旋補苴，樞臣以為左右手。」〔註105〕樊增祥的辛勤工作得到了軍機大臣張百熙的肯定，《疊前韻再贈樊山》注：「庚子辛丑之間，君所為詩名《掌綸集》。當日新政諸諭旨，多君所擬進，一時傳誦，比於《興元詔書》。」〔註106〕樊增祥因為這段經歷，得以迅速升遷，光緒二十七年六月，補授陝西按察使。八月，署陝西布政使。

樊增祥即使在繁忙的公務之餘，仍不忘與詩友連篇唱和，「是年夏，與顧五、易五、子修、笏卿唱和尤數」〔註107〕，顧曾烜、易順鼎、吳慶坻、左紹佐與樊山組成了一個酬唱圈子，樊增祥在其中無疑是主導者。他們的圈子在西安的「行在」官僚群中名聲很大。以至於易順鼎去見榮祿，交流的話題都不離開他們唱酬活動。

「那年，他在西安行在辦轉運，遇著總憲張百熙，還有幾個

〔註101〕中國第一歷史檔案館編《庚子事變清宮檔案彙編》，中國人民大學出版社，2003年版，第1451頁。
〔註102〕王彥威《西巡大事記》卷八，民國清季外交史料附刊本。
〔註103〕同上。
〔註104〕《樊山續集》自敘。
〔註105〕錢海岳《樊樊山方伯事狀》，《民國人物碑傳集》。
〔註106〕《樊山續集》卷十三。
〔註107〕《樊山續集》自敘。

人，同見榮祿。榮祿對著諸人都有問公事的話，只對著他一人無話可問。因敷衍道：『這幾天作詩嗎？可曾與雲門唱和嗎？』雲門即樊增祥，那時正在榮祿的幕府。榮祿於百忙中，看見間冷別致的人，就說點間冷別致的話，這原是榮祿的絕世聰明。那張百熙是個老實熱心人。也很關切易順鼎的，替他盼望放缺。聽了榮祿的話，以爲榮祿把詩人看待易順鼎，這放缺恐怕不妥，便插嘴説道：『實甫平日很留心時事，不僅是會作詩』。榮祿便道：『他這個時候，你叫他不作詩，他作什麼？』這兩句話說出來，不由得易順鼎不感激流涕呢！」〔註108〕

曹丕《典論・論文》：「文章經國之大業，不朽之盛事」，《毛詩大序》：「先王以是經夫婦，成孝敬，厚人倫，美教化，移風俗。」在儒家的倫理價值觀中，詩歌、文章所承載的道德教化功能是其社會價值的體現。榮祿以屈原、杜甫爲代表的儒家「詩教」傳統爲樊、易的唱和「正名」，雖然隱含了對易順鼎辦事能力的質疑，但一番話講得滴水不漏，政治人物圓滑世故又機敏的特點由此表現得淋漓盡致。

樊增祥除陝臬同時兼政務處提調，直到光緒二十七年（1901）八月兩宮回鑾，樊山署理陝藩。隨後的仕途可以說是一帆風順：「二十八年四月，回臬司任。十二月，調補浙江按察使，奉旨：『著來見』。二十九年正月，以在藩司任內完解甘新協餉，賞加二品頂戴。」〔註109〕七月樊增祥準備上任浙江按察使，興奮的樊增祥念及西湖故人，吟道：「佳人更比湖山好，三十年前舊雨」〔註110〕孰知，赴任途中繞到天津，便接到電報傳旨，令樊增祥改遷陝西布政使。再次引見，患難中立功的樊增祥格外蒙「聖眷」，《十月二十四日請訓恭紀》：「自閏五月至今四次入對，歷賞福字及食物三十餘種。頃與湘臬同日請訓，獨賜臣看點十盒。」〔註111〕光緒二十九年歲末，樊增祥再次回到前後生活十多年的陝西。光緒三十年甲辰（1904）元旦，樊增祥與陝西巡撫升允互贈賀詩，甚是相得，不料，光緒三十二年（1906）十月，升允卻參劾樊增祥，

〔註108〕易順鼎《鳴呼易順鼎》。
〔註109〕《清代官員履歷檔案全編》第六卷，第517頁。
〔註110〕《買陂塘》序：「老友陳藍洲別十四年。近來病臂，每作一箋，必三數閣筆。會錢孝廉以《西湖訪舊圖》屬題，則藍老戊戌年作也。余將赴任杭州，先展此圖，彌復神往，爲題是解，即以寄陳。癸卯七月十一日書於京寓。」
〔註111〕《樊山續集》卷十九。

樊被迫解職。

第二節　「擅於聽訟」的樊增祥與《樊山政書》之價值

　　王闓運《湘綺樓日記》光緒二十八年九月二十四日：「聞樊增祥在『行在』私事滋軒，同人呼爲孟浩然，取夜歸鹿門譏之。易實甫乃又欲依樊，『末之卜也』」。〔註112〕樊增祥於「行在」政務處任提調時，曾爲軍機大臣、戶部尚書鹿傳霖「幫忙」處理政務。樊增祥早年就曾入鹿傳霖幕府掌籤奏，這次朝廷機構在西安恢復運轉，鹿傳霖自然想到老部下樊增祥，請他來幫忙。易順鼎想通過樊增祥進入中央部門擔任實授官，不料，又一次碰壁。正如易去見榮祿，榮祿與他無話可講，只能問：「跟雲門唱和沒有？」易順鼎長期被當做「空頭文人」緣於其能力所限，又沒有擔任過實授官幹出政績，所以不被看好。樊增祥與其相比，在地方工作多年，積累了大量行政經驗。錢海岳就曾爲樊山「治名」被「詩名」所掩而鳴不平：「公由縣令陟方面，出入十餘年，所至盡心冤獄，宣佈恩意，治不尚赫赫名，謇直有大臣節，而爲詞章所掩，故天下或僅以詞人稱公。」〔註113〕

　　樊增祥六度入幕、兩度出任縣令，後又擔任陝西按察使、布政使。在二十多年的政治生涯中積累了大量基層行政的經驗。余誠格曾評價乃師善於處理人際關係，又熟於斷案獄訟：

　　　　其爲政尚嚴，而宅心平恕，所遇大吏，皆推誠相與，故得自行
　　　　其志。貧賤日久，閱歷世故三十餘年，其於物態詭隨、情僞百變，
　　　　無不揣摩百熟。又上自節鎮，下至令長，出入賓幕，更事最多，故
　　　　尤達於吏訟，千人聚觀，遇樸訥者，代白其意，適得其所欲言。其
　　　　桀黠善辯以訟累人者，一經抉摘，洞中窾要，皆駭汗俯伏，不得盡
　　　　其詞。乃從容判決，使人人快意而止。故先生所至，良懦懷恩，豪
　　　　強屛息，而於家庭釁嫌、鄉鄰爭鬥，及一切細故涉訟者，尤能指斥
　　　　幽隱，反覆詳說，科其罪而又白其可原之情，直其事而又摘其自取
　　　　之咎。聽者駭服……〔註114〕

　　樊增祥思維敏捷，口才出眾，於民事訴訟頗能條分縷析，理清脈絡。樊

〔註112〕《湘綺樓日記》，嶽麓書社，1997年版，第2496頁。
〔註113〕錢海岳《樊樊山方伯事狀》，《民國人物碑傳集》。
〔註114〕余誠格《樊樊山集敍》。

氏的聽訟決獄之才得到了百姓的肯定，加之平時樊增祥也較爲重視「父母官」在民間的口碑，「每行縣，一馬一僕，裹糧往反，不費民間一錢」〔註115〕，所以治下渭南縣本「秦中風氣夭闊，號稱難治」，三年後則達到了「虓鵰改行，風俗清美，他州之民稱渭南爲仙界」〔註116〕。

樊增祥政績的取得，與他的埋頭實幹是分不開的。據楊聯陞先生研究，清代官員不需要「坐班」，自由支配的時間比較多。如果不忙於公務，而應付於酬唱宴集的往來中，也是完全有可能。惲毓鼎在光緒三十一年三月初七日的日記中寫道：「自去冬至今，會無謂之客，赴無謂之局，終日征逐，身心俱疲，求六時靜坐看書而不可得，以致胸懷擾攘，往往夜不能寐。十餘年所用心性工夫幾全數放倒，若不亟自收拾，將爲小人之歸矣。」〔註117〕樊增祥在地方爲官，一方面公務確實繁重：「自甲申冬迄丁亥，星紀再周，余自宜川而咸寧，而富平，而長安，易地者四，勞形案牘，掌簽幕府，身先群吏，並用五官」〔註118〕而樊增祥則以過人的精力異常勤奮得工作，甚至公務之餘尚有閒情作詩詞怡情：「時余方還柏臺，十二時中，常以六時接僚屬，治公事，三時理詠，三時燕息。不兩旬，得慢令七十餘首。倘無勞形案牘、延謁賓客之累，一意爲文，則侯生畢世所作，可一歲竟耳」〔註119〕這番話講於光緒二十八年壬寅（1902）樊增祥已是五十七歲的「老年人」，每日僅休息六小時，而用差不多十二小時接見僚屬、批公文（實際工作時間應不少於十小時），實在讓人歎服！

樊增祥能如此勤奮，源自其對待公務一絲不苟的敬業態度。在未下基層之前，樊增祥對地方的司法、行政可以說是完全沒有任何概念，直到自己親身開始處理，發現「治事」之難，才以最大的精力投入到公務中，在學習中提高。

> 吾三十以前，專騖詞章，通籍後，乃復討究世務。三十九歲作令，憶宋人筆記稱歐公最精吏事，乃於民事悉心體驗。猶記壬午歲，秀水尚書與陳藍洲書云：「作令十餘年，於聽訟稍有把握。」余當時以爲過，及身親之，而後知其難也。凡事知其難，乃益致其學與思，

〔註115〕余誠格《樊樊山集敘》。
〔註116〕法政學社編《樊山判牘序》，法政學社，1915年石印本。
〔註117〕《惲毓鼎澄齋日記》，浙江古籍出版社，2002年版，第264頁。
〔註118〕《樊山續集》自敘。
〔註119〕《五十麝齋詞賡》跋。

學與思交致，而後能知其意此即熟之說也。抑又忌自恃，須時時勤
以自課，虛以受人。勿論民生國計，所繫者大，即雕蟲小技，往往
老手頹唐，高才跅弛者，自恃故也。〔註120〕

「秀水尚書」陶模（1835～1902），字方之，一字子方，浙江秀水人。謚
號勤肅。清同治七年（1868）進士，改翰林院庶吉士。初任甘肅文縣、皋蘭
知縣，光緒元年（1875）冬任秦州知州。十年署甘肅按察使，次年擢直隸按
察使。十四年遷陝西布政使，護理陝西巡撫。十七年遷新疆巡撫，後署陝甘
總督。二十六年調兩廣總督。著有《陶勤肅公奏議遺稿》、《養樹山房遺稿》
等。陶模作縣令多年，有豐富的地方行政經驗，並以此來指導後進陳豪。樊
增祥由開始的不以為然，既而身體力行後，感慨行之不易，從而以過人的勤
奮投入學習和實踐，不斷地實踐、總結、提高，樊山仍然不敢有半點馬虎，
官居三品大員仍然提醒自己「忌自恃」。樊增祥的這種敬業態度是值得肯定的。

樊山勤奮為政的動力，除去敬業精神外，還有對黎民百姓的責任感。樊
增祥在卸任咸寧縣令後，發現有一對夫婦抱著嬰兒前來求告，衙役回應縣令
已卸職，婦人埋怨丈夫未能盡早趕到，樊增祥於一旁看到後，深深感到自己
的工作對於百姓民生關係重大：「平生苦被虛名累，俯仰庭柯一悵然」。〔註121〕
像這樣的道德自覺也是難能可貴的！樊增祥本人則認為終生勞碌是自己的
「宿命」，是「能力越大責任越大」的命運，門人余誠格曾代他多次向算命的
「日者」請教乃師命數，得到的答案樊氏非常認可：「湘人趙元臣者，善相人，
先生詣之，一見歎曰：『終身不得志也。』先生謾曰：『吾寧窮餓死耶？』趙
曰：『非也，他人求之不得者，子得之皆若不足，是寧有滿志時耶？』先生以
為知言。有日者謂先生權極重，當秉戎節。誠格私問鄉人之善言命者，則曰：
『非也，階不過四品。所謂權重者，譬如數人共事，必彼一人尸之，人常逸
而彼常勞，彼常發謀而人常退聽，此為權重耳。』先生亦以為知言。」〔註122〕
樊山最終雖官居從二品布政使，但仍事事親躬，能不感慨命運之弄人？

樊增祥勤勉施政、「為民做主」的成績還是很多的，比如他曾記錄一起經
自己審核後，呈報予以從輕發落的殺人案「李虎娃案」。樊增祥《李虎娃詩》
序：「虎娃年十七，渭南義城里人。客作彭某，與其母楊奸，並污其從姊。虎

〔註120〕《五十麝齋詞賡》跋。
〔註121〕《卸咸寧縣事之明日有男婦抱兒乘車至縣庭呼籲吏曰已受代矣婦答男曰我固
　　　　云早來今何如太息登車去感賦二首》，《樊山集》卷十。
〔註122〕余誠格《樊樊山集敘》。

手刃之，到官伏故殺罪，終不言母姊奸事。余白於憲司，得減徒。」〔註123〕
《清稗類鈔》有此案的簡要經過：

李虎娃殺彭某案

恩施樊雲門方伯增祥，初爲縣令於陝，判治各獄，發奸摘伏，有神明之稱。渭南縣李氏佃工彭某被殺身死，兇手爲佃主之佺虎娃，到縣侃侃自承，謂向與彭同炕宿，肇釁之夕，彭欲圖雞姦，憤不可過，故以刀斃之，願論抵。言時，伉爽若無所飾。樊詳察獄情，以虎娃年僅十八，姦污未成，何致下此毒手？且狂斫多傷，從容移屍，亦斷非一人所爲。因屛人密詰，反覆開導，虎姑始涕泣吐實。

先是，虎娃之父年老久病，其母李楊氏夙與彭通，虎娃微知之，未目擊也。一夕，虎娃父忽思食紅糖，工人多他去，彭亦飼畜無暇，虎娃母乃命虎娃赴市購之，時已暮夜，並令攜刀自衛。及虎娃歸，重門多洞開，母房燈燦然，虎娃自外窺之，則大駭恚，蓋彭方赤身與其母行奸也。彭粗碩如牛，筋肉墳起，面内向。虎娃即舉刀連斫之，彭亟轉身，爲虎娃母所持，乃不得反搏虎娃，虎娃刀又下，彭用掌夾其刀，刀往外掣，掌幾中斷。是時彭狂吼，虎娃怯而外奔，彭爭脫虎娃母，力追虎娃，及院，彭爲糞堆所絆仆地。虎娃即反身，亂下其刀，多中要害，彭遂斃。前之飾詞圖雞姦者，懼傷母名也。樊乃爲平反上達，免虎娃於罪。其詳文中有警句云：「李虎娃弱齡殺奸，挺身認罪，其始激於義憤，不愧丈夫，其後曲全母名，可稱孝子。」〔註124〕

以上材料於李虎娃行兇過程記載甚周，且語多誇飾。而未提及彭某姦污虎娃從姊之事，小說家言，聊備一說。即便如此，行文中依舊可以看出樊增祥於訟案調查之細緻認眞，正如其詩中所云：「不少沉冤牢戶底，爰書出入愼秋毫」。樊山斷案的強烈責任心、敏銳的洞察力、縝密的邏輯思維在此案的調查、判決中展露無遺。樊山「擅於聽訟」名不虛傳。

樊增祥還注意施政過程中經驗的總結，但凡公牘、批判隨手集之，收存較多後即刻印成冊。一來爲同僚下屬作施政的範例「教科書」，二來存檔備忘，三來請師長上級瞭解自己的辦事能力、也能對相關問題作出指導。

〔註123〕《樊山集》卷二十五。
〔註124〕《清稗類鈔》「獄訟類」。

例如，樊增祥就曾多次把刻印的《公牘》呈張之洞，請他指點。四來也有昭彰道德倫理的作用。樊增祥刻印之公牘在陝甘政界一時人人爭相傳閱，「昔余宰渭南六年，嘗哀其公牘、批判付諸剞劂，已數千部流佈人間矣」。〔註125〕

　　萬彩紅《樊增祥政法類著作考略》〔註126〕考樊增祥法政類著作主要有五種，即光緒二十三年（1897）渭南縣署刻本《樊山批判》十四卷、光緒二十年（1894）渭南縣署刻本《樊山公牘》十卷、法政學社石印本《審判必需樊山公牘》四卷、上海文華書局排印本民國四年（1915）初版《新編樊山批、公、判牘精華》四十一卷、宣統庚戌年（1910）刊《樊山政書》二十卷。除此之外尙有數量巨大的各種或手訂、或他人編輯版本。2007 年中華書局出版了由那思陸、孫家紅點校二十卷《樊山政書》，選擇此版本作爲樊增祥政法類著作的代表出版是非常恰當的。〔註127〕本書的整理出版，引起法學界近代法律史研究者的關注。此後，關於《樊山政書》與近代法制史關係的論文層出不窮。比如趙倩《從〈樊山判牘〉看清代女子繼承權》〔註128〕將清末繼承訴訟中的「女兒」、「寡妻」、「寡妾」單獨提出，以現代法律標準對其進行分析。鄭國霞《淺談清代民事糾紛與訴訟——從〈樊山批判〉入手》〔註129〕整理了清代民事糾紛訴訟的內容，並指出其「法律適用」的特點。李文軍《清代地方訴訟中的「客民」——以〈樊山政書〉爲中心的考察》〔註130〕一文，對清末的「客民」司法待遇與土著居民的差異問題，進行了全面的研究，角度獨特、分析到位。此外，略早的文章例如張小也《清代的地方官員與訟師——以〈樊山批判〉與〈樊山政書〉爲中心》〔註131〕則探討了清末官員與「訟師」複雜而又微妙的關係，對於今天的司法獨立研究極具參考價值。郝鐵川《從〈樊山判牘〉看古代身份和契約的關係》〔註132〕緊緊圍繞傳統社會「禮教」爲核心價值觀的特點，分析了在「禮教」籠罩下司法制度的特點，並從歷史的角度對各種特點的優劣進行了比對分析，價值甚高。除法律類的研究

〔註125〕《樊山政書自序》，《樊山政書》，中華書局，2006 年版。
〔註126〕《法律文獻信息與研究》，2008 年第 4 期。
〔註127〕見原書《代前言：轉型中的法律與社會》。
〔註128〕《法制與社會》，2008 年 9 月下。
〔註129〕《法制與社會》，2008 年 9 月下。
〔註130〕《貴州文史叢刊》，2010 年第 2 期。
〔註131〕《史林》，2006 年第 3 期。
〔註132〕《法制現代化研究》，1997 年第 3 期。

之外，蘇全有《從〈樊山政書〉看樊增祥的施政風格》〔註133〕是從行政學的角度對樊增祥的施政風格予以總結概括。王日根《從〈樊山政書〉看晚清教育的變遷》〔註134〕是根據《樊山政書》公牘中關於清末「新政」時的教育改革公文，對20世紀初中國教育的變遷進行研究，是一篇教育史研究專文。由此可見，以《樊山政書》爲代表的清末官書文獻的整理刊行，對政法類學科、教育學等其他社會科學的深入研究起到了意想不到的作用。樊增祥留下的這批法學史資料具有極高的文獻價值。

　　值得注意的是，《樊山政書》的歷史文獻價值尚未被充分利用，例如：卷十的《代洋務局批盩厔縣稟》就是一篇研究「民教衝突」的寶貴文獻。樊增祥在文中強調辦理「民教衝突」的關鍵是「全繫於地方官之一心」。要求地方官在辦案時堅持「實事求是」的原則，多方瞭解情況，謹愼行事，公正判罰，才能化解衝突，令矛盾各方滿意。

　　　　民教之事，全繫於地方官之一心。無事時中外一家，有事時持平辦理。中國今日被人欺壓至此，皆由從前一味自尊自大、自枯自是所致。至於各處教案，亦多因激變而生成。激變不過兩途：媚洋者，民不平；袒民者，教不服。如果州縣眞有是非曲直，案案持平，有何教案可辦？該令此稟謂盩厔教士胡定邦縱容教民欺壓百姓，請本局轉致高陵總教堂將胡教士另調他處等語。查盩厔曾前令因到任之始，張貼告示，有意刻待教民，至滋齟齬，不克久於其任。該令初到，與教堂毫無意見，冀得彼此相安，乃到任即有此稟，深非上游所望。夫公事不可無據，對外國人言尤不可以無據。該令來稟但曰「縱容」曰「欺壓」曰「下鄉時，約保紛紛赴愬」，且作危詞曰「其患將不可測」，究竟教士所縱容者何事，教民所欺壓者何人，紛紛赴愬者有何巨創沉冤，得何眞憑確據？一概不能指實。如果即據來稟，達之高陵教堂，該堂函索縱容欺壓之實據，本局何以應之？是此稟不惟冒昧，而且胡塗。在該署令之意不過欲於蒞任之初先將教士撤換，藉以討好於百姓，示威於教民，仍是二十年前混沌未鑿之習氣。殊未知我欲撤換，主教未必聽從。即使聽從，能保後來者必勝於前乎？萬一另換之人，其縱容更甚於胡定邦，該令又將如何？

〔註133〕《大連大學學報》，2011年第2期。
〔註134〕《教育與考試》，2009年第1期。

本局非畏而庇之，特事貴平情，不可空言無據。該令接曾令下手，
與教士無怨無德，正好趁此時開誠布公，與之訂約，各除袒護之
私，一以持平為主。教士固不可偏信教民一面之詞，縣令亦豈可偏
信百姓一面之詞？彼此胸次空空洞洞，百姓是則，伸民而抑教；教
民是則，伸教而抑民，有何難了之案乎？如果該教士理諭不能，情
感不可，在該令任內實有縱容欺壓之案據，然後就案上稟，本局方
可據以相爭。若該令自覺才不勝任，日抱不測之憂，盡可稟請交
卸……大凡訟師作呈詞空空無據，專以危言恐嚇者，不惟自取駁
斥，抑且惹人憎怒。不意該令作稟亦染陝西不通訟師之惡習，深可
憤詫。繳。〔註135〕

樊增祥在這篇回稟中所持的基本意見與其所擬之光緒帝「罪己詔」中指
出的「民教衝突」的直接原因：「畏事者袒教虐民，沽名者庇民傷教。」是一
致的。盩厔縣令新到任即呈請洋務局與天主教的教區主教交涉，撤換本地教
堂教士（神父）。理由是神父縱容教民欺壓鄉里。樊增祥在調查核實後嚴辭駁
回申請，斥責縣令「不惟冒昧，而且胡塗」。指控書竟然沒有真實可靠的罪狀
證據，只有空洞的指責。這無異於「專以危言恐嚇者，不惟自取駁斥，抑且
惹人憎怒」的陝西「不通訟師」。樊增祥進一步指出，盩厔縣令之所以有撤換
神父之動議，無非是想「於蒞任之初先將教士撤換，藉以討好於百姓，示威
於教民」為自己站穩腳跟撈取政治資本而討好百姓，根本就不是實事求是的
替民伸冤。樊增祥教育他「事貴平情」、「開誠布公，與之訂約，各除袒護之
私，一以持平為主。」這樣才能緩和緊張的民教關係，真正把矛盾化解，而
不是單方面激化矛盾。樊增祥分析民教衝突的直接原因後緊緊抓住「實事求
是」的方針，從己方剖析癥結所在，並指出相應之對策，這樣的見識和能力，
於晚清地方官員中，著實不多見。

當然《樊山政書》也不是沒有瑕疵的，張之洞就曾批評樊增祥「藩司官
不為小，而好作諧語是其一病」。〔註136〕樊增祥在批閱公文中常常有調侃、玩
笑、滑稽不莊重、不嚴肅的問題，例如《批白河縣民張肇忻控族叔張雯詞》
的批語只有四個字，讀來甚覺好笑：「胡說！不准！」。〔註137〕此類判決詞，

〔註135〕《樊山政書》卷十，第 272 頁。
〔註136〕《樊山政書自序》。
〔註137〕《樊山政書》卷一，第 3 頁。

於詩人樊山而言，盡顯其可愛之處；但於一省之臬司大人樊增祥而言，未免過於輕浮，難以服眾。

第三節　升允參劾樊增祥案

樊增祥在清末官場混跡二十年，沒想到在陝西布政使任上翻船，被陝甘總督參去，這其中有何原因，事情結果如何？我們不妨從樊增祥與歷任上司的關係看起。

樊增祥自從光緒十年入陝爲官，直到光緒三十二年解職去官，一年多後離開陝西，居陝凡二十年。總體說來，樊與歷任陝甘大員的關係都比較密切。現將樊在陝期間歷任陝甘總督、陝西巡撫情況羅列如下：（表 1）

表 1：

1884 至 1906 年樊增祥所任官職	1884 至 1906 年陝甘總督	1884 至 1906 年陝西巡撫
	譚鍾麟（1881～1888 年）	
		邊寶泉（1883～1885 年）
（1884～1887 年）陝西宜川縣知縣，調補醴泉縣知縣，署理咸寧縣知縣，調補長安縣知縣，調署富平縣知縣，又赴長安縣本任。		
		鹿傳霖（1885～1886 年）
		葉伯英（1886～1888 年）
（1888～1890 年）丁內艱	楊昌濬（1888～1895 年）	陶模（1888 年布政護）
		張煦（1888～1889 年）
		鹿傳霖（1889～1895 年）
（1891～1893 年）入鹿傳霖幕府「掌箋奏」		
		張汝梅（布政護 1895 年）
（1893～1898 年）渭南縣令		奎俊（1895 年優免）

		胡聘之（1895 年改晉撫）
	陶模（陝撫署理，1895 年） 陶模（1896 年～1899 年）	魏光燾（1895～1900 年）
（1898～1901 年）入榮祿幕府「掌機要」，1900 年入政務處任提調。	魏光燾（陝撫署理，1899 年） 魏光燾（1900 年）	
	何福堃（按察護理，1900 年。甘布二次護，1901 年）	岑春煊（1900～1901 年） 端方（陝布政使改豫布政使護理，1901 年）
	李廷簫（甘撫代護，1900 年）	
	嵩蕃（1900～1905 年，1901 年抵任）	
（1901～1904 年）陝西按察使，署陝西布政使，改浙江按察使。		升允（1901～1904 年）
（1904～1906 年）浙江按察使未赴任，遷陝西布政使		夏旹（1904～1905 年）
	升允（1905～1909 年）	曹鴻勳（1905～1907 年）

上圖基本反映樊增祥在陝為官期間的陝甘總督、陝西巡撫任職情況。因工作關係，樊增祥結交上司中，前期（1900 年為限）與陶模（浙人，因張之洞而相識）、鹿傳霖（在陝結識）、魏光燾（在陝結識）最為親密。後期則與端方、夏旹交好。樊增祥與升允的關係也是經歷了過山車一般的變化，光緒三十年甲辰（1904）元旦，剛剛到任陝西布政使的樊增祥得到陝西巡撫升允的贈詩賀年。年底，已升任陝甘總督的升允贈活鹿一頭予樊增祥，樊增祥作詩誌謝，《後得鹿吟》序：「庚子歲除日，午橋尚書贈鹿一頭，余作《得鹿吟》報謝。甲辰臘月二十五日，吉甫尚書又贈鹿一頭，黃羊副之。除夜守歲不眠，作《後得鹿吟》以誌嘉貺。」〔註138〕二人的關係似乎親密無比，不次於樊增祥與端方的關係。

光緒三十一年（1905）陝西巡撫夏旹到任不及三個月，即遭解職。湖南布政使曹鴻勳遷陝西巡撫。從此，樊、升關係急轉直下。升、樊之間因工作

〔註138〕《樊山續集》卷二十一。

意見不合，漸生齟齬，最終關係破裂。根據相關記載，導致二人啟釁的事件有以下幾件：

其一：違抗命令，拒絕調員。

> 「陝甘總督升允，滿洲人也。諭調能文之縣令到督署司文案，例由藩臺指調，樊山乃復拒之，略謂：諸令皆陝省幹令，均在任所，倚畀方殷，不能更調。至若文章之事，則本司雖老，猶日試萬言，倚馬可待。……升允閱及不悅，曰：吾令僚屬，無梗命理，且雲門於我，豈能稱老？自此即有芥蒂。」〔註139〕

> 「陝有牧令數人，均能文而有賢聲，文忠（按：升允）飭令調往督幕，襄辦章奏。樊山執不肯，上記乞寢命，大略言諸令皆一時吏材，不宜使典簿書，失良牧。若文章之事，則本司雖老，猶能日試萬言，倚馬可待，如有所屬，當不敢辭等語。文忠以其梗命，又詞氣簡傲，失屬僚禮，銜之。幕府中有惡樊山者，遂相構煽，猜釁漸深。」〔註140〕

其二：陝西督糧道一事。

> 「陝西督糧道缺美腴甲天下，每歲陋規多至二十萬，升允為藩司時詳請裁汰，歸其利於公，事未行而遷甘督。增祥繼任，盡反前政而私與督糧道通，或以告升允，升允以公文詰責。數十年來，總督不問隔省事，升允強幹有氣力，嘗糾彈奕助，不為權貴所憚。增祥得檄不敢校，遜詞謝之，有『慶邸能容公，公豈不能容增祥』語。」〔註141〕

> 「升允固與樊為香火兄弟，素相狎。升任糧道時，出贓十萬報效清廷，故不一年升陝撫，旋調甘督。增祥以升庸庸，恒狎視之。」〔註142〕

其三：性格不合，樊增祥氣勢凌人、好詼諧，升允倔強。

> 「樊增祥初為陝西知縣，諂事鹿傳霖，後又入榮祿幕，辛丑西安諭旨多其所擬，自是日益騰達，不一二年由縣官躐升藩司。甲辰入京陛見，求順天府尹不得，怏怏入關，氣凌巡撫曹鴻勳，出其

〔註139〕邵鏡人《同光風雲錄》。
〔註140〕李漁叔《魚千里齋隨筆》（上），近代中國史料叢刊續編第八十三輯。
〔註141〕胡思敬《國聞備乘》卷三，中華書局，2007年版。
〔註142〕《清朝野史大觀》卷四。「記樊樊山查辦貽谷案」。

上。」〔註143〕

「樊山驚才逸氣，起家縣令，仕路騰驤，於文忠雖無失禮，然恃夙好，又以才氣凌駕人，漸不相能。」〔註144〕

「樊山好詼諧，卒多獲咎。與貽谷交惡，亦由詼諧而生，因此去官。」〔註145〕（按：樊山被參與貽谷無關。）

「慈諭謂其（按：升允）脾氣過倔強。」〔註146〕

由上可知，升、樊因性格差異，在工作中產生齟齬，進而轉為對抗。但事件的進一步升級是因為樊增祥扣留升允特使一事。

「升允不聽，遣蘭州知府入陝提案，增祥曰：「知府無朝命，安能隔省按事？執繫長安縣。」升允大怒，即電劾增祥。」〔註147〕

「升積不平，藉糧務事派員查辦陝藩。增祥怒，盡拘留其委員，又疏劾升不法。」〔註148〕

「陝藩例兼鹽務，外傳花馬池鹽案，藩司備受苞苴，語固不實也。文忠秘派一知府行查，微服至其地布耳目。諜者以白樊山，疑之，往詰行藏，語不遜，樊山怒，目為遊棍，令拘辦。其人乃稱係銜督命來，搜其行篋得札，遂盡悉底蘊。樊山罵曰：『與其為人齮齕，不若先發制之。』因掇拾陝甘近事，上疏劾文忠。清例：三司雖亦可上奏，但督撫權重，封章皆出其手，無敢僭越，況以下訐上，無獲直理，樊山未計也。章上，果為軍機壓置，轉以達諸陝督。」〔註149〕

「旋以某案，又相齟齬，樊山竟專摺奏，軍機大臣驚曰：「樊山居然敢奏上官！」遂留中不發。升允聞之大怒，終因鹽官貪污案，奏劾樊山。」〔註150〕

以上引文涉及到樊增祥「扣押」升允派出密探一事，同時指出樊增祥因此被激怒，越級彈劾上官，被軍機處留中不發的情況。隨著近年一些新史料

〔註143〕《清朝野史大觀》卷四。「記樊樊山查辦貽谷案」。
〔註144〕李漁叔《魚千里齋隨筆》（上）。
〔註145〕葛虛存《清代名人軼事》「雜錄類」，「樊山感遇」條。
〔註146〕曾偉希《鹿傳霖致樊增祥信函二通》，《文物春秋》，2010年第4期。
〔註147〕胡思敬《國聞備乘》卷三。
〔註148〕《清朝野史大觀》卷四。「記樊樊山查辦貽谷案」。
〔註149〕李漁叔《魚千里齋隨筆》（上）。
〔註150〕邵鏡人《同光風雲錄》。

的發現，基本可以判斷樊增祥「先發制人」參劾升允的事情並不存在。據曾偉希《鹿傳霖致樊增祥信函二通》整理的第一封信函：

「雲門仁弟大人左右：兄出樞後，忽見升有電奏足下解任，甚疑之。往訪善化，據云：升電謂『扣留其委員』，故有此旨。當即電告，計早達。究不知其電作何語。逾日，見華璧臣，詢之，則云略記其電云：『樊某竟將其奏派往查之傅秉鑒看管，無復紀綱，請將其解任，聽候查辦，不勝激切云云。』是其節外生枝，此電亦未交查，究竟是何情形？前得來電謂其『行蹤詭密，曾電甘藩，疑其假冒』，必即因此，然何以云『看管』耶？今得望日手書，尚在事前，卸肩之後，是何情形？」〔註151〕

　　鹿傳霖因官制改革，交卸兼任的軍機大臣之職，專管部務。這時，升允參劾樊增祥的電奏到達。鹿傳霖感到非常詫異「甚疑之」，於是向仍留軍機處的瞿鴻機諮詢。瞿鴻機告知升允的指控是「扣留其委員」。鹿傳霖即馬上電告樊增祥。但是鹿傳霖並不知升允電奏的詳情，後來找到華璧臣才瞭解到電奏詳情。如果樊增祥參奏升允在前，鹿傳霖不會對升允要求將樊增祥解職的電奏感到非常的詫異。也不會因樊增祥之前電報內容中有人「疑似假冒特使」的說法與升允「特派委員」的說法相悖而感到摸不著頭腦。因此可見，樊增祥在升允之前確實有上報鹿傳霖的電報，但電文中並未涉及指控升允的內容。可能有一種情況存在，升允因與樊增祥長期齟齬，遂產生極度不信任，故懷疑樊在上報鹿傳霖的電報中有彈劾自己私派特使的內容，於是決定在說明情況的同時，參劾樊增祥「無復紀綱」，要求將其解職。並且，根據光緒三十三年二月的最終上諭有「前據陝西布政使樊增祥奏稱，督臣挾嫌誣陷」〔註152〕可見樊氏彈劾升允是參他「挾嫌誣陷」，更能證明升允之摺在前，樊增祥之摺在後。故樊山沒有所謂「先發制人」的參劾。升允參樊增祥案極有可能是信任危機引起的一場「誤會」。故，「升允大怒，即電劾增祥，而增祥先已密奏總督奴視藩司，要挾無禮等款。朝議擬兩解之，適趙炳麟參摺上，言增祥倚任私人，稱樊門三狎客，廣購第宅，贓款累累。詔四川總督錫良查辦得實，遂落職。」〔註153〕、「升允聞之大怒，終因鹽官貪污案，

〔註151〕曾偉希《鹿傳霖致樊增祥信函二通》信函一。
〔註152〕朱壽朋《東華續錄》光緒朝二百〇五卷，《續修四庫全書·史部》第385冊，第608頁。
〔註153〕胡思敬《國聞備乘》卷三。

奏劾樊山」〔註154〕中樊增祥「密奏」、「升允參樊鹽官貪污」等說法也不成立。

升允第一奏被朝廷接受後，樊增祥也反擊參升允「誣陷」，朝廷指派四川總督錫良查辦核實案情。此時樊山弟子吳祿貞向樊增祥建言，升允第一奏被核實後，不要急於活動御史參奏升允反擊，避免激化矛盾，且要向升允「示弱、乞憐」，然後再進攻。

> 「此時劾升，即不是我輩運動，升亦疑之……愚意先以平和手段乞憐於彼，而後用強硬手，不但目前容易奏效，且於將來圖恢復報復亦容易。其辦法稱此時先託權貴通情與彼，使覆奏平和，得免於禍。奏既覆，再覓言官參第一二兩次覆奏不公平，再請查辦，此乃以守作攻之勢。若於此時正在大敗狠狠之際，再行進攻，則勝券難操矣。師以愚見為然乎？」〔註155〕

樊增祥還派吳祿貞在京城積極活動，爭取朝官的協助。

> 「致錫信已託人賄賂慶邸，大抵可成，亦不致誤期。惟所需索甚奢，又以師莅藩多年，必大富人，要求更甚，事急亦不能十分計較。已託達意，先付二千金，再書票一紙，如事成，謝二三千金，不成則未付之金作罷，此一法也。再託肅函錫，其功力不大，若有慶信，再加肅函，則互相為用矣。徐尚書歡諸大老，前再託二三人常為師作不平鳴，以鎮定都中之議論，內外相濟，其庶幾矣。」〔註156〕

清末官場之潛規則於此顯明無遺。慶親王奕劻答應幫樊增祥去轉交給錫良的信，卻公然索賄，又因為聽說樊增祥任藩臺多年，油水甚大，所以索定金 2000 兩，事成之後再付 2000～3000 兩，並有言在先，事情辦不成，不退定金。樊、吳「付款」的同時希望慶親王轉託肅親王善耆說項。吳又再請軍機大臣徐世昌出面造輿論。多管齊下，希望樊增祥能在錫良的「調查」中「得直」。

然而「升、錫一氣」，〔註157〕「朝旨令錫察覆，良檄道員周善培勘之，增祥兼納糧庫羨餘，中有含溷，其他文牘體制，亦多違法，竟以實覆，褫職去。」〔註158〕鹿傳霖第二封信函也披露了對樊增祥被參案的調查結果：「二目

〔註154〕邵鏡人《同光風雲錄》。
〔註155〕曾偉希《清末吳祿貞致樊增祥信函》信函二。
〔註156〕曾偉希《清末吳祿貞致樊增祥信函》信函二。
〔註157〕曾偉希《清末吳祿貞致樊增祥信函》信函二。
〔註158〕王森然《樊增祥先生評傳》。

（按：瞿鴻禨）謂州縣報效款以糧羨作抵未經奏明，總是一錯。」〔註 159〕查出樊增祥在管理錢糧收支時的違規操作：將糧羨（按：相當於增收的農業稅）充抵州縣報效款（按：相當於地方稅收），並未奏明。雖然還是「查出」樊增祥的「問題」，但這樣的調查結論，與開始時升允對樊增祥的嚴厲指控已大相徑庭，相對於「濫用職權、扣押特使」的指控，財務違規已是很輕的罪名了，究其原因，賄賂慶親王奕劻等措施看來起到了一定的作用。事實證明，樊增祥基本採納了吳祿貞的建議，以退爲進，在減罪後就此收手，沒有繼續向升允發難。光緒三十三年（1907）二月的上諭，爲這起案件劃上了一個句號：

> 諭：《錫良奏查覆陝西糧務等各參案實情》一摺，前據陝西布政使樊增祥奏稱：督臣挾嫌誣陷各節，當經諭令錫良查明，具奏。旋，又據曹鴻勳奏稱：督臣、藩司因公起釁。升允奏稱：陝藩驕盈跋扈。及御史趙炳麟奏參：樊增祥貪財、縱吏擾民各等情，均諭令錫良併案確查。茲據該督奏稱：樊增祥辦理陝西糧務局，百計取盈，揮霍任便，平日居官行事，亦多恣意專橫等語。樊增祥身爲大員，總理財政，宜如何上顧帑項，下體輿情。乃竟苛索、濫支，以致兵民交病，斷難稍事姑容！解任陝西布政使樊增祥，著即行革職。〔註 160〕

樊增祥的不少師友對他的離職報以惋惜和遺憾。王闓運《湘綺樓日記》光緒三十二年十一月二十四日：「聞樊山撤任，近今所罕有也。升亦可人，兩賢不宜相厄，使竹軒在不至此。」〔註 161〕王闓運認爲二人都是「賢人」，夏峕如果在任，居中調停斡旋，當不至此結果。鹿傳霖更是慨歎無人在陝西協助巡撫曹鴻勳施行「新法」了，「秦中諸要政，皆足下一人力任勞怨爲之。竹帥忽失此臂助，獨不設法挽回，聽新政之中輟耶？鐵路事擬分上諸公，並請院奏，想亦無及。天下事往往功敗垂成……縱使得直，大酋未必嚴處，足下未必能留陝。一切新政竹帥即奮發爲之，而無熟習任事之幫手，亦恐難有成。兄竊爲秦省惜，爲大局惜。」〔註 162〕未結案時，鹿傳霖還安慰樊增祥「目今時局斷難十分公道，況忌執事者有人，而顧大局持公道者無人。又皆以愚偏

〔註 159〕曾偉希《鹿傳霖致樊增祥信函二通》信函二。
〔註 160〕朱壽朋《東華續錄》光緒朝二百〇五卷，《續修四庫全書·史部》第 385 冊，第 608 頁。
〔註 161〕《湘綺樓日記》，第 2785 頁。
〔註 162〕曾偉希《鹿傳霖致樊增祥信函二通》信函一。

厚於足下，愈說愈增痕跡，無益有損，成敗只可聽之於天。特臺端之去留，
於秦中之得失大有關係，非獨一身之升沉已也。」〔註163〕

　　樊增祥離職後，依然留在西安，「丙午冬解任後，移居柳巷，日課一兩
詩」。〔註164〕表面上不動聲色，優哉遊哉。暗地裏託張之洞、端方、鹿傳霖爲
自己起復尋找機會。終於，樊增祥在協助鹿傳霖辦理「貽谷案」中立功，得
以開復。

　　　　「貽爲理藩院尚書銜綏遠城將軍兼墾務大臣，嘗責令蒙旗報効
　　　　地畝，又設公司，以賤値購買，及出售，則往往得善價，家本饒裕，
　　　　至是益富。尋與副都統文哲琿不協，文遽以婪贓劾貽，孝欽后命鹿
　　　　查辦，貳之者爲紹英。鹿乃奏調故吏樊增祥隨行，樊參謀帷幄，其
　　　　一切查辦狀況，具見奏摺。然貽獨能再接再厲，終得脫身，蓋金錢
　　　　之魔力爲之也。」〔註165〕

　　而另一則筆記記載「貽谷案」更詳：

　　　　　丁未、戊申之交，領軍機者張、袁、慶外，尚有鹿傳霖其人。
　　　　鹿初本與故相榮祿有舊，庚子勤王至西安，榮相挽之入樞府。慶、
　　　　瞿暗鬥，鹿長吏部，張、袁入相，再入樞垣；鹿爲人貌謹厚，然錐
　　　　角內斂，以崛強著聞。在樞府無所建白，惟查辦貽谷案頗錚錚見頭
　　　　角。初，兩宮回鑾，擬派大員興辦西北屯墾，貽谷丐榮祿請於孝欽，
　　　　得充墾務大臣兼綏遠城將軍；旋又兼理藩部尚書銜，便節制蒙盟，
　　　　勢垣赫矣。貽谷本饒心計，家貲富厚，出關即責蒙旗報效地畝，又
　　　　設公司，以賤值購蒙地，以善價售之，一轉移間致富鉅萬。會與副
　　　　都統文哲琿不協，文遽以婪贓劾貽氏。疏入，孝欽甚怒，令軍機擬
　　　　旨派員查辦；鹿氏自負骨鯁，慨慷請行。奕劻得貽略，懼鹿氏不易
　　　　動搖，請旨以紹英貳之；然紹英視傳霖行輩資望，不如遠甚，雖隨
　　　　行，惟拱手畫諾而已。鹿傳霖既承旨查辦貽案，則物色隨員，開缺
　　　　山西巡撫張曾揚者，故與貽谷有宿怨者也，爲南皮侄孫，以鹿爲南
　　　　皮姊夫，故曾揚嘗往來鹿家。是日鹿退朝，與曾揚言及查辦事須物
　　　　色隨員，曾揚言大人故吏樊增祥者，現閒居都門，此非一絕好隨員

〔註163〕曾偉希《鹿傳霖致樊增祥信函二通》信函二。
〔註164〕《閒樂集》跋。
〔註165〕《清稗類鈔》「獄訟類」，「鹿文端查辦貽谷案」。

耶？鹿大喜曰：「吾老悖，乃不憶及此，幸子語我。」乃專奏，調樊隨行。鹿偕其副紹英至綏遠，樊氏參謀帷幄，其一切查辦狀況具見奏摺。然貽雖以張、鹿兩漢相之迫壓，獨能再接再厲，終得脫身，金錢魔力能左右一切，可歎也。……樊遂落職。至查辦貽案時，計已被放一年矣。〔註166〕

胡思敬《國聞備乘》卻又指出貽谷的脫身與其「榮祿門生」身份有關：「而貽谷出榮祿門，素通聲氣，京內要人多爲之緩頰，其子姪佈在朝列，代撰冤詞，四出布散。法司遂爲所動，欲輕減其罪」，最終，在鹿傳霖死後，貽谷才得脫身：「而傳霖方在軍機，乃藉諮查款目爲名，懸案至三年不結，監國亦勿問也。或囑予具疏言之，予曰：『貽谷案必俟鹿中堂出軍機方可議結，言之何益？』已而傳霖薨，廷傑爲法部尙書，未及一月而貽谷定罪發邊充軍，果如予言。」胡還指出，樊增祥與貽谷有過節「當傳霖赴邊查辦時，樊增祥實從。或云增祥初與貽谷同在榮幕，一夕談及舊事，極言官不可爲。貽谷笑曰：『君既不願做官，何不學孟襄陽夜歸鹿門？』蓋譏其詔事傳霖也。增祥引爲大恨，至是遂藉手報復，陷其罪至死。增祥人雖狡險，究不可因此遂寬貽谷之罪。」〔註167〕此間故事不可考，聊備一說。

樊增祥以查辦「貽谷案」有功，得到張之洞、鹿傳霖保薦，慈禧太后對樊增祥尙有印象，准予開復：

樊山初意，未敢遽請開復，及進言，孝欽即曰：「此人有才，爲榮祿所薦，以無罪被革，今當如何？」則皆曰：「謹候聖裁。」孝欽曰：「可開復原官。」又江寧布政使缺出，樞臣進單請簡，孝欽不視，直曰：「與樊增祥。」其眷念如此。〔註168〕

光緒三十四年（1908）六月，樊增祥開復江寧布政使。

按：曾偉希《鹿傳霖致樊增祥信函二通》一文中，附錄部分有部分人名注釋有誤，1.「竹帥」指升允，誤。當爲陝西巡撫曹鴻勳，曹鴻勳字竹銘，清例稱巡撫爲「X帥」，故竹帥當爲曹鴻勳。2.大猷，當暗指升允，根據上下文意，朝廷有意將大猷與魏光燾互調，以魏爲陝甘總督，因此，大猷即升允。3.城北，暗指徐世昌，據上下文意，城北亦隨鹿傳霖出樞，當時解任軍機處之

〔註166〕《清朝野史大觀》卷四。「記樊樊山查辦貽谷案」。
〔註167〕《國聞備乘》卷四。
〔註168〕葛虛存《清代名人軼事》「樊山感遇」。

人包括徐世昌，排除他人後，城北當指徐世昌。取「城北徐公」之意。另一篇《清末吳祿貞致樊增祥信函》文中言樊增祥扣押吳祿貞之事，係根據劉厚章、鄭正《鄂西籍近代文學家——樊樊山生平紀略》一文誤記而來，劉、鄭一文將樊扣留陝甘總督密使一事張冠李戴到吳祿貞頭上，於理不合。吳祿貞是樊增祥耳目，怎可能將其扣押，釋放後又令其入京為自己打點？此為誤記。

第五章　避居海上與民初仕途

第一節　逃跑藩臺與樊園「超社」

　　光緒三十四年（1908）六月，在朝廷多位大員的爭取之下，樊增祥開復，授江寧布政使。來到古城江寧府，與老友、老上司兩江總督端方搭檔共事，兩人也是江寧府中級別最高的官員。〔註1〕平日唱酬往來，親若兄弟。端方在兩江總督任上興建中國近代史上第一座公立圖書館：江南圖書館。並委派幕僚繆荃孫爲總辦，負責籌建，樊增祥因此與繆荃孫熟識。端方督兩江期間，多以江南名士充爲幕僚。繆荃孫、李葆恂曾爲其編著《壬寅銷夏錄》，況周頤與李詳則爲其編《陶齋藏石記》。並創辦「江楚編譯官書局」，由繆荃孫任總纂，聘李詳爲幫總督纂。

　　李詳（1858～1931）字審言，中年又字愧生，號枚叟，輝叟，江蘇興化人。廩生。在駢文、方志、金石、目錄、選學等方面成績斐然。著有《學制齋駢文、文鈔》等，1989年江蘇古籍出版社輯其文稿著作編爲《李審言文集》二冊。

　　樊增祥到寧後，繆荃孫有意引薦李詳結識樊山。樊山也久聞李審言製駢文乃一絕，有意招入門下。怎奈李審言多年場屋困頓，生活潦倒，氣量狹仄。與樊山詼諧、外向的性情格格不入，最終不歡而散，後李審言向樊增祥索要駢文稿，遭拒，李審言記恨在心。民國後，二人同寓上海，樊增祥託沈

〔註1〕 江寧將軍亦駐江寧。江蘇巡撫駐節蘇州，江蘇學政駐在江陰，江蘇布政使、按察使亦駐蘇州。江南提督駐松江府。

曾植等代爲招攬，李審言記前仇，仍舊不爲所動。直至 1930 年（庚午），沃丘仲子在上海刊印《當代名人小傳》，在「文人」門將李審言與潘飛聲同傳，並言：「往樊增祥有詩：『新知喜得潘蘭史，舊學當推李審言』（按：原文無新知舊學等語，據他本補）二人因得名。然審言鑽研漢魏，文質並茂，豈飛聲之比？……」。〔註 2〕李詳在看到不明究竟的費行簡將自己與樊增祥扯上關係，極度不悅，不惜以長文記敘自己與樊增祥二十年來的種種恩怨糾葛，以正視聽。

《書樊雲門方伯事》

樊雲門方伯官寧藩，甫視事，繆藝風先生勸余謁之，曰：「子老且病，須被人吹噓，盍以駢文稿示我，當爲先容。」後月餘，余往謁之。問：「鄉試幾次？」對：「九次。」曰：「沉屈矣！」又問：「受知係何學使？」余曰：「入學爲瑞安黃侍郎，補廩爲長沙王祭酒。」曰：「俱是名師。」又云：「前見大作駢文，甚古。譚世兄尚在我署內。」蓋見余駢文前有譚復堂先生序也。又曰：「江北有顧清谷先生，善駢文，見過否？」余曰：「《方宦酬世文》見過。」又曰：「顧耳山先生是兄弟薦於鹿芝軒中丞者。」余起謝云：「顧爲姻親。渠奉母諱留陝，不得歸。當時只知陝西主考泰州同鄉黃君葆年所薦，不知爲方伯也。」又曰：「此時不尚風雅，但知愛、比、西、地字母耳。」余因進曰：「江寧藩司自許仙屏先生升任去，尚未有講求文字者，方伯可以提倡提倡。」樊唯唯。余出告友人王君宗炎。曰：「子稱謂太抗，當稱大人。」余笑曰：「渠大人，我小人耶？」後友告：「樊方伯好收門生，不見某君齒遜樊二年，新經拜門，委辦南洋官報局，歲可得數千元。」余曰：「繆藝風先生可謂知己，余尚未執贄門下，何況樊山？」某君既辦官報，果獲數千，存儲寶善源，折閱泰半。余告友人：「若如君言，得錢亦不可保，門生名前洗不去矣。」余見樊山後，樊有詩寄藝風，末句「可有康成膩恰無」，蓋用《世說·輕詆篇》：「著膩顏恰，逐康成車後。」戲藝風即以戲余，遂薄之不往。而索回文稿甚亟，樊棄之，不可得。藝風一再函問，不覆。藝風覆余書云：「前日方伯談次，尋大作未獲，雜入文書中矣。昨又函催，亦未覆也。」余復作書求之，亦未答。因知樊忌前害勝，蓋效王恭

〔註 2〕沃丘仲子《當代名人小傳》（下），《近代中國史料叢刊》三編第八輯。

帖箋故事，且復仿吾家昌谷中表投溷之舉，益太息，謂爲夙憾。改
革後，樊遁上海，余復館滬。徐積余觀察謁樊出，問何往，云將候
李審言，樊似有眷眷意。徐勸余往見，余不可。藝風又告：「雲門知
君在此，曰李是行家，稱之者再，君可趨樊一談。」余又不可。後
沈乙庵語余：「雲門約我及散原打詩鐘，君可同往。」余以事辭。樊
名滿天下，後生小子唯樊爲趨向。友人官京師，鈔示樊山近詩，有
『新知喜得潘蘭史，舊學當推李審言』語，以是爲重。數年後，上
海有《當代名人小傳》出。其文人一門，有李審言潘飛聲同傳云：「往
樊某有詩，二人因得名」。余之得名，非由樊始，海內先達，可以共
證。然亦見世上擁樊者多，若以余一窮秀才，樊由庶常吉士官至藩
司，一言之譽，足以定評。豈知余素不嗛於樊耶？樊今年八十有五，
余今年七十有二，各有以自立，亦各不相妨。恐讀《當代名人小傳》
者不知余與樊山本末，故備書之。亦以見江寧藩司，自許屏仙先生
去後，馴至亡國，無一人可繼也。庚午四月。〔註3〕

　　樊增祥是惜才、愛才之人。舉凡同光朝能文善詩之人，樊山幾乎均有交
誼。《樊樊山詩集》中絕大多數均爲往來互贈唱酬詩歌，也可以反映樊增祥喜
好結交文人名士。江蘇名士李詳審言面見樊增祥，樊以老前輩自居，意圖
通過科舉年輩來引導李審言，希望其拜入己門下。卻不料李審言偏偏忌諱人
言科場年輩，可能是九次鄉試經歷帶給他極度痛苦的記憶，因此樊增祥幾
次「循循善誘」：推出共同的朋友譚獻、江蘇學政黃體芳、暗示自己曾提攜過
李的姻親顧曾烜等等，卻得不到李審言的任何回應，相反卻招來李詳的厭惡。
參照李慈銘，不難理解李詳的心理——學識名聞江南，卻沉沉下僚，場屋蹭
蹬，爲人所欺。樊增祥的積極招納得不到李審言回應，只好作罷。樊山又有
藏人書稿不奉還的惡習〔註4〕，得李審言駢文稿，終而未還。李氏屢索不得，
猜測樊山有意爲之，故懷恨在心，兩人遂不相往來。樊增祥一生結交才子名
士無數，性情古怪者如李慈銘等尚能交好，於李詳卻無法結交，是所謂無緣
分也。

　　樊增祥在江寧布政使任上還好打詩鐘爲樂，且好評判他人之作。「蔡伯浩

〔註3〕　《李審言文集》（下），江蘇古籍出版社，1989年版，第968頁。
〔註4〕　後人曾懷疑樊增祥藏匿李慈銘晚年最後十卷日記，並焚毀。後《郇學齋日記》
　　　　發現，樊方洗脫罵名。

觀察乃煌好詩鐘，其官江蘇蘇松太道時，尤喜爲之。與幕賓競字鬥格，擊缽相催，一聯既成，電傳金陵。樊雲門嘗爲之評判甲乙，誠可謂極文人之好事矣。」〔註5〕

　　嚮往江南多年的樊增祥〔註6〕，如魚得水。孰料好景不長，宣統元年（1909）端方調直隸總督，樊增祥護理兩江總督。很快，新任兩江總督張人駿、江寧將軍鐵良（原陸軍部尙書）到任。1911 年 10 月 10 日（公曆），武昌起義爆發。醞釀了幾十年的革命力量迅速蔓延，長江一線各地紛紛宣佈革命、「獨立」、脫離清廷。江蘇省各地起義風起雲湧，江蘇巡撫程德全與民軍妥協後宣佈起事，被推舉爲江蘇都督。此時的江寧府卻是戒備森嚴，總督衙門衛隊試圖起事被發現，遭到鎭壓。不久，蘇、滬、浙各地聯軍合圍江寧府，兩江總督張人駿、江寧將軍鐵良、江南提督張勳指揮清軍拼死抵抗。江寧布政使樊增祥在城中坐立不安，心神不寧。12 月 2 日（公曆）江寧城破，張人駿、鐵良乘日艦逃往上海，退入租界，張勳敗走徐州。城破之前，眼看局勢危急的樊增祥攜帶布政使關防逃離江寧，奔入上海租界。張勳令江蘇候補道、署江寧提學使兼兩江師範學堂監督李瑞清代署江寧布政使，協助守城，「宣統三年，武昌亂起。江寧新軍亦變，合浙軍攻城。官吏潛遁，瑞清獨留不去，仍日率諸生上課如常。布政使樊增祥棄職走，以瑞清代之。急購米三十萬斛餉官軍，助城守。設平糶局，賑難民。」〔註7〕清廷任命李瑞清署理布政使的電報於 12 月 5 日發到時，江寧已「光復」，爲革命黨人所掌握。李瑞清將藩司工作交卸後，隻身到上海，著道士裝束，自號「清道人」，「城陷，瑞清衣冠坐堂皇，矢死不少屈。民軍不忍加害，縱之行。乃封藩庫，以鑰與籍囑之士紳，積金尙數十萬也。自是爲道士裝，隱滬上，匿姓名，自署曰清道人。鬻書畫以自活」〔註8〕。李瑞清在上海租界遇到避難的樊增祥後，依然斥責樊增祥「不忠」的逃跑行爲。劉成禺記載甚詳：

　　　　辛亥革命，張勳守南京，樊樊山爲江寧布政使，攜印渡江潛
　　　　逃。李梅庵時爲提學使，奉張命署理藩司，蓋張勳與梅庵爲江西同
　　　　鄉，梅庵且曾誓死不走也。但布政使銅質關防已被樊山攜走，不得

〔註5〕《清稗類鈔》「文學類」，「蔡伯浩好詩鐘」條。
〔註6〕樊增祥授浙江按察使時極爲興奮，可惜未赴任而改派。
〔註7〕趙爾巽《清史稿》卷四百八十六，列傳二百七十三，中華書局本，第 13437 頁。
〔註8〕同上。

已，刻一木印，執行司職權。會張勳敗走，江寧入民軍手，梅庵乃
將藩庫存餘二百餘萬現款點交南京紳士保管，隻身來上海，易名清
道人，鬻書自活。樊山亦避地上海，兩人以前後藩司之故，銅印木
印之嫌，各避不見面。兩方從者，不免互爲誚讓之詞。樊方謂李攜
藩庫鉅款來滬，李方謂樊攜印逃走，且有向樊索取原有關防之説。
時湖北軍政府派代表來滬，公請樊山回鄂，主持民政省長，樊山辭
之（其時禺亦爲軍政府邀請樊山代表之一）。李方揚言，如樊山回
鄂，宜先將江蘇藩司印交出。散原老人聞之曰：「清廷遜位，屋已焚
折，各房猶爭管家帳目耶？」乃公斷曰：「銅印如存，留在樊家，作
一古董；木印已灰，事過景遷，何必爭論。」聞者咸謂散原老人可
謂片言折獄。〔註9〕

　　樊增祥逃跑時帶走江寧布政使銅質關防，署理布政使的李瑞清只好緊急
用木刻代用。歸滬後，兩舊臣不相往來，李瑞清鄙薄樊增祥棄職逃跑的行
爲，樊增祥誹謗李瑞清私吞了藩庫的鉅款。民國成立，湖北地方邀樊增祥回
鄂任職，李瑞清以清廷「忠臣」的身份嚴詞要求樊增祥交出布政使關防，樊、
李二人一時勢如水火。最終還賴陳三立出面調解，言清廷已亡，關防還有何
用？才算是平息了這宗公案。後樊增祥與李瑞清捐棄前嫌，常相往還，不過
談論的話題或爲生活瑣事「熱腸得助新嘗荔，病齒猶酸怕食梅」〔註10〕，或
爲閒情雅致「與君對酒論書畫，上藥須求特健方」。〔註11〕絕口不談過去恩怨
與現今政治。

　　1912年，民國政府成立，南北議和後，清帝遜位。新生的共和國開始運
轉，各地均推舉鄉賢任新政府官員。湖北軍政府發現恩施人樊增祥並未公開
與革命爲敵，且曾任清政府要職，於是向南京國民政府請令委任樊增祥爲民
政長，6月18日已決定遷都北京的南京國民政府依然簽發命令，「任命樊增祥
爲湖北民政長」。〔註12〕劉成禺作爲民選代表前往上海，請樊增祥「出山」履
職。此時的樊增祥仍舊以「忠貞」自居，拒絕了新政府的任命，在滬上與來
此避難的「遺老」們盼望著某天清廷捲土重來「復辟」皇朝。

　　王森然認爲樊增祥拒絕新政府的任命，並不是因爲他對滿清統治者的

〔註 9〕　劉成禺《世載堂雜憶》「逋臣爭印」條。
〔註10〕　《夏日過子培樓居遇李道士》，《樊山集外》卷四。
〔註11〕　《與李道士飲酒樓》，《樊山集外》卷四。
〔註12〕　尚秉和《辛壬春秋》辛壬大政紀第一下，民國十三年刻本。

「忠君」感情，而是因爲種種複雜關係難以平衡，民國之官並不如前清之吏易如也，「黎元洪薦爲民政長，堅不赴，人咸稱其高尚。然增祥已擁厚資，起華屋租界，其子若孫，亦分據要津，且是時民黨方用事，議會跋扈，官吏至不易爲，宜其堅辭矣。」〔註13〕況且樊增祥作藩臺多年，資本雄厚（從前文樊山託人賄賂慶親王，出手即 2000 兩可知其經濟寬裕）。在租界期間，樊增祥起初居住在靜安寺一代，係從洋人手中買下的莊園，《別靜安寺舊居》小注：「賃此宅者爲一西婦，賢明能華語，內子與訂餐桂之約」。〔註14〕然而此宅「佔地二十餘畝」過於寬大，「頗勞警備」。樊山一家住在類似於西歐莊園大小的別墅裏，這樣的生活自然不會去計較是否需要出山「養家」。此時的樊增祥與陶在銘再不必像早年那樣，「爲貧而仕」了。遺老、寓公的生活亦非常愜意。1913 年，樊增祥在周樹模建議下，搬離靜安寺，購新宅於虹口寶昌路。樊增祥對新宅裝修之華美讚不絕口，「門戶謹嚴庭樹美，高華不似腐儒家」下小注：舊居計地二十餘畝，頗勞警備，此宅僅三餘畝，而精嚴過之。（《去年乙庵有移居四律余八疊韻和之頃於五月二十六日移寓寶昌路新宅亦賦四詩索同社和》）〔註15〕

　　詩人樊山在安逸的生活環境中，並無意進行政治、歷史反思，而是寄情於山水，心情極爲放鬆，《清波引》序：「每日平明，嬌鳥哢晴，千啁百囀，綠煙始泮，天宇空濛，正於此時得乾坤清氣，特塵夢中人不知耳。余自居海濱，夜常不寐，目娛晁景，耳熟好音，在官時無此樂也。賦此質乙庵、汐庵、古微。」〔註16〕閒適之意頗似度假旅遊。他也常常「顧影自憐」、自我欣賞「東國畫師渾不信，剛如四五十年人」（《自題六十七年畫像四首》）〔註17〕樊山的「自戀」心態由來已久，光緒二十一年（1895）的《五十自述》詩第一首，就不無得意的炫耀：「明鏡未生新白髮，胡床未改舊青氈。」〔註18〕「只餘一事恢人意，五十平頭鬢未華」（《偶檢敝篋得三十三歲小照感賦》）〔註19〕有人恭維他半百老翁面容年輕，樊山會開心的記錄下來向人炫耀：「雁來

〔註13〕王森然《樊增祥先生評傳》。
〔註14〕《樊山集外》卷四。
〔註15〕《樊山集外》卷四。
〔註16〕《樊山集外》卷六。
〔註17〕《樊山集外》卷五。
〔註18〕《樊山集》卷二十七。
〔註19〕《樊山續集》卷二十五。

時候紅於錦，信有花叢老少年」(《或見余照像以爲四十許人戲賦》) 〔註20〕
五十歲以後的樊增祥，時不時作一首「自戀」的詩炫耀自己駐顏有術：「我
年三十時，人謂始弱冠。迄今逾耳順，猶作不惑看。」(《題小照》) 〔註21〕
樊增祥一生愛「照像」，存二十一首照像詩，其中又有十一首是寫自己照像
的。詩人樊山異常敏感於自己的容貌變化、害怕衰老的心理於此可見一斑。

　　舒適的生活、求長壽懼衰老的心理，使得樊增祥對人生的看法漸趨平
和，傾向於道家的惟任自然、不忮不求。他在爲陳三立的壽序中也表現出租
界遺老的這種普遍心態：

　　　　世界歷數千年，而偶値此共和之運；君閱六十年，而偶入自由
　　平等之天；吾作文五十年。而偶有此不古不今、吐故納新之作。要
　　之，此亦非吾文，天欲自發其報施不爽，與夫盈虛消長之原，吾偶
　　代蒼蒼者司筆札耳。

　　　　吾用乙庵之言，以辛亥季秋爲限斷，分樊山前後兩集，集中壽
　　言，自祝張文襄師七十後，越七年復壽散原。師友二人，一以偉業
　　豐功，爲前集之殿；一以文雄詩史，開後集之先。吾師吾友，何假
　　吾文以傳？吾自附師友傳耳。倘所謂偶然得之者非耶。君風情精力，
　　與余相似，顏狀如四十許人。今海上同人，若乙庵、旭莊、節庵、
　　石甫諸君，皆年在五六十以上，與君同爲老成典型。閱世數十年，
　　宿草晨星，消沉殆盡。我此數子，皆經彼蒼之千磨百鍊，以有此康
　　強逢吉之身，此商顏之芝，首山之薇，酈潭之菊，青神之杞，所以
　　供其服食而延其年壽者也。君一人壽，其友皆壽，豈非天意也哉！

　　(《陳考功六十壽序》) 〔註22〕

　　樊增祥還強調讓陳三立、沈曾植、王仁東、梁鼎芬、易順鼎及自己能夠
「延年」、「強身」的除了飲食起居外，還有「首陽山采薇」般的對清室堅定
不移的「忠貞」之志。這種精神力量也是支撐很多遺老保持自己「氣節」的
基礎。梁鼎芬在民國後尚付「門包」予太監以晉謁遜帝溥儀，〔註23〕並不是
迂腐、冥頑不化的表現，而是爲虛幻的「道義」理想獻身之行爲。

　　樊增祥居滬期間，與王闓運多有過從。王闓運（1833～1916）晚清經學

〔註20〕《樊山續集》卷二十。
〔註21〕《樊山續集》卷二十四。
〔註22〕《樊山集外》卷七。
〔註23〕見邵鏡人《同光風雲錄》。

家、文學家。字壬秋，又字壬父，號湘綺，世稱湘綺先生。咸豐二年（1852）舉人，曾任肅順家庭教師，後入曾國藩幕府。1880 年入川，主持成都尊經書院。後主講於長沙思賢講舍、衡州船山書院、南昌高等學堂。授翰林院檢討，加侍讀銜。辛亥革命後任清史館館長。著有《湘綺樓詩集、文集、日記》等。

樊增祥對一代文壇盟主王闓運也是傾慕已久，青年時代即有投拜之意，《四題湘綺樓集》：「往年交臂春明路」下注：辛未會試，擬謁先生未果。〔註24〕光緒三十一年乙巳（1905），王闓運曾往秦地遊覽，陝西布政使樊增祥極盡地主之誼，迎送頗為恭敬。《湘綺樓日記》光緒三十一年十月晦日：「（至長安）云藩臺自出郊迎。……與樊談至二更。」十一月朔日：「叔公已至，云當往賀樊生……樊果未興，逕入客座，久之乃便服出談。要至書案邊看字畫。又久之乃吃麵而出。」七日：「樊仍前送至霸橋。」〔註25〕鼎革後，樊山寓居滬上，王闓運亦常來申城住，遂多有交遊。樊增祥曾贈詩王湘綺的兩地生活，「眼福雙收早晚梅」下注：公在滬探梅，還湘，晚梅未落也。（《送湘綺丈》）〔註26〕。1913 年，樊增祥喬遷寶昌路新居後，王闓運為其命名「樊園」〔註27〕。

樊增祥在上海的生活，沒有繁忙的公務，空閒不少。樊增祥與遺老們的主要娛樂就是「打詩鐘」。據《清稗類鈔》「文學類」「詩鐘叢話」：「至詩鐘二字，則取擊缽催詩之意，故又曰戰詩」。樊山就曾常與遺老詩友相約戰詩：「癸丑七月望，余方起盥櫛，節庵持傘徒步而來，曰：伯浩昨夕至，約吾兩人戰詩。余曰不可無伯嚴。節庵折簡招之。飯畢而伯嚴至。伯浩居提籃橋，距寶昌路約十里。三人乘小車往。清風滿衣，雖烈日在上，不畏也。及門，伯浩昆季蕭客。余幾不識。昔君鬚髮蒼白，今乃獼薙俱淨。伯浩自言僧也。節庵曰：尼也。相與大咍。就坐，茶話一晌，即發題構思。余創四人輪閱之議。僉曰：可。」〔註28〕文字遊戲雖無多少價值，但也算是遺老們消磨時間的娛樂吧。

〔註24〕《樊山集》卷十八。

〔註25〕《湘綺樓日記》，第 2692～2694 頁。

〔註26〕《樊山集外》卷四。

〔註27〕「園以樊名湘綺翁，以樊名寺記清容」《去年乙庵有移居四律余八疊韻和之頃於五月二十六日移寓寶昌路新宅亦賦四詩索同社和》，《樊山集外》卷四。

〔註28〕《樊園五日戰詩記》。

　　前清遺老在避亂逃到上海之初，團體中瀰漫著一股悲傷的氣氛。樊增祥曾爲吳士鑒題詞《九鐘精舍圖》：

　　　　「第一鐘，魯原遺篆刻螭龍，萬年永寶雲仍用，筋頭垂玉，土花繡綠，曲阜古城東。第二鐘，翰林得寶似弘農，南齋書畫勤供奉，花磚散直，墨池洗硯，辛苦校魚蟲。第三鐘，翰林考據阮兼翁，高齋彝鼎多清供，榮猿製作，蒲牢款識，聲採滿寰中。第四鐘，吉金摹入剡藤中，蒼然萬竹瀟湘夢，國香九畹，靈文九曜，看畫捲簾櫳。第五鐘，姒庭簋簴不成龍，鼓聲北向山陵動，湘靈鼓瑟，漸離擊筑，非復舊笙鏞。第六鐘，液池鵷鷺散秋風，天津橋畔聞鵑痛，雁門踦矣。西山傾矣，聲應洛陽銅。第七鐘，老萊衣彩返江東，白華詩好吹笙送，臣忠子孝，華鯨一吼，棒喝震群聾。第八鐘，回思長樂一林楓，聞鐘醒了春婆夢，玉堂天上，黃冠海角，開卷意何窮。第九鐘，紀群間著不才融，東南耆舊如星鳳，休休亭裏，打鐘掃地，莫唱白兒翁。」跋云：「九鐘出於己酉，圖作於庚戌，余題辭在壬子。三四年間天崩地坼，九廟龍簋，震虩不寧。黃浦相逢，同悲彼黍，以九張機舊調寫之，其聲哀以思矣。」〔註29〕

　　吳慶坻讀來傷懷無比：「自第五章以下，假物抒懷，撫今追昔，蓋不勝故君亡國、漂搖風雨之悲。水雲捶琴，臯羽碎竹，同茲激楚，益復纏綿，我讀之淚涔涔下也。」

　　遺老們普遍都有「負罪、自虐的心態」〔註30〕，在感傷的「黍離」情緒籠罩下，遺老們對前景和未來感到茫然，外面世界革命形勢風起雲湧，中國正在由傳統社會向現代社會快速轉型，遺老們隱隱感到一絲被拋棄的孤獨感。民國初期天津、上海的租界是政治失意的「寓公」們的避亂之處。天津寓公多爲民國政要，因權力鬥爭失敗，暫時下野，伺機而動，謀求出山，捲土重來。「隱居」天津租界，更像是作「山中宰相」，人不在其政，卻仍操縱弟子、門人爲「出山」造勢活動。例如：段祺瑞、黎元洪、曹錕、吳佩孚等人，皆如此。上海「寓公」則不同，他們多爲前清政要，年齡偏大，以守舊的文官爲主，和新共和國沒有絲毫瓜葛。「出山」爲政一來有違「禮義」道德，

〔註29〕吳慶坻《蕉廊脞錄》卷六「九鐘」，中華書局，1990年版，第183頁。
〔註30〕王雷、陳恩虎《民國初年前清遺老圈生存心態探析》，《史學月刊》，2005年第3期。

二來缺乏朝野力量的支持。因此，各位寓公，遂口不言政局，卻心不離廟堂，奈何無法參與。這恐怕是他們的真實心理。

相同的孤獨感讓這些本就關係錯綜複雜的遺老們有了結社抱團的基礎。再加上已有部分遺老成立小團體活動多時（上文的《樊園五日戰詩記》即為一例）。所以，遺老們很快就決定結社活動。1913年2月，舊曆新年後，樊增祥發佈一則啓事《超然吟社第一集致同人啓》：

> 孫卿氏曰：「其為人也，多暇日者，其出人不遠矣。」吾屬海上寓公，殷墟犁老，因蹉跎而得壽，求自在以偷閒，本乏出人頭地之思，而惟廢我嘯歌是懼，此超然吟社所由立也。
>
> 先是，止菴相公致政歸田，築超覽樓於長沙。今者公為晉公，客皆劉白，超然之義，取諸超覽。人生多事則思閒暇，無事又苦岑寥。閉戶著書者，少朋簪之樂；征逐酒食者，罕風雅之致。惟茲吟社，略仿月泉，友有十人，月凡再舉，畫夜兼卜，賓主盡歡。或縱清談，或觀書畫，或作打鐘之戲，或為擊缽之吟，即席分題，下期納卷。視真率之一蔬一肉，適口有餘；若《五經》之五飲五羹，取足而止。
>
> 今卜於二月十二小花朝日，在樊園為第一集，加未必來，抵亥始散。〔註31〕

樊增祥招集在滬遺老於農曆二月十二日（3月19日）小花朝日，在樊園集會。後因隆裕太后突然辭世（2月22日，農曆正月十七），遺臣為其守喪哀悼一月，會期只得推後。原定時間的十天後（農曆二月二十二，公曆3月29日），樊增祥組織遺老們展「花朝日」集會於樊園，「超然吟社」由此成立。樊增祥主持用「東」韻作「杏花歌」。〔註32〕十天後，超社在樊園第二次雅集，樊山仿《蘭亭集序》作《三月三日樊園修禊序》，以今之遺老比於東晉南渡諸公：

> 旅滬之第三年，歲在癸丑，三月三日，超然吟社諸公，仿蘭亭修禊故事，集於樊園。自永和九年至今，歷二十七癸丑矣。……乙菴則謂事同王謝，故當詩仿蘭亭，爰約同人，各賦五言七古詩二首，

〔註31〕《樊山集外》卷七。
〔註32〕《展花朝超社第一集樊園看杏花歌限東韻》下注：初擬小花朝日宴集，因追悼隆裕太后後展期。（《樊山集外》卷二）。

一人兩詩，亦蘭亭例也。……

　　竊謂今日之會，與蘭亭同之者三，異之者四，勝之者一。……

　　超社同人，最多尊宿：相國英絕領袖，爲今晉公。乙庵體包漢
唐，義兼經子。藝風抗聲於白傅，散原振采於西江。琅琊兄弟，愁
遺一個；延陵父子，奕葉重光。京兆翰林，標八閩之儁；中丞給諫，
翹三楚之英。僕雖無似，而豎義常豐，述情必顯，竊附諸公之末，
微有有一日之長。……〔註33〕

　　通過樊增祥以上兩篇文章，可以知道。超社，以瞿鴻機爲魁首（官職最
高者），沈曾植、繆荃孫、陳三立、樊增祥爲骨幹，成員有：王仁東（原籍福
建，但取其郡望「琅琊王氏」，王仁東長兄王仁堪早歿），吳慶坻、吳士鑑父
子（延陵爲古吳國故地），沈瑜慶（福建人，曾任順天府尹），周樹模、左紹
佐（均爲鄂籍，周曾任黑龍江巡撫，左曾任監察御史）。兩次雅集均爲十一人。
超社全稱超然吟社，「超然之義，取諸超覽。」是以瞿鴻機在長沙的寓所「超
覽樓」命名，也間接說明了超社的核心人物是曾官至協辦大學士、軍機大臣、
外務部尚書的瞿鴻機。而樊增祥是主要召集人和最活躍的成員。

　　組織成立超社並不是樊增祥第一次加入詩社，早年在京城，樊增祥即參
加李慈銘的「盍簪社」。〔註34〕丁內憂、居陝休養期間又與譚廛、顧曾烜等組
織成立「青門萍社」。〔註35〕活動延續近十年。〔註36〕這次成立的「超社」，
從宗旨到成員都不同於樊山早年參加的詩社。首先，超社成員多爲貴官，且
多出身翰林，屬於「高端」詩社。其次，超社成員雖爲同齡人（繆荃孫年齒
最長，生於1844年，隨父入社的吳士鑑最幼，生於1868年），但在避居上海
前，彼此交誼並不多。（樊增祥之所以成爲召集人，因其與沈曾植同門、王仁
東舊交、繆荃孫同僚、瞿鴻機舊識）遺老是因爲避難而彼此交熟的。再次，
超社的創作有意迴避政治，多談風月，「超社十言九言花」、「試問東野十詩九
言愁，何如淵明十詩九言酒。」（《四月既望沈觀補乙庵伯嚴及余公宴健齋參

〔註33〕《樊山集外》卷七。
〔註34〕《六月初三夜熱不能寐檢越縵集有小暑聞蟬詩因次其韻》，《樊山續集》卷二十四。
〔註35〕「余嘗於西屛、晴谷諸君爲詩會，號曰青門萍社。」《禹鴻臚爲劉西谷先生畫風雨連床卷子有陳午亭徐亮直查初白王樓村諸老輩題詠癸巳小除日得於渭南因次徐韻二首》，《樊山集》卷十九。
〔註36〕「自余戊戌入都，萍社遂散，邇來酬唱復盛」《秋景迴文》，《樊山續集》卷二十三。

政於樊園止菴濤園節庵旭莊詒書俱來會園中芍藥玫瑰盛開輔以西洋雜花爛如雲錦罷作歌》）。〔註 37〕所以，超社是遺老們客居滬上時，排解愁悶，尋找舊時感覺的一個以娛樂爲導向的文學社團。

超社在初創時，雅集頻繁，到當年六月十二日（7 月 15 日）黃山谷生日時，已雅集七次。〔註38〕但是隨著 1914 年，成員中的鄂籍三人離去，超社也銷聲匿跡。由瞿鴻機主導的「逸社」取而代之。〔註 39〕

第二節　從「三朝元老」到「楚中三老」

樊增祥本以「遺臣」自居，拒絕湖北民政省長之職，在遺老圈子裏口碑極佳。然而卻在寓居 3 年後，「出山」北上，接受新政府的任命。這讓很多人難以理解。其實要發掘樊山於民初的心理變化，就不能不提易順鼎其人。

易順鼎（1858～1920）字實甫，亦作實父、碩甫、石甫，又字仲碩，號哭盦，亦作哭庵。湖南龍陽（今漢壽縣）人。光緒元年（1875）恩科舉人。以捐納記名知府。後遷廣西右江道，署理太平思順道。後被岑春煊參去。開復後授廣東廉欽道，署廣肇羅道、高雷陽道。辛亥後，由廣州逃至上海避難。易順鼎仕途坎坷，科舉時參加會試五次均下第。靠父親易佩紳（貴州按察使、山西、四川、江蘇布政使）先捐刑部郎中，再捐試用道員。及至得「按察使銜」賞「二品頂戴」後，仍難得一實缺外放。光緒二十五年（1899），同爲張之洞門生，卻無緣相識的樊、易在京師不期而遇。相互贈詩後，詩文往來遂不斷絕。庚子都下奇變，樊增祥任「行在」政務處提調，易順鼎曾希望通過樊增祥開啓晉升的渠道。無奈，易順鼎「詩人」之名過於昭著，榮祿不信任其實際辦事能力，易順鼎最終空手而還。光緒二十八年（1902）年底，易順鼎才得到一個實缺——廣西右江道。從此後，易順鼎任職多在兩廣，與樊增祥見面漸少。直到辛亥後，易順鼎返滬，二人又開始唱和宴遊。

易順鼎在 1912 年先作《告剪髮詩》，既而又作《不剪髮詩》。時人不解其矛盾如此，樊增祥作《石甫作剪髮詩又作不剪髮詩見者不解吾以詩解之》詩

〔註37〕《樊山集外》卷二。

〔註38〕《六月十二日山谷生日超社第七集乙庵治具會於泊園觀宋刻任天社內集詩解用集中演雅詩韻》，《樊山集外》卷二。

〔註39〕詳見朱興和《超社和逸社：被歷史遺忘了的文化遺產》，《古代文學理論研究》第 30 輯，華東師大出版社，2010 年版。

嘲諷易順鼎：「子之矛陷子之盾，世人那得知其故。……從來錦瑟解人難，我作毛箋與鄭注。……時人勸君彌薙久，梱內之言曰否否。……除非姜作瑤光尼，方許君爲桑門友。……掛冠已失鶴頂丹，（君最惜珊瑚頂）抽簪幸保鴉頭黑。……幸哉君能用婦言，身體髮膚無一失。」〔註40〕易順鼎少樊增祥12歲，且科名遠下之。樊、易又性情投合。因此樊山常常在詩中揶揄嘲諷易順鼎，易順鼎知其無惡意，也樂於接受。二人往來詩作，戲謔之語比比皆是。這首揶揄易順鼎的詩，樊增祥指出易順鼎本欲隨「革命形勢」剪髮維新，但無奈於易妾「琴人」不許，易只好作罷。易順鼎素以「好色」而聞名，放浪不羈，且口無遮攔，語不驚人死不休，曾作詩：「君生五十五年矣，乃云我生今歲始」樊增祥應和他：「今我猶是故我姿，頭童齒豁寧馨兒」。（《閱石甫中秋詩戲書其後》）〔註41〕二人往來詩作不拘禮法，放言無忌的風格在後來也招致時人的批評。

1913年，樊增祥在上海樊園組織超社雅集時，易順鼎卻在京師參與另一場雅集。梁啓超招集名士文人在京師萬生園修禊。

「癸丑上巳，梁任公集名流鄭叔進、王志庵、李木齋、顧亞蘧、袁珏生、楊昀谷、姚重光、易實甫、夏午詒、嚴又陵、陳翼年等數十人修禊京師萬生園，觴詠流傳，不減山陰蘭亭之會」。〔註42〕

與上海遺老們的沉悶氣氛不同的是，司法總長梁啓超招集的京師萬牲園的修禊體現了新派作風，是民國新貴文人的一次聯歡。到會的據說有四十餘人，既有易順鼎這樣在前清不得志的官員，也有顧瑗這樣的舊時翰林，還有嚴復一類的改革人物。京城作爲行政首都，再次成爲民國初年的文化中心。

躋身民國新貴中的易順鼎，變得愈發放曠。在京城捧角入迷，爲幾位當紅女伶作歌《數斗血歌爲諸女伶作》，並寄示樊山。好爲豔詩的樊山自然欣喜異常，卻又故作嘲諷語，作《後數斗血歌》，序：「石甫寄示數斗血歌，余在酒樓，遍示座客。有笑者，有唾者，余獨謂神童之才，實不可一世。叔向所謂革車四千乘，以無道行之，必可懼也。乙庵、散原皆謂自有歌詩詩歌以來，無如此凌亂放恣者，舉世恐無人能作。蓋高者深者不屑，而下者淺者不能也。余笑曰：『我能之。』因作此歌。」樊增祥此作與易順鼎原作可謂絕配，樊山

〔註40〕《樊山集外》卷二。
〔註41〕同上。
〔註42〕《新語林・雅量》。

－123－

確實是最理解易順鼎的人：「此番發憤嘔血何所營？祇為北京舞臺諸女伶。……神童故是英雄真種子，一生貪財好色不怕死。」這是易順鼎小說《嗚呼易順鼎》中對自己的評價。「男子乃是泥作底，女兒乃是水作底。此論賈寶玉發之，張靈拾其餘唾耳。吁嗟乎！神童少不得志不中進士科，老不得志無奈前後廣東總督何。」這是對其命運的總結。「我與君，俱學詩；君與我，同一師（謂張文襄。）我所能者君不能，君能為者我亦能為之。」〔註43〕易順鼎收到此詩後又和一首。

易順鼎在北京的得意，令樊增祥很不安，1912 年易順鼎往來京滬間多次，樊增祥曾以易留在滬的妾「王琴人」口吻多次勸其南歸。還曾自撰小說《琴樓夢》寫石甫與琴人的愛情。樊創作的動機除去遊戲的成分，可能有希望易順鼎往來之間能帶來京城政治的最新動態。樊增祥絕對不是忠貞不貳的孤臣，官癮極大的他一向是「實用主義」。眼看民國建立後，各地恢復秩序，舊時同僚紛紛出山進入新政府繼續為官，樊增祥對此豔羨不已。1913 年秋，「超社」成員周樹模北上，進入徐世昌的圈子，樊增祥有點坐不住了。徐世昌原為清廷樞機重臣，民國後身為「袁黨」的文官骨幹，徐接受袁委任的國務卿之職。易順鼎、周樹模進入徐世昌的圈子後，很快又聯繫到袁氏公子袁克文，這年年末，以袁克文之薦，易順鼎被委任安徽電政局局長。

1914 年，作「忠臣」兩年餘的樊增祥決意北上，重操舊業，為新政府效力。春末，樊增祥到達北京，初來京城，樊增祥仍然猶豫不決，因此與友人交流，常常模棱兩可。王闓運有記：「甲寅年閏五月十四日：雲門北來有日，彼已辭聶館矣。至打磨廠看雲門，寓居門外，以示不久留也。問來意，云：『就乾館』」〔註44〕樊增祥並沒打算久留，對能否出山，還在觀望。葉昌熾評論樊增祥北上：「聞樊山已應聘，舊人新官，從此一錢不值矣。」〔註45〕1915 年初，樊增祥已然站穩腳跟，在袁世凱北洋政府正式任職。葉昌熾記：「樊山毅然入都供職，兼參議顧問兩官，又兼清史館，其婦來尼之，絕裾而行，寐叟填鷓鴣天一闋嘲之。」〔註46〕樊增祥出任總統府顧問。又在王闓運任館長的清史館兼職，標誌著樊增祥「出山」，成為在前清光緒、宣統及民國北洋政府均擔任過公職的「三朝元老」。

〔註43〕《樊山集外》卷二。
〔註44〕《湘綺樓日記》，第 3317 頁。
〔註45〕《緣督廬日記》甲寅年閏五月初六日，江蘇古籍出版社，2001 年版。
〔註46〕《緣督廬日記》甲寅年十二月初一日。

樊增祥在北京聯絡上易順鼎、周樹模後，順利結識袁克文、徐世昌等人，「項城每有賜予，必具文申謝，務極工麗，以稱述感激。乙卯，去之京師，充袁政府參政院參政，寵禮備加，日從袁克文賦詩徵歌，或偕易順鼎等觀劇，放浪狎邪，不修邊幅。」〔註47〕徐世昌成立晚晴簃詩社，樊增祥也積極參加，「徐弢齋設晚晴簃詩社於公府，入社者有周沈觀、樊樊山、易哭庵、傅沅叔、鄭叔進、王書衡、吳士紲、郭小麓、許季湘、傅芷薌等數十人，觴詠不絕，佳句時傳，將使蘭亭絕唱長在人間，柏梁聊吟重來臺上，風雅道衰之際，此為最難得之韻事也」。〔註48〕

1914 年 5 月，袁世凱解散國會，設參政院，樊增祥被聘為參政。樊增祥逐步捲入袁世凱復辟帝制的「洪憲鬧劇」中。

> 袁世凱解散國會，設參政院，搜羅清舊臣，國內名流，特聘樊樊山為參政院參政，待以殊禮。樊樊山亦刻意圖報，故參政謝恩摺有云：「聖明篤念老成，諮詢國政，寵錫杖屨，免去儀節。賜茶，賜坐，龍團富貴之花；有條，有梅，鵲神詩酒之宴。飛瑞雪於三海，瞻慶雲於九階。雖安車蒲輪之典，不是過也。」
>
> 世凱宴樊樊山諸老輩參政於居仁堂，宴畢，遊三海，手扶樊山，坐於高座團龍縷金繡牡丹花椅上，樊山視為奇榮。大雪宴集瀛臺，舉酒賦詩，世凱首唱，樊山繼之曰「瀛臺詔宴集」，故謝恩摺及之。〔註49〕

袁世凱積極籠絡前清舊臣，希望為自己的復辟帝制製造輿論，樊增祥成為他手中的棋子，任憑擺佈。樊增祥卻也樂在其中。1915 年底，袁世凱加緊籌備翌年的「登基大典」。袁倒行逆施遭到舉國聲討，蔡鍔、李烈鈞組織護國軍北上討袁。1916 年 3 月，袁世凱被迫宣佈取消帝制。6 月，袁世凱卒，副總統黎元洪繼任。8 月，重開國會。樊增祥經歷了過山車式的政治起落，再次「失業」，於是寫信給黎元洪「求官」。

> 洪憲推翻，黎元洪繼任，樊山以同鄉老輩資格，遺書元洪，求為大總統府顧問之流，呈一箋曰：「大總統大居正位，如日方中，朱戶重開，黃樞再造，撥雲霧而見青天，掃欃槍而來紫氣，國家咸登，

〔註47〕王森然《樊增祥先生評傳》。
〔註48〕《新語林・雅量》。
〔註49〕劉成禺《世載堂雜憶》「樊樊山晚年」條。

人民歌頌。願效手足之勞，得荷和平之祿。如大總統府顧問，諮議等職，得棲一枝，至生百感。靜待青鳥之使，同脣來鳳之儀。」元洪接此函，遍示在座諸人曰：「樊樊山又發官癮。」咸問元洪何以處之。元洪曰：「不理，不理。」

樊山之函，元洪久置不理。樊山每次託人進說，元洪仍嚴詞拒之，且加以責難。樊山等恚甚，又函致元洪，大肆訕罵。函至，元洪出函示在座諸人，其警語有：「將欲責任內閣，內閣已居飄搖風雨之中；將欲召集議員，議員又在迢遞雲山之外。自慚無德，爲眾所棄，唯有束身司敗，躬候判處。大可獲赦罪於國人，親可不賤辱於鄉邦。藥石之言，望其採納。」函中云云，全暗指當時段內閣組織未成，府院已生意見，在京參、眾兩院議員，正群集北京雲山別墅，談恢復國會兩院之條件也。或有勸元洪每月致贈若干金錢，元洪仍不允。故予《洪憲紀事詩》有「老成詞客渭南家，賜坐龍團富貴花。青鳥不歸朱戶閉，茂陵春雨弄琵琶。」即詠此事。〔註50〕

樊增祥由當年黎元洪推薦爲湖北民政省長，堅辭不任，到如今屢次上書求官而不得。「遺老」業已貶值，投機政客的面目被揭穿，樊增祥在政界的名聲一落千丈。1917 年「府院之爭」，「辮帥」張勳趁亂進京復辟滿清，12 天的鬧劇，小朝廷開足馬力封官許願，可是遭遺老唾棄的樊增祥沒有被授予任何官職。樊增祥尷尬的成了新舊黨均不接納的「蝙蝠」式人物。

1918 年，徐世昌當選總統。憑藉與徐的關係，樊增祥再次上表祝賀，並「要官」。

民國七年徐世昌任總統，樊山等又爲賀表，以媚水竹村人，徐乃按月致送薪水。京師遍誦其賀函，且目爲三朝元老。予友陳頌洛，搜集北京舊物之有關掌故者，曾在徐家獲得樊山親筆賀文，並媵以詩云：「明良元首煥文階，會見兵戈底定來。四百餘人齊署諾（兩院議員四百餘人），爭扶赤日上金臺。南北車書要混同，泱泱東海表雄風。七年九月初三夜，露泡盤珠月彀弓。」曲盡頌揚之能事。〔註51〕

徐世昌雖念及舊情，每月贈金，但樊增祥終究沒有再次出山的可能了。樊增祥後又曾向曹錕、馮玉祥上表祝賀「要官」，然而，這些軍人對前清腐儒

〔註50〕劉成禺《世載堂雜憶》「樊樊山晚年」條。
〔註51〕劉成禺《世載堂雜憶》「樊樊山晚年」條。

文官未有絲毫興趣，八十老翁樊山逐漸被後起之秀遺忘了。樊增祥向新貴獻媚之詩，頗有「與時俱進」之味道：「民國十六年春，傅作義困守涿州，及翌年圍解，北伐軍達北京，傅氏奉命招集舊部。樊翁聞之，詩興大發，作詩與傅，文長不錄，末句有『英雄我愛傅將軍』。曾幾何時，人非物是，嗣響無聞，良可慨也。」〔註52〕

　　淡出政界的樊增祥在北京，與兩位「超社」舊友、鄂籍同人左紹佐、周樹模並稱為「楚中三老」。

　　左紹佐（1846～1928）湖北廣水人，字季雲，號笏卿，別號竹笏生。光緒六年（1880）進士，授翰林院庶吉士。歷任刑部主事、員外郎、郎中，都察院給事中，軍機章京，監察御史，廣東南韶連兵備道兼管水利事。光緒十三年（1887），主講經心書院。辛亥革命後，對兩廣總督張鳴岐的投機活動，亦有詳載。1914 年黎元洪薦入國史館，以後便長寓北京。著有《經心書院集》4 卷。並著有《蘊眞堂集》、《延齡秘錄》、《竹笏齋詞鈔》、《竹笏日記》等。

　　周樹模（1860～1925），湖北天門人，字少樸，號沈觀，室名沈觀齋。光緒十五年（1889）進士，官至黑龍江巡撫，兼任中俄勘界大臣。曾與俄國談判勘測邊界，訂立《中俄滿洲里界約》。辛亥革命後任平政院院長；後北洋政府屢請其出任國務院總理，均被其婉拒。著有《諫垣奏稿》、《撫江奏稿》等。

　　樊增祥一生常被與兩人並列稱之，從最早的同榜「三才子」（盛昱、周鑾詒、樊增祥），到後來的「三觀」之一，〔註53〕再到晚年居京時的「楚中三老」。樊山與「三」頗有淵源。

　　「楚中三老」的說法最早見於王揖唐《今傳是樓詩話》：

> 　　楚中有三老之稱，謂樊樊山、左笏卿、周少樸也。三老均為退官詩人。入民國後，又均寓都下，文酒過從，一時稱盛。吾友傅治薌（嶽棻）《和樊山少樸冬日雜詠詩八首》之一云：「城西別有楚人邨，祭酒常推二老尊。剪水方瞳朝對雪，遞詩長鬣夜敲門。名園每共深衣樂，好語多如挾纊溫。晚歲詞情終不退。香山務觀漫同論。」其時樊山、少樸均買宅西城，笏卿則寓南城外丞相胡同。笏卿有《和

〔註52〕王森然《樊增祥先生評傳》。

〔註53〕《端午與旭莊同車訪子培久談作歌貽兩君》小注：節庵自號悲觀，謂沈為怒觀，樊為樂觀。（《樊山集外》卷二）。

樊山少樸治薌夏日雜興八首》之一云：「宣南老屋伏魔東，蝦菜隨時小市通。僧磬屢催歸樹鳥，書釭時引打窗蟲。電飛遙識前山雨，月暈先知翌日風。世事茫茫都不問，此生眞作信天翁。」伏魔謂伏魔寺也。樊山有《同樸公過笏卿共飯》詩云：「閒策羸驂過左家，滿窗晴日綠陰斜。寫詩紙已盈書簏，沽酒錢仍費畫叉。陳毅飯增荒後量，（洪北江有『嘗笑陳古漁，偏到荒年飯量加』之句。）劉蕢菜現榜頭花。（菜榜劉蕢姓倪。）盤餐總有江鄉意，溉釜烹魚椀覆蝦。」少樸有《次答樊山暮春雜興五首》之一云：「弄翰觀書未是慵，案頭稿帙積重重。看山螺子盾新畫，瀉酒鵝兒色未濃。腳力過人能不杖，語音到老尚如鐘。簷花細雨宜春帖，近局嫌無二客從。（自注：二客謂樊左二老。）」又樊山《丁巳除夕雜詩》之一云：「堅坐梅邊左笏卿，杜門惟我共茶笙。僕夫與我兩相語，今日過午猶出城。」讀之均可想見道從訓唱之樂。不圖今日尚有老成典型也。樊、周兩公，名位較著。笏卿一字竹勿，應山人。清季官粵東南韶連道，有政聲。丁卯秋逝世，卒年八十一。詩詞均戛戛獨造。所爲日記，密行精楷，數十年如一日。與樊山交期尤篤，並時楚人中，及與樊山輩行相埒者，笏卿一人而已。〔註54〕

樊增祥結識左紹佐較早，民國後在上海始結識周樹模。周樹模少樊、左十四歲，且科名亦晚十餘年，因此自認爲晚輩。現存 1933 刊周樹模《沈觀齋詩》，係據抄本影印。卷首有《癸酉十二月後學沔陽盧弼序》：「先生自輯近作都凡六冊，經樊樊山、左笏卿、沈子培三先生審定、圈識、眉批、總評。言言眞摯，友誼之篤，世無倫比。樊、左二公詩名遍天下，沈公學識精深奧博，皆不輕許人。獨於先生之詩，推崇備至，可以定先生是集之品題矣。」批註中，又以樊增祥爲多，足見樊山對小同鄉的提攜與幫助。例如，《隆裕太后挽詞》「諸賢元祐今安在，淚灑荒原麥飯時」上有樊山眉批：「寓苦調於莊嚴，發仙音於縹緲，古來后妃輓詩，無此沉痛之作。」〔註55〕

周樹模在詩中也提及樊、左與自己的友誼最爲深厚：「寒中難得友三人」下注：「謂樊山、竹笏及余。」（《和樊山泊園賞菊詩》）〔註56〕，這也許就是

〔註54〕《今傳是樓詩話》第 218 則，第 155 頁。
〔註55〕《沈觀齋詩》第一冊，1933 年影印本。
〔註56〕《沈觀齋詩》第六冊。

「楚中三老」之謂的最初來源。

周樹模此集中有一首《秋日有懷樊山竹笏京師》，將三人在京城尷尬的生存狀態寫得淋漓盡致，飽含著悲苦的情緒，是末路文人的心境寫照：

> 避世金門意苦辛，風流二老對長貧。久瘡已自成凡馬，不噬誰能哺餓麟。發憤爲詩歌當哭，沉冥此世妄非眞。飄零等是知秋葉，一墮京塵一海塵。〔註57〕

樊增祥變賣上海產業，準備在北京的新政府裏大幹一場時，無論如何不會料到「一墮京塵一海塵」般的結局。造化弄人。

〔註57〕同上。

第六章 「豔詩」、京劇與樊增祥的 「人品」問題

第一節 「豔詩」與癡迷戲曲

　　樊增祥晚年寓居北京達 17 年，直到 1931 年去世。這段時間，樊增祥廣交政界、文化界朋友，「與畫家齊白石交最善」，﹝註1﹞但樊增祥的「名聲」總體上看是每況愈下的，這其中的原因很值得探究。通過分析發現，影響樊增祥口碑的不外乎作「豔詩」、捧「角兒」、背清仕袁等。這其中既有文化傳統上的誤解（舊時認為豔詩無價值、「戲子」無地位），也有樊增祥本人性格品行造成的問題，我們不妨分兩個方面來研究。

　　樊增祥的「豔詩」。樊增祥作為一名保守的「腐儒」，一生創作「豔詩」無數。1916 年上海廣益書局刊印《樊山集七言豔詩鈔》十卷，將其大多數「香豔」作品選入。如果不瞭解樊增祥的生平，很容易將他想像成一位風流無比的浪蕩公子，其實樊增祥是一位「有豔情」而無「豔事」的文人。胸中自有萬千風月，也只是訴諸筆端。「侯官陳衍輯近代詩，以樊山之詩多而選難，乃選其豔體而為辭曰：『後人見雲門詩者，不知若何翩翩年少，豈知其青癯一叟，旁無姬侍，且素不作狹斜遊者也。』」﹝註2﹞樊山 1912 年寫就的《琴樓夢》小說雖對易順鼎瘋狂追求王琴人不無挪揄、嘲諷和戲謔，但未嘗沒有一絲酸意。樊增祥終其一生也難有易順鼎的風流韻事。樊增祥於同治三年（1864）十九歲時迎娶老師彭崧毓（於蕃）的女兒彭氏為妻。樊氏自從樊變

﹝註 1﹞ 王森然《樊增祥先生評傳》。
﹝註 2﹞ 邵鏡人《同光風雲錄》。

-131-

罷官後，生活艱辛，拮据時甚至不得不動用新婦嫁妝養家，「愛好蕭郎持粉帛，含愁新婦鬻脂田」下注：「甲子歲，彭恭人來歸，以匳資爲養。」（《西屛畫茗花春雨塡詞圖並貺佳什撫今追昔次韻答謝》）〔註3〕。三年後，彭氏亡故，樊增祥傷心欲絕，自同治六年（1867）二十二歲起，獨居十七年，方續弦。窮苦自是一端，然而對亡妻的深情才是最主要的原因，十多年後的樊山依舊在亡妻忌日寫悼亡詩懷念斯人，《鳳凰臺上憶吹簫》：「六月既望，爲亡婦忌日。自丁卯及今，周十三寒暑矣。是月方移居橫街圓通道院，窗外修柏一樹，月明風細，如聞秋聲。永夕彷徨，寫以商調。」〔註4〕樊增祥對彭氏的感情是綿延不絕的，直到六十歲時，樊還在亡妻忌日作詩《六月既望作》，下注：「倩卿逝世三十九年矣。」〔註5〕光緒十年（1884）三十九歲，得選陝西宜川令的樊增祥方續弦，於閏五月初四迎娶京師人祝氏爲妻，「娶妻生子從頭起，已閱韶光四十春」下注：「甲申服闋，謁選得宜川令，是歲始膠續，余年已三十九矣。」（《五十自述》）〔註6〕。婚後，夫妻感情融洽，祝氏又先後爲樊增祥生下子女。樊增祥常有調笑的詩作寄予祝氏，《答內一首》：「不須更覓延年藥，碙水松風即禁方」。〔註7〕年長十一歲的樊增祥對祝氏寵愛有加，詩詞中常常表現出夫妻間的親昵。祝氏陪伴樊山多年，卒於民國間，早於樊山。

在迎娶祝氏後，樊增祥家庭生活幸福，甚至一度停止了豔詩的創作，「余自甲申後無復綺情」。〔註8〕可是，隨著生活環境的改變，官位日顯，生活愈來愈安逸，令「樊美人」心神蕩漾，才情滿溢。樊山創作之豔詩沉沉甚夥，具一定藝術價值的卻很有限，大多是戲謔調笑之作，甚至有一些格調下流的作品，例如：「同治時，閩人某提學按試某州，其婦手書促歸，緘以紅襪。學使遽以試事屬州牧，移病還閩偕老，當時熱中者傳爲笑談。樊雲門方伯增祥詠襪胸《滿江紅》詞下半闋即引之，其詞曰：『花露灑，香球爇，芳汗透，冰肌貼。話三山舊事，佩纕親結。書字一緘蘇錦蕙，淚痕雙寄鄜州月。願展爲繡被覆鴛鴦，通身熱。』即指此。」〔註9〕柳亞子所批評的「樊易淫哇亂正聲」，

〔註3〕《樊山集》卷二十五。

〔註4〕《樊山集》卷二十一。

〔註5〕《樊山續集》卷二十二。

〔註6〕《樊山集》卷二十七。

〔註7〕《樊山集》卷十七。

〔註8〕《情久長》序，《五十麝齋詞賡上》。

〔註9〕《清稗類鈔》「服飾類」。

大多是指這類率意之作。樊增祥對他人指責自己創作豔詩反倒不大在意，他在和易順鼎的《後數斗血歌》序中說自己寫作的豔詩：「蓋高者深者不屑，而下者淺者不能也。」〔註10〕

　　客觀的說，樊增祥爲數眾多的豔詩中，還是有一些被人傳唱的精品。例如前後《彩雲曲》。晚清名妓賽金花正是靠著樊增祥這兩篇詩作和曾樸的《孽海花》，而名噪一時。此後與其相關的小說、戲曲、曲藝作品更是層出不窮。民國初年的街聞巷議中尚有不少相關的話題。《彩雲曲》作於光緒二十五年（1899），樊增祥已是五十四歲的老翁，聽聞傅彩雲傳奇故事，興致大發，作《彩雲曲》，其序曰：

> 傅彩雲者，蘇州名妓也。年十三，依姊居滬上，豔名噪一時。某學士銜恤歸，一見悅之，以重金置爲簉室，待年於外。祥琴始調，金屋斯啓，攜至都下，寵以專房。會學士持節使英，萬里鯨天，駕鴛並載。至英，六珈象服，儼然敵體。英故女主，年垂八十，雄長歐洲，尊無與並。彩出入椒庭，獨與抗禮，嘗偕英皇並坐照象，時論奇之。學士代歸，從居京邸，與小奴阿福奸生一女。學士逐福留彩，浸與疏隔。俄而文園消渴，竟夭夭年，彩故與他僕私，至是遂爲夫婦。居無何，私蓄略盡，所歡亦殂，仍返滬爲賣笑計，改名曰「賽金花」。蘇人公檄逐之，轉至津門。雖年逾三十，而豔名不減疇昔。己亥長夏，與客談此事，因記以詩。先是，學士未第時，爲人司書記，居煙臺，與妓愛珠有齧臂盟。比再至，已魁天下，遽與珠絕。珠冤痛累月，竟不知所終。今學士已矣，若敖鬼餒，燕子樓空。唱金縷者，出節度之家；過市門者，指狀元之第。得非霍小玉冥報李十郎乎？余爲此曲，亦如元相所云，甚願知之者不爲，而爲之者不惑耳。

　　賽金花離奇的身世沉浮，地位名聲，閱歷交遊無一不是吸引眼球的「話題」，因此樊山此作一出，人人爭相傳閱，賽金花名聲大振。沒想到第二年，八國聯軍侵華。都下奇變，賽金花留在京師城中，於民眾多有幫助。民間傳聞其以色相「俘獲」德帥瓦德西，並救民於水火。更有傳說她慫恿洋人以科舉取士的離奇故事，「彩雲一日謂瓦曰：『中國搜羅人才，用八股試帖，將相於是出焉。』」瓦用其言，乃於金臺書院集諸生而試之，文題《以不教民戰》，

〔註10〕《樊山集外》卷二。

詩題《飛飇入秦中》，瓦爲評定甲乙。懸榜如制，自此事出。人或大詬，以彩雲爲喪心辱國也。」〔註11〕樊增祥於光緒二十九年（1903）入覲時根據傳聞再作《後彩雲曲》，賽金花至此賴樊詩而成一代風雲人物。其序曰：

> 光緒己亥，居京師，製《彩雲曲》，爲時傳誦。癸卯入覲，適彩雲虐一婢死，婢故秀才女也。事發到刑部，門官皆其相識，從輕遞籍而已。同人多請補記以詩。余謂其前隨使節，儼然敵體，魚軒出入，參佐皆屏息鵠立。陸軍大臣某，時爲舌人，亦在行列。後乃淪爲淫鴇，流配南歸，何足更污筆墨。頃居滬上，有人於夷場見之，蓋不知偃寒幾夫矣。因思庚子拳、董之亂，彩侍德帥瓦爾德西居儀鸞殿。爾時聯軍駐京，惟德軍最酷，留守王大臣，皆森目結舌，賴彩言於所歡，稍止淫掠。止一事足述也。儀鸞殿災，瓦抱之穿窗而出。當其穢亂宮禁，招搖市廛，晝入歌樓，夜侍夷寢，視從某侍郎使英、德時，尤極炬赫。今老矣，流落滬濱，仍與廝養同歸，視師師白髮青裙，就簷溜濯足，抑又不逮。而瓦酋歸國，德皇察其穢行，卒被褫譴。此一泓禍水，害及中外文武大臣。究其實，一尋常蕩婦而已。禍水何足溺人，人自溺之。出入青樓者，可以鑒矣。此詩著意庚子之變，其他瑣瑣，蓋從略焉。

這首「著意」庚子事變的詩作，樊增祥對它的定義是「道德警誡」，提醒官員自醒，勿爲女色所耽，即「禍水何足溺人，人自溺之」。樊增祥的這篇作品被比之於吳偉業的《圓圓曲》，沈曾植更是譽爲直追白居易《長恨歌》。除去肯定樊增祥「豔詩」的旖旎搖曳極爲動人的效果外，主要是稱讚其對歷史教訓的總結性訓誡。其中的名句「彩雲一點菩提心，操縱夷獠在纖手。胠篋休探赤側錢，操刀莫逼紅顏婦」、「一霎秦灰楚炬空，依然別館離宮住。朝雲暮雨秋復春，坐見珠槃和議成」等多爲都下文人傳唱。民國後，賽金花「以身救民」的故事，幾乎成了歷史定論。湯炳正《我寫〈彩雲曲〉的前後》曾描述「九一八」後的北平，又掀起紀念賽金花的熱潮：「報刊上《賽金花訪問記》之類的文字，連篇累牘，目不暇給。據好事者的統計，當時南北報刊，不到二十天，就會出現一篇有關的文章。至於戲劇界，則有陝西易俗社的《賽金花》，北京新豔秋的《狀元夫人》，與熊佛西的《賽金花》等等，而影響最大的，則是夏衍的話劇《賽金花》。演出時，曾產生過轟動

〔註11〕蔡冠洛《清代七百名人傳》，北京圖書館出版社，2008年版，第409頁。

效應。」〔註12〕

　　還原歷史，眞實時空中的賽金花，到底是什麼樣的一個人？經歷過哪些事？據蔡登山《可愛者不可信——也談賽金花瓦德西公案的眞相》一文，〔註13〕眞實歷史中的賽金花遠不及樊山筆下的「青樓巾幗」揮灑自如。作者根據丁士源的《梅楞章京筆記》和齊如山的《關於賽金花》等親歷者的見聞，得出結論：賽金花並不通德文、英文，也沒有陪侍瓦德西，拯救黎民於水火的壯舉。賽金花不過是有幫助協調過聯軍與京師百姓關係，並未見過瓦德西本人。這樣的說法，也得到香港掌故大家高伯雨（林熙）的證明，高氏採訪賽金花時，賽承認謠傳皆沒有根據，自己曾面對記者撒謊等等。文人以訛傳訛，不過爲了滿足創作的想像罷了。至此，賽金花陪侍瓦德西這一椿公案可以定讞。

　　樊增祥除了大量創作豔詩外，與伶人結交，也多爲士林所不齒。京劇的產生，可以追溯到乾隆五十五年（1790）「三慶班」進京爲乾隆祝壽，70多年後，結合了徽州腔、青陽腔、弋陽腔、崑山腔、梆子等聲腔的京劇逐漸形成，並湧現出一批優秀演員，被稱爲「同光十三絕」。樊增祥迷戀京劇恰好也是在京劇快速發展的同光時期。樊增祥聽戲是受李慈銘的影響，李慈銘《越縵堂日記》中對戲曲掌故記載頗多，以至於張次溪可以輯出《越縵堂菊話》一卷。同治十三年（1874）樊增祥準備參加甲戌科會試時，就曾隨李慈銘觀京劇，並熟稔一些菊壇掌故，多年後還可以向易順鼎炫耀。樊增祥周圍的師友們喜愛看戲者亦不少，陸廷黻即爲其一〔註14〕，陸好聽戲，甚至是西洋歌劇，也來者不拒。〔註15〕樊增祥還常帶弟子去看戲，光緒二十四年（1898），回到京師的樊增祥興致勃勃帶著余誠格去看戲。〔註16〕但並不是所有人皆有此好，湖南人王闓運就不好京劇，〔註17〕張之洞也不喜歡聽戲。光緒二十九年（1903），張之洞北上京師入覲，太后特賞聽戲，無奈南皮老無此好，只好勉強爲之。樊增祥在《八月三日爲師六十晉七撲辰敬撰紀恩詩二十首以當

〔註12〕《文史天地》2003 年第 12 期。
〔註13〕《名作欣賞》2010 年第 22 期。
〔註14〕《春夜漁笙枉招觀劇九疊前韻》，《樊山集》卷十六。又，《桂枝香》序：已亥五月初七夜，壽平招同古微、遜荃觀名伶桂鳳演《宛城》一劇，賦此賞之。《五十麝齋詞賡》上。
〔註15〕《同漁笙敦夫觀西伶度曲》，《樊山集》卷十五。
〔註16〕《戊戌元旦同壽平觀劇十七疊安揚韻》，《樊山續集》卷四。
〔註17〕《即席再疊芹韻》有注：壬丈不觀劇。《樊山集外》卷四。

崧祝》的小注裏記：「公不聽戲，近蒙賞戲三日。又，人問公聽戲否，公曰：
『既與宴，那得不聽？昨演范蠡進西施事，宰嚭橫索門包。可爲絕倒。』」
對京劇不感興趣的張之洞在勉強看戲時，注意到戲曲演員根據當下現實加入
的情節以諷刺太監收取「門包」的慣例，不禁開懷大笑。慈禧太后是京劇的
「鐵杆」戲迷，紫禁城、頤和園、避暑山莊特爲此而專修戲臺，供升平署演
出之用。慈禧太后把「賞戲」當作特殊的優待，頒賜臣下。因爲慈禧太后與
滿清貴族的喜好，京劇在清末得以迅速成熟。後世奉爲「伶界大王」的「小
叫天」譚鑫培就曾經常入「內廷供奉」。庚子國變，譚鑫培一時下落不明，
文人名士連篇累牘作詩懷念，樊增祥亦有「叫天歌續崆峒子，流落兵間亦可
嗟」。〔註18〕

樊增祥與伶人的交往始於庚子年，樊山好小生朱素雲，每有宴集，均招
朱至。《青門飲》序：「朱郎素雲，工書善歌，余甲申出都，猶未露頭角也。
及庚子在京，偶與歌筵，舊人都盡。子封曰：『盍招素雲，此越縵老人所眷
也。』余一再招之，西巡後不復見矣。今者海上舞臺招邀，南下到滬之日。
彊村亦至自蘇臺，突未得黔，身先訪素。賦此調之，並寄朱郎。」詞中尚有
小注：「愛師初眷霞芬，繼招素雲，並見日記」。〔註19〕又《情久長》序：「歌
者朱生，舊爲愛伯師及弢夫所眷，歿九年矣，有子能繼其聲。庚子花朝，弢
夫邀飲其室。是夕，有小伶彈琵琶絕佳。余自甲申後無復綺情，十七年來，
重尋歌館，感今追昔，情見乎詞，寫似弢夫，當以一杯酹愛師也。」〔註20〕
可知朱素雲爲李慈銘「所眷」。近來有許多關於李慈銘「狎男妓」的說法，恐
多源於此。清末伶人被士大夫招入內廷「堂會」極爲普遍。藝人也希望通過
結識社會上流，爲自己揚名。期間不少坤伶爲好色者引入府中之事，也或有
男伶被玩弄者。但很難因此而判斷，凡招伶人入府者，皆「圖謀不軌」，有齷
齪之事。

1913 年冬，名震京城的男旦梅蘭芳受上海舞臺之邀，南下演出。由六叔
王鳳卿帶領見到樊增祥，樊增祥久聞其名，見面後大爲驚異，一見而傾心，
招二人參加文人的活動。《題翁覃溪先生墨蹟卷子》序：「會滬上舞臺延王鳳
卿、梅蘭芳至，都門老友易石甫以詩介紹，屬其來謁。時方冬仲，夷叔翰林

〔註18〕《都下伶人小叫天或言兵解或言在汴感賦一首》，《樊山續集》卷十二。
〔註19〕《樊山集外》卷六。
〔註20〕《五十麝齋詞賡》上。

攜蘭芳及鳳卿之子，過訪草堂。是夕，剛侯同社招飲旗亭。至則素雲、蘭芳、鳳卿皆在，歡然道故，如四十年前長安過夏，身在歌雲酒雨間也。」〔註21〕並作《梅郎曲》以讚美梅蘭芳的美姿容，「梅郎盛名冠京師，纔可十九二十時。繡絲的是佳公子，傅粉居然好女兒。」（園主以郎照像遍贈座客）「豈期郎意重老成，傳語樊山問安否。易五寄我瓊瑤音，道郎美慧知我深。彩雲兩曲略上口，琴樓一夢屢沉吟。癸丑仲冬月初七，郎來引入芝蘭室……南臺御史李會稽，親將第一仙人許（愛伯師謂霞芬爲眞狀元）……我見梅郎如飲醇，吳中但說好伶倫。亦如七十樊山老，祇把文章動世人。」〔註22〕七十樊山對十九梅郎的熱情，聽來令人作嘔。然三寸金蓮尙爲舊文人所喜，可知不過一時風尙也。舊文人對旦角演員的瘋狂追捧，若比之於今日「追星族」，也許有助於理解他們的情感。樊增祥對梅蘭芳藝術上的成就，也是大持肯定的，惲毓鼎曾記：「梅郎演《嫦娥奔月》，古妝麗質，翩翩欲仙，樊山謂天上嫦娥恐亦遜此顏色。」〔註23〕樊增祥充分肯定梅蘭芳的演技和作品所表現出的神韻。晚年樊增祥在北京與易順鼎、羅癭公號稱捧角的「三大名士」。1914年，鮮靈芝在廣德樓演出《電術奇談》，「三大名士皆在座，實甫喝彩聲尤高……此劇尤爲樊山所賞，因塡《霓裳中序》」。〔註24〕王森然對樊增祥捧角兒也有記載：

> 其晚年，專以聲色寄情，樽前筵畔，綺紅偎翠，京津女伶拜其門下者甚眾。如新豔秋、蓉麗娟、孟麗君、劉豔琴、小蘭芳，及馬家姊妹豔雪、豔秋、李桂芬、李慧琴等，均爲入室弟子，旖旎溫馨，屢見詩辭，經其一捧，立即成名。夕樊翁今已長眠於地下，如猶健在，死時未成名之坤伶鼓姬，又不知增多少豔聞矣。（如魏喜奎必與劉喜奎前後比較作詩料）

如果不把這些材料當做「緋聞豔事」來解讀，那麼，不難發現，樊增祥等文人對戲曲藝術發展的作用。京劇等戲曲雖能得到慈禧太后的垂青，然而就文人士大夫來說，京劇仍然過於俚俗，難登大雅之堂。沉迷戲曲者，仍被視爲異類。正是得益於樊增祥等人的熱捧，有更多的文人開始關注戲曲，久之，一些沉迷者不滿足於單純欣賞，加入到創作中，例如爲梅蘭芳寫戲的齊

〔註21〕《樊山集外》卷七。
〔註22〕《樊山集外》卷二。
〔註23〕《澄齋日記》1915年九月初十日。
〔註24〕沈宗畸《便佳簃雜鈔》六「名士閒情」。轉引自《樊樊山詩集》附錄三。

如山。而戲曲演員正是在結識樊增祥等士大夫文人後，個人文學、藝術修養得到全面提升，對戲曲藝術的探索也日漸深入。可以說，京劇在 20 世紀的中國能取得如此成就、梅蘭芳得以名列世界戲劇史冊，中國的士子文人做出了巨大的貢獻。

樊增祥雖然為戲曲做出了一些貢獻，但自己的名聲，卻也因此而受到影響。

第二節　關於樊增祥晚年「人品」之爭議

民國初年，在樊增祥生前身後出現的眾多文人筆記作品中，樊增祥的形象很差。歸納起來，大概有如下幾個方面的指責。

一、「道德污點」

柴萼《梵天廬叢錄》記樊增祥兩件事，其一：

> 樊山幼時，美姿容，善詞曲，遊於公卿大夫之門，有斷袖癖者，咸趨之如鶩。一時所謂北京大名士者，竭全力以揄揚之，樊遂有蘇蕙芳之稱。而李次岷等與之唱和者，因有「田狀元」之目。樊果聯捷入翰林，散館知陝西渭南縣，貪酷之聲，道路喧傳。上峰將登諸白簡，適榮祿作西安留守，賞其色，延作館賓，朝夕共處，奔競大起。陝人風氣素樸，因是轉化為儇薄，而樊因此聲勢愈大，為惡多端，人未如之何也矣。[註25]

其二：

> 樊有妻妹，顏色殊美，樊不令嫁，時時作小周后之戲，妻頗難堪，遂與反目。在渭南縣時，姊妹爭夕，共鬥於大堂，邑人傳為笑柄。門役不敢攔，致醜聲播於外，為御史王誠羲揭參，以帷薄不修，請旨嚴懲。澄敘官方入告，樊是時通於內監，摺竟留中不報。樊既強佔其妻之妹矣，妻抵死不令居其室，妹乃出居於外，妻又訪搜而捷之，妹不能堪，乃自嫁於某。樊怒，乃並其妻之女侄而亦佔據，後竟彰明較著，列諸側室，令僕役以姨太太呼之。[註26]

第一則言樊山在京因美色而得寵之說毫無根據，樊山以詩文名震京城毫

〔註25〕《梵天廬叢錄》卷八。

〔註26〕同上。

無疑義，以男色而結交仕宦恐怕是誹謗，至於「散館知渭南」、「作榮祿幕賓」更是無稽之談，樊得進入榮幕已是戊戌之後，榮祿入軍機之時，且榮選中樊增祥，而沒有看中更有「男色」的易順鼎，是由各人的實際辦事能力，以色而取人，怕是優伶皆可掌軍機矣。此說荒誕不經。第二則，涉及樊山家事，難以考證，但此說有兩點亦不成立，1.閹人無法扣押御史參摺，有清一代，宦官地位極低，太祖立訓：內監言政事者，死。且造謠者不瞭解遞送參摺的程序，才會有如此妄議。2.樊增祥「妻女侄」之說也甚為可疑，樊妻祝氏有女侄二人，皆拜樊為師學作詩詞，其一與樊詩文往來較密切者，名祝蕊字繡漪，另一不具名者字秋江。且樊贈祝蕊之詩，多綴有他人之名，例如：《寄繡漪兄妹》、《與繡漪兄妹夜話有贈》、《秋夜待竹延不歸與繡漪庭際看月》等〔註27〕。祝蕊跟隨姨丈學詩有年，後樊增祥為官各地，祝蕊常居京師，〔註28〕樊寄予繡漪之詩多有「寄」字，若是侍榻左右，何來「寄詩」？光緒三十三年（1907），罷官後，遊覽蘇門山，招「竹延夫婦」（祝氏子侄）與繡漪姊妹同行。祝蕊聰明伶俐，心思縝密，才情很高，得樊山之寵，但言其被樊增祥佔據云云，怕是沒有根據的。綜上，若無親見，僅僅依據樊山自戀容貌、好與女眷寄送詩詞，是不能斷定樊增祥道德有不檢點的。

二、生活陋習

劉成禺記錄了樊增祥的一則生活陋習：「樊山生平，酷嗜鼻煙，終日不輟。世凱賜以老金花鼻煙兩大瓶，皆大內庫藏，琵琶碧玉煙壺一雙，樊山亦目為至寶。洪憲退位，樊山潦倒，仍把弄雙玉壺不釋手。」〔註29〕

王森然也記：「其人清癯如鶴，好聞鼻煙，須煙染成一色。手指極不潔，衣冠污穢，見者厭之」。〔註30〕

樊增祥自己的詩中亦有誤把袁昶所寄咖啡當做鼻煙的笑話，〔註31〕看來樊山不好清潔，令人生厭的傳聞當不虛也。

〔註27〕《樊山續集》卷十九。
〔註28〕《八月既望微雨尋霽入夜月出憶去年今夕在京寓與竹延夫婦繡漪姊妹同看月食至復圓始寢今一年矣愴然賦此寄竹延汴梁繡漪京師》，《樊山續集》卷二十。
〔註29〕《世載堂雜憶》「樊樊山晚年」。
〔註30〕王森然《樊增祥先生評傳》。
〔註31〕《樊山續集》卷十。

三、名節輕重

不少筆記都指責，樊增祥於清廷不忠，與朋友不信。

胡思敬《國聞備乘》有記載：

> 鹿傳霖、錫良素稱廉謹，皆大臣中之稍負時望者，獨闇於知人，殊不可解。傳霖密薦三人，一江寧布政使樊增祥、一廣西巡撫沈秉堃、一江蘇巡撫程德全。增祥屢被彈奏，沈、程則效力亂黨，儼然以佐命自居。錫良白首出關，乃調用鄭孝胥、熊希齡、楊度。人固未易測耶。〔註32〕

> 凡文士輕率浮躁，好為大言，建奇策，銳欲以功名自見，用之不慎，皆足以誤國殃民，其失職無卿者尤可懼也。陳寶箴以信用梁啟超而敗，翁同龢以信用張謇、文廷式而敗；張百熙信用李希聖、張鶴齡、沈兆祉，未及敗而身死；錫良信用熊希齡、鄭孝胥等，未及死而國變作。出張之洞門下者，如樊增祥、蔡乃煌、易順鼎之徒，已大招物議。晚歲入軍機，引進楊度，使參預政謀，蠹亂尤甚。若袁世凱、端方之樹黨招朋，彼此各以利合，蓋不足道矣。當新政盛行，各督、撫奉承新章，奔走急急不暇，其實皆三五少年狡獪之技。大學堂章程出自黃陂人陳毅手，丙午官制則江寧人吳廷燮總其成，憲政編查館所頒憲法，汪榮寶、楊度所擬居多。浙江巡撫增韞延張一麟入幕，廣東總督袁樹勳延沈同芳入幕，一切附和新政章奏皆其所撰。天下之亡，不亡於長槍大劍而亡於三寸毛錐。吁，可怪矣！〔註33〕

評論中飽含黨爭之偏見，但可以看出，樊增祥在遺老中的保守人士眼中，形象不嘉，人品可議。

李伯元《南亭筆記》記載：

> 南皮寓京日久，只以飲酒賦詩為事，樊雲門時隨杖履，亦復樂此不疲。某日南皮又在琉璃廠搜求骨董，曾憶李文忠於庚子議和之歲嘗謂人曰：「香濤做官數十年，猶是書生之見。」文忠此語，先得我心。當樊增祥未曾赴陝之先，日與南皮詩酒流連，頗極賞心樂事，瀕去時，作書留別，有曰：「倘或前緣未盡，定重逢問字之車；

〔註32〕《國聞備乘》卷四。
〔註33〕《國聞備乘》卷二。

如其後會難知，誓永立來生之雪。」南皮見而惻然流涕，亦可見師弟情深矣。自樊增祥之官陝西後，獨處無聊，時至龍爪槐、錦秋墩等處閒遊，車敝馬羸，見者幾忘其爲封疆大吏也。樊增祥，張南皮特拔之士也，於結納李蓮英之外，復依附仁和，嘗宣言曰：「仁和如劾南皮，己當代爲主稿，則南皮罪狀可以纖悉無遺矣。」南皮聞而大怒，召之至，顧之冷笑曰：「君今日儼然吳中行矣，其如我非張江陵何！」〔註34〕

　　樊增祥師事張之洞常有逢迎之作，例如，《守歲作》下有小注：「張宮保師喜聞爆竹香，余有同嗜」。〔註35〕但言其接納李蓮英則毫無證據。樊增祥任外官接近三十年，除庚子年西安「政務處」提調之職外，沒有接近內廷的機會，接納內宦，無稽之談也。依附仁和王文韶之說，更無根據，樊增祥若能暗通王文韶，在軍機處與王同僚 5 年的鹿傳霖當爲知曉，但是兩人書信中沒有任何蛛絲馬蹟，且樊增祥公開的詩文中，也沒有與王文韶往來的任何證據，此說不確。

　　汪辟疆《光宣以來詩壇旁記》所記，倒是比較可信：

　　　　易實甫爲樊山文字骨肉之交，晚年喜爲調侃，曾舉其流傳故事
　　　　及詩文中俊語爲諧文，固世人所同知也。實甫晚年曾取平生所爲詩，
　　　　精選數百篇將鏤版行世，繕寫既定，送樊山覆閱。樊山亦久度不還，
　　　　屢索屢拒。其後此本是否歸實甫，後人不可知矣。〔註36〕

　　樊增祥前有李詳所控之「劣跡」作爲旁證，汪辟疆的說法當爲可信。樊增祥確有借書不還的惡習。根據以上之歸納整理，不難發現，樊增祥在道德上被質疑的地方多不可信，而一些「不拘小節」、生活陋習的傳聞，多爲可信。

　　樊增祥晚年名聲如此不堪，究其原委，除寫豔詩、捧戲子、惡習多這些問題之外，主要還有三點原因：

　　第一，爲人狂傲，名士氣重，不尊重他人。《同光風雲錄》記錄的一則故事足見樊增祥之自負、驕傲。

　　　　　樊山自負甚高，對於並世詩人，少所許可。有某甲者自詡能
　　　　詩，每對之誦其所作。樊山久而不耐，嗤以鼻曰：「君詩多不諧韻，

〔註34〕《南亭筆記》卷十六。
〔註35〕《閒樂集》。
〔註36〕《汪辟疆說近代詩》，上海古籍出版社，2001 年版。

且誤用故實，於他人尚不應如此，矧向老夫賣弄，尤可不必！」某
則面赤而謝曰：「小子學殖荒落，以致如此。」樊山撫掌大笑曰：「田
無一草，不得言荒，樹無一果，奚所用落。君胸無點墨，乃無草之
田，無果之樹，何荒落之有哉！」甲不勝慚怒而去，樊山不之顧
也。〔註37〕

樊增祥評論他人詩作，不留情面，甚至於人身攻擊。待人不寬厚，由此
而遭人妒恨，也是情理之中。

第二，樊增祥思想上並不極端保守，不願為滿清「守節」。樊增祥思想確
實不是像梁鼎芬那樣，寧願給前朝皇帝殉葬，也不願作民國官，從他給陳三
立的壽序文中，就可以一窺究竟。

世界歷數千年，而偶值此共和之運；君閱六十年，而偶入自由
平等之天；吾作文五十年。而偶有此不古不今、吐故納新之作。要
之，此亦非吾文，天欲自發其報施不爽，與夫盈虛消長之原，吾偶
代蒼蒼者司筆札耳。(《陳考功六十壽序》) 〔註38〕

樊增祥對改朝換代並沒有切膚之痛，無繆荃孫認為的「國破家亡」之感。
樊增祥認為「共和」乃世界之運勢，「自由、平等」也未嘗不好。這就將他與
頑固的清廷遺老分別開，樊增祥離開上海任職袁政府後，被遺老稱之為「貳
臣」。同時，樊增祥又缺乏梁啟超、嚴復等人的見識，於「新學」幾乎一竅不
通，不為新派文人所接納，這樣尷尬的處境伴隨了樊增祥最後十多年的時間。
樊增祥變成了自己口中「不古不今」之人，自然也就沒有人為他歌功頌德。
再加上樊增祥的一些愛虛榮、好面子的文人做派，令聞者皆不齒其鄙行。徐
一士記樊有一事：

樊在津鬻文字，其登報之啟事，標題《樊山尚書文字潤例遊津
暫定》，謂：「樊山尚書，吾國名宿，今年八十有五，有安樂行窩之
興，同人奉約來津，為重九登高之雅集。凡在津名公韻士，願結文
字因緣者，尚書均樂於酬答。」聞者頗訝，其在勝朝僅官至藩司，
雖好以尚書、侍郎稱民國之總次長者，而本人嘗為顧問參政，亦不
能以「尚書」相擬，或近邀遜帝特進崇銜耶？未幾報端乃有清室駐
津辦事處委託律師所登啟事，謂：「查樊山為樊增祥別號，增祥由江

〔註37〕 邵鏡人《同光風雲錄》。
〔註38〕 《樊山集外》卷七。

寧藩司革職，人所共知⋯⋯誠恐有不肖之徒，見他人自稱穹官，無人追究，遂更肆無忌憚，竊名欺騙，於清室關係甚大，不可不預爲鄭重申明。」詞甚峻激，聞實有爲而發，非專對樊，特於樊自亦有所不快耳。先是有費某者曾官某省財政廳長暨某旗都統，豔羨宮保之榮銜，謁遜帝乞賞太子少保⋯⋯清室遺臣聞而大憤，以爲此風不可長⋯⋯會「樊山尚書」，見於報端，遂就題發揮，所謂「肆無忌憚」，實言之有物也。樊鬧文字啓事，蓋夏壽田所草，並代約人列名介紹。（以年輩推，陳寶琛首署，而夏自爲之殿。當時陳氏雖允列名，而未前睹夏稿）。清室啓事既出，乃由夏自登一啓事，謂：「鄙人爲該潤例起草人，義當負責，於樊山無關，於介紹諸公亦無關。」作此段公案之尾聲，惟於樊山何以有尚書之稱，則未加辯白。據聞其作此稱謂，雖甚兀突，然亦非全無來歷。以樊於端方調任直隸總督時，嘗以江寧藩司護理兩江總督也。總督例有尚書銜，故向以尚書稱總督。樊雖藩司護理，而亦曾握督篆，乃接總督之例，而稱尚書（其實非實官總督，結銜不能有尚書字樣）。不料清室出面計較，以致掃興。至清室所謂：「由江寧藩司革職」，有引以爲疑者，以樊官陝藩時，爲總督升允劾罷，迨鹿傳霖按貽谷事後，再起爲江寧藩司，以迄鼎革，未聞有再遭革職之說也。而寧藩革職，事固有之，惟未明發上諭耳。辛亥革命軍入寧，樊與寧城同官獲革職處分，以廷寄行之。未幾清即遜政，故知之者較少。〔註39〕

樊增祥與夏旹、夏壽田父子爲多年故交，1912 年樊增祥辭湖北省民政長後，即由夏壽田充任。上文天津鬧文啓事最後由夏壽田出面承擔責任，但仍不能讓樊增祥免於「虛榮」之指責。好受恭維，喜聽吹捧實爲文人之通病。樊增祥在民國中「不新不舊」的身份定位，與自身的陋習結合，就有了上文所述之顏面掃地之事。

樊增祥在晚年名聲掃地的深層次原因一爲其左右不定的政治文化立場，一由其文人固有之鄙陋習氣。於是，及今之諸家評價中，於道德層面的定位，樊增祥就很難取得公允的評價了。

樊增祥最後幾年的生活較爲拮据，夫人祝氏先於他亡故，兒女多有物故，可謂晚景淒涼。「先生本爲詩人，不善理財。民國二十年三月十四日夜九時半

中風，病故京寓。身後均爲摯友李釋勘等摒棄一切，遺族僅一孀媳及二孫耳。」
〔註40〕才子詩人以最不浪漫的方式淒涼的告別了這個世界。

〔註40〕王森然《樊增祥先生評傳》。

第七章　樊增祥的詩歌創作

第一節　樊增祥詩學思想與創作主張

　　古典詩歌發展到晚清民國，漸漸由成熟走向衰落，正如馬亞中先生所言，古典詩歌是一種「完成的藝術」，在它的發展末期，每一點新創都變得舉步維艱，每一次範式的突破都要面臨 3000 年詩史傳統的壓力。在這樣的歷史背景下，同光時期的舊體詩歌詩人縱使不能從宏觀的詩歌整體上推動或改變其發展軌跡，依然可以從微觀角度開拓前人所未涉及的詩歌領域。例如，樊增祥等人雖反對「新詞彙」入詩，並常調笑、戲謔的把新創雙音節詞拉入玩笑詩中以譏諷其俚俗。然而使用圓熟後，樊增祥詩作不自覺得將新詞彙「憲政」、「自由」帶入創作中，也許這是隨著時代的發展而不得已為之，但無論如何，樊增祥一代同光詩人把舊體詩歌的創作帶入了 20 世紀，並創造了 20 世紀中國詩歌史前半段中最重要的部分。本章即從樊增祥的詩學主張入手，通過對其詩歌創作的分析，發掘其詩歌價值，並為其尋找合適的歷史定位。

　　同光時期，是清末難得的「平靜期」，對內鎮壓了太平天國起義，對外無重大戰事，國家經濟開始恢復。漢族官僚士大夫熱衷於辦「洋務」以謀求民族自強。「西學」藉此而大規模湧入中國，對中國文化形成衝擊，中國固有藝術形式在這種情勢下或多或少發生了一點微妙地變化。例如，戊戌前後，黃遵憲開始提倡「詩界革命」，但是這一主張並沒有得到文人的廣泛響應，詩學傳統仍足以為彼時的文人抒情達意提供完美的範式。與「詩界革命」相對應的是文人對詩學新創的熱情已不及前代。更多文人將大量精力放在「政治改革」、「實業救國」等「實學」上或純粹的「西學」中。「詩人」地位已不比從

前，樊增祥對此頗爲不滿，常發牢騷抱怨，「秋實春華迥不同，夷言掃盡漢唐風。龍頭總屬歐洲去，且置詩人五等中。」下注：「向來考據家薄詞章，道學家薄考據，經濟家又薄道學。自西學盛而中國之經濟又無用，遞推之，而詩人居五等矣。」〔註1〕「詩人」在文人中敬陪末座的現狀令樊增祥極爲不滿。而他也只能通過自己的勤奮來向人們證明詩歌自身的魅力與社會價值。樊山一生「以詩爲茶飯」（陳衍語），據傳遺篇三萬（今刊行者只有三分之一）。因此有很多人質疑樊增祥的詩歌創作耽誤了他的主業——爲官行政。樊增祥只好在《五十麝齋詞賡》跋中爲自己申辯，同時表達自己的詩詞主張：

> 世傳侯朝宗刻集，凡屬稿未竟者，一夕皆成之。余刻《詞賡》第三卷，僅數十闋，幕僚王君少之，乃議日課一詞。時余方還柏臺，十二時中，常以六時接僚屬，治公事，三時理詠，三時燕息。不兩旬，得慢令七十餘首。倘無勞形案牘、延謁賓客之累，一意爲文，則侯生畢世所作，可一歲竟耳。世有得放翁殘稿者，計一月作詩六十許篇。吾未陳臬事時，率月得五六十篇，亦有及百篇者，此固不足難也。嗟乎！文章之無用者，莫若詩詞，世皆待余以有用之才而專爲無益之事，知余之悲者尟矣！昔王藍田頗好營造，語人曰：「足當自止。」吾詞已盈卷，當斂收如渭南時。其實雖多作文，亦不廢事。世之陋人，作五個字幾窮日夕之力，以己度人，謂吟嘯必誤公事，又以爲擲金虛牝，皆瞀談耳。使有掐擢肝腎之苦，而無盤闢如志之樂，且受怠於政事之謗，吾豈爲之哉？今世學堂課程，率用積分之法，第其勤惰高下，不知資才相越，有人十而己百者，有人千而我一者。計分則進千百而退十一，胥明強愚弱而齊一之，誠足以屬昏惰，恐無以服高明也。駑馬十駕，汗血千里，繩尺之間，烏足盡天下士哉？吾作吏亦如作文，不爲高奇刻深，但取行吾之意，亦能如乎人人之意而止。其大要不過一熟字。小子識之。

樊增祥針對其「以有用之才而專爲無益之事」的指責，申辯不能以統一的標準來要求每一個人，自己本是「行有餘力，而以學文」的典型。作詩詞不會影響公務活動。同時他強調，自己作詩詞並不是但就詩歌本身去深研，而是「不爲高奇刻深，但取行吾之意，亦能如乎人人之意而止。其大要不過一熟字。」樊增祥強調作詩的哲學基礎在於「行吾意」與「熟」的關係。

〔註1〕《小詩窘於邊幅更爲七言廣之·賦詩》，《樊山續集》卷三。

熟之一字不可驟得，是中有工夫，有閱歷，無是非。學與年俱進，及其既成，因方遇圓，自為珪璧。太史公曰：「好學深思，心知其意。」余一生服膺此語。學問、經濟，並以知意為難。有眾生為之而莫知其意者，斷無知其意而不由於好學深思者。西人每作一事，皆積勞苦思而後成。中人則鹵莽施之，滅裂報之，可謂官失而守在夷矣。吾三十以前，專騖詞章，通籍後，乃復討究世務。三十九歲作令，憶宋人筆記稱歐公最精吏事，乃於民事悉心體驗。猶記壬午歲，秀水尚書與陳藍洲書云：「作令十餘年，於聽訟稍有把握。」余當時以為過，及身親之，而後知其難也。凡事知其難，乃益致其學與思，學與思交致，而後能知其意，此即熟之說也。抑又忌自恃，須時時勤以自課，虛以受人。勿論民生國計，所繫者大，即雕蟲小技，往往老手頹唐，高才跅弛者，自恃故也。今人皆詆吾為守舊，不知吾做事甚似西人，其不合於時賢者，世皆襲西人之貌，吾則取其意也。吾於吏事文藝，皆由深思力學以底於熟，故能以吟嘯自娛，而不妨公事。及門學我，學其有用，而置其無用者焉。斯善矣！

樊增祥認為無論公事還是作詩詞核心都在先把握「意」上。此處「意」可以理解為哲學上講的「主要矛盾」或者事物之「關鍵」。樊山認為只有通過「深思力學」抓住關鍵、樞要，才能準確掌握事物的內在肌理、運行脈絡。掌握了「意」，自然可以達到「熟」的境界，由「熟」也就能夠揮灑自如，行有餘力了。樊增祥這種以「知意」為核心，以「熟」之後的「自如」為目標的見解，是指導其詩歌創作的思想基礎。

具體到樊山的實際創作中，他的詩學主張主要有以下幾點：

一、「八面受敵」

作為李慈銘愛徒，樊增祥受老師的影響很大。早年在拜入李門之前，樊增祥是有明確的學習對象的。李慈銘評價他的師法：「雲門詩得力於信陽，而兼取北地，其七律足追蹤唐之東川、義山，而古體勝之。」後人詩話多以為樊山早年「學效袁簡齋、趙甌北」。其實最早引起樊增祥興趣的卻是高啟，高青丘。「憶年十一、二時，初得《青丘集》，朝夕吟玩，愛不忍釋。」（《江城子》序）〔註2〕，樊山早年對高青丘之「格」、「意」、「趣」頗為著迷，由高

〔註2〕《樊山續集》卷二十八。

青丘轉向推崇高啟的趙翼。〔註3〕年長後，得到張之洞、李慈銘兩位當世文壇大家的指點，樊增祥的詩學主張才一步步變得清晰起來。李慈銘有博採眾長的「八面受敵」說。樊增祥以自己對「八面受敵」的理解整理爲「樊山詩法」：

> 向來詩家率墨守一先生之集，其他皆束閣不觀。如學韓杜者必輕長慶，學黃陳者即屏西崑，講性靈者則明以前事不知，遵選體者則唐以後書不讀。不知詩至能傳，無論何家，必皆有獨到之處，少陵所謂『轉益多師是我師』也。人所處之境，有臺閣，有山林，有愉樂，有憂憤。古人千百家之作，濃淡平奇，洪纖華樸，莊誇斂肆，夷險巧拙，一一兼收並蓄，以待天地人物形形色色之相需相感。吾即因以付之，此即所謂八面受敵，人不足而我有餘也。所蓄既富，加以虛衷求益，句鍛季煉，而又行路多，更事多，見名人長德多，經歷事更多，合千百古人之詩，以成吾一家之詩，此則樊山詩法也。〔註4〕

樊增祥強調學古人不能墨守一家，要廣泛地吸收各家成果，兼收並蓄，再加入自己的閱歷、經驗、體會，勤加練習，方能自成一家。樊增祥在實際創作中也有意地實踐自己的主張，或宋或唐，不主一格，不囿於一體。

二、天機清妙

樊增祥主張學詩要像參禪一樣，於無意中頓悟天機之精妙。他在和宋人的《學詩渾似學參禪》詩中表達了這種見解。

《賦得學詩渾似學參禪和宋人九首》

序：趙章泉、吳思道、龔聖任皆賦是詩，大都墮入理窟，無復天機清妙之致。今各和三絕句，寄爽翁印之。

學詩渾似學參禪，七個蒲團坐欲穿。拈起靈山花一笑，惟應迦葉具青蓮。

學詩渾似學參禪，飽飯桃花已十年。卻被靈雲冷相笑，一生目睞鑊頭煙。

學詩渾似學參禪，遠路挑包靸履穿。歸去卻尋棕拂子，曹溪缽

〔註3〕趙翼《甌北詩話》評價高啟：「有明一代詩人，終莫能及之者。」人民文學出版社，1963年版，第124頁。

〔註4〕金天羽《天放樓詩集》跋。

在臥床前。

　　學詩渾似學參禪，淺瀨徒勞百丈穿。一夜江頭春水長，布帆安穩到吳天。

　　學詩渾似學參禪，知見曹溪一著先。了得菩提非樹義，秀師兵解亦神仙。

　　學詩渾似學參禪，拾得明珠在眼前。欲就紫璘問消息，城南草色已如煙。

　　學詩渾似學參禪，佳語移人勝管絃。任是無情也回顧，楊花依約謝橋邊。

　　學詩渾似學參禪，頓漸分明各一天。釣盡芙蓉江上水，竿頭才遇錦鱗鮮。

　　學詩渾似學參禪，舉世何人可與玄。不遇當時黃蘗老，誰從肋下打三拳。

　　樊認爲宋人的理學詩之所以無味，是因其在理學的規範下空洞說理，對問題的執著追求，反而傷害了詩歌之美，進而喪失了「窮理」的根本目的，尋求眞理。樊增祥強調好詩與參禪眞正理致相通的地方，就在於「天機清妙」。對於學詩者，最重要的在於「悟」。即使「體悟」的層次、境界達不到最高，但也值得肯定。

　　樊增祥的這些詩學主張，對於一般詩人很難達到。原因是，他的很多構想實現的前提是詩人之「才」富而有餘，沒有足夠的才力、才氣，想達到「統攝萬軍」、「以臻禪境」是很困難的。樊增祥像唐代大詩人李白一樣，以滿腹才學指導創作，並不能理解學疏才淺者的作詩困境。以「才」御詩，也是樊增祥詩歌的藝術總特徵。

第二節　樊增祥詩歌藝術特徵與詩史地位

　　樊增祥詩歌藝術特徵概括起來就是重才氣。靈感、妙悟、新構都是樊詩所追求的。樊山的「才氣」表現在詩作中，就是對不同題材詩歌的開拓、極強的語言駕馭能力和華麗濃豔的詩風。

一、內容上，樊增祥對不同類型詩歌題材的開拓

　　首先，是樊增祥擅於以長歌行紀事。無論是重大的歷史事件、民間訟案

還是贈友的唱和詩，樊山都可以敷衍成婉轉動人之長篇。前後《彩雲曲》等作品甚至傳唱都下。無論如何複雜的事件關節，樊山皆可以用過人之才，演繹成華麗的長篇。例如，他曾作《水煙袋歌》以記錄科場的一件軼事：

《水煙袋歌》

序云：「太保陸鳳石前輩，同治癸酉拔，春秋聯捷，遂魁天下。鳳與湖南李拔貞同年相善，李試京兆，不售，光緒乙亥春，將還湘，陸餞之於豐樓。酒次，意甚鬱悒，陸曰：『若我主湘闈者，子必獲售。』李請關節，陸方吸煙，即曰：『水煙袋嵌於試帖句，可矣。』未幾，充湖南副考官，先以書抵李曰：『頗憶水煙袋否？』李發函狂喜，置書扆中，崔躍而出。妻睨其旁，疑為外舍情書，苦不識字，持歸母家。母覽而戒之，曰：『慎勿泄也。』母有三女，所天皆諸生，乃使長次女各告其壻。是科詩題為『惟善為寶』得『書』字。陸得三卷，皆如所授，乃皆取之，獨一卷後至，置副車。及拆封，李副榜第一，正榜兩卷則其僚壻也。一人名次較高，闈墨刊其詩云：『煙水蒼茫裏，人才夾袋儲。』久之，事頗泄，言官欲劾之，以陸為人和易而止。李竟不獲售，以道員需次某省而卒。然則科名之有定數，豈虛語哉！陸此事誠幹例議，然愛才念舊，非納賄作奸者比，無足深諱。寒夜偶憶其事，歌以傳之，意在使君子知命耳。」

歌曰：「湘闈萬口傳佳話，關節三言水煙袋。元和殿撰秉文衡，光緒初元歲乙亥。先是雞年貢樹香，同年陸李皆軒昂。兩朵芙蓉分冷暖，一臨春鏡一秋江。送客南歸杯酒餞，悒悒酒邊發長歎。贈答平生縞紵歡，飛沉頃刻雲泥判。士衡慰藉勿為爾，我主湘闈定收子。昔有明通榜上人，不信有如金筒水。酒闌一笑去燕都，轉盼瀟湘迂使車。長沙射得衡書雁，問記豐樓密語無？李生狂喜忘嫌忌，少婦旁窺黶蛾翠。不識玉堂天上書，轉疑外舍鴛鴦字。持歸告母心大怡，劉家姊妹皆淑姬。欲教三女乘龍起，愛壻何分頭腹尾。一粒金丹鼎未開，誰知此鼎三分矣。主文網得珊枝紅，私喜貧交入縠中。一人隱語寓滇銅，三人連犿傷雷同。明知師漏多魚地，那能一取復一葉。本懷唐拔景莊心，更師宋錄齊賢意。兩生捷足入前茅，一置副車因後至。君不見東坡欲得李方叔，潛送程文李他出。章惇二子懷之去，

端明坐迷五色目。榜發乃雋援與持，天子所廢人無術。以今擬古何差殊，兩僚詭遇二章如。李生若比老方叔，弱女非男聊勝無。陸公愛士如蘇大，相度乃是富韓亞。縱使南箕徧簸揚，辛無奠定相彈射。湘水悠悠四十年，沂公墳葬梅花下。吁嗟乎，停寢科場十餘載，狀元宰相總邱墟。徒留煙水蒼茫感，誰復人才夾袋儲。」〔註5〕

擅於長篇，是樊山詩的一個重要特點。

其次，喜好和古人詩，廣其意。例如，樊增祥曾將劉克莊「十老詩」逐首和之（老將、老儒、老醫、老僕、老妾、老妓、老僧、老吏、老兵、老馬），樊山餘興不減，又作《廣後村十老詩》（老臣、老友、老令、老幕、老役、老農、老漁、老估、老嫗、老伶）。再如，《樊山續集》卷二十六名曰《十憶集》，是樊增祥「戲和」、「再和」、「廣」宋人李元膺《十憶詩》的作品集。樊山於原作「憶行、憶坐、憶飲、憶歌、憶書、憶博、憶顰、憶笑、憶睡、憶妝」以外，又創「憶羞、憶倦、憶嗔、憶喜、憶浴、憶食、憶潔、憶香、憶學、憶繡」。在論及寫作緣由時，樊山恃才放言，宋人寫「宮閨」題材「思窘而語平，意單而詞複」，於是自己只好代為篆筆：

> 余學詩自香匳入，《染香》一集，流播人間，什九寓言，比於漆吏。良以僻耽佳句，動觸閒情，不希庶下之豚，自吐懷中之鳳。少工側艷，老尚童心。往往撰敘麗情，微之、義山，勉焉可至。若《疑雨集》、《香草箋》，則自謂過之矣。昨和宋人《十憶詩》，以原作思窘而語平，意單而詞複，展為四十首，以存宮閨真面。而靈犀觸撥，綺語蟬嫣，更取十題，各為六解，並前所作，恰得百篇。曹唐《遊仙》、王建《宮詞》，皆其類也。錄示知己，亦以自娛。（《再和李元膺十憶詩》序）〔註6〕

再次，好作組詩。辛丑年，清廷避難西安「行在」，相傳樊增祥為討好慈禧太后，上《牡丹詩》取悅。太后甚喜，下令賞之。《樊山續集》卷十四《洛花集》，據樊增祥自己所說：「辛丑春暮，城東道院綠牡丹作花，中使齎以進御，遂邀同志作牡丹詩，竟三月，一月得詩六十餘首，命之曰《洛花集》。」〔註7〕作詩之緣起：「洪北江謂古今牡丹詩罕作正面文字，趙甌北輒賦八首，

〔註5〕《清稗類鈔》「物品類」。
〔註6〕《樊山續集》卷二十六。
〔註7〕《樊山續集》自敘。

及明年又作如前詩之數，北江稱譽至再。今讀其詩，適成爲甌北體耳。小園牡丹二叢，作花甚穠，以詩賞之，如趙之數。後人視樊山詩，殆如我之視甌北乎。」(《牡丹八首序》) 後又有黃、紫、綠、白、紅各題牡丹詠。

總之，樊山詩以雄才馭長篇的能力不可小覷。

二、形式上，樊增祥對語言的駕馭

第一，樊山詩好疊韻、次韻。陳衍《石遺室詩話》〔註8〕：

> 次韻、疊韻之詩，一盛於元白，再盛於皮陸，三盛於蘇黃，四盛於乾嘉間王蘭泉、吳白華、王鳳喈、曹來殷、吳企晉諸人。大抵承平無事，居臺省清班，日以文酒過從；相聚不過此數人，出遊不過此數處，或即景，或詠物，或展觀書畫，考訂金石版本，摩挲古器物，於是爭奇鬥巧，竟委窮源，而次韻、疊韻之作夥矣。自樊山、沈觀、實甫諸公至都，而楚風大盛，爭奇鬥巧之作，日有所聞。以左笏卿之攢眉苦吟、傅治之簿書鞅掌，亦復長篇巨製，賡唱迭和，所謂一人善射，則百夫決拾也。近如貂字韻雪詩，十刹海樊山韻、竹勿韻，皆迭次不已，亦一時之盛也。

樊增祥之疊韻，確如陳石遺所說「爭奇鬥巧」，動輒疊至二十、三十韻。與李慈銘疊《金危危詩》，更是引來李門其他人的參與，一時好不熱鬧。樊山疊韻有時純粹是自娛自樂，自己一首一首的次韻。更有跨度爲六年，累計疊二十二首的作品，《春暮過高廟登第一樓題壁》作於光緒二十五年己亥(1899)，直到光緒三十一年乙巳(1905)爲止，期間包括易順鼎等多人和詩贈樊，樊山無聊時也作幾首「自和」詩遣興。同光一代愛好疊韻的詩人中，樊增祥可以說是天下獨步了。

第二，樊增祥喜歡實驗使用一些少見的詩體，當作文字遊戲，自娛自樂。比如雙聲體、疊韻體、轆轤體、進退格、迴文等。茲舉一例：

《即事二首用疊韻體》

> 瑳瑳沙羅可摩挱，索烙波波(見茶村詩)佐笪籮。絡角蘿蘼何婀娜，和歌芍藥頗婆娑。呵鵝促坐坡陀左，捉鶴俄過瑣閣阿。郭橐駝家多果蓏，柯峨角䡾莫蹉跎。

> 洞窗紅鳳覘東風，供奉離宮冗從同。中棟松樅從臃腫，重弓虹

棘恐朦朧。躬從東隴逢龐統，（用龐德公採桑事）。眾捧空鐘諷孔融。

寵寵紅紅總同夢，銅龍猛動送登冬。〔註9〕

樊山運用其強大的語彙詞庫操弄文字，非有過人之才而不能也。

第三，工於隸事。樊易為詩皆好用典，鄭逸梅：「樊常用生典，易則用熟典，各極其妙。」〔註10〕《同光風雲錄》：「樊山喜用僻典，緝裁巧密，至讀者不易索解，而有時亦作輕鬆雋爽之句。」〔註11〕樊山自己卻說：「筆尖刪冷字」（注：余詩不喜僻澀）《雪中八首和何方伯》。〔註12〕樊山詩之所以被人評為難解，可以有一個原因就是，樊山好用宋以後之典，而清末的「今典」尤多。他常常出句用古典，對句用今典，讓箋注者不知所云。

第四，巧於裁對。《九日感懷》：「猿涕子美縱橫淚，蟹信丁沽早晚潮」。〔註13〕對句雖為今典，但工穩無比，令人擊節。樊增祥幼年初學屬對，對其父「開簾見月」，即用「閉戶讀書」，足見少年即有屬對天分。樊增祥教導後輩屬對，見其不諧，自己親自操刀，《兒輩初學屬對余出云墨竹換詩詩換蟹皆不能屬戲賦一首》：「墨竹換詩詩換蟹，畫松如篆篆如龍」。〔註14〕樊山屬對之技巧亦為一絕。

第五，好作七律詩。擅長試帖（有《二家試帖詩》）、駢文的樊增祥，對七律情有獨鍾。他嘗謂自己為何不喜五律、騷體、七體，《書堂》詩小注：「余詩少五律，文無騷七，一太易，一無味也。屈原、枚乘而外，余子固可不作。」〔註15〕作詩以「才」為基本要求的樊增祥對太容易的作品、無法翻陳出新的創作，可以說是不屑一顧。七律能為他的揮灑才情提供最佳載體，因此獨愛之。

三、風格上，樊增祥詩風華麗，缺乏變化

樊增祥詩作風格並不主於「平淡至味」、「素以為絢」、「言外之意」。樊增祥宗中晚唐詩人，好義山、樂天。故詩作常常濃豔無比，華麗而繁縟。樊增祥與袁昶爭高下時，就曾作詩論及自己與爽秋的風格差異。

〔註 9〕 《樊山續集》卷十五。

〔註10〕 《藝林散葉》，中華書局，2005 年版。

〔註11〕 《同光風雲錄》，《近代中國史料叢刊本》。

〔註12〕 《樊山續集》卷二十四。

〔註13〕 《樊山續集》卷十二。

〔註14〕 《樊山續集》卷十八。

〔註15〕 《樊山續集》卷二十三。

《愛伯師評騭袁樊兩家詩格以山水花木茗果爲喻敬答一首柬爽秋兼柬子培》

袁詩如食欖，我詩如噉蔗。世有知味者，甘乃居苦下。袁詩黍稷馨，我詩桃李花。古人亦有言，秋實勝春華。袁詩爲帛我爲錦，袁詩爲酪我爲茗。袁爲冰柱爲雪車，我爲丹曦爲紫霞。袁詩好處無人愛，我詩愛好皆驚嗟。早年把臂得陶君謂子珍六兄，晚歲齊名遇袁子。七寶樓臺屬化城，千尋石壁橫江水。秦黃並受蘇門知，能秀俱事黃梅師。吾師兼愛何分別，得失心知寧自私。少年紅燭照清歌，宛轉春風競綺羅。邇來漸欲歸平淡，奈此餘波綺麗何。此事推袁非一日，可畏隱然臨大敵。更鬥東陽瘦沈來，三交不覺蛇矛失。〔註16〕

樊山詩的這個風格特點是伴隨其始終的，晚年大量的「豔詩」之作，大多香豔逼人，藻飾繁華。在「視覺、聽覺、味覺」方面全面爭勝。

樊山詩風格上比較缺乏變化，「以歡愉爲工」。陳衍評價：

樊山詩才華富有，歡娛能工，不爲愁苦之易好，余始以爲似陳雲伯、楊蓉裳、荔裳。而樊山自言，少喜隨園，長喜甌北；請業於張廣雅、李越縵，心悅誠服二師，而詩境並不與相同。自喜其詩，終身不改途易轍。尤自負其豔體之作，謂可方駕冬郎，《疑雨集》不足道也。〔註17〕

四、樊山詩的不足

樊山詩作有「貪多務得」的毛病，應酬之作、率意之作、調笑不雅之作過多，以至將其詩作的價值淹沒。近代詩家所稱道的、可與王士禎《秋柳》相媲美的樊增祥《八月六日過灞橋口占》詩也埋藏在樊集深處不易被發現。幸賴錢仲聯先生慧眼獨識，收入《論近代詩四十家》〔註18〕才得以流傳。

樊山詩還有不重學問，率意而爲的弊病。樊增祥曾將蘇軾的詩誤記，卻還與學生爭論。又《廣示吏詩意》：「西儒未見吾狂耳」下注，劉改之詞：「不恨古人吾不見，恨古人不見吾狂耳。」〔註19〕把耳熟能詳的辛稼軒詞《賀新郎》「甚矣吾衰矣」詞作的版權歸於劉過，令人實在不可思議。樊山學問根底

〔註16〕《樊山集》卷十五。
〔註17〕《石遺室詩話》卷一。
〔註18〕《夢苕庵清代文學論集》，齊魯書社，1983年版。
〔註19〕《樊山續集》卷二十四。

與乃師李慈銘、同門陶方琦之間的差距可謂大矣。

五、樊山詩的詩史地位

陶在銘《樊山續集序》：

> 「昔南皮師嘗曰：洞庭南北得二詩人，壬秋歌行，雲門今體，皆絕作也。又嘗評其集云：詩第一，詞亦第一，駢文第二。而李會稽亦云：今世學人能詩者，皆幽邃要窈，取有別趣。若精深華妙，八面受敵而為大家者，老夫與雲門，不敢多讓。……及從南皮師遊，得其指授，乃沉思銳進，無間寒暑，同輩中高才博學者皆兄事之。」

陶在銘通過引述張之洞、李慈銘的評價，略述了樊增祥在同輩中人的地位，足見樊山在當時已享譽詩壇。甚至為官辦事的能力被其「詩名」所掩。邵鏡人錄鄭孝胥詩一首，用語之謙恭，絕不似一大家所言。

> 居恒為詩，雖取徑中晚唐，晚年亦偶為宋詩。嘗有與鄭孝胥冬雨劇談之作，瘦硬似孝胥，孝胥樂而和之，備致傾倒之辭。錄其一云：「久於南皮坐，習聞樊山名。老矣始一見，趙璧直連城。落筆必典贍，中年越崢嶸。才人無不可，皎若日月明。春華終不謝，一洗窮愁聲。南皮夙自負，通顯足勝情。達官兼名士，此秘誰敢輕。晚節殊可哀，祈死如孤惸。其詩始抑鬱，反似憂平生。吾疑卒不釋，敢請樊山評。」〔註20〕

諸家評論裏，惟汪國垣之評價可稱公論。

> 樊山生平論詩，以清新博麗為主，工於隸事，巧於裁對。作詩萬首而七律居其八九，次韻、疊韻之作尤多，無非欲因難而見巧也。近代詩人隸事之精，致力之久，益以過人之天才，蓋無逾於樊山者。晚年與易實甫並角兩雄，二家在湖湘為別派，顧詩名反在湘派諸家之上。蓋以專學漢魏六朝三唐，至諸家已盡，不得不別闢蹊徑為安身立命之所；轉益多師，聲光並茂，則二家別有過人者也。〔註21〕

樊增祥作為晚清時一位著名舊體詩人，已隨他的時代一起，漸行漸遠。但樊增祥留下的文學遺產還有待後人繼續深入發掘。

〔註20〕邵鏡人《同光風雲錄》。
〔註21〕《汪辟疆說近代詩》，上海古籍出版社，2001年版，第130頁。

結　語

　　史學界有前輩曾說：「歷史離得越遠，看得越清楚。」這樣的判斷，對於晚清、民國以來的文人評價，尤爲合適。樊增祥在民國初年，毀譽參半。譽之者以其爲末代才子、前朝耆宿；毀之者則目其爲無行文人、貳臣小丑。百年之後，塵埃落定，我們今天可以在現有資料的基礎上，運用正確的方法，借助於先進的工具，盡可能客觀公正地還原那個年代的人和事。這對於任何前代研究者而言，都是難以想像的。如此看來，今日學人也許是非常幸運的。但是在高度信息化的當代，歷史人物的研究依然有許多無法突破的障礙。比如，樊增祥個案的具體研究可以深入，而其總體評價卻只能依賴於現有史學框架。當下近代史研究正在擺脫之前「階級鬥爭」說的束縛，開始在更廣闊的語境下進行闡釋和建構。可是，因爲有長期馬克思主義教條化史學觀的干擾，對於我們漫長封建社會的理解仍然不能令人滿意。對傳統社會的解釋，仍然有「不古不今」、「不中不西」的特點。如何在繼承傳統學術成果的基礎上，引入西方的理論體系，成爲史學界、文學研究界需要重視的問題。

　　樊增祥在近代史的地位主要由其文學成就所決定。樊增祥在晚清同光年間，即以詩、詞、駢文著稱於世。又得益於在李慈銘、張之洞門下文人圈的核心地位，樊增祥的「詩名」在其所生活的時代，是異常顯赫的。民國之後，樊先入上海遺老圈，再入北京文人圈。文學革命來臨之際，失去政治地位和權貴師友支持的樊增祥，漸漸淡出文壇，被人所遺忘。可以說以樊增祥爲代表的一代舊體詩人，造就了古典文學最後的輝煌。世代更替，新文學登場，樊增祥也就帶著他的作品進入了博物館。我們今天回顧樊增祥的時代，深研樊增祥舊體詩詞創作，並不是，也不可能恢復舊文學的輝煌。而是要在新文

學發展後繼乏力的情況下，回溯舊文學吸取養料，以求爲文學的進一步發展找到方向。這是我們研究樊增祥等人的意義之所在。

　　總之，只有在更好地瞭解近代文學的基礎上，才能認識到當下文學的問題，也能爲未來文學的發展找到正確的方向。

參考文獻

（按著者姓氏音序先後排列）

一、文獻、專著類

C

1. 蔡冠洛著：《清代七百名人傳》，北京圖書館出版社，2008 年版。
2. 柴小梵著：《梵天盧叢錄》，《民國筆記小說大觀》（第四輯），山西古籍出版社，1998 年版。
3. 陳灨一著：《新語林》，上海書店，1997 年版。
4. 陳灨一著：《睇向齋秘錄》，中華書局，2007 年版。
5. 陳豪著，潘鴻編：《冬暄草堂遺詩》二卷，清宣統三年（1911）刻本。
6. 陳三立著，李開軍校點：《散原精舍詩文集》，上海古籍出版社，2003 年版。
7. 陳衍著，陳步編：《陳石遺集》，福建人民出版社，2001 年版。
8. 陳衍著：《石遺室詩話》，人民文學出版社，2004 年版。
9. 陳衍著：《近代詩鈔》，商務印書館，1928 年版。
10. 陳子展著：《中國近代文學之變遷·最近三十年中國文學史》，上海古籍出版社，2000 年版。

D

1. 杜貴墀著：《桐華閣文集》十二卷，《桐華閣叢書》本，1935 年長沙民善書局、文治書局印行。
2. 端方著：《寶華庵遺詩》一卷，清抄本。

F

1. 樊增祥著，涂小馬、陳宇俊點校：《樊樊山詩集》，上海古籍出版社，2004

年版。

2. 樊增祥著：《樊山詩詞文稿》十二卷，上海廣益書局，1926 年刊。

3. 樊增祥著：《樊山集七言豔詩鈔》十卷，上海廣益書局，1916 年刊。

4. 樊增祥著：《樊山戲著滑稽詩文集》不分卷，上海大達印書局，1935 年印本。

5. 樊增祥著：《賞心集閒樂集合刊》，上海廣益書局，1912 年石印本。

6. 樊增祥著：《琴樓夢》，1914 年石印本。

7. 樊增祥著，法政學社編：《樊山判牘》，法政學社，1915 年石印本。

8. 樊增祥著，那思陸、孫家紅點校：《樊山政書》，中華書局，2007 年版。

9. 樊增祥撰：《樊園五日戰詩記》，上海廣益書局，民國二年（1913）鉛印本。

10. 樊增祥著：《樊山老人文錄》，民國間抄本。

11. 樊增祥等：《梯園二百次大會詩選》，民國間刊本。

12. 馮天瑜、何曉明著：《張之洞評傳》，南京大學出版社，1991 年版。

13. 馮煦著：《蒿庵隨筆》，《近代中國史料叢刊》初編本，臺灣文海出版社，1966 年版。

G

1. 葛虛存著，張國寧點校：《清代名人軼事》，《民國筆記小說大觀》（第三輯），山西古籍出版社，1997 年版。

2. 辜鴻銘著：《張文襄幕府記聞》，《民國筆記小說大觀》（第一輯），山西古籍出版社，1995 年版。

3. 郭嵩燾著：《郭嵩燾日記》，湖南人民出版社，1983 年版。

4. 郭廷以著：《近代中國史事日誌》，中華書局，1987 年版。

5. 郭廷以著：《中華民國史事日誌》，臺灣中央研究院近代史研究所，1979 年版。

H

1. 何福堃著：《午陰清舍詩草》十六卷、《午陰清舍試帖》四卷、附錄一卷，清光緒三十一年（1905）蘭州官書局刻本。

2. 胡思敬著：《國聞備乘》，中華書局，2007 年版。

3. 胡曉明等編：《近代上海詩學繫年初編》，上海教育出版社，2003 年版。

4. 胡延、樊增祥著：《恒河鬖影詞》，清刻本。

5. 黃濬著：《花隨人聖庵摭憶》，中華書局，2008 年版。

6. 黃彭年著：《陶樓文鈔》十四卷，清光緒刻本。

7. 黃彭年著：《陶樓雜著》，清光緒刻本。

8. 黃紹箕著：《鮮庵遺文》一卷，《惜硯樓叢刊》，1935 年刊本。

9. 黃體芳著：《醉鄉瑣志》一卷，《雲在山房叢書》，1927 年刊本。

10. 黃體芳著：《漱蘭詩葺》一卷，《惜硯樓叢刊》，1935 年刊本。

J

1. 翦伯贊等編：《義和團》，《中國近代史資料叢刊》，上海人民出版社，1951 年版。

2. 江慶柏撰：《清朝進士題名錄》，中華書局，2007 年版。

3. 江慶柏撰：《清代人物生卒年表》，人民文學出版社，2005 年版。

4. 金梁著：《近世人物志》，北京圖書館出版社，2007 年版。

5. 金天羽著，周祿祥點校：《天放樓詩文集》，上海古籍出版社，2007 年版。

K

1. 柯愈春編：《清人詩文集總目提要》，北京古籍出版社，2001 年版。

2. 孔祥吉著：《晚清史探微》，巴蜀書社，2001 年版。

L

1. 李伯元著：《南亭筆記》，《民國筆記小說大觀》（第四輯），山西古籍出版社，1998 年版。

2. 李慈銘著：《越縵堂日記》，廣陵書社，2004 年版。

3. 李鴻章著：《李鴻章全集》，安徽教育出版社，2008 年版。

4. 李嘉績著：《代耕堂全集》，清光緒刻本。

5. 李靈年等編：《清人別集總目》，安徽教育出版社，2000 年版。

6. 李詳著：《李審言文集》，江蘇古籍出版社，1989 年版。

7. 李漁叔著：《魚千里齋隨筆》，《近代中國史料叢刊續編》本，臺灣文海出版社，1974 年版。

8. 梁啓超著：《中國近三百年學術史》，團結出版社，2006 年版。

9. 梁啓超著：《清代學術概論》上海古籍出版社，1998 年版。

10. 林華國著：《歷史的眞相》，天津古籍出版社，2002 年版。

11. 林志宏著：《民國乃敵國也》，臺灣聯經出版公司，2009 年版。

12. 劉成禺著，錢實甫點校：《世載堂雜憶》，中華書局，1960 年版。

13. 劉成禺著：《洪憲紀事詩本末簿注》，《民國筆記小說大觀》（第三輯），山西古籍出版社，1997 年版。

14. 劉世南著：《清史流派史》，人民文學出版社，2004 年版。

15. 陸廷黻著：《鎮亭山房詩集》四卷，清光緒間刻本。

16. 鹿傳霖著：《籌瞻疏稿》三卷，清光緒二十六年（1900）刻本。

M

1. 馬亞中著：《中國近代詩歌史》，復旦大學出版社，2011 年版。

2. 馬衛中著：《光宣詩壇流派發展史論》，蘇州大學出版社，2000 年版。

3. 馬衛中、董俊玨著：《陳三立年譜》，蘇州大學出版社，2010 年版。

Q

1. 錢海嶽編：《海岳文編》，卞孝萱等《民國人物碑傳集》本，鳳凰出版集團，2011 年版。

2. 錢基博著：《現代文學史》，上海世紀出版集團，2007 年版。

3. 錢實甫編：《清代職官年表》，中華書局，1980 年版。

4. 錢仲聯著：《夢苕庵詩詞》，北京圖書館，2004 年版。

5. 錢仲聯主編：《近代詩鈔》，江蘇古籍出版社，2001 年版。

6. 錢仲聯著：《夢苕庵清代文學論集》，齊魯書社，1983 年版。

7. 錢仲聯主編：《近代文學大系》，上海書店，1991 年版。

8. 錢仲聯主編：《清詩紀事》，鳳凰出版社，2004 年版。

9. 錢仲聯著，魏中林整理：《錢仲聯講論清詩》，蘇州大學出版社，2004 年版。

10. 錢儀吉等編：《清碑傳合集》，上海書店，1988 年版。

11. 秦國經主編：《清代官員履歷檔案全編》，華東師範大學出版社，1997 年版。

12. 秦樹銛著：《勉鋤山館存稿》一卷，清光緒間刻本。

R

1. 榮孟源、章伯鋒主編：《近代稗海》，四川人民出版社，1985 年版。

S

1. 邵鏡人著：《同光風雲錄》，《清代傳記叢刊》本，臺灣明文書局，1986 年版。

2. 尚秉和著：《辛壬春秋》，1924 年刊本。

3. 尚小明著：《清代士人遊幕表》，中華書局，2005 年版。

4. 商衍鎏著：《清代科舉考試述錄》，百花文藝出版社，2004 年版。

5. 沈瑜慶著，盧爲峰點校：《濤園集》，福建人民出版社，2010 年版。

6. 沈曾植著，錢仲聯校注：《沈曾植集校注》，中華書局，2001 年版。

7. 盛昱著：《鬱華閣遺集》四卷，清光緒三十一年（1905）刻本。

8. 盛昱著，楊鍾義編：《意園文略》二卷，清宣統二年（1910）刻本。

9. 孫德祖著：《寄龕文存》四卷，光緒十年（1884）刻本。

10. 孫德祖著：《寄龕詩質》十二卷，光緒十年（1884）刻本。

T

1. 湯志鈞撰：《章太炎年譜長編》，中華書局，1979 年版。

2. 陶方琦著：《湘麋閣遺詩》六卷，清光緒十六年（1890）刻本。

3. 陶方琦著：《漢孳室文鈔》四卷《補遺》一卷，光緒十八年（1892）刻本。

W

1. 汪康年著：《汪康年師友書札》，上海古籍出版社，1986 年版。

2. 汪辟疆著：《汪辟疆說近代詩》，上海古籍出版社，2001 年版。

3. 王蘧常撰：《沈寐叟年譜》，商務印書館，1938 年版。

4. 王闓運著，吳容甫點校：《湘綺樓日記》，嶽麓書社，1997 年版。

5. 王仁堪著，王孝繩編：《王蘇州遺書》十二卷，1933 年刊本。

6. 王森然著：《近代名家評傳》（二集），三聯書店，1998 年版。

7. 王彥威輯，王亮編：《西巡大事記》，清季外交史料附刊本，1933 年刊本。

8. 王懿榮著：《王文敏公遺集》八卷，《求恕齋叢書》，民國間刊本。

9. 王逸塘著：《今傳是樓詩話》，《近代中國史料叢刊續編》本，臺灣文海出版社，1974 年版。

10. 沃丘仲子著：《當代名人小傳》，《近代中國史料叢刊》三編本，臺灣文海出版社，1985 年版。。

11. 吳慶坻著：《悔餘生詩集》五卷，1926 年刊本。

12. 吳慶坻著，張文其、劉德麟點校：《蕉廊脞錄》，中華書局，1990 年版。

X

1. 夏先範編：《胡文忠公年譜》一卷，清同治刻本。

2. 小橫香室主人編：《清朝野史大觀》，上海文藝出版社，1990 年影印本。

3. 熊月之著：《中國近代民主思想史》，上海社會科學院出版社，2002 年版。

4. 徐一士著：《一士類稿》，中華書局，2007 年版。

5. 徐一士著：《一士譚薈》，中華書局，2007 年版。

6. 徐凌霄、徐一士著：《凌霄一士隨筆》，《民國筆記小說大觀》（第三輯），山西古籍出版社，1997 年版。

7. 許景澄著，嚴一萍編：《許文肅公遺書》，《清末名家自著叢書》（初編），臺灣藝文印書館，1964 年印行。

8. 許全勝著：《沈曾植年譜長編》，中華書局，2007 年版。

9. 徐珂編：《清稗類鈔》，中華書局，2010 年版。

10. 徐中約著，計秋楓、朱慶葆譯，《中國近代史：1600～2000 中國的奮鬥》，世界圖書出版公司北京公司，2008 年版。

11. 薛福成著，南山點校：《庸盦筆記》，江蘇古籍出版社，2000 年版。

Y

1. 嚴復著：《嚴復集》，中華書局，1986 年版。

2. 嚴金清著，嚴懋功等編：《嚴廉訪遺稿》十卷，1923 年刊本。

3. 楊萌芽：《古典詩歌的最後守望：清末民初宋詩派文人群體研究》，武漢出版社，2011 年版。

4. 楊鍾義著：《聖遺詩集》五卷，1935 年刊本。

5. 楊鍾義著：《雪橋詩話·續集·三集·餘集》，北京古籍出版社，1989 年版。

6. 葉昌熾著：《緣督廬日記抄》，《續修四庫全書》本，上海古籍出版社，1995～2002 年版。

7. 葉衍蘭、葉恭綽編：《清代學者像傳》，上海書店出版社，2001 年版。

8. 佚名著：《西巡迴鑾始末》，《近代中國史料叢刊》初編本，臺灣文海出版社，1966 年版。

9. 易順鼎著，王颱校點：《琴志樓詩集》，上海古籍出版社，2004 年版。

10. 易順鼎著：《鳴呼易順鼎》，劉家平等主編《中華歷史人物別傳集》本，線裝書局，2003 年版。

11. 于式枚著：《于文和公遺詩》，民國抄本。

12. 余英時著：《士與中國文化》，上海人民出版社，2003 年版。

13. 余振棠主編：《瑞安歷史人物傳略》，浙江古籍出版社，2006 年版。

14. 袁昶著：《漸西村人初集》，《續修四庫全書》本，上海古籍出版社，1995～2002 年版。

15. 袁昶著：《安般簃詩續鈔》，《續修四庫全書》本，上海古籍出版社，1995～2002 年版。

16. 袁昶著：《于湖小集》，《續修四庫全書》本，上海古籍出版社，1995～2002 年版。

17. 袁昶著：《金陵雜事詩》，《續修四庫全書》本，上海古籍出版社，1995～2002 年版。

18. 袁昶著:《袁忠節公手札》,商務印書館,1940 年刊。

19. 袁允楠等編:《太常袁公行略》,商務印書館,清光緒三十一年（1905）石印本。

20. 惲毓鼎著:《惲毓鼎澄齋日記》,浙江古籍出版社,2002 年版。

Z

1. 左宗棠著:《左宗棠全集》,嶽麓書社,1996 年版。

2. 張百熙著,譚承耕、李龍如校點:《張百熙集》,嶽麓書社,2008 年版。

3. 張寅彭主編:《民國詩話叢編》,上海書店出版社,2002 年版。

4. 張預著:《崇蘭堂詩初存》十卷,光緒七年（1881）刻本。

5. 張之洞著,龐堅校點:《張之洞詩文集》,上海古籍出版社,2008 年版。

6. 張之洞著:《張之洞全集》,河北人民出版社,1998 年版。

7. 章炳麟撰,王雲五主編:《民國章太炎先生炳麟自訂年譜》,臺灣商務印書館,1980 年版。

8. 趙爾巽等撰:《清史稿》,中華書局,1977 年版。

9. 趙翼著:《甌北詩話》,人民文學出版社,1963 年版。

10. 鄭孝胥著,黃坤、楊曉波校點:《海藏樓詩集》,上海古籍出版社,2003 年版。

11. 鄭孝胥著,勞祖德整理:《鄭孝胥日記》,中華書局,1993 年版。

12. 鄭逸梅著:《藝林散葉》,中華書局,2005 年版。

13. 曾國藩著:《曾國藩全集》,嶽麓書社出版,1995 年版。

14. 曾國藩著:《曾文正公全集》,中國書店,2011 年版。

15. 中國第一歷史檔案館編:《庚子事變清宮檔案彙編》,中國人民大學出版社,2003 年版

16. 中國人民大學清史研究所編:《清史編年》,中國人民大學出版社,2000 年版。

17. 周銘旗著:《出山草》,清光緒十七年（1891）刻本。

18. 周樹模等著:《沈觀齋詩》,1933 年大業印刷局影印本。

19. 諸可寶著:《璞齋集》六卷,清光緒二十二年（1896）刻本。

20. 朱彭壽著,何雙生點校:《舊典備徵·安樂康平室隨筆》,中華書局,1982 年版。

21. 朱銘盤著:《桂之華軒詩草》,清抄本。

22. 朱壽朋纂:《東華續錄》,《續修四庫全書》本,上海古籍出版社,1995～2002 年版。

23. 朱則傑著：《清詩考證》，人民文學出版社，2012 年版。

24. 祝注先主編：《中國少數民族詩歌史》，中央民族大學出版社，1994 年版。

二、期刊、學位論文類

（一）期刊論文

C

1. 蔡登山：《可愛者不可信——也談賽金花瓦德西公案的真相》，《名作欣賞》，2010 年第 22 期。

H

1. 郝鐵川：《從〈樊山判牘〉看古代身份和契約的關係》，《法制現代化研究》，1997 年第 3 期。

J

1. 賈熟村：《對樊燮控告左宗棠案的考察》，《近代史研究》，1986 年第 2 期。

L

1. 雷恩海：《樊增祥詩文四篇補遺》，《青海民族大學學報》，2011 年第 1 期。

2. 李文軍：《清代地方訴訟中的「客民」——以〈樊山政書〉為中心的考察》，《貴州文史叢刊》，2010 年第 2 期。

3. 劉厚章、鄭正：《鄂西籍近代文學家——樊樊山生平紀略》，《鄂西大學學報》，1986 年第 1 期。

4. 劉江華：《從清宮檔案看左宗棠樊燮案真相》，《紫禁城》，2012 年第 7 期。

P

1. 潘宏恩：《20 世紀以來樊增祥研究述評》，《黑龍江史志》，2009 年第 5 期。

S

1. 蘇全有：《從〈樊山政書〉看樊增祥的施政風格》，《大連大學學報》，2011 年第 2 期。

T

1. 湯炳正：《我寫〈彩雲曲〉的前後》，《文史天地》，2003 年第 12 期。

W

1. 萬彩紅：《樊增祥政法類著作考略》，《法律文獻信息與研究》，2008 年第 4 期。

2. 王標：《空間的想像和經驗——民初上海租界的殉清遺民》，《杭州師範學院學報》，2006 年第 1 期。

3. 王雷：《民國初年生存空間的歧異——前清遺老圈裏的生死節義》，《安徽師範大學學報》，2003 年第 1 期。

4. 王雷、陳恩虎：《民國初年前清遺老圈生存心態探析》，《史學月刊》，2005 年第 3 期。

5. 王日根：《從〈樊山政書〉看晚清教育的變遷》，《教育與考試》，2009 年第 1 期。

6. 王維江：《「清流」張之洞》，《社會科學》，2008 年第 1 期。

X

1. 熊月之：《辛亥鼎革與租界遺老》，《學術月刊》，2001 年第 9 期。

2. 徐玲、崔新明：《從〈勸學篇〉看張之洞的中西文化觀》，《江漢大學學報》，2004 年 8 月。

Z

1. 曾偉希：《鹿傳霖致樊增祥信函二通》，《文物春秋》，2010 年第 4 期。

2. 曾偉希：《清末吳祿貞致樊增祥信函》，《文獻》，2011 年 7 月第 3 期。

3. 趙倩：《從〈樊山判牘〉看清代女子繼承權》，《法制與社會》，2008 年 9 月下。

4. 張小也：《清代的地方官員與訟師——以〈樊山批判〉與〈樊山政書〉為中心》，《史林》，2006 年第 3 期。

5. 朱興和：《超社和逸社：被歷史遺忘了的文化遺產》，《古代文學理論研究》第 30 輯，華東師大出版社，2010 年版。

（二）學位論文

1. 董俊珏：《陳三立評傳》，蘇州大學博士學位論文，2008 年。

2. 賀國強：《近代宋詩派研究》，蘇州大學博士學位論文，2006 年。

3. 潘宏恩：《易順鼎傳論及年譜》，蘇州大學碩士論文，2009 年。

4. 周容：《論李慈銘與樊增祥的詩歌理論及其創作》，上海大學博士學位論文，2009 年。

5. 朱興和：《超社逸社詩人群體研究》，華東師範大學博士學位論文，2009 年。

附錄一：樊增祥後人情況

按：因爲文獻資料的缺乏，關於樊增祥後人的情況，掌握極少，現將已掌握的信息，移錄於下，以備考索。

1. 中央文史館館員資料

樊川，曾用名寶棠，湖北恩施人，1886 年 11 月 3 日生。青年時隨侍祖父樊增祥赴陝西、北京、江浙等地。1909 年考入南京兩江高等師範學堂肄業。自民國成立至 1931 年樊增祥去世，一直爲之料理文案。1952 年入中央文史館。1975 年 10 月 13 日病逝。終年 89 歲。亦能書畫，書法追摹樊增祥甚似。

2. 新聞稿：樊增祥曾孫女恩施尋蹤

來源：恩施新聞網　http://www.enshi.cn

時間：2013 年 01 月 17 日 11：03

作者：賀孝貴

2012 年 12 月 14 日，被告知樊增祥曾孫女樊衛紅將到恩施尋訪曾祖父遺跡，請我準備參加座談會。

樊增祥（1846～1931）清代官員、文學家。原名樊嘉、又名樊增，字嘉父，別字樊山，號雲門，晚號天琴老人，清代施南府恩施縣鼓樓街梓潼巷人（今恩施市公園街）。光緒進士，歷任渭南知縣、陝西布政使、護理兩江總督。辛亥革命爆發，避居滬上。袁世凱執政時，官至參政院參政。曾師事張之洞、李慈銘，爲同光派的重要詩人，詩作豔俗，有「樊美人」之稱，又擅駢文，死後遺詩三萬餘首，並著有上百萬言的駢文，是我國近代文學史上一位不可

多得的高產詩人。有《樊山全集》等書傳世。這次他的曾孫女到恩施，對我們研究樊增祥很有幫助。

17 日上午，座談會在州政協四樓會議室召開，由陳平烈主持，參加者除樊衛紅與其丈夫王新民，還有幾位研究樊增祥的專家、學者。

陳平烈介紹說，樊衛紅女士是到武漢旅遊，經朋友介紹到恩施。召開座談會的目的是相互通報一下各方所掌握的樊增祥的資料，以便更好地研究這位恩施籍的晚清著名人物。

樊女士沒有見過其曾祖父，也沒有對曾祖父作過專門的研究，對樊增祥人生軌跡的瞭解基本上是囿於公開的研究成果，但對樊增祥後代的情況介紹引起了我們的興趣。樊衛紅本名樊存炯，今年 60 歲，新疆維吾爾自治區直屬實驗中學退休教師，是樊增祥最小的曾孫女。其父樊寶蘭是樊增祥最小的孫子，姊妹九個，他排行第九，因父親早逝，從小隨祖父生活。1948 年從甘肅酒泉到新疆，解放後在新疆農業廳工作，棉花種植專家，高級農藝師，曾任土肥處處長，省政協常委，多次到北京參加全國棉花會議，向周恩來總理彙報新疆棉花生產情況，因言簡意賅，數字準確，受到周總理的稱讚，73 歲時病逝，病榻上被批准加入中國共產黨，20 多年後被新疆自治區政府追授「對新疆最有貢獻的人」光榮稱號。樊衛紅姐妹 7 個，現健在的 6 個，最大的已76 歲。樊女士說，樊增祥後代多在新疆，其大伯父樊寶芝，建國初期隨王震將軍入疆，在農墾部隊工作一生。有一個女兒叫樊存熙，現已 90 歲，曾任縣教育局局長，其女兒李爽，在新疆大學任教，曾任系黨支部紀檢組長。有一個兒子叫樊存煦，共和國成立初期，由新疆有色金屬局保送到蘇聯留學，毛澤東主席訪蘇接見中國留學生，說「你們青年人好比早上八九點鐘的太陽，希望寄託在你們身上」那番話時，他就在距毛主席不遠的前排就坐。

座談會結束後，我陪樊女士夫婦走訪了樊增祥在老城梓潼巷的故居遺址、與樊增祥有關的登龍橋遺址、西門城門與街道。夫婦倆很興奮，每到一處都向我詢問曾祖父的軼聞趣事，並拍照留念。18 日，樊衛紅夫婦離開恩施回新疆。

附錄二：樊增祥年譜

例言

　　本文是根據樊增祥傳記資料與《樊山集、續集、集外》等編成的樊增祥年譜簡編。

　　本文在清代部分一律使用陰曆，民國部分一律使用現行公曆。

　　本文就重要事件均以「相關資料」形式羅列出處。

　　本文采錄樊增祥部分重要的紀事詩和文章，以「編年詩文」形式列於事件之後。

清　宣宗

道光二十六年丙午（1846）　一歲

出生於父親樊燮任職地宜昌。

　　相關資料：「昔歲丙午，太翁官宜昌游擊，先生生於官舍。兒時不好弄，恒於室中獨步，且行且語。或窺之，則止。」（余誠格《樊樊山集敘》）

　　「我生仲冬朔，性與冰雪親」（《生日子珍遣五寶來祝兼惠臺香湘茗》，《樊山集》卷七）

袁昶出生。

　　相關資料：「齊年同丙午，學道守庚申」（《春初簡星府大令》，《樊山集》卷十一）

　　《補壽袁爽秋觀察五十》序：觀察與余同丙午生。（《樊山集》卷二十八）

道光二十七年丁未（1847）　二歲

道光二十八年戊申（1848）　三歲

道光二十九年己酉（1849）　四歲

道光三十年庚戌（1850）　五歲

清　文宗

咸豐元年辛亥（1851）　六歲

咸豐二年壬子（1852）　七歲

學習中展露文學天賦。

相關資料：七歲已能屬對。時方讀唐詩，先君曰：汝能對「開簾見月」否？余應聲曰：閉戶讀書。先君心喜之而慮其狂也，訶曰：書可對月耶？（《樊山續集》自敘）

咸豐三年癸丑（1853）　八歲

咸豐四年甲寅（1854）　九歲

入塾讀書。

相關資料：咸豐初，太翁官廣西道，為賊梗，眷屬留長沙，久之，乃達。故九歲始入塾，然未授讀以前，已能辨四聲，竊觀諸小說，與兄姊講說不倦，人稱奇童。（余誠格《樊樊山集敘》）

咸豐五年乙卯（1855）　十歲

咸豐六年丙辰（1856）　十一歲

學會作詩。

相關資料：十一歲能詩。（余誠格《樊樊山集敘》）

咸豐七年丁巳（1857）　十二歲

學詩，效法袁枚、趙翼。

相關資料：自丁巳迄己巳，積詩千數百首，大半小倉、甌北體，自餘則香匳詩也。（《樊山續集》自敘）

咸豐八年戊午（1858）　十三歲

學習科舉制藝文。

相關資料：十三歲學經義。太翁即於是歲罷官，待勘者二年，貧不能延師。先生與兄訒齋自相師友。（余誠格《樊樊山集敘》）

咸豐九年己未（1859）　十四歲

咸豐十年庚申（1860）　十五歲

專力於科舉制藝學習。

相關資料：十五以後，專攻舉業而不廢歌詠。（《樊山續集》自敘）

咸豐十一年辛酉（1861）　十六歲

樊燮罷官回鄉，督促樊增裪、樊增祥兄弟專攻科舉。

相關資料：年十六，太翁盡室還宜昌，先生兄弟仍鍵戶讀，太翁日坐齋中督課。屬文每數行必取閱，閱必數數訶罵，蓋望之過深也。而文亦因是益進，試輒冠其曹，先後典郡者皆為延譽。（余誠格《樊樊山集敘》）

樊增祥開始學習填詞。

相關資料：余十六學為詞（《五十麝齋詞賡敘》）

清　穆宗

同治元年壬戌（1862）　十七歲

舉家返回宜昌，生活貧苦。

相關資料：《西屏畫茗花春雨填詞圖並覛佳什撫今追昔次韻答謝》「祇餘一樹茶花白，湘編峨峨百丈牽」下注：辛酉壬戌間始還宜昌，貧悴特甚。茶花數本，乃自湘中載歸。（《樊山集》卷二十五）

同治二年癸亥（1863）　十八歲

同治三年甲子（1864）　十九歲

參加科舉鄉試。

相關資料：《中秋夜憶中兒北闈鄉試》下注：余甲子就試，丁卯領解，今三十一年矣。（《樊山集》卷二十五）

娶彭崧毓之女彭氏為妻。

相關資料：《西屏畫茗花春雨填詞圖並覛佳什撫今追昔次韻答謝》「愛好蕭郎持粉帛，含愁新婦鬮脂田」下注：甲子歲，彭恭人來歸，以匲資為養。（《樊山集》卷二十五）

同治四年乙丑（1865）　二十歲

同治五年丙寅（1866）　二十一歲

同治六年丁卯（1867）　二十二歲

鄉試中舉。得張之洞賞識，招入幕府，既而延聘入潛江書院，後為潛
江書院院長。

相關資料：丁卯，舉於鄉，而家益貧。先是，太翁歸，有衣裘數笥，斥
賣略盡，並太夫人叙珥缺焉。先生既鄉舉，即為人司書記，博菽水資。會南
皮張先生視學至宜昌，見先生文，奇賞之，招致賓座，又薦爲潛江院長。丁
卯，南皮典浙試，得士最盛，先生館南皮久，故與浙士最親。（余誠格《樊樊
山集叙》）

《中秋夜憶中兒北闈鄉試》下注：余甲子就試，丁卯領解，今三十一年
矣。（《樊山集》卷二十五）

妻彭氏病故。

相關資料：《鳳凰臺上憶吹簫》六月既望，爲亡婦忌日。自丁卯及今，周
十三寒暑矣。是月方移居橫街圓通道院，窗外修柏一樹，月明風細，如聞秋
聲。永夕彷徨，寫以商調。（《樊山集》卷二十一）

會稽陶方琦亦於是年中舉。

相關資料：《二家詞賡》序：余與會稽陶君子珍同丁卯鄉舉。（《樊山續集》
卷二十七）

同治七年戊辰（1868）　二十三歲

赴京參加戊辰科會試。不報。

相關資料：《旅懷》小注：余戊辰計偕，年二十有二，今三十年矣。（《樊
山續集》卷三）

結識會稽陶在銘。

相關資料：《得仲彝徐州書悵然有寄》注：「君戊辰至宜昌，與余訂交，
己卯還浙。」（《樊山集》卷十九）

《戊戌元旦同壽平觀劇十七疊安揚韻》小注：戊辰所見諸伶，今皆老矣。
（《樊山續集》卷四）

戊辰秋與哲兄仲彝訂交，乃讀君詩詞，自是書問無虛月。（《二家詞賡》

序，《樊山續集》卷二十七）

《陶仲彝七十壽序》：余二十三歲，與仲彝四兄締交，君長余二年，介弟子珍，同丁卯鄉舉，皆於同治戊辰，定金蘭之好。（《樊山集外》卷七）

同治八年己巳（1869） 二十四歲

受學於張之洞。

相關資料：先生雖天資高異，而己巳歲以前，無書可讀，見南皮後，始知學問門徑。南皮亦奇其敏惠，盡以所學授之。（余誠格《樊樊山集敘》）

《茉莉用漁洋秋柳韻》序：同治己巳夏，孝達師以此題試宜昌古學，余與仲彝各擬四首。郡守聶公攜呈學使，深蒙賞異，是爲登龍之始。（《樊山集》卷二十八）

編年文：《代李母李太夫人八十壽序》（《樊山集》卷二十三）

同治九年庚午（1870） 二十五歲

張之洞傳授爲詩之道。是年，長兄樊增祹卒。

相關資料：「故先生存稿，斷自庚午，猶宋人以「見黃」名集云。是歲，兄訒齋卒，徐太夫人慟甚，恒不許先生出，而不出又無以爲養，故歲嘗數出數歸。」（余誠格《樊樊山集敘》）

《禹鴻臚爲劉西谷先生畫風雨連床卷子有陳午亭徐亮直查初白王樓村諸老輩題詠癸巳小除日得於渭南因次徐韻二首》注：先兄歿於庚午。（《樊山集》卷十九）

庚午歲，從南皮師遊，始有捐棄故伎，更授要道之歎。舉前所作皆火之，故存稿斷自庚午。時迭主潛江、江陵講席，稍稍以餘金買書，或從人借讀，且讀且抄且作。夙夕下筆千言，至是七言八句，或終夕不成，或脫稿斤斤自喜，閱時又焚棄之。自庚午至乙亥所作，又千餘首，痛自芟薙，存其十之一，釐爲上下二卷，曰《雲門初集》。（《樊山續集》自敘）

張之洞科試荊州，樊增祥隨行。

相關資料：《尚書師巡視荊州萬城大堤增祥隨節西上賦呈一首》小注：「公以庚午三月科試荊州，增祥亦與分校。」（《樊山集》卷十三）

《紫牡丹》：「同治庚午，孝達師視學湖北，以此題試士，都無佳作。王百穀《南有堂集》中有此題，最佳者爲：色借相公袍上紫，氣含天子殿中煙，然紫字犯題，已乖詩律，其他更乏警句。晝長無事，聊復賦之。」（《樊山續

集》卷十四）

《二家詠古詩》序：同治庚午，從孝達師於武昌試院，縱言至於詩，師曰：「詩非有事勿作，吾少時流連光景，雕繪風霞之什，大半軼去，獨通籍後與同年數人作《詠古詩》，既熟史事，且覘學識。每一篇中，必取材於本傳之外，以爲旁搜博識之驗。凡數十首，今亦不存矣。」

與諸可寶訂交。

相關資料：歲庚午，與諸遲菊同年訂交，遲菊精音律，相與往復討論，乃知詞學閫域。（《五十麝齋詞賡敘》）

同治十年辛未（1871）　二十六歲

結識李慈銘，並拜入門下。

相關資料：辛未，見會稽李先生，深相慕結。（余誠格《樊樊山集敘》）

余少先生十六歲，辛未春爲登龍之始，一見若平生歡。（《二家詞鈔》序）

《張蘇卿公子二十生日索詩賦贈二首》小注：君以辛未浴佛前一日生，余適假榻師門，與湯餅焉。（《樊山集》卷十三）

進京參加辛未科會試，借住張之洞府中。會試不報。

相關資料：《仿蘇以齊河晚濟圖乞題同治辛未會試假榻南皮師宅張子虞同年見過爲錄近作十餘首於團扇上師獨取其晚渡齊河一絕云窄窄齊河帶影長斷橋晚溜去堂堂流黃不照春人鬢辛苦牽車上野航今四十二年師友俱逝扇亦燬於庚子而此詩猶在胸臆披此圖不禁老懷根觸也爲題三絕句歸之》（《樊山集外》卷五）

《曩與仲彝辛未下第丙子計偕兩宿泥溝驛皆有詩奉贈今廿餘年矣丁酉八月廿八日重經斯驛再疊前韻寄仲彝徐州》（《樊山續集》卷三）

《少保師別示短詩八篇敬和》注：憶辛未會試假榻師宅如昨日事。（《樊山續集》卷十九）

《二家詞賡》序：辛未試南宮，君方居憂。（《樊山續集》卷二十七）

同治十一年壬申（1872）　二十七歲

同治十二年癸酉（1873）　二十八歲

夏，在宜昌，遊覽梅子溪。

相關資料：《新雁過妝樓》序：「癸酉七月泊舟梅子溪。疏柳殘蟬，江天如畫，青廉照水，遠山媚人，以樊南詩意寫之，益覺銷魂無限矣。」（《樊山

集》卷二十一）

同治十三年甲戌（1874） 二十九歲

赴京參加甲戌科會試，不報。在京結識陶方琦。在京期間參加李慈銘門下活動，並隨其觀劇。

相關資料：《買陂塘》注：王子常同年以甲戌之夏畫芙蓉秋水圖索題，因循未報。（《樊山集》卷二十一）

《二家詞賡》序：「（余與會稽陶君子珍）至甲戌始相見於都門，稱人中直前握手曰：「此奎哥也。」眾皆驚笑。由其秉姿秀異，夙已飫聞，故望而知之。奎者，君小名，余與陶氏為昆弟交，於其群從皆呼小字故也。」（《樊山續集》卷二十七）

《蝶戀花》序：甲戌會試，場前寓長巷寶勝西棧。一夕，與汝翼、仲彝、子珍聯句作《蝶戀花》詞，即成，匿其名，使彥清辨之。讀至收句云：「牆外柝聲如雨迸，天涯剩個愁人聽。」彥清曰：「此必子珍作也」相與大笑。此詞不入《東溪樂府》，今撝《蘭當詞》亦亡之，補成此解，以助詞話。相距三十三年，曩同舍七人，秋伊、子珍、伯循、汝翼皆早世，獨余與仲彝、麓玖在耳，言之悢然。（《樊山續集》卷二十八）

《高陽臺》序：甲戌京邸，子珍以所作《高陽臺》詞為人書扇。其過變云：「相思不在天涯遠，在兜鞋花底，燒燭苔陰。」汝翼誦之，幾欲俯首至地。（《樊山續集》卷二十八）

愛伯師有《菊部三珠讚》；甲戌會試，景和堂五雲最知名，仲修收入《群芳小集》（《碧雲辭和石甫》，《樊山集外》卷二）

清 德宗

光緒元年乙亥（1875） 三十歲

在湖北家中，為外舅彭器之賀五十歲生日。

相關資料：《東坡生日同人集代耕草堂二首》「十年今日五稱觴」下注：乙亥在鄂。（《樊山集》卷十）

《乙亥冬寓養園次韻酬器之外舅見贈》（《樊山集》卷二）。

《外舅彭器之觀察五十初度敘》（《樊山集》卷二）。

光緒二年丙子（1876） 三十一歲

在京與李慈銘等人參加丙子科會試，報罷。夏，在李慈銘宅中度夏。既而入保定蓮池書院，為黃彭年校書。

相關資料：丙子報罷，居李愛伯師宅過夏，與師及子珍、彥清迭相唱酬。既而假榻蓮池，黃子壽師實為盟主，褚叔寅、方子謹並同硯席，賡和愈多。（《樊山續集》自敘）

《題子珍畫蘭遺墨為弢甫水部屬賦　並序》序：昔歲丙子，結夏都門，會稽先生為之盟主，屢開社會，閒涉清遊。（《樊山續集》卷四）

及丙子夏課，遂與陶子珍仲彝昆季俱受業焉。（余誠格《樊樊山集敘》）

《午日對酒疊前韻寄爽翁》注：丙子端午與愛伯師、子珍昆季遊龍樹寺，各賦詩詞紀遊。（《樊山續集》卷九）

及丙子報罷，居先生宅過夏，遂與汝翼、弢夫、仲彝、子珍同受業焉，先生尤重余。是冬居保陽書局。（《二家詞鈔》序）

憶丙子榜後居愛伯師宅，過夏賦重臺榴花詞。（《五十麝齋詞賡下》）

《東坡生日同人集代耕草堂二首》「十年今日五稱觴」下注：丙子在保定。（《樊山集》卷十）

《鄂中呈黃煉訪丈即用留別》小注：丙子秋，先生命祥入蓮池校書，是為登龍之始。丁丑通籍，實以蓮池為初地焉。（《樊山集》卷七）

編年詩：《仲春彰德道中計越中朋好當已渡海遂有是作》（《樊山集》卷三）

《八月二日仲彝招集天王寺和愛伯師韻時汝翼子珍將赴津門予亦有保陽之役》（《樊山集》卷三）

《中秋夜得子珍天津書卻寄》（《樊山集》卷三）

《奉贈黃彭年子壽翰林丈即送之襄陽》（《樊山集》卷三）

《蓮池月夜柬叔寅再同》（《樊山集》卷三）

《十月十五日夜再同昆季招同叔寅方子謹上舍市肆小集歸坐臨漪亭對月作》（《樊山集》卷三）

《丙子丁丑間祥與陶子珍陳汝翼胡匡伯從愛伯師與京邸朝夕談宴樂且無央既而汝翼告殂子珍繼逝比得師二月寄書則匡伯又物故矣書稱曩日同遊惟兩人在又云季弟病歿里中歸已無路是何言之悲也感賦是律即以寄慰》（《樊山集》卷十）

光緒三年丁丑（1877）　三十二歲

中光緒丁丑科二甲進士，入翰林為庶吉士。

相關資料：《高陽臺》序：丁丑三月，與陶少簣、子珍、心耘昆季、孫紫霓孝廉，賃居蕭寺。嫠春多雨，短燭親人，永夕談諧，不復知其是客也。首賦此詞索諸君和，並柬彥清、仲彝。（《樊山集》卷二十一）

《酬陶八孝廉見贈即用誌別》下注：「丁丑會試，與君同寓大宏禪院。」（《樊山集》卷六）

「丁丑通籍，南皮自蜀還京，與先生別且久，相見歎曰：「子其終為文人乎？事有其大且遠者，而日以風雅自命，孤吾望矣。」先生皇然請業，盡屏所為詞章之學，非有用之書不觀。南皮與先生故皆好談，至是談益劇，達晝夜不止，相與上下千古，舉凡時政得失之由、中外強弱之形、人才消長之數，每舉一事，必往復再三，窮其原始，究其終極，所著《廣雅堂問答》一卷，即當日疏記者也。」（余誠格《樊樊山集敘》）

《次壽萱東宦陝諸同年韻　（同年居陝者凡五人）》「幾人身在五雲間」注：丁丑一榜，內無尙書，外無節鉞。（《樊山續集》卷二十三）

秋，出京遊歷。

相關資料：丁丑秋仲出都，冬仲歸覲，承色笑居里門者凡九閱月，涉歷江海，偃息山林，命其所作為《東歸集》。（《樊山續集》自敘）

編年詩：《正月四日得愛伯夫子歲除前日書卻寄愛伯師以生日即席示越中諸子詩見示奉答一首》（《樊山集》卷三）

《丁丑八月乞假出都愛伯師以詩贈行久未奉報歸途無事懷舊抒情用志一時人文之盛兼寓身世之感云爾》（《樊山集》卷四）

《扇頭詩墨是丁丑乞假出都時越縵老人書贈把誦悢然次韻悼之》（《樊山續集》卷十五）

《中秋雨集孝達師宅》（《樊山集》卷三）

《十月八日雨中蔭田員外招同仲丹孝廉偶樵少尉登晴川閣補作重陽酒次各記以詩》（《樊山集》卷四）

《明日復泛舟至湖樓遂詣伯牙臺小憩已復由漢入江與蔭田別歸武昌得詩四首》（《樊山集》卷四）

《冬夜喜栗園見過因留共榻論養生之術》（《樊山集》卷四）

光緒四年戊寅（1878）　三十三歲

入倪文蔚、方大湜幕學習。

相關資料：戊寅秋入倪荊州幕，是冬入方武昌幕，歲盡始歸。（《樊山續集》自敘）

編年詩：《春日同栗園桐侯郊外行散》（《樊山集》卷四）

《春日有懷月湖之遊寄蔭田漢上》（《樊山集》卷四）

《得愛伯師京邸書卻寄》（《樊山集》卷四）

《重過龍山書院感賦》（《樊山集》卷五）

《呈豹岑前輩二首》（《樊山集》卷五）

《戊寅九日陪豹岑前輩龍山寺遊宴》（《樊山集》卷五）

《十一月十二日渡江望蔭田江樓寄懷一首》（《樊山集》卷五）

光緒五年己卯（1879）　三十四歲

春，遊滬上，夏歸漢口。

相關資料：《齊天樂》注：「己卯春初寄子珍都門。」（《樊山集》卷二十一）

《高陽臺》序：「己卯閏春客滬上，悽寂之況有甚往年，適蘭當遠惠新詞，即次其韻。」（《樊山集》卷二十一）

「己卯春遊滬上，其夏歸漢口，憩陳氏江樓，沿溯風潮，流連朋酒，裒其詩曰《涉江集》。己卯冬入都。」（《樊山續集》自敘）

冬，入都散館。十二月十九日東坡生日，集李慈銘宅。

相關資料：己卯冬，以散館入都，時俄事方棘，言者蜂起，先生亦有所論列，當軸弗善也。（余誠格《樊樊山集敘》）

《東坡生日作　有序》序：「十餘年來，每遇茲日，率邀客賦詩。今年伯熙同年銜巾待盡，中情慘慄，寢饋都廢，因憶光緒己卯、癸未、庚寅，均以是日集愛伯師宅。」（《樊山續集》卷十）

編年詩：《己卯閏三月三日蔭田員外招同杜孝廉梁茂才集晴川閣補修褉事即席賦詩並懷偶樵少尉》（《樊山集》卷五）

《初夏江樓即事呈蔭田員外》（《樊山集》卷五）

《仲彝奉其尊人安軒先生遺柩還浙詩以送之》（《樊山集》卷五）

光緒六年庚辰（1880）　三十五歲

春，散館，奉旨以知縣即用。是年五月赴部投供，親老告近。七月，選授四川梓潼縣知縣。因係原籍，呈請迴避。同年何福堃留館。

　　相關資料：「試列二等，名與湖南孫宗錫相次，孫在湘序第四，先生在鄂第三。已而，孫得館職，先生竟改外。時清流方盛，南皮為之盟主，廣雅堂中戶屨恒滿。先生雅不欲附和，南皮疑其稍持異同，故薦剡不及，先生無悶也。會以外艱歸，遂有高尚之志。」（余誠格《樊樊山集敘》）

　　「十載門牆虛一面，恰從身後泣南豐」下注：「庚辰散館，祥卷為錫尚書所擯。以公與讀卷之列，不一援手，意不能無望。十餘年來曾未通謁，及聞李越縵師、沈子培比部言，乃知公力爭不得，至今憤惋，狀易簀前五日，猶與子培道及。今錫君已矣，公又告逝，悼念平生，恩怨都盡，賦此以誌都門之痛云。」（《輓潘伯寅尚書》，《樊山集》卷十五）

　　「庚辰春試，子常以第三人獲雋。」（《買陂塘》，《樊山集》卷二十一）

　　「庚辰散館，改知縣，選司注牒，燕市行歌。是時言路方開，清流奮起，余坐聽批鱗之論，間同歌酒之筵，譏之者曰遨遊隴蜀之間，譽之者曰趨步申屠之後，皆弗恤也。庚辰、辛巳週一歲，得詩若干篇，曰《金臺集》。」（《樊山續集》自敘）

　　《壽萱枉過話舊》：「功名各自庚辰始，（是年君留館而余改外）科舉新逢丙午停。」（《樊山續集》卷二十三）

李慈銘、左紹佐中進士。

　　相關資料：「笏卿於師為庚辰同年」（《五十麝齋詞賡下》）

在京期間結識藏書家丁丙。在張之洞座中結識錢振常

　　相關資料：余庚辰歲居京師，修府始於計偕相見於止潛濮君座中，止潛曰：「此吾鄉劬學好古之士也。」（《丁修府詩序》）

　　「昔歲庚辰，與同門歸安錢笹仙禮部。侍廣雅師坐，試問天下山水孰為第一，笹仙以蘇門對，余自是心識百泉矣。」（《蘇門遊記》，《樊山集外卷八》）

　　編年詩：《庚辰花朝同李愛伯師鮑敦夫臨前輩霣酒流連竟日即席次愛伯師韻》（《樊山集》卷六）

　　《三月廿八日竹簣招同李愛伯師錢笹仙振常禮部王廉生劉叔俛兩孝廉花之寺看海棠即席有作》（《樊山集》卷六）

　　《散館得知縣酬愛伯師見慰一首》（《樊山集》卷六）

　　《五月朔日同匡伯過夕照寺遇雲上人茶話移時》（《樊山集》卷六）

　　《五月十二日笹仙禮部招同竹簣小山雪澄厚甫素食天寧寺》（《樊山集》卷六）

《六月十四日移寓橫街圓通道院簡伯循再同惠生可莊諸君》（《樊山集》卷六）

《贈王旭莊舍人》（《樊山集》卷六）

《辛楣改官江南書扇爲贈》（《樊山集》卷六）

《初三日公餞辛楣於塔射山房同愛伯師敦夫汝翼葉城子常》（《樊山集》卷六）

《十二月廿五日發都門途次酬愛伯師見贈》（《樊山集》卷六）

光緒七年辛巳（1881） 三十六歲

父樊燮逝世於宜昌家中，返鄉丁憂。

相關資料：「辛巳春，以外憂歸，伏處堊廬，青琴絕響，大祥將屆，觚翰始親」（《樊山續集》自敘）

「光緒辛巳，君視湘學，以憂歸，見於漢皋。聯榻雨眠，翦燈心語，出其《湘輶集》，一再誦之，於是吾兩人之論文，乃如珀芥針磁，轇合無間。」（《二家詞賡上》，《樊山續集》卷二十七）

編年詩：《辛巳正月十一日發保定車中酬仲丹贈別》（《樊山集》卷六）

《殘臘如保定開歲還都往返餘二十日雜記以詩》（《樊山集》卷六）

《春夕偕方同仲詣酒樓聽小史吹笛》（《樊山集》卷六）

光緒八年壬午（1882） 三十七歲

在鄂中書局校書。遇陶方琦。

相關資料：「壬午冬，在鄂中志局得詁經初集，讀之，每至查詩諷不去口，以睍（按：視）子珍六兄，同爲擊節。」（《擬桃花源詩三首並序》，《樊山集》卷九）

自壬午冬訖癸未，凡十閱月，與子珍同在鄂中書局，子珍歎余詩益高澹，因憶宋人詩「須放淡吟」之句，命之曰《淡吟集》。（《樊山續集》自敘）

編年詩文：《歲壬午居鄂中書局偶與子珍遲菊集藍洲寓齋夜話藍洲曰吾屬骨相平平耳雲門遲菊貌清而奇可以入畫忽忽二十五年陶諸兩兄墓草已宿而此語若新脫諸口藍老邇來念余尤切因檢今年照像寄之附詩於後時丙午夏五月既望》（《樊山續集》卷二十四）

《光緒八年壬午正科武鄉試錄後敘》（代黃彭年擬）（《樊山集》卷二十三）

《夏日遊城東諸山寺爲黃子壽先生作生日敘》：「遠尋山寺，獨祥與傅君

以姻家子得從焉。」（《樊山集》卷二十三）

《桑大司寇八十壽序（代南皮師）》（《樊山集》卷二十三）

光緒九年癸未（1883）　三十八歲

春夏，與陶方琦遊杭州、蘇州、上海，又往蕪湖。

相關資料：自癸未多別於吳中，遂成千古。（《二家詞賡上》，《樊山續集》卷二十七）

君癸未與余分手，又逾年而後歿，竟無一篇一詠（《二家詞賡上》，《樊山續集》卷二十七）

冬，入都謁選。東坡生日再集李慈銘宅。十二月，選授直隸唐山縣知縣，因路途遙遠告近。

相關資料：癸未冬，謁選入都，偕壽平居萬明寺，寺在前明曰「水滸」，與愛師、敦夫、辛楣、爽秋、會生、伯熙昕夕過從，飛箋賭韻。南皮師自晉入覲，又日與再同侍側，朋簪之樂，於斯為盛，命其所作曰《水滸集》。（《樊山續集》自敘）

《東坡生日作　有序》：「十餘年來，每遇茲日，率邀客賦詩，今年伯熙同年飾巾待盡，中情慘慄，寢饋都廢，因憶光緒己卯、癸未、庚寅，均以是日集愛伯師宅。」

編年詩：《清明日同陶生過東城僧寺看桃花四首》（《樊山集》卷七）

《同鐵笙閱城東花市　時客武昌臬署》（《樊山集》卷七）

《前詩以金粉綺羅寫西湖唐突西子矣別賦十二章寄藍老》注：余性嗜井茶，自越入關，香味頗減）（癸未四月，同鶴士子珍湖樓聽雨，如昨日事。（《樊山續集》卷二十）

《五月一日同子珍竹賸兩前輩登煙雨樓茶話》（《樊山集》卷七）

《是日竹賸復招同子珍昆季集落帆亭抵夜始散》（《樊山集》卷七）

《鄂中贈杜仲丹院長兼呈方菊人師》（《樊山集》卷七）

《變前韻再呈仲丹時余講赴都謁選》（《樊山集》卷七）

《往與仲丹望雲蔭田偶樵以文字嚮往復偶樵編為鄂中酬唱集貽諸好事樂可知也頃來鄂中與仲丹相見而三君墓草宿矣仲丹有詩敘哀奉答一首》（《樊山集》卷七）

《子珍將東歸要余同行適余將往蕪湖期後君三日會於上海賦詩為券》（《樊山集》卷七）

《至蕪湖呈張樵野觀察》（《樊山集》卷七）

《子珍將如吳已具舟矣適余至滬上又留三日贈之以詩》（《樊山集》卷七）

《子珍以筍脯絲衣見惠各誌以詩衣蓋其姬人手製》（《樊山集》卷七）

《居停主人招同子珍前輩過申園茶話得人字》（《樊山集》卷七）

《與子珍夜坐》（《樊山集》卷七）

《酬子珍贈別即送還姑蘇》（《樊山集》卷七）

《次韻答子珍夜渡黃埔雨中有懷》（《樊山集》卷七）

《十一月二十二日抵天津題家書後寄女兄弟》（《樊山集》卷八）

《冬夜過竹簣侍講論詩有述》（《樊山集》卷八）

《賦呈李愛伯師一首時合肥相公延主天津講席》（《樊山集》卷八）

《東坡生日同竹簣集越縵堂愛師賜疊前韻奉同一首》（《樊山集》卷八）

《愛伯師生日同竹簣書玉介唐三前輩光甫舍人秋田戶部釀金爲壽愛伯有詩即次元韻》（《樊山集》卷八）

《送張幼樵前輩奉使天津與合肥公計事》（《樊山集》卷八）

《癸未除夕同壽平萬明寺守歲八首》（《樊山集》卷八）

光緒十年甲申（1884）　三十九歲

正月，改選陝西宜川縣知縣。二月，在京師刻《樊山集》。李慈銘作《題云門吾弟〈十鞬齋詩集〉》。

相關資料：「既謁選，得秦之宜川令，以甲申七月出都，暑雨間關，久乃得達。屬以鯨鯢未斄，海國驛騷，既蹀躞與風塵，更屏營於檠緯。嗟乎！隙駒百年，單門八口，何慮不給而就微官。昔人不能降志於督郵，而顧手版倒持，爲茲僕僕哉！苟有一廛，如淵明所記，稻田鱗比，花竹蟬嫣，所不即歸，有如江河。因擬是題，寓息壤之意，並寄子珍都中。若以吾意在避秦，則失之遠矣。」（《擬桃花源詩三首並序》）（《樊山集》卷九）

閏五月初四日，娶京師人祝氏為妻。

相關資料：「娶妻生子從頭起，已閱韶光四十春」注：甲申服闋，謁選得宜川令，是歲始膠續，余年已三十九矣。（《五十自述》，《樊山集》卷二十七）

「憶甲申三月，曾偕朱舍人往遊，題詩靈光寺塔之巓，內子時猶未聘，隨母燒香，見之，內兄謂之曰：「汝履危即怯，彼題詩者當何如？」內子微哂曰：「岳正膽大時亦不知誰何也。」比五月，即來歸，偶話其事，余曰：「膽大者，老奴也。」相與大笑。及庚寅偕往，則粉堊詩壁矣。爰合兩遊西山詩

爲一卷，曰《西山集》，附《題襟集》後。」(《樊山續集》自敍)

《金縷曲》序：途次遇閏端午。憶甲申歲內子以閏午前一日來歸，今二十年矣。賦此示之。(《樊山集》卷二十一)

《情久長》序：「余自甲申後無復綺情」(《五十麝齋詞賡上》)

孟秋，出都赴任。

相關資料：《雙調望江南》序：杜仲丹《紀行》詩云：……。已而謁選，得宜川令，若有前定者然。甲申九月七日行次灞橋，秋柳數株，搖落可念，根觸既久，爲賦此詞。(《樊山集》卷二十一)

甲申春，得宜川令，秋孟出都，愛伯師謂余曰：「子之詩信美矣，而氣骨少弱。關中，漢唐故都，山川雄奧，感時懷古，當益廓其襟靈，助其奇氣，老夫讓子出一頭矣。」重九後至秦，其行役之作曰《西征集》。(《樊山續集》自敍)

《次碧岑中秋對月韻》「相伴姮娥關內住，今宵一十七回看」注：余甲申九月入關。(《樊山續集》卷二十)

編年詩：《春興一首示壽平弟》(《樊山集》卷八)

《次韻答袁爽秋戶部見贈》時兼領總理衙門事(《樊山集》卷八)

《愛伯師書布一方云是就傅時先人所詒今五十年矣敝裂既甚乃以縑副之命題長句於上》(《樊山集》卷八)

《清明後一日同紫泉過越縵堂呈愛伯師一首》(《樊山集》卷八)

《次日再過越縵堂清話竟日》(《樊山集》卷八)

《余居萬明寺爽秋戲改爲樊名一再賦詩見貽戲爲俳體答之》(《樊山集》卷八)

《三月十三日紀事》(《樊山集》卷八)

《送幼樵學士駐防閩海》(《樊山集》卷八)

《二月十七日張幼樵副都朱子涵舍人招同張叔憲太守黃再同王廉生兩編修集槐蔭精舍叔憲繪夜話圖以貽子涵未幾副都有閩海之行余亦將之宜川子涵索題即賦四解並寄副都閩中時閏五月七日》(《樊山集》卷八)

《六月七日愛伯師同介唐書玉光甫公宴余於南花泡子即席有作》(《樊山集》卷八)

《後十日光甫復觴愛伯師及余於陶然亭更誌一律》(《樊山集》卷八)

《薄暮客散與愛伯師荷塘泛舟》(《樊山集》卷八)

《雨後發新店賦示內子》(《樊山集》卷九)

《平遙城中見菊》(《樊山集》卷九)

《行次汾上有懷張尙書師粤中》(《樊山集》卷九)

《十二月初二日夜夢在都下與愛伯師賦詩甚樂醒後僅憶早有春風上鬢絲之句因足成一律寄愛師都門》(《樊山集》卷十)

光緒十一年乙酉（1885） 四十歲

八月，充乙酉科陝西鄉試同考官，調補醴泉縣知縣。陶方琦卒。十一月，署理咸寧縣知縣。

相關資料：《秋闈雜詠十五首同壽丈賦》小注：增祥乙酉分校秦闈，今五年矣。(《樊山集》卷十四)

《輓陶子珍六兄》(《樊山集》卷十)

編年詩：《正月初八日雪中同長大令遊清涼山寺》(《樊山集》卷十)

《和愛伯師乙酉元日感懷》(《樊山集》卷十)

《四月初二內子生日用李郢寄內詩韻爲贈》(《樊山集》卷十)

光緒十二年丙戌（1886） 四十一歲

三月，調補長安縣知縣。七月，調署富平縣知縣。

馮煦中進士。

相關資料：《夢華老友赴蜀臬任假道秦中留飲劇談賦詩贈別並示同座葆生觀察碧岑戟傳太守》注：「君丙戌科探花。屈指皇朝進士科第三人最得才多。近人句也。」(《樊山續集》卷十八)(《樊山續集》自敍)

編年詩：《元旦喜雪次雲生韻》(《樊山集》卷十)

《感事》注：時關中久旱(《樊山集》卷十)

《病起喜雲生見過　五月廿九日》(《樊山集》卷十)

《卸咸寧縣事之明日有男婦抱兒乘車至縣庭呼籲吏曰已受代矣婦咎男曰我固云早來今何如太息登車去感賦二首》(《樊山集》卷十)

《黃廉訪丈將入關奉迎一首》(《樊山集》卷十)

《寄懷李雲生大令》：「頗疑君是謫仙人」。(《樊山集》卷十)

《歲暮寄懷黃廉訪丈》(《樊山集》卷十)

光緒十三年丁亥（1887） 四十二歲

五月，赴長安縣本任。十一月，母徐太夫人卒，丁內憂，開缺回籍。

相關資料：自甲申冬訖丁亥，星紀再周，余自宜川而咸寧，而富平，而長安，易地者四，勞形案牘，掌籤幕府，身先群吏，並用五官，猶以餘閒結興篇章，怡情書畫，嘗以《春興八首》寄愛伯師，報書曰：「子詩日益遒上，曩所許不虛矣。」宰長安六閱月，以禮去官，在官所作曰《關中集》。（《樊山續集》自敘）

《鶯啼序》序：十餘年來，愛師、子珍寄余詩札多至盈尺。暇日展視，春明舊事恍在目前。於是子珍怛化忽已三載，愛師浮沉郎署，音訊亦疏。余薄宦秦中，了無佳興。以疇昔親愛之人，一旦有死生離別之感，徒持其生平手跡，慨想前塵，亦可悲矣。爰製此闋寄愛師都門，並告子珍之靈，使知故人之心不隔幽顯也。光緒十三年五月八日。（《樊山集》卷二十一）

《雨後呈西屏》（《樊山集》卷十）

編年詩：《春日贈內二首》（《樊山集》卷十）

《春興示劉孝廉》「近詩多病在求新」（《樊山集》卷十）

《富平試院五首》（《樊山集》卷十）

《次韻和西屏刺史登富平城樓一首》（《樊山集》卷十）

《變前韻再贈西屏》（《樊山集》卷十）

《五月三日送西屏暫歸青門》（《樊山集》卷十）

《得伯循京邸書卻寄》（《樊山集》卷十）

《丙子丁丑間祥與陶子珍陳汝翼胡匡伯從愛伯師與京邸朝夕談宴樂且無央既而汝翼告殂子珍繼逝比得師二月寄書則匡伯又物故矣書稱曩日同遊惟兩人在又云季弟病歿里中歸已無路是何言之悲也感賦是律即以寄慰》「四子及門三歎逝，十書敘別九思歸」（《樊山集》卷十）

《十月十八日過黃觀察寓廬時觀察再請休沐賦此慰贈》（《樊山集》卷十）

光緒十四年戊子（1888）　四十三歲

居家丁憂，組織青門萍社。

相關資料：余以積瘁之身洊丁大故，遂得咯血疾。寅僚慰解方，藥將獲，至戊子春，杖而能起，僑居三輔，自比桐鄉，將及小祥，瑟居無俚，乃結青門萍社，同志十許人，更唱迭和，裒其所作曰《關中後集》。（《樊山續集》自敘）

編年詩：《十月十一日同石生前輩雲生大令宿牛頭寺夜話有贈》（《樊山集》卷十一）

《兩君見和前韻再疊一首》（《樊山集》卷十一）

《雲生偕西屏見過便共晚飯因疊前韻索和並訂消寒之局》「二客皆晉人，清談覓季野」。（《樊山集》卷十一）

《雲生江上草堂畫冊子余既有詩矣頃復以西屏所畫圖障索題再疊前韻》小注：西屏自號宛溪漁隱。（《樊山集》卷十一）

《雲生以隨園詩文集見惠三疊前韻奉謝》（《樊山集》卷十一）

《早起對雪柬石生西屏雲生四疊前韻》（《樊山集》卷十一）

《前年內子三十初度適得錢松壺畫冊因以爲壽頃有人以松壺輞川畫卷求售詰朝即余生日內子市之還以壽余似亦有因緣也紀之以詩》（《樊山集》卷十一）

《奉贈陶子方方伯》（《樊山集》卷十一）

《消寒第一集譚西屏宅觀無可上人山水　十一月十九日》（《樊山集》卷十一）

《消寒第二集同人夜飲彭大令洵宅酒闌適得微雪乃復圍爐淪茗夜分始罷十一月二十八日》（《樊山集》卷十一）

《消寒第三集趙九寓齋觀惲南田晴川攬勝圖　十二月初六日》（《樊山集》卷十一）

《消寒第四集題萬誠齋秋江歸櫂圖　十二月十三日》（《樊山集》卷十一）

《東坡生日早起喜雪用歐蘇禁體詩韻成長句二首索同社諸君和是日爲消寒第五集晴谷顧君治具》（《樊山集》卷十一）

《雪後用宛陵詩韻簡諸同社》（《樊山集》卷十一）

《趙九用東坡江上值雪韻賦詩索和於是雪晴久矣僕適新葺舫齋排比書畫因次其韻時歲除前三日》（《樊山集》卷十一）

《席星府大令用聚星堂韻見贈疊韻報之》（《樊山集》卷十一）

《消寒第六集顧耳山大令邀集寓齋仿東坡饋歲別歲守歲三首　十二月廿六日》（《樊山集》卷十一）

《歲晚相與饋問爲饋歲》（《樊山集》卷十一）

《星府謂此題宜作近體戲成三律索諸君和》（《樊山集》卷十一）

《送同年王可莊殿撰出守潤州》（《樊山集》卷十五）

光緒十五年己丑（1889）　四十四歲

歸營窆穸後，南下江寧入黃彭年幕，隨其監試江南鄉試，有《紫泥酬

唱集》一卷。尋南下廣州入張之洞幕，又隨張之洞北上武昌。

相關資料：己丑秋，徑吳如廣，尋復從南皮還鄂。南皮高掌遠跖，舉措非常。初，以先生弗嫻西學，清談而已，久之，稍與謀議，乃大歡挹，謂族子樞曰：「雲門智數過人，眞幕府才，惜吾不能留耳。」

己丑四月，歸營窀穸，由丹江沿漢而下，至於彝陵，途次所作曰《還山集》。是時南皮師督粵，子壽師撫蘇，皆飛電見招。六月如吳，寄家滬上。七月從子壽師至金陵，監臨鄉試。九月返滬。十月如粵，會南皮師移節兩湖，相從還鄂。……在金陵時，與子壽師摭闈中雜事，詠之以備掌故，別爲《紫泥酬唱集》一卷，附《轉蓬集》後。（《樊山續集》自敘）

光緒己丑，師由廣州移節兩湖，余在幕府，與蘇卿公子檢視書篋，得師手稿一冊，起辛酉，訖丁卯，都七十餘首，而《詠古詩》在焉。（《二家詠古詩》序）

編年詩：《己丑元日次雲生韻》（《樊山集》卷十一）

《春初簡星府大令》（《樊山集》卷十一）

《正月四日立春星府大令招集寓齋以暗水流花徑春星帶草堂分韻得花字是爲消寒第七集》（《樊山集》卷十一）

《十一日雲生大令招集代耕草堂以雲無心以出岫鳥倦飛而知還分韻得雲字是爲消寒第八集》（《樊山集》卷十一）

《昨得錢叔美輞川圖既嘗賦詩矣二月二日消寒第九集同人集敝齋索觀此圖寵以嘉什余不能無言因檢右丞輞川集起孟城坳訖椒園各和一絕凡二十首》（《樊山集》卷十一）

《己丑四月七日發長安留別關中同好》（《樊山集》卷十二）

《時歸營窀穸事》（《樊山集》卷十二）

《紫岩妹聟自同州來送追及於藍田遂偕至坡底鎮宿》（《樊山集》卷十二）

《初九日雨中發坡底鎮與紫岩別上山五里所猶見紫岩繖蓋（傘蓋）》（《樊山集》卷十二）

《是夕仍雨再寄紫岩》（《樊山集》卷十二）

《諸十一兄招同葉林公大令泛舟至留園四首》（《樊山集》卷十三）

《壽丈於藩署西偏飾館待余顏曰待雲己丑秋日來處其中戲題一首》（《樊山集》卷十三）

《余與陶少篔五兄別十許年頃至廣州少篔攝順德令以事至會城得一執手

曩與少簣仲彝子珍同試禮部寢饋與俱殆非一日今子珍墓草已宿余三人亦將老
矣念之悽然遂有斯贈並示八弟心耘》（《樊山集》卷十三）

《孝達夫子為葺精舍元多晴暖花樹嫣然賦呈一首》（《樊山集》卷十三）

《己丑除夕寓廬守歲》（《樊山集》卷十三）

《寄仲彝》（《樊山集》卷二十七）

《賞月詩》（《樊山續集》卷二）

《黃中丞丈監臨江南鄉試取道上海見示新作次韻二首》（《樊山集》卷十
四）

《莫愁湖懷古和壽丈》（《樊山集》卷十四）

《秋闈雜詠十五首同壽丈賦》（《樊山集》卷十四）

《八月十八日夜明遠樓看月》（《樊山集》卷十四）

《奉和中丞丈曉發石城贈別二首》（《樊山集》卷十四）

《六疊肝臍韻索諸公和》（《樊山續集》卷十七）

《再疊鱸字韻贈淇泉》（《樊山續集》卷十八）

光緒十六年庚寅（1890）　四十五歲

二月，服闋，起復，請諮赴部。十月十八日，引見。奉旨不必坐補原
缺，呈請分發陝西原省，以知縣歸候補班用。十一月十二日，引見。
奉旨照例發往。

相關資料：明年庚寅二月釋服，八月入都，兩歲之中，經行萬里，命其
詩曰《轉蓬集》。……入都與愛伯師相見，別七年矣。執手悲喜，文宴無虛日，
時則漱蘭丈喬梓、子培昆季、敦夫、漁笙、弢甫、紫潛、伯循，再同伯熙、
廉生結駟連鑣，朋簪雲合，自秋徂春，唱和至數百首，分為二卷，曰《京輦
題襟集》。是歲十月，嘗與內子奉外姑遊西山，得詩如干首。……及庚寅偕往，
則粉堊詩壁矣。爰合兩遊（按：甲申、庚寅）西山詩為一卷，曰《西山集》，
附《題襟集》後。（《樊山續集》自敘）

《歲除前一日有人持張芥航河督蜀岡紀遊圖求售圖為錢叔美畫陳石士作
記芥翁自題七律五首陶文毅公以下屬和者凡十人真瓌寶也又有胡九思畫顧遊
十圖冊子吳蘭雪各系以詩並以善價購之自余入關張氏二竹齋蔡氏墨緣堂書畫
碑帖歸余篋衍者不下數十種而錢畫尤高秀麗密曩嘗得其輞川圖剛與此圖作儷
錢以癸巳畫余適以癸巳得信墨緣矣除夜不眠次圖中韻攄懷誌幸不專詠蜀岡也
行當寫寄愛伯師仲修爽秋兩同年和之以重此圖》注：庚寅歲遊焦山，以未至

揚州爲憾。(《樊山集》卷十九)

《東坡生日作》序:「十餘年來,每遇茲日,率邀客賦詩。今年伯熙同年
斂巾待盡,中情慘慄,寢饋都廢,因憶光緒己卯、癸未、庚寅,均以是日集
愛伯師宅,前年則念初席上,去年則午橋署齋,俱作詩歌以誌嘉會。前塵荏
苒,復値茲辰,歡逝傷離,舊交漸盡,槁梧獨據,不自知涕之無從也。作此
呈竹篔少宰、廉生祭酒、爽秋太常,並寄午橋中丞西安。」

編年詩:《許益齋寄惠楡園叢刻十種奉題三律》(《樊山集》卷十三)

《尚書師巡視荊州萬城大堤增祥隨節西上賦呈一首　五月廿七日》(《樊
山集》卷十三)

《尚書師既閱江堤遵陸入郢沿漢而歸再呈一首》(《樊山集》卷十三)

《贈王子常同年》序:君從泰西還,同在南皮師幕府。(《樊山集》卷十
三)

《七月初五日薄暮同子常登武昌城樓》(《樊山集》卷十三)

《滬上寄懷黃子壽丈》(《樊山集》卷十三)

《薄暮同栗園過滬上舊居》(《樊山集》卷十三)

《栗園不遠二千里送余滬上賦此誌別》(《樊山集》卷十三)

《天津晤幼樵前輩奉贈二首　時居合肥甥館》(《樊山集》卷十三)

《天津舟中示內》(《樊山集》卷十三)

《庚寅歲居京師摘汪鈍翁句爲爽秋書楹帖雲丹穴乳泉皆異境黃甘陸吉是
幽人然不解下句之義以問愛師子培亦未憭也頃閱避暑錄話乃知宋人所爲綠吉
黃甘傳指柑橘言蓋仿毛穎而作時愛師已下世愴然久之作詩寄爽秋子培》(《樊
山集》卷二十五)

《十月六日內人輩奉外姑入翠微山》(《樊山集》卷十七)

《入都呈愛伯師時新入諫院》(《樊山集》卷十五)

《錢籜石先生梅花卷子系以長律七篇可莊同年屬題愛伯師和其四余和其
三用以抒情敍別云爾》(《樊山集》卷十五)

《黃銀臺丈招同爽秋止潛可莊集全浙館即席賦呈》(《樊山集》卷十五)

《喜晤爽秋同年因贈》(《樊山集》卷十五)

《贈沈曾植子培比部》(《樊山集》卷十五)

《簡爽秋子培》(《樊山集》卷十五)

《敦夫前輩見余近詩因和春秋兩韻見贈次答二首》(《樊山集》卷十五)

《陸漁笙廷黻前輩枉詩見贈賦此奉酬即題所著鎮亭詩集》（《樊山集》卷十五）

《同漁笙敦夫觀西伶度曲》（《樊山集》卷十五）

《答愛伯師病起三首》（《樊山集》卷十五）

《愛伯師答詩頗寓歸興再和一首》（《樊山集》卷十五）

《偶從愛伯師許見爽秋詩札有云先生試評之當復減雲門否戲書二絕句貽之》（《樊山集》卷十五）

《次韻答愛伯師雪中見寄》（《樊山集》卷十五）

《贈張子虞同年》（附張預和作）（《樊山集》卷十五）

《紫潛和詩期許過厚再答一首》（《樊山集》卷十五）

《再同病後畜一黑牛飲乳日以一瓶乞愛伯師師以詩謝奉和一首》（《樊山集》卷十五）

《次韻酬愛伯師臘八日見寄》（《樊山集》卷十五）

《愛伯師評騭袁樊兩家詩格以山水花木茗果爲喻敬答一首柬爽秋兼柬子培》（《樊山集》卷十五）

《再答愛伯師斷詩》（《樊山集》卷十五）

《寒夜同漁笙敦夫介唐三前輩酒肆小飲》（《樊山集》卷十五）

《越日漁笙復招集酒肆疊韻見示再答一首》（《樊山集》卷十五）

《酒罷復偕漁笙介唐過敦夫寓齋》（《樊山集》卷十五）

《輓妹婿李紫岩大令》（《樊山集》卷十五）

《感懷呈愛師潄丈》（《樊山集》卷十五）

《東坡生日喜雪愛伯師招同漁笙敦夫介唐子培子封集越縵堂用東坡立春日病中邀安國禹公韻各賦二詩時師病新愈》小注：甲申歲亦舉此會。（《樊山集》卷十五）

《用前韻寫未盡之意呈愛伯師二首》（《樊山集》卷十五）

《臘月廿三日子培昆季招同叔衡爽秋仲弢陪黃副都丈飲全浙舊館即席賦呈》（《樊山集》卷十五）

《慰伯希同年病起》（《樊山集》卷十五）

《伯希病癒久不出再以詩問》（《樊山集》卷十五）

《喜伯希病癒出遊》（《樊山集》卷十五）

《子培考充譯署章京有詩誌感奉和一篇》（《樊山集》卷十五）

《次韻酬敦夫見贈並簡漁笙介唐》（《樊山集》卷十五）

《次韻和漁笙歲暮即事效放翁體》（《樊山集》卷十五）

《漁笙用前韻催敦夫納姬戲疊一首》（《樊山集》卷十五）

《漁笙以詩調敦夫戲疊前韻二首》（《樊山集》卷十五）

《敦夫得詩久不報再訊一首邀漁老和》（《樊山集》卷十五）

《送同年王可莊殿撰出守潤州》（《樊山集》卷十五）

《漁笙前輩擬東坡饋歲別歲守歲詩三首索和向在關中亦賦是題未用原韻今勉爲之》（《樊山集》卷十五）

《京邸除夕》（《樊山集》卷十五）

光緒十七年辛卯（1891）　四十六歲

到省。入鹿傳霖幕府，掌箋奏。八月，充辛卯科鄉試同考官。十月，題補渭南縣知縣。

相關資料：辛卯二月出都，歷晉入秦，凡所經由，皆甲申故道也，命其詩曰《後西征集》。時定興公再撫關中，命掌箋奏，所作曰《淥水集》。（《樊山續集》自敘）

《戴傳和答前什疊韻自述》注：余官陝西，來去二十年。甲申始至，辛卯再至，庚子三至。（《樊山續集》卷十八）

《前調（江城子）》序：余自庚寅去吳，辛卯再入關，遂無復東遊之望。（《樊山續集》卷二十七）

編年詩文：《辛卯元日仿唐人宮詞二首》（《樊山集》卷十五）

《可莊倒疊前韻見答元日無事亦如來韻報之》（《樊山集》卷十五）

《漁笙元日用襌字葉試筆奉和一首》（《樊山集》卷十五）

《春初簡漁笙前輩》（《樊山集》卷十五）

《開歲十二日伯循招同敦夫飲酒顧曲九疊茵字韻贈兩君》（《樊山集》卷十五）

《黃副都丈賜答前韻再呈二首》（《樊山集》卷十六）

《再疊前韻贈仲弢編修》（《樊山集》卷十六）

《漱丈見示元日早朝感事述懷疊韻詩四首再次奉答》（《樊山集》卷十六）

《漱丈贈詩謂識余於南皮師許距今逾二十年感呈二律並寄南皮師武昌》（《樊山集》卷十六）

《正月三日黃副都丈招同爽秋子培旭莊班侯諸君小集六疊前韻》（《樊山

集》卷十六）

《漱蘭丈七疊前韻贈別敬和二首》（《樊山集》卷十六）

《世俗遇危星乘危日而日主又恰逢金則相與祀金危危祭法用一羊頭或一鴨夜半潛起散衣垢面而拜取祭品盡食之勿令人見云以祈財時有驗者辛卯穀日家人輩從俗致祭禱之以詩先是去年九月可莊子培亦於祀日作詩即用其韻》（《樊山集》卷十六）

《愛伯師疊韻禱金危危再和一首》（《樊山集》卷十六）

《越日愛師復出一詩語益奇麗三疊前韻奉粲》（《樊山集》卷十六）

《四疊韻禱金危危》（《樊山集》卷十六）

《五疊韻禱金危危》（《樊山集》卷十六）

《六疊韻禱金危危》（《樊山集》卷十六）

《余嘗以雞汁瀹龍井茶餉客子培寵以佳什七疊前韻》（《樊山集》卷十六）

《旬月以來金危危詩和者益眾子培仲弢各疊至十餘首可謂盛矣八疊韻禱之》（《樊山集》卷十六）

《九疊韻禱金危危》（《樊山集》卷十六）

《十疊韻禱金危危》（《樊山集》卷十六）

《金危危詩盛傳都下有笑其貪者十一疊韻解嘲》（《樊山集》卷十六）

《試燈日杏花香雪齋中爲選官圖戲疊前韻》（《樊山集》卷十六）

《塡倉日可莊見示一詩十二疊韻酬之》（《樊山集》卷十六）

《十三疊韻呈愛伯師》（《樊山集》卷十六）

《庚寅臘月廿四日立辛卯春次愛伯師韻》（《樊山集》卷十六）

《再答愛師疊韻見贈之作》（《樊山集》卷十六）

《新歲三日可莊見示和愛伯師立春日詩再疊前韻》（《樊山集》卷十六）

《初六日與愛師共飯三疊前韻》（《樊山集》卷十六）

《愛伯師贈詩䣛以小札云並示瑤睿四五疊韻示內二首》（《樊山集》卷十六）

《六七疊韻呈愛伯師》（《樊山集》卷十六）

《八疊韻調敦夫》（《樊山集》卷十六）

《春夜漁笙枉招觀劇九疊前韻》（《樊山集》卷十六）

《得漁笙和章十疊前韻》（《樊山集》卷十六）

《十一疊前韻贈愛伯師》（《樊山集》卷十六）

《正月十二日夜過越縵堂月下寒甚明日愛師見示一詩十二疊韻奉報》（《樊山集》卷十六）

《十三疊韻贈可莊即送之江南》（《樊山集》卷十六）

《十四疊韻衍爲長句再贈可莊》（《樊山集》卷十六）

《穀日內兄招同閩人奉外姑至白雲觀遂過天寧寺素食十五疊韻》（《樊山集》卷十六）

《閱白雲觀香市感賦十六疊韻》（《樊山集》卷十六）

《上元偕阿頻阿瑞阿雲閱廠甸十七疊韻》（《樊山集》卷十六）

《是夕復攜家人過大柵欄看燈十八疊韻》（《樊山集》卷十六）

《正月廿三日李愛伯師黃漱蘭丈子培子封止潛子虞韜父仲弢小集寓齋酒竟復縱觀書畫愛師賦詩見惠十九疊韻奉酬》（《樊山集》卷十六）

《廿五日止潛招同可莊旭莊仲弢子虞子培子封陪愛師漱丈飲全浙館二十疊韻》（《樊山集》卷十六）

《廿六日子虞子修止潛子培子封招同愛師漱丈過粵東館觀劇廿一疊韻》（《樊山集》卷十六）

《廿七日挈家人過棗花寺看青松紅杏圖卷二十二疊韻》（《樊山集》卷十六）

《愛師以詩贈阿頻亦賦一首二十三疊韻》（《樊山集》卷十六）

《仲春七日雪中的愛師寄詩二十四疊韻留別》（《樊山集》卷十六）

《辛卯花朝日適值春分愛伯師招同陳六舟黃漱蘭兩中丞丈可莊旭莊子培子封爽秋苐卿子虞班侯漁笙仲弢夢華集浙館紫藤精舍愛師賦詩贈行二十八疊韻奉酬前二首紀是日遊宴後二首則出都敘別之作云爾》（《樊山集》卷十六）

《將出都門爽秋以詩贈行車中次韻報之》（《樊山集》卷十八）

《過辛興灘數十里夾路皆出孝達師撫晉時所種也感賦二首》（《樊山集》卷十八）

《榆次道中用舊韻寄愛伯師》（《樊山集》卷十八）

《涷水感懷寄廣雅師鄂州》（《樊山集》卷十八）

《寄敦夫前輩都門》（《樊山集》卷十八）

《臘八日寄懷愛伯師都門即用去年是日唱和韻》（《樊山集》卷十八）

《賀友人納姬》（《樊山集》卷十八）

《陝西辛卯科武鄉試錄敘、錄後敘》（《樊山集》卷二十四）

光緒十八年壬辰（1892）　四十七歲

署咸寧令。

相關資料：壬辰元日，再履咸寧任，咸寧在唐爲萬年縣，所作曰《萬年集》。（《樊山續集》自敍）

編年詩：《壬辰清明日寄爽秋同年都門》（《樊山集》卷十八）

《次韻答爽秋見寄》（《樊山集》卷十八）

《壬辰三月初九日禱雨入終南山夜宿演法堂平明偕秀上人登五臺絕頂禱於圓光寺下至五馬石取泉而返》（《樊山集》卷十八）

《四月三日約客杜子祠看牡丹半爲雨阻余與西屏誠齋流連竟夕翌日乃返西屏賦詩四章即次其韻》（《樊山集》卷十八）

《春日有懷吳越之遊寄栗園杭州》（《樊山集》卷十八）

《寄朱曼君銘盤孝廉金州軍次時下第東歸》（《樊山集》卷十八）

《王季遠編修來遊關輔枉詩見贈兼賀添丁即次來韻奉酬》（《樊山集》卷十八）

《再寄栗園宜昌》（《樊山集》卷十八）

《爽秋遠寄安般簃續稿吟諷竟日輒書其後》（《樊山集》卷十八）

《寄懷愛伯師都門》（《樊山集》卷十八）

《冬夜飲梅花下示內》（《樊山集》卷十八）

光緒十九年癸巳（1893）　四十八歲

二月，到渭南縣本任。

相關資料：癸巳二月，到渭南任，邑爲白太傅故里，所居曰紫蘭村，余因以「紫蘭」名堂。是歲裒錄叢稿，付之剞劂，在渭所作曰《紫蘭堂集》。（《樊山續集》自敍）

編年詩文：《癸巳元日示趙寶衡及中兒》（《樊山集》卷十八）

《嚴六溪院長玉森以歲除前一夕對雪詩見寄次答一首　君時主鳳翔書院》（《樊山集》卷十八）

《春初簡李蕃屋》（《樊山集》卷十八）

《癸巳二月十八日到渭南任賦示僚友》：「我是曲江堂上燕，人間鷹隼莫相疑」。（《樊山集》卷十九）

《奉懷定興中丞二首》（《樊山集》卷十九）

《寄仲彝江寧》(《樊山集》卷十九)

《夏日寄題越縵堂二首》(《樊山集》卷十九)

《敦夫前輩晉國子監司業寄賀一首》(《樊山集》卷十九)

《寄懷王可莊同年鎮江》(《樊山集》卷十九)

《上榮將軍》(《樊山集》卷十九)

《得仲彝徐州書悵然有寄》(《樊山集》卷十九)

《贈西屏屬其迎瑤眷至渭》(《樊山集》卷十九)

《奉懷愛伯師都門》(《樊山集》卷十九)

《奉懷爽秋同年觀察蕪湖》(《樊山集》卷十九)

《題西屏所繪洋川圖爲雲生大令屬賦》(《樊山集》卷十九)

《定興公監臨鄉試時久旱得雨出闈答謝眾情欣悅敬志一首》(《樊山集》卷十九)

《用舊韻寄愛伯師》(《樊山集》卷十九)

《愛伯師曩評袁樊兩家詩集余既嘗答和刻入題襟集矣頃居渭南歲宴稍暇檢視曩什殆難爲懷因次其韻寄愛伯師都門》(《樊山集》卷十九)

《寄懷黃漱蘭丈》序：時致仕，居都下(《樊山集》卷十九)

《寄仲弢編修》(《樊山集》卷十九)

《答爽秋觀察見寄》(《樊山集》卷十九)

《爽秋觀察寄示近作適歲宴稍暇輒復次和凡兩夕得詩七首》(《樊山集》卷十九)

《歲宴幕友都去因留西屏度歲二首》(《樊山集》卷十九)

《寄壽愛伯師二首》(《樊山集》卷十九)

《禹鴻臚爲劉西谷先生畫風雨連床卷子有陳午亭徐亮直查初白王樓村諸老輩題詠癸巳小除日得於渭南因次徐韻二首》(《樊山集》卷十九)

《歲除前一日有人持張芥航河督蜀岡紀遊圖求售圖爲錢叔美畫陳石士作記芥翁自題七律五首陶文毅公以下屬和者凡十人眞瓌寶也又有胡九思畫願遊十圖冊子吳蘭雪各系以詩並以善價購之自余入關張氏二竹齋蔡氏墨緣堂書畫碑帖歸余篋衍者不下數十種而錢畫尤高秀麗密曩嘗得其輞川圖剛與此圖作儷錢以癸巳畫余適以癸巳得信墨緣矣除夜不眠次圖中韻攄懷誌幸不專詠蜀岡也行當寫寄愛伯師仲修爽秋兩同年和之以重此圖》(《樊山集》卷十九)

《陝西癸巳恩科武鄉試錄敘》(《樊山集》卷二十四)

光緒二十年甲午（1894）　四十九歲

在渭南縣署刊刻《樊山詩集初刻》。

冬，李慈銘卒。

相關資料：《哭李愛伯夫子十首》「公歿於十一月二十三日，今年正月十日始得訃書。」（《樊山集》卷二十五）

編年詩文：《元旦微雪次西屏韻》（《樊山集》卷十九）

《今年二月舉一子六月又添一孫老夫遂有三子五孫矣喜賦二詩》（《樊山集》卷十九）

《定興中丞六十生日適奉恩命權西安將軍事奉和四首時又有征倭之詔故末章及之》（《樊山集》卷二十五）

《寄子培比部都門》（《樊山集》卷二十五）

《濮紫潛同年入直軍機奉寄一首》（《樊山集》卷二十五）

《界之將還商南以九月三日瀕行阻雨詩見示漫和一首》（《樊山集》卷二十五）

《有感》（《樊山集》卷二十五）

《感事　十一月望日》（《樊山集》卷二十五）

《十一月二十日同人集宜春閣送竹箕前輩歸嘉興》（《樊山集》卷二十）

《寄爽秋觀察》（《樊山集》卷二十五）

《壽愛伯師六十晉六生日》（《樊山集》卷二十五）

《代定興公祝榮將軍五旬晉九生日並送還朝祝嘏敍》、《代榮將軍贈鹿中丞敍》（《樊山集》卷二十三）

光緒二十一年乙未（1895）　五十歲

在捐助軍餉案內獎敍花翎。是年，大計，保薦卓異。

編年詩：《上元日渭南縣試先一夕攜中兒寶衡入宿試院》（《樊山集》卷二十五）

《重有感》（《樊山集》卷二十五）

《比年朋舊凋謝同輩中如羊辛楣朱鼎父葉槐生黃再同王可莊俱年不過五十朱曼君不盈四十鄧鐵香齒稍長亦不及六十而歿感賦》（《樊山集》卷二十五）

《庚寅歲居京師摘汪鈍翁句爲爽秋書楹帖雲丹穴乳泉皆異境黃甘陸吉是幽人然不解下句之義以問愛師子培亦未憭也頃閱避暑錄話乃知宋人所爲綠吉

黃甘傳指柑橘言蓋仿毛穎而作時愛師已下世愴然久之作詩寄爽秋子培》(《樊山集》卷二十五)

《書憤》(《樊山集》卷二十五)

《陸沉》(《樊山集》卷二十五)

《馬關》(《樊山集》卷二十五)

《挽朱曼君孝廉》(《樊山集》卷二十五)

《挽同年羊辛眉太守》(《樊山集》卷二十五)

《奉懷張尚書師金陵》(《樊山集》卷二十六)

《送府主定興公總制四川》(《樊山集》卷二十六)

《奉懷黃副都丈汴梁》(《樊山集》卷二十六)

《得爽翁書卻寄　書言蕪湖稅收奇絀》(《樊山集》卷二十六)

《寄孫彥清同年司鐸長興》(《樊山集》卷二十六)

《壽晴谷六十》(《樊山集》卷二十六)

《寄王廉生祭酒》(《樊山集》卷二十六)

《過崇凝鎮　八月初三日》(《樊山集》卷二十六)

《書臺北事》(《樊山集》卷二十六)

《再寄子培》(《樊山集》卷二十六)

《十月初八日夜坐東廂看月偶成短章以後牖有朽柳偏眠船舷邊爲韻》(《樊山集》卷二十六)

《初九夜月下用前韻》(《樊山集》卷二十六)

《初十夜月下聞署外伶人演劇用九月望大雪韻作歌》(《樊山集》卷二十六)

《再閱邸鈔》(《樊山集》卷二十六)

《聞愛伯師窀穸有日感賦》(《樊山集》卷二十六)

《再悼愛師》(《樊山集》卷二十六)

《五十自述》(《樊山集》卷二十七)

光緒二十二年丙申(1896)　五十一歲

在渭南縣署刊《樊山詩集二刻》。

相關資料：甲午刻集後三年，至丙申秋，又得詩若干首，分爲四卷，曰《鏡煙堂集》，曰《東園集》，曰《東園後集》，曰《身雲閣集》，付諸槧人，此《樊山詩集二刻》也。(《樊山續集》自敘)

七月，經護理陝西巡撫張汝梅奏保賢員，奉上諭，傳旨嘉獎。

編年詩：《丙申正月十七日縣試用去年韻示寶衡中兒》（《樊山集》卷二十七）

《得仲彝淮上寄書奉答一首》（《樊山集》卷二十七）

《仲彝侍姬知書略變前韻調之》（《樊山集》卷二十七）

《再用前韻寄爽翁》（《樊山集》卷二十七）

《雪夜一首改珩孫作》（《樊山集》卷二十七）

《雪夜詩爲珩孫作語特淺易再賦一首》（《樊山集》卷二十七）

《雪花和中兒》（《樊山集》卷二十七）

《雪珠和寶衡》（《樊山集》卷二十七）

《書臺南事》（《樊山集》卷二十七）

《憶故鄉春事寄廉兒》（《樊山集》卷二十七）

《余年五十有一左鬢裁一莖白漫賦》（《樊山集》卷二十七）

《補壽袁爽秋觀察五十》（《樊山集》卷二十八）

《今年春孟南皮師帥過蕪湖留飲爽秋署齋比爽秋以唱和詩見寄次韻一首》（《樊山集》卷二十八）

《丙申臘日雪中疊韻四首》（《樊山續集》卷一）

《丙申除夕》（《樊山續集》卷一）

光緒二十三年丁酉（1897）　五十二歲

因卓異，請諮赴吏部。十月十九日，引見。奉旨准其卓異，加一級，仍註冊回任，候升。

相關資料：自丙申秋至丁酉夏，有詩百許篇，居京師時爲爽翁持去，遂不復還，亂後畢力蒐求，得四十餘首，題曰《身雲閣後集》。丁酉計薦入觀，五月去渭，瓜疇避暑，篇詠遂多，兩月之中，可盈一卷，曰《青門銷夏集》。八月發西安，重九抵都，故交則伯熙、廉生、午橋、壽平，朝夕相見，長白相國、嘉定尙書、南海侍郎、命酒賦詩，月嘗數集，而婦家群從，並在門牆，竹延兄弟、繡漪姊妹，立雪受書而稱弟子，典釵沽酒而奉先生，出則角逐雲龍，歸則滿懷珠玉，流連半載，乃始西遷。凡所賡酬，釐爲三卷，曰《朝天集》。（《樊山續集》自敘）

編年詩：《丁酉元日迎春》（《樊山續集》卷一）

《首其飲酒弈棋二題余不嫻採菊則非時濬井則乏味皆從略焉丁酉六月十

九日》（《樊山續集》卷二）

《過函谷關爲薛君解嘲》（《樊山續集》卷三）

《過澠池見同年張景樓墓碑爲詩弔之》（《樊山續集》卷三）

《余與景樓同散館改官臨別索余劾貴臣疏稿去追維往事再賦一絕》（《樊山續集》卷三）

《曩與仲彝辛未下第丙子計偕兩宿泥溝驛皆有詩奉贈今廿餘年矣丁酉八月廿八日重經斯驛再疊前韻寄仲彝徐州》（《樊山續集》卷三）

《將抵都門先以一詩寄壽平》（《樊山續集》卷三）

《重過蓮池悼黃子壽師》（《樊山續集》卷三）

《過定興有懷府主鹿滋軒督部》（《樊山續集》卷三）

《題子珍畫蘭遺墨爲弢甫水部屬賦　並序》（《樊山續集》卷四）

《伯熙遊小五臺歸以紀遊詩見示感賦長句奉贈》（《樊山續集》卷四）

《次韻酬伯熙見贈》（《樊山續集》卷四）

《用前韻再贈伯熙》（《樊山續集》卷四）

《倒疊前韻贈梧生昆季兼懷府主定興督部》（《樊山續集》卷四）

《六疊前韻贈樵翁》（《樊山續集》卷四）

《京邸生日示內》（《樊山續集》卷四）

《十一月十九日同內兄攜阿頻阿咸阿瑞及蕊練兩女侄入翠微山假榻靈光寺七宿而返雜記以詩》（《樊山續集》卷四）

《臘八日端午橋水部招同伯熙廉生兩祭酒食粥余以事羈不赴七疊前韻奉柬》（《樊山續集》卷四）

《次韻酬樵翁見贈》（《樊山續集》卷四）

《午橋齋中夜話戲用伯熙語作詩奉贈》（《樊山續集》卷四）

《柯龍岩先生鏡景圖爲哲孫鳳笙翰編屬題》（《樊山續集》卷四）

《東坡生日張尚書招同伯熙廉生兩祭酒午橋水部集鐵畫樓爲余設餞即席賦詩贈別十三疊韻奉呈》（《樊山續集》卷四）

《賃屋爲洪君亮吉舊宅樹石幽勝先是徐編修居此繪北江舊廬圖遍徵題詠十四疊韻奉題》（《樊山續集》卷四）

《重有感十五疊韻呈伯熙》（《樊山續集》卷四）

《京邸除夕十六疊韻柬伯熙》（《樊山續集》卷四）

光緒二十四年戊戌（1898）　五十三歲

三月，仍回渭南本任。四月，經陝西巡撫魏光燾以學問淹通，辦事精敏，奏保。奉旨交軍機處存記。十月經魏光燾傳知，奉電旨：「陝西渭南縣知縣樊增祥，著傳知，該員迅即來京，預備召見。遵即赴京。」青門萍社遂解散。

相關資料：戊戌三月，回渭南任。七月內召，八月解任。在渭所作曰《晚晴軒集》。是年十月，還西安。倦馬脫韁，徘徊不進，典屋於東柳巷，爲寄孥計，而勞薪暫息，明詔連催，戀茲一畝之宮，藉卒三冬之業，命其所作曰《柳下集》。（《樊山續集》自敘）

《秋景迴文》「吟苦幾多詩社復」注：自余戊戌入都，萍社遂散，邇來酬唱復盛。（《樊山續集》卷二十三）

編年詩：《戊戌元旦同壽平觀劇十七疊安揚韻》（《樊山續集》卷四）

《春初即事十八九韻邀伯熙鳳笙同作》（《樊山續集》卷四）

《春興二首四疊鳳笙韻索伯熙和》（《樊山續集》卷四）

《元旦日食二十二疊韻和伯熙》（《樊山續集》卷四）

《正月十一日同伯熙梧生閱廠肆抵暮劇飲酒樓夜分始散二十三疊韻索和》（《樊山續集》卷四）

《二十四疊韻上仲華相國》（《樊山續集》卷四）

《正月十四日立春樵翁尚書枉招說餅即席用人日見贈韻奉呈》（《樊山續集》卷四）

《十五日午橋昆季招同廉生伯熙會飲清言達曙午橋復出四詩見示二十五疊韻奉酬》（《樊山續集》卷四）

《伯熙贈詩有榜中落落三才子海內錚錚七品官之句感賦二律呈伯熙兼悼慧生》（《樊山續集》卷四）

《正月二十日廉生伯熙招飲酒樓賦呈一首》（《樊山續集》卷四）

《再爲俳體詩呈伯熙三十韻》（《樊山續集》卷四）

《兩女侄不忍言別以詩慰之》（《樊山續集》卷四）

《正月二十八日出都三十二疊韻寄伯熙》（《樊山續集》卷五）

《出都之前一夕偕午橋伯熙飲同豐堂夜分始別途次三十三疊韻奉寄》（《樊山續集》卷五）

《正月晦過定興謁滋軒督部於里第三十四疊韻奉呈》（《樊山續集》卷五）

《阿咸念都中戲劇不置作觀劇詩二首三十七疊安揚韻》（《樊山續集》

卷五）

《蕊練二侄索書素冊途次寫寄》（《樊山續集》卷五）

《到省之明日奉司牌回渭南任賦示內子》（《樊山續集》卷六）

《初入縣署作》（《樊山續集》卷六）

《七月廿八日奉電旨陝西候補道升允渭南縣知縣樊增祥迅即來京預備召見恭紀一首》（《樊山續集》卷六）

《將去渭南書懷敘別》（《樊山續集》卷六）

《樵翁將入關以詩奉迓》（《樊山續集》卷六）

《連得樵翁侯馬聞喜兩書再寄二首》（《樊山續集》卷六）

《樵翁灞橋道中閱樊山集見和茉莉四律寄鄉國之思哀豔切情讀之怊悵仍踵前韻寓物抒情兼祝早歸云爾》（《樊山續集》卷六）

《邵陽中丞見示政府字寄十月十五日奉上諭令臣樊增祥來京預備召見恭紀以詩》（《樊山續集》卷七）

《定興公起撫粵東慈聖垂詢州縣人才獨以增祥應詔馳書勸駕期待甚殷感賦二律奉寄》（《樊山續集》卷七）

《自題五十三歲照像》（《樊山續集》卷七）

《再題小影》（《樊山續集》卷七）

《自題雪中照像》（《樊山續集》卷七）

《題內子照像》（《樊山續集》卷七）

《午橋廉憲入關以詩奉迓》（《樊山續集》卷七）

《次韻酬午橋廉憲贈別之作》（《樊山續集》卷七）

《戊戌東坡生日午橋廉憲招同西屏刺史署齋小集八九疊韻留別》（《樊山續集》卷七）

《戊戌十二月二十七日發西安午橋廉憲西屏刺史張伯平朱若卿蔣銘卿劉星齋饒獻之饒用九諸大令宋栩枰謝堯卿兩少尉蘇青培趙界之趙寶衡三茂才枉過送行口占二十八字》（《樊山續集》卷八）

光緒二十五年己亥（1899）　五十四歲

二月初八日，蒙召見一次。奉旨：「本日召見之陝西渭南縣知縣樊增祥，著開缺，以道府存記，交榮祿差遣委用。」入榮祿幕府，參武衛軍事。

相關資料：小除日發西安，己亥二月至都，途次所作日《赴召集》。既入

對，遂以道府參武衛軍事，於時竹篔、爽秋、伯熙、廉生、叕甫、壽平，並集鞏下，文酒之宴，不減甲申、丁酉。時余卜居北池，屋後起臺曰「北臺」，內苑垂楊，玉河紅藕，倚欄斯見，觴客無休，起己亥三月，迄庚子五月，得詩二卷，日《北臺前後集》。（《樊山續集》自敘）

冬，盛昱卒。

編年詩：《旅中贈內》（《樊山續集》卷八）

《將至都門先以一詩寄許景澄竹篔侍郎》（《樊山續集》卷八）

《己亥二月初八日召對儀鸞殿奉旨開缺以道府存記次日入謝兩宮垂詢時政甚悉紀恩述事敬賦二首》（《樊山續集》卷九）

《春暮過高廟登第一樓題壁》（《樊山續集》卷九）

《己亥四月八日次女金粟周晬作粥供佛分貽朋好伯熙以詩報謝即次來韻》（《樊山續集》卷九）

《伯熙病足詩用韻較險更以七言報之》（《樊山續集》卷九）

《余既和伯熙病足詩適黃漱蘭丈亦患此疾電速仲叕歸省再賦二首》（《樊山續集》卷九）

《桂枝香》（《五十麝齋詞賡上》）

《五月十四日曉起登平臺看雨用前韻簡伯熙》（《樊山續集》卷九）

《雨後登北臺觀荷簡爽翁》（《樊山續集》卷九）

《余和爽翁詩有何時聽雨之句詰旦即得好雨戲拈二解》（《樊山續集》卷九）

《小臺在吾廬之西北因名之曰北臺並系以詩或爲將來志坊巷者增一故事耳》（《樊山續集》卷九）

《彩雲曲》有序（《樊山續集》卷九）

《己亥七月三日立秋是夕得一曾孫命之日喜子並系以詩》（《樊山續集》卷九）

《八月四日招同竹篔爽秋廉生伯熙公度次珊壽平北臺小集伯熙即席用爽秋舊韻見示次答一首》（《樊山續集》卷九）

《中秋日與內兄內子攜兩家兒女奉外姑北臺賞月即席有作》（《樊山續集》卷九）

《十月既望過意園記醉中語》（《樊山續集》卷九）

《次爽翁北臺雪霽元韻》（《樊山續集》卷十）

《謝爽翁惠新會橙》（《樊山續集》卷十）

《壽平侍御惠銀魚疊前韻誌謝》（《樊山續集》卷十）

《臘日爽翁留飲劇談》（《樊山續集》卷十）

《爽翁惠咖啡余誤為鼻煙》（《樊山續集》卷十）

《伯熙遂於是夜化去再賦》（《樊山續集》卷十）

《廉生見余東坡生日詩屬題所藏坡懷子由詩帖以當引首時伯熙猶在病榻也未幾而凶問至矣即用坡韻哭之》（《樊山續集》卷十）

《廉翁令弟信卿太守以甲午冬送女入關時青萊告急馳還省覲臘月廿三日宿渭南署齋天未明馳去比余再至京則信卿臥病里中未幾怛化再用坡韻呈廉翁》（《樊山續集》卷十）

《小除日簡廉翁爽翁》（《樊山續集》卷十）

《除夕疊爽翁韻二首》（《樊山續集》卷十）

光緒二十六年庚子（1900）　五十五歲

春，在京師。夏，出京避難，友袁昶、許景澄被殺。攜家眷逃至西安。協助端方預備迎駕事宜。十一月，簡放安徽鳳潁六泗道，仍留行在當差。充政務處提調，負責起草詔書、處理往來公文。

相關資料：《奉和過蕪湖弔袁漚簃》「湖壖未立雙忠祠，（兼謂竹篔）漢室誰憂七國兵。海內詩名長不死，夢中英爽凜如生。（庚子七月既望，夢君與竹篔見過，言僊從至此，時車馬猶未出也。）」（《樊山續集》卷二十五）

庚子夏，京師俶擾，余盡室入關，珍玩圖書，概從委棄。（《二家詠古詩》序）

光緒庚子孟春，余有西河之戚，王廉生祭酒過余，曰：「吾屬皆老人，當善自排遣。吾久欲刻四家館課，子盍助我？」四家者，張督部師、宗室伯熙祭酒、廉生與余也。督部師稿多散佚，惟己丑考差以前，與同人會課，作帖體詩二十餘首，同門袁重黎時方授蘇卿公子讀，錄以授余。又從劉博泉侍郎所搜得《孔子石硯賦》一篇。伯熙身後，遺文零落，而試律多至二百餘首，余選得三分之一，賦十餘篇，選六首。廉生詩最少，裁十餘首，律賦稱是。余舊稿略盡，追錄補撰，得詩六十一首，賦一篇。四月初，廉生以授梓人，督部師及余作者皆鋟版矣，而拳教之亂作，余倉皇出都，至七月下旬，廉生受命此刻，遂不可究詰。余還西安，師及余原稿僅存，而兩祭酒闕焉。（《二家試帖詩》序）

余所得先生（李慈銘）詩詞書牘，積一巨簏，燬於庚子之變，爲可惜也。（《二家詞鈔》序）

是年都下奇變，執殳前驅，歷晉入秦，浸疏聲律，會與研蓀觀察比鄰而居，皆侘傺無聊，端憂多暇，相約和古詞以寓今事，自秋徂春，得百餘解。（《五十鬻齋詞賡敍》）

庚子，至秦隨湏陽端忠愍迎駕，命備兵皖北，詔留行在。孝欽皇后諭文忠曰：機要文字，可與樊增祥撰。是時行在於軍機內閣外特置政務處，如唐政事堂，總內外詔奏，管樞密大計，而以提調命公。帝在西安，夷兵窟京師，正議款，萬目矕矕，……羽檄如山，手披口校，十老吏張燈通曙，猶不給。公獨裕如，霆催的破，當機立斷，斡旋補苴，樞臣以爲左右手。而「罪己」一詔，剴切委婉，讀者泣下，感激忠義，維繫人心，世推如陸敬輿興元詔書云。（錢海岳《樊樊山方伯事狀》）

其後罪己、變法諸詔皆出其手，剴切委婉，頗似陸敬輿。後擢至臬司，入覲，孝欽后垂詢履歷甚詳，謂爾爲張之洞弟子，之洞才備文武，爾必能肖爾師。（王森然《樊增祥先生評傳》）

既而都下奇變，構釁西鄰，似典午之阽危，甚揚州之妖亂，乃獻書府主，潛備西巡，願效前驅，脫身虎口，徑宣府，歷大同，入雁門，涉代郡，崎嶇兩月，復歸於秦。身非杜陵，沉吟天寶；才慚陸九，遭遇興元。命其所作爲《執殳集》。是年七月還秦，依午橋幕府。未幾而京師瓦解，萬乘西行，霸上迎鑾，西京駐輦，萬方珍貢，四海衣冠，鱗集青門，於斯爲盛。雖復時丁《板蕩》，運際顛冥，而舊雨紛來，陽春迭和，幽憂韞結，篇詠滋多，自秋徂冬，得詩一卷，曰《西京酬唱集》。十一月，余蒙恩備兵皖北，有詔仍留行在。慈聖諭府主曰：「自今機要文字，可令樊增祥撰擬，仍當秘之，勿招人忌也。」聞命感泣，黽勉馳驅。是冬設政務處，與陳侍郎並充提調，故備兵以後，陳臬以前，匯其所作曰《掌綸集》。（《樊山續集》自敍）

張百熙《次韻樊山廉訪見贈二首》有注：君喜疊韻；君於庚子五月憂心拳禍，曾有《解散歌》之制；都下有樊詩左茉之目。《疊前韻再贈樊山》注：庚子辛丑之間，君所爲詩名《掌綸集》。當日新政諸諭旨，多君所擬進，一時傳誦，比於興元詔書。

編年詩：《庚子元旦宮詞》（《樊山續集》卷十）

《除夕有懷弢父樞垣夜值》（《樊山續集》卷十）

《病目久不出強起登北臺述懷》（《樊山續集》卷十）

《目疾新愈柬爽翁》（《樊山續集》卷十）

《酬仲實觀察見贈》（《樊山續集》卷十）

《二月十三日雪簡弢夫壽平》（《樊山續集》卷十）

《春日簡左笏卿比部》（《樊山續集》卷十）

《正月二十六日余有失子之戚是日壽平弟適拜出守思恩之命感賦一律》（《樊山續集》卷十）

《余失子日同年張次山銀臺亦於是日罷官感賦》（《樊山續集》卷十）

《仲碩和答前韻再柬一首》（《樊山續集》卷十）

《二月十八日博泉前輩潤夫京兆招同徐大司馬許少宰葛少司馬李少司馬袁太常劉學士集雲山別墅即席有作》（《樊山續集》卷十）

《三月九日爽翁招飲賦呈同席諸公第二首專簡主人》（《樊山續集》卷十）

《四月廿二日胡公度給諫招集松筠庵即席送高理臣前輩張次珊同年出都》（《樊山續集》卷十）

《石甫南歸與傅彩雲同乘有詩見寄戲次其韻》（《樊山續集》卷十）

《感事》（《樊山續集》卷十一）

《庚子五月都門紀事》（《樊山續集》卷十一）

《五月廿五日董軍攻德法意美四使館克之》（《樊山續集》卷十一）

《五月二十六日甘軍掠徐相國及肅親王府》（《樊山續集》卷十一）

《雨後發徐溝贈胡研蓀太守》（《樊山續集》卷十一）

《太原感事和研蓀》（《樊山續集》卷十一）

《七月三日宿平陽疊前韻謝研蓀太守惠月餅》（《樊山續集》卷十一）

《哭廉生十三兄》（《樊山續集》卷十一）

《駕幸晉陽恭紀》（《樊山續集》卷十二）

《晉陽五首》（《樊山續集》卷十二）

《余曩以雞汁淪井茶愛伯師及子培張之以詩頃研蓀太守復繼以詞計愛師歿已七年子培在淮南亦無消息不虞一七箸間復有滄桑之感也因賦長句邀梅君研蓀晴谷仲綱和之》（《樊山續集》卷十二）

《午橋中丞出關迎駕旋拜使豫之命再疊前韻奉寄》（《樊山續集》卷十二）

《都下伶人小叫天或言兵解或言在汴感賦一首》（《樊山續集》卷十二）

《肝疾又作感賦》（《樊山續集》卷十二）

《聞都門消息》（《樊山續集》卷十二）

《十月二日招同詒書炯齋兩學使潤夫副都容皆司業笏卿比部荒齋小集即席賦呈五疊前韻》（《樊山續集》卷十二）

《昨詩有雙井時時受一斤之句朝來石甫詩至並饋龍井二瓶十六疊韻奉謝》（《樊山續集》卷十二）

《石甫屬題張夢晉山茶梅花卷子卷爲伯熙所贈以石甫爲夢晉後身也》（《樊山續集》卷十二）

《庚子十一月二十四日蒙恩簡授皖北道次日入謝奉命暫留行在恭紀二首》（《樊山續集》卷十三）

《實甫以三百金助賑得孔雀翎戲贈》（《樊山續集》卷十三）

《臘八日石甫招集臥龍寺食粥以小極不赴九疊前韻奉柬》（《樊山續集》卷十三）

《臘八日慈聖賜府主粥轉以見貽敬賦誌謝》（《樊山續集》卷十三）

《去年臘八日王文敏公亦以雍和宮粥見惠感今追昔疊韻誌哀》（《樊山續集》卷十三）

《十二月二十二日招同午橋中丞潤夫副都實甫觀察笏卿比部彥孫仲錫兩太守小集身雲閣即席有作》（《樊山續集》卷十三）

《歲除前一日實甫借身雲閣治具招同午橋潤夫笏卿小集四疊前韻》（《樊山續集》卷十三）

《庚子除夕五疊前韻》（《樊山續集》卷十三）

《歲除日午翁贈鹿一頭作得鹿吟》（《樊山續集》卷十三）

《檢視去年舊作用早朝韻題後》（《樊山續集》卷十三）

光緒二十七年辛丑（1901）　五十六歲

六月，補授陝西按察使。八月，署陝西布政使。

相關資料：辛丑春暮，城東道院綠牡丹作花，中使窮以進御，遂邀同志作牡丹詩，竟三月，一月得詩六十餘首，命之曰《洛花集》。是年夏，與顧五、易五、子修、笏卿唱和尤數，裒爲一卷，曰《西京酬唱後集》。六月朔，除陝西臬司。八月，署藩司。（《樊山續集》自敘）

端午刊《二家詠古詩》，仲夏刊《二家試帖詩》。

編年詩：《辛丑元旦早朝》（《樊山續集》卷十三）

《新歲四日潤夫副都就藩署爲午翁設餞八疊前韻》（《樊山續集》卷十三）

《是夕午公留客劇談歸寓已加醜矣九疊前韻》（《樊山續集》卷十三）

《正月初六日紀事十疊前韻》（《樊山續集》卷十三）

《人日與及門諸子照像自題一律》（《樊山續集》卷十三）

《上元日仲綱叔綱善孫寶衡竹延公宴余於身雲閣即席和善孫韻》（《樊山續集》卷十三）

《石甫以二月二日是義山江上聞吹笙日有詩見貽即次來韻》（《樊山續集》卷十三）

《寄女雲和二月三日生即於是日受朱氏聘疊前韻示之》（《樊山續集》卷十三）

《何副都以花朝日獨遊城南蕭寺奉寄一首》（《樊山續集》卷十三）

《上巳日石甫問出遊否賦答》（《樊山續集》卷十三）

《春暮即事用雙聲體索石甫諸君和》（《樊山續集》卷十五）

《子玖前輩以大司空入參機務奉賀一首》（《樊山續集》卷十五）

《聞石甫午日宴客並召歌者侑酒戲寄四絕句》（《樊山續集》卷十五）

《病齒累日謝子修翰編惠止痛藥及杭州黃菊二首》（《樊山續集》卷十五）

《五月二十四日夜大風雨九疊高齋韻紀之》（《樊山續集》卷十五）

《牡丹八首　並序》（《樊山續集》卷十四）

《六月初二日除陝西臬使仍兼政務處提調恭紀》（《樊山續集》卷十六）

《石甫見和前韻次答二首即送歸廬山》（《樊山續集》卷十六）

《春後屢感寒疾氣體益衰矣感賦》（《樊山續集》卷十六）

《聞杜仲丹歿於校經堂年八十餘矣》（《樊山續集》卷十六）

《石甫登高廟第一樓和余己亥題壁韻見寄次答一首》（《樊山續集》卷十六）

光緒二十八年壬寅（1902）　五十七歲

四月，回臬司任。十二月，調補浙江按察使，奉旨入京預備召見。

相關資料：壬寅四月，復還柏臺藩署，爲唐中書省故址，音聲樹在焉，余往復柏薇之間，不少汀蘋之興，匯其所作曰《音聲樹集》。是歲科舉改章，秦晉合闈。故事：科場提調以糧儲道領之。吉甫中丞倚畀過深，奏派斯役。入闈伊始，昕夕不遑，既畢三場，詠觴間作，今之監試，昔之府公，首唱雅音，四星繼和，周旋鞭弭，投報瑤琚。蠶葉有聲，相見歐梅當日；驪珠在手，

居然劉白同時。已命其詩曰《煎茶集》。自丙申迄今，爲詩十七卷，盡以付梓，此《樊山詩集三刻》也。（《樊山續集》自敘）

五月，刻《二家詞鈔》、《五十麝齋詞賡》。

編年詩：《八月六日入闈見新月》（《樊山續集》卷十七）

《光緒壬寅秋補行庚子辛丑兩科鄉試秦晉合闈朱益齋段春岩兩編修典秦試曹在韓編修楊味春侍御典晉試余爲吉甫中丞奏派提調同日入闈奉呈四首》（《樊山續集》卷十七）

《戀翁以自壽詩見示再賦長句奉呈》（《樊山續集》卷十七）

《九日宴客戀翁疊前韻見示一再疊韻奉酬》（《樊山續集》卷十七）

《展重陽日偕荻軒方伯公宴四星使於八仙庵座有淇泉學使碧岑觀察即席次碧岑韻》（《樊山續集》卷十七）

《明日復集淇泉學使行臺再次碧岑韻二首》（《樊山續集》卷十七）

《九月十八日公宴四星使於兩湖會館中丞以下與宴者三十餘人合樂行觴閱四十刻始罷賦詩紀事》（《樊山續集》卷十七）

《午橋中丞監臨湖北鄉試遠寄三場程序及戒諭士子條規再疊前韻奉寄》（《樊山續集》卷十七）

《寶衡捷北闈喜贈》（《樊山續集》卷十八）

《讀湘綺樓詩奉題》（五題）其四「往年交臂春明路」注：辛未會試，擬謁先生未果。（《樊山續集》卷十八）

《再哭許袁二公》（《樊山續集》卷十八）

《抱冰師再督兩江寄獻二十八韻》（《樊山續集》卷十八）

《再寄午公》（《樊山續集》卷十八）

《歲暮過西園有懷內兄》（《樊山續集》卷十八）

《閱電鈔知石甫觀察備兵右江喜賦》（《樊山續集》卷十八）

《十二月二十六日得電鈔調補浙江臬使敬賦》（《樊山續集》卷十八）

《壬寅除夕》（《樊山續集》卷十八）

《石湖仙》（《樊山續集》卷二十二）

光緒二十九年癸卯（1903）　五十八歲

正月，以在藩司任內完解甘新協餉，賞加二品頂戴。四月二十五日，交卸陝西按察使事。閏五月二十五日到京，召見，未請訓。七月十六日，請訓，上任。九月二十三日赴任途中，得電旨，真除陝西布政使。

命回京召見。十月二十四日，請訓，上任。十一月出都。

編年詩：《癸卯同鄉團拜張樂設飲梅老首點借雲一出寓惜別之意致可感也賦此奉別》（《樊山續集》卷十八）

《正月十三日浙館團拜淇泉學使碧岑觀察簡招觀劇酒半淇泉肅入舫齋縱觀書畫作歌》（《樊山續集》卷十八）

《己丑客滬上識淇泉於小村中丞座中時君初登賢書一彈指頃十五年矣三疊前韻誌感》（《樊山續集》卷十八）

《元夜歸自鼓樓聞淇泉過訪失候燈下再疊前韻調之》（《樊山續集》卷十八）

《石甫寄示紀恩詩賦答》（《樊山續集》卷十八）

《曩石甫以詩見示自注云直鈔公一句近賦紀恩詩亦然戲題其後》（《樊山續集》卷十八）

《四月十一日同菽軒方伯杉香葆生兩觀察過八仙庵看牡丹會吉甫中丞亦至遂同閱興慶池故址》（《樊山續集》卷十八）

《夢華老友赴蜀臬任假道秦中留飲劇談賦詩贈別並示同座葆生觀察碧岑戟傳太守》（《樊山續集》卷十八）

《癸卯二十四日發西安止於華清行館將軍中丞以下送者余三百人感賦》（《樊山續集》卷十九）

《閏五月初六日中兒迎謁於洛陽城西十五里明日護眷如汴梁賦示》（《樊山續集》卷十九）

《夜半登火車即寢》（《樊山續集》卷十九）

《上張宮保師二首》（《樊山續集》卷十九）

《張少保師招同王弢父於晦若兩京卿沈子封編修周少樸侍御過慈仁寺廢址看松徵賦長句》（《樊山續集》卷十九）

《翁韜甫同年屬題傳笏圖有序》（《樊山續集》卷十九）

《博泉前輩潤夫副都晦若京卿招同小石中丞華卿司寇小集高廟觀荷即席三四疊前韻》（《樊山續集》卷十九）

《十二疊韻寄石甫右江時粵氛甚惡》（《樊山續集》卷十九）

《六月二十九日政務處同人公宴宮保師於第一樓是日晴雨相間即席疊前韻三首茲韻凡二十疊矣》（《樊山續集》卷十九）

《同晦若登第一樓二十一疊韻奉呈》（《樊山續集》卷十九）

《七月初二日笏卿給諫招集天寧寺即席賦詩疊韻三首》(《樊山續集》卷十九)

《七月七日平明陪宮保師遊南泊奉教限佳餚韻二首並索同遊芰甫京卿菊人司業子封編修模齋府丞和》(《樊山續集》卷十九)

《少保師兩至南泊觀荷再用江咸韻紀遊二首》(《樊山續集》卷十九)

《與繡漪兄妹夜話有贈》(《樊山續集》卷十九)

《陪少保師晚登寄園西樓看西山用雙聲體》(《樊山續集》卷十九)

《奉和入對恭紀》(《樊山續集》卷十九)

《七月初一日請上徽號不許》(《樊山續集》卷十九)

《上張大冢宰》(《樊山續集》卷十九)

《癸卯九日少保師招集塔射山房即席有作有西人夫婦避暑於此頃始移去》(《樊山續集》卷十九)

《九日慈聖賜少保師肴點十四合師以分餉座客並紀以詩敬和》(《樊山續集》卷十九)

《少保師期待過厚賦詩自述》(《樊山續集》卷十九)

《九月十三日少保師為增祥設餞招同朱桂卿沈子封兩編修寶子年祭酒於晦若京卿李亦元比部夜集不朽堂分賦餞別留別之什桂卿探得江韻祥得齊韻亦元得佳韻子封得肴韻晦若得鹽韻師得咸韻》(《樊山續集》卷十九)

《九月二十三日天津旅次奉陳臬陝西之命恭紀》(《樊山續集》卷十九)

《九月二十五日還京呈少保師》(《樊山續集》卷十九)

《十月初三日入對恭紀》(《樊山續集》卷十九)

《十月初十日慈聖萬壽五鼓詣排雲殿隨班朝賀恭紀》(《樊山續集》卷十九)

《十月二十四日請訓恭紀》(《樊山續集》卷十九)

《華卿宗伯以戶部尚書入參機務奉呈一首》(《樊山續集》卷十九)

《十一月十二日力疾出都以詩別宮保師》(《樊山續集》卷十九)

《十一月十五日夜宿宜溝驛用辛未舊韻示竹延》(《樊山續集》卷十九)

《至衛輝中兒攜午孫迎謁遂同至洛》(《樊山續集》卷十九)

《余閏夏入都與靈寶令許君晤言甚恰比多仲再過則許以九月卒矣君揚州人有肆應才身後虧累四千金一家三十餘口羈繫於此賦詩悼之》(《樊山續集》卷十九)

《二十四日日本攻旅順燬俄艦三》(《樊山續集》卷二十)

《癸卯除夕》(《樊山續集》卷二十)

光緒三十年甲辰（1904）　五十九歲

正月，回陝，到任。

除夕，得升允贈鹿一頭。

相關資料：《後得鹿吟　並序》庚子歲除日，午橋尚書贈鹿一頭，余作《得鹿吟》報謝。甲辰臘月二十五日，吉甫尚書又贈鹿一頭，黃羊副之。除夜守歲不眠，作《後得鹿吟》以誌嘉貺。(《樊山續集》卷二十一)

編年詩：《元日吉甫中丞見過》(《樊山續集》卷二十)

《午帥電示正月二十四日日本攻旅順克之電寄一首》(《樊山續集》卷二十)

《春興一首呈吉帥》(《樊山續集》卷二十)

《午帥電云好詩方到戰耗不眞蓋旅順未失也再賦》(《樊山續集》卷二十)

《中立》(《樊山續集》卷二十)

《營口》(《樊山續集》卷二十)

《三月初二日送需次諸君入課吏館賦呈嚴廉訪及分教程戟傳太守楊和甫刺史李少愚陳煥階兩大令》(《樊山續集》卷二十)

《星海遠寄佳茗二瓶瓷杯二事報以小詩用素瓷傳靜夜芳氣滿閒軒爲韻》(《樊山續集》卷二十)

《午帥移節吳中馥庭方伯歸自滇南餞於鶴樓繪圖志別電索拙詩寄題一首》(《樊山續集》卷二十)

《日本早崎教習爲余照像時年五十有九矣》(《樊山續集》卷二十)

《三疊韻書感邀同人和》(《樊山續集》卷二十)

《古人詩多渾寫大意故東坡云作詩必此詩定知非詩人自同光間館閣諸公作試帖始用嵌字之法而詩格乃益難益密至於詠物莫不以細切爲工昨以秋熱命題看似平平然須從秋字寫出熱字方與夏詩有別再賦帖體一篇索同社諸君和博弈猶賢牝金虛擲殊自笑也七月初三日夜》(《樊山續集》卷二十)

《七月十八日雨中招同懋臣杼香友松海雲戟傳敬之和甫雲生諸君集兩艭艀齋即席有作》(《樊山續集》卷二十)

《次碧岑中秋對月韻》(《樊山續集》卷二十)

《甲辰中秋夜內子偕諸女弟及兒女孫曾輩平臺望月是夕月明如晝》(《樊

山續集》卷二十）

《八月既望微雨尋霽入夜月出憶去年今夕在京寓與竹延夫婦繡漪姊妹同看月食待至復圓始寢今一年矣悵然賦此寄竹延汴梁繡漪京師》（《樊山續集》卷二十）

《子搢入幕喜贈》（《樊山續集》卷二十）

《淶之求歸甚切賦詩留之》（《樊山續集》卷二十）

《十一月初四日與碧岑過課吏館清言竟日因贈》（《樊山續集》卷二十）

《十一月初八日奉電鈔眞除陝藩恭紀》（《樊山續集》卷二十一）

《寄菊人》（《樊山續集》卷二十一）

《遼東》（《樊山續集》卷二十一）

光緒三十一年乙巳（1905） 六十歲

在陝藩任。

編年詩：《初六夜對月示雲生》（《樊山續集》卷二十一）

《正月三十日涂大令自隴州檻至二鹿適中兒函報老夫得第二孫因名之曰得鹿用除夕韻誌喜》（《樊山續集》卷二十一）

《三疊開字韻寄雲生時方縣試》（《樊山續集》卷二十一）

《寄懷午橋撫部長沙》（《樊山續集》卷二十一）

《贈燈》（《樊山續集》卷二十三）

《六月既望作》（《樊山續集》卷二十三）

《六十照像自題》（《樊山續集》卷二十三）

《述懷》（《樊山續集》卷二十三）

《仲錫令弟新婚不逾月即赴日本留學賦贈一首》（《樊山續集》卷二十三）

《八月二日招同仲錫淶之子搢集牛頭寺送徐子修孝廉楊吟海大令之日本》（《樊山續集》卷二十三）

《何壽萱同年解任歸小住西安賦贈一首》（《樊山續集》卷二十三）

《次壽萱柬宦陝諸同年韻（同年居陝者凡五人）》（《樊山續集》卷二十三）

《受軒仁甫兩同年並於余詩有過情之譽戲用仁甫韻奉柬》（《樊山續集》卷二十三）

《用前韻書感》（《樊山續集》卷二十三）

《高等學堂新葺小園秋日與懋臣觀察淶之大令飲卷阿館即席有作》（《樊山續集》卷二十三）

《九日招同桽香懋臣省三三觀察仲錫太守淶之大令集慈恩寺陪曹大中丞雁塔登高即席賦呈》（《樊山續集》卷二十三）

《成子蕃侍御屢和余高廟題壁詩韻因友松觀察還陝彙錄見寄二十二疊韻奉酬》（《樊山續集》卷二十三）

《友松以重陽前一日還陝二十三疊韻奉贈》（《樊山續集》卷二十三）

《菽帥生日先期往杜祠避客長句奉柬》（《樊山續集》卷二十三）

《壽竹銘中丞六十》（《樊山續集》卷二十三）

《湘綺先生遊秦喜贈》（《樊山續集》卷二十四）

《湘綺先生小住五日意將登華而歸賦詩惜別》（《樊山續集》卷二十四）

《次韻和湘翁仲冬九日宿華陰嶽祠》（《樊山續集》卷二十四）

《餘論詩專取清新以為古作者雖多於詩道固未盡也賦此示戩傳午詒》（《樊山續集》卷二十四）

《菽帥用前韻見贈並懷湘綺三疊韻奉答》（《樊山續集》卷二十四）

《長至朝罷與戩傳敬之共話十疊前韻》（《樊山續集》卷二十四）

《六十自述》（《樊山續集》卷二十四）

《十一月二十九日寄懷湘綺是日為先生生日》（《樊山續集》卷二十四）

《九月廿一為菽帥生日越二十日而竹帥生又二十日而增祥生賦呈兩帥一笑》（《樊山續集》卷二十四）

《雪中八首和何方伯》（《樊山續集》卷二十四）

《除日早起午詒送一詩來即次其韻》（《樊山續集》卷二十四）

《乙巳除夕寫懷》（《樊山續集》卷二十四）

《甲辰三月少保師以事至金陵邵陽督部招集於胡彥蓀觀察之適園師有詩紀事比祥得詩則邵陽罷歸彥蓀物化久矣感悼之餘即次原韻乙巳七月二十一日》（《樊山續集》卷二十五）

光緒三十二年丙午（1906） 六十一歲

得咎於陝甘總督升允，為其所劾，爭而不得，罷去。

相關資料：《閒樂集》樊山跋：「丙午冬解任後，移居柳巷，日課一兩詩，久之成帙，命之曰《閒樂集》。」

編年詩：《壽萱柱過話舊》「功名各自庚辰始，（是年君留館而余改外）科舉新逢丙午停。」（《樊山續集》卷二十三）

《丙午寒食次舫前輩仁甫同年以東館落成招集於觀海堂即席賦謝》（《樊山續集》卷二十四）

《讀藍洲舟行富春江雜詩三十首題後》（《樊山續集》卷二十四）

《元日午詒見過持除夕八詩去尋即和示疊梅字韻奉答》（《樊山續集》卷二十四）

《元日次房前輩謝余饋藥次來韻》（《樊山續集》卷二十四）

《受軒和元旦韻再賦》（《樊山續集》卷二十四）

《次受軒人日書懷韻》（《樊山續集》卷二十四）

《二月朔艾卿學使枉過煮茶看畫清言竟晷》（《樊山續集》卷二十四）

《二月廿九日柬招省之仲錫戟傳俶南敬之裕堂雨濤過雙紅豆館試梨花春師愚大令適至遂留共酌疊前韻索諸公和》（《樊山續集》卷二十四）

《三月初二日過課吏館局試竟日釀寒欲雪賦示館員》（《樊山續集》卷二十四）

《上巳日菽帥問有詩無仍疊前韻》（《樊山續集》卷二十四）

《追悼李亦元比部》（《樊山續集》卷二十四）

《丙午寒食次舫前輩仁甫同年以東館落成招集於觀海堂即席賦謝》（《樊山續集》卷二十四）

《立夏前一日柬招午詒編修戟傳敬之兩太守雲生雨濤兩大令集雙紅豆館分得咸韻》（《樊山續集》卷二十四）

《再題照像寄藍洲》（《樊山續集》卷二十四）

《題繡漪照像》（《樊山續集》卷二十四）

《得旭莊觀察書卻寄》（《樊山續集》卷二十四）

《六月初三夜熱不能寐檢越縵集有小暑聞蟬詩因次其韻》（《樊山續集》卷二十四）

《壽抱冰師七十用香山九老詩格》（《樊山續集》卷二十四）

《喜晴（是日得電鈔，有立憲之諭）》（《樊山續集》卷二十四）

《九日招省三觀察戟傳敬之兩太守裕堂刺史子摺吟海少蘭三大令北臺登高夜集晚晴軒即席有作》（《樊山續集》卷二十四）

《十月二十一日解任示客》（《樊山續集》卷二十四）

光緒三十三年丁未（1907）　六十二歲

因升允彈劾奏摺，求助值機內閣之鹿傳霖，又遣派吳祿貞在京活動慶親王奕劻。四川總督錫良核查後，仍得咎：「樊增祥兼納糧庫羨餘，中有含溷，其他文牘體制，亦多違法。」罷官居家。

光緒三十四年戊申（1908）　六十三歲

夏，遊河南蘇門山，作《蘇門集》。

相關資料：日記寫成，竹延擬付排印，繡漪曰：「不如題作《蘇門集》，付於《聞樂》、《滎陽》兩集之後，既便覽觀，且省印費。」竹延曰：「如無此體例何？」繡漪曰：「今之新法，不依舊例者何限，獨日記不當入詩集耶？」倚竹曰：「妹言是也。」遂列入《樊山續集》第三十二卷。戊申荷花生日天琴記。

在京隨鹿傳霖查辦「貽谷案」立功，六月，開復江寧布政使。

清　遜帝

宣統元年己酉（1909）　六十四歲

在江寧藩司任。端方移直隸總督。護理兩江總督。

宣統二年庚戌（1910）　六十五歲

宣統三年辛亥（1911）　六十六歲

10月10日（公曆），武昌起義爆發。12月2日江寧城破，張人駿、鐵良乘日艦逃往上海，退入租界，張勳敗走徐州。城破之前，樊增祥攜帶布政使關防逃離江寧，奔入上海租界。

中華民國

民國元年壬子（1912）　六十七歲

在租界賃園，與遺老酬唱優游。

相關資料：《采綠吟》序：上巳日小園桃花猶盛，柬招伯嚴、石甫、午詒、公倩小集。「念人生對酒當歌，還摹寫蘭亭兩三行。江南樂，今夕鬥茶，明朝乞漿」（《樊山集外卷六》）

《鶯啼序》序：壬子上巳後一日穀雨，同午詒、石甫、笏卿過徐園看牡丹。是日，園中有文明結婚者，比至，則禮成歸去矣。（《樊山集外卷六》）

《慶宮春》序：十月十二日夜半，與節庵、石甫、淵若自滄州別墅步月

歸辛園。飆車既停，廣逵如砥，看月在楸桐槐柳間，霜葉已零，滿地明暉，如散銀潑汞，人影與樹影想錯，似小艖子緩行荇藻間也。三君送余歸，乃各分道去。燈下用白石《夜布垂虹》調紀之。（《樊山集外卷六》）

編年詩：《四月既望與仲彝散原石甫節庵留坨至徐園久坐晚歸茶仙亭飲酒徵詩欣然有作》（《樊山集外》卷一）

《晚菊一首索伯嚴午詒和》（《樊山集外》卷一）

《次伯嚴重陽集靜安寺韻》（《樊山集外》卷一）

《石甫作剪髮詩又作不剪髮詩見者不解吾以詩解之》（《樊山集外》卷二）

《碧雲辭和石甫》（《樊山集外》卷二）

《秋夕與子修伯嚴石甫子琴詣棻香居共飯石甫招朱郎至自庚子後不想見者十三年矣既歸作長句紀之》（《樊山集外》卷二）

《閱石甫中秋詩戲書其後》（《樊山集外》卷二）

民國二年癸丑（1913）　六十八歲

3月29日，在樊園招集遺老活動，組織成立「超社」。4月9日，再次在樊園招集「超社」修褉。

相關資料：《癸丑三月三日樊園社集用杜詩麗人行韻》「三月三日天氣新，樊園社會凡十人」（《樊山集外卷二》）

《三月三日樊園修褉序》序：旅滬之第三年，歲在癸丑，三月三日，超然吟社諸公，仿蘭亭修褉故事，集於樊園。自永和九年至今，歷二十七癸丑矣。……乙庵則謂事同王謝，故當詩仿蘭亭，爰約同人，各賦五言七古詩二首，一人兩詩，亦蘭亭例也。（《樊山集外卷七》）

《繆藝風前輩七旬壽宴壽序》序：藝風老人者，吾超社中之社長也。攬屈子庚寅之揆，長我二齡；溯堯年丙子之科，遲君一載。癸丑大端午日，君假小園置酒，爲超社第六集，即席擬題。余以君今年七十生日，請同社爲詩壽君，君亦爲詩自壽，眾僉曰善。（《樊山集外卷七》）

冬，梅蘭芳訪滬，由王鳳卿介紹認識樊增祥。

相關資料：《梅郎曲》序：「梅郎盛名冠京師，纔可十九二十時。繡絲的是佳公子，傅粉居然好女兒。」（園主以郎照像遍贈座客）「豈期郎意重老成，傳語樊山問安否。易五寄我瓊瑤音，道郎美慧知我深。彩雲兩曲略上口，琴樓一夢屢沉吟。癸丑仲冬月初七，郎來引入芝蘭室。……南臺御史李會稽，親將第一仙人許（愛伯師謂霞芬爲眞狀元）。……我見梅郎如飲醇，吳中但說

好伶倫。亦如七十樊山老，祇把文章動世人。」(《樊山集外卷二》)

《題翁覃溪先生墨蹟卷子　王鳳卿索題》「會滬上舞臺延王鳳卿、梅蘭芳至，都門老友易石甫以詩介紹，屬其來謁。時方仲冬，夷叔翰林攜蘭芳及鳳卿之子，過訪草堂。是夕，剛侯同社招飲旗亭。至則素雲、蘭芳、鳳卿皆在，歡然道故，如四十年前長安過夏，身在歌雲酒雨間也。」「癸丑仲冬八日，東溪居士倚燭書」(《樊山集外卷七》)

《題成親王致茅耕亭手札卷　　(王鳳卿索題)》「嗟乎！前朝防制親貴，特防制其才且賢者耳。迄乎末世，不才不賢之親貴用事，舉一切家法而破壞之，國遂由之而亡，悲夫！癸丑十一月十一日，飛明居士爲奉瑉盦主人屬題」(《樊山集外卷七》)

編年詩文：《元夜與石甫踏月歸寓》(《樊山集外》卷二)

《石甫和元旦韻戲答》(《樊山集外》卷四)

《止菴和元旦韻見贈敬答》(《樊山集外》卷四)

《春初呈湘綺丈》(《樊山集外》卷四)

《湘綺老人移寓辛園喜賦》(《樊山集外》卷四)

《送湘綺丈》(《樊山集外》卷四)

《壬丈登舟後同人復觴於醉漚館即席贈別》(《樊山集外》卷四)

《次石甫到京見寄韻》(《樊山集外》卷四)

《又次石甫僦居京城蕭寺韻》(《樊山集外》卷四)

《花朝夜月色甚佳邀子培同賦》(《樊山集外》卷四)

《止菴再疊花朝韻見示次答》(《樊山集外》卷四)

《二月八日濤園詒書肖疋見過坐梅花下作歌再疊前韻》(《樊山集外》卷二)

《隆裕太后輓詩二首》(《樊山集外》卷四)

《展花朝超社第一集樊園看杏花歌限東韻》(《樊山集外》卷二)

《癸丑三月三日樊園社集用杜詩麗人行韻》(《樊山集外》卷二)

《後數斗血歌》(《樊山集外》卷二)

《四月既望沈觀補乙庵伯嚴及余公宴健齋參政於樊園止菴濤園節庵旭莊詒書俱來會園中芍藥玫瑰盛開輔以西洋雜花爛如雲錦罷作歌》(《樊山集外》卷二)

《四月八日超社第五集伯嚴假樊園治具即席送健齋參政爲岱嶽之遊》

（《樊山集外》卷二）

《五月晦夜耆生前輩偕笏卿過訪再疊疏字韻》（《樊山集外》卷四）

《別靜安寺舊居》（《樊山集外》卷四）

《去年乙庵有移居四律余八疊韻和之頃於五月二十六日移寓寶昌路新宅亦賦四詩索同社和》（《樊山集外》卷四）

《止菴見和移居四律語特名雋疊韻奉酬》（《樊山集外》卷四）

《沈觀枉和移居四律再疊前韻奉酬》（《樊山集外》卷四）

《天貺日與耆生前輩笏卿觀察過泊園晚飯四疊前韻奉呈》（《樊山集外》卷四）

《六月十二日山谷生日超社第七集乙庵治具會於泊園觀宋刻任天社內集詩解用集中演雅詩韻》（《樊山集外》卷二）

《夏日留垞見過》（《樊山集外》卷四）

《夏日過子培樓居遇李道士》（《樊山集外》卷四）

《新居與沈觀比鄰喜賦》（《樊山集外》卷四）

《止菴用添字韻賀余移居次答》（《樊山集外》卷四）

《秋日止菴見過索觀近作用前韻奉呈》（《樊山集外》卷二）

《八月朔詣止菴不遇歸讀賜和詩三疊韻奉酬》（《樊山集外》卷二）

《秋郊和乙庵》（《樊山集外》卷三）

《乞巧日同子琴過乙庵》（《樊山集外》卷三）

《地藏生日和乙庵》（《樊山集外》卷三）

《送石甫北行》《樊山集外》卷三）

《次答石甫青島見寄之作》《樊山集外》卷三）

《石甫雲見水龍吟不得不歸五日內必出京喜賦》《樊山集外》卷三）

《石甫還滬即日偕玉頎夫人見過賦贈一首》《樊山集外》卷三）

《九日八指頭陀招同伯言秉三石甫素食靜安寺乙庵以病不至》《樊山集外》卷三）

《石甫雲攜家北行計尙未定再贈一首》《樊山集外》卷三）

《得石甫京邸書卻寄》《樊山集外》卷三）

《與子培伯嚴子琴酒樓宴集》《樊山集外》卷三）

《寫懷呈伯嚴子培子勤石甫節庵》《樊山集外》卷三）

《十月初三日棟招杏城節庵伯嚴石甫蔚霞黃樓子琴和甫稧公漢章集茶仙

亭爲詩鐘之戲客散有作》《樊山集外》卷三）

《和石甫孟冬十二夜步月韻》《樊山集外》卷三）

《十二夜與石甫伯嚴詣天仙部顧曲歸時月明如昨再疊前韻索兩君和》《樊山集外》卷三）

《喜湘綺至滬》（《樊山集外》卷四）

《除日簡壬丈石甫伯嚴子培》（《樊山集外》卷四）

《陳考功六十壽序》（《樊山集外》卷七）

《超然吟社第一集致同人啓》（《樊山集外》卷七）

民國三年甲寅（1914） 六十九歲

刻《樊山外集》八卷。

春末，入京。旋任北洋政府總統府顧問，又兼職清史館。5 月，袁世凱解散國會，設參政院，樊增祥被聘爲參政，參與袁世凱復辟帝制。

民國四年乙卯（1915） 七十歲

1915 年底，袁世凱加緊籌備翌年的「登基大典」。袁倒行逆施遭到舉國聲討，蔡鍔、李烈鈞組織護國軍北上討袁。

民國五年丙辰（1916） 七十一歲

1916 年 3 月，袁世凱被迫宣佈取消帝制。6 月，袁世凱卒，副總統黎元洪繼任。8 月，重開國會。樊增祥被解職。

民國六年丁巳（1917） 七十二歲

民國七年戊午（1918） 七十三歲

民國八年己未（1919） 七十四歲

民國九年庚申（1920） 七十五歲

民國十年辛酉（1921） 七十六歲

4 月 27 日 遊北京「釣魚臺」，並作歌紀之。

編年詩：《釣魚臺歌》並序。（《樊山詩詞文稿》卷二）

民國十一年壬戌（1922） 七十七歲

民國十二年癸亥（1923） 七十八歲

民國十三年甲子（1924）　七十九歲

民國十四年乙丑（1925）　八十歲

3月26日　京師陶然亭修禊。

編年詩：《乙丑上巳約客陶然亭修禊分韻得欲字》（《樊山詩詞文稿》卷一）。

民國十五年丙寅（1926）　八十一歲

民國十六年丁卯（1927）　八十二歲

民國十七年戊辰（1928）　八十三歲

民國十八年己巳（1929）　八十四歲

民國十九年庚午（1930）　八十五歲

民國二十年辛未（1931）　八十六歲

3月14日夜9時半中風，病故於京寓。

附錄三：樊增祥詩文輯佚

　　說明：上海古籍出版社 2004 年版《樊樊山詩集》（涂小馬、陳宇俊校點）未收錄民國後刊行的幾種樊山詩集，例如 1916 年上海廣益書局刊《樊山集七言豔詩鈔》十卷，和同社 1926 刊行的《樊山詩詞文稿》十二卷。〔註 1〕考慮到上述二集中尚有數千首十餘萬字待整理，本文僅將其之外的重要詩文予以收錄。

上海圖書館藏《樊山老人文錄》，民國（1912～1949）抄本

　　書口題「天琴琴天閣製」。收錄兩篇文章：《三月三日樊園修禊序》、《乙庵先生七十壽序》。前一篇見於《樊山集外》，後文未見他集收錄，故移錄如下：

乙庵先生七十壽序

　　余生二十二年，始與計偕。又十年而後通籍。又八年而後出仕。此十餘年中，往來京師，得遍識咸同以來鉅公長德、與夫英奇魁碩之士。顧雖交滿海內，而待之在師友之間者，則惟譚復堂、袁忠節與乙庵沈先生也。余識先生，在庚辰榜後，至庚寅而交愈篤。爾時越縵堂中，恒有袁、沈、樊三人蹤跡。三家之詩，時以爲江左、嶺南不啻也。今又閱數十年，譚、袁往矣。先生與余萍合蓬轉，如霜鴻雲鶴，偶相遇於寥廓之間。尋復星離雨散，至光緒季年，江皖千里，雄藩對開，故業簽商，新吟筒走，不三年而國變。乃得卜鄰於春申林下，同爲超社中人。蓋至是而孤嫠之緯，商女之歌，無詩不酬，

〔註 1〕周容博士論文《論李慈銘與樊增祥的詩歌理論及其創作》附錄《樊增祥詩結集始末考》於樊集存世及刊行情況論述甚詳，可資參考。

無言不暢。亦無日不相從於寂寞之濱。而野王二客俱老矣。余居京五年，中間與先生一觀修羅之戰。雖使草木之兵，鳶鵝之檄，雲鳥之陣，霹靂之車，日震撼於琴硯之側。而吾兩人和詩談藝，一如在海上時。先生少余四歲，以今年二月，開七十之觴，默計四十餘年，文字性情之契，十數人中，獨存先生一人，不能不破例爲文以壽之。

昔有相者，謂余有壽骨。又賦性坦率，七情之感，一不動心，必致松喬之壽。循是以言。先生事事勝我，其算寧有紀極耶？

余生自將門，家無藏籍。少嬰荼苦，越在窮鄉。似眇馬之失途；如醯雞之在甕。先生則生於煙水之鄉，長於圖書之府。上衍金風亭之緒，下接交翠舫之傳。二七之年，浮大江，溯巫峽，迤邐至於滇池，就甥館焉。江山萬里，有助於龍門；娵媛諸福，畢鍾於壯武。以言乎始基，吾不如也。余年廿五以來，略知讀書識字，微之有慚於才子，伊川雅薄夫文人。先生則勉就枝官，潛研樸學，考秀水之經義，蒐橫雲之史稿。其爲學也，精於盧抱經；博於錢曉徵；密於孫季逑；深於洪稚存。書翰之妙，超於包安吳；縱橫之氣，醇於魏默深。以言乎學問，吾不如也。今學林凋也！當世言詩文者，必曰：沈、樊。此亦如王僧虔云：推排人世數十年，故是一舊物。世遂以韓、孟、蘇、梅相況耳。余有隱侯之三易，乏居巢之三長。或以廣大目香山，或以詼諧尤玉局。先生則寧樸勿華，寧深勿淺，寧奇勿常，寧富勿儉。其爲文也，上規晉宋，則潘、陸、任、沈之倫；近數乾嘉，在胡、洪、汪、孔之上。其爲詩也，如靈驗訪梅，香雪成海。又如神龍行雨，布濩大千。蓋得景文之雅，而去其綺；得雙井之奧，而去其晦；得學易之淡，而去其率；得後山之樸，而去其儉。自浣花以來，別開一天地。以言乎詞章，吾不如也。余牽絲三輔，二十餘年。丸泥之智，自畫於關中。通天之臺，罔覘於域外。袁忠節嘗謂余曰：「子如早宦東南，建明當不止此。」先生則以刑曹遷譯部，以漢學測夷情。黑河、紅海之圖，一一識其道理；笛卡盧梭諸論，篇篇加以丹黃。長官戲言，部中得大進士。夷使僉曰：門下見一神人。定籌邊之策，畫壁可以盡諸藩，草嚇蠻之書，懸金不能易一字。以言乎遠略，吾不如也。余在官是非太明，出言務盡。始而賢者感之，不肖者撼之。繼而小人讒之，雖君子亦忌之矣。先生則皎皎虛堂之鏡，汪汪千頃之陂，常度外以置人，無忙中之壞事。其爲提學也，溫燖舊學，啓迪新知。正歐風東漸以難廻，保吾道南行而不廢。熙寧變法，惟大程之言議持平；鉤黨相傾，知小範之調停獨苦。是以斯文未墜，

而士望咸歸。其爲布政也，以公忠體國，以儒術用事。待僚屬略同師弟，筦金穀如理家財。疆帥告殂，不作蓋延之哀涕；牙兵謀變，治以溫造之長繩。聲色不驚，大事立斷。以言乎宦績，吾不如也。辛亥武昌之變，浸及皖蘇，余方佐豐潤督部，固結軍心，力支危局。其時官僚多蓄二心，肘腋實繁間諜。忽一日揭榜於市曰：「立樊某爲江寧都督。」余不及與豐潤辭，倉皇如滬。而金陵尋亦瓦解。先生則於是年春，抗章乞骸。樞府疆吏，交相慰留，而卒不可奪。扁舟而汎五湖，角巾而歸東第。洛下拾廣南之落葉，早燭先機；津橋聞蜀國之啼鵑，默知亂象。及長江不守，皖事瀕危，而先生已於數月前，採藥山中，看桑海上矣。以言乎先見，吾不如也。孝定皇太后還政於民，而數千年君臣之局一變。於是處爲高士，出爲貳臣。嗟乎嗟乎，苟有二頃之田，大清臣庶，誰不當種薇蕨以長終乎！余以黃金散盡，白屋長貧，聘書交錯於衡廬，祠祿遂叨於宮觀。先生則領溫公之書局，主汐社之詩盟。抱顧亭林之高節，而不求王山史之田。有張蒼水之孤忠，而不預鄭成功之事。焚香五夜，心可告天。所居一樓，足不履地。以言乎遺逸，吾不如也。余與先生，如賜之視回，韓之視老，育之視可，秀之視能。對鏡而自別妍媸，飲水而心知冷暖。雖曰齊名，而管、邴稍殊，王、盧有間矣。

　　夫吾有七不如，而猶當得上壽。則事事勝我者，壽當數倍於我可知也。先生得余文，莞然曰：「有是哉？子誠滑稽之雄，我亦善寐之叟。惟當誦子文十遍，引中山酒十觴，假寐三十年，開眼而見太平，復爲墮驢之一笑。則吾與子休乎？憂乎？其諸洪崖浮邱之儔乎？」余笑應之曰：「諾。」遂書於清防，以告世之知沈、樊者。

上海圖書館藏《稊園二百次大會詩選》，民國（1912～1949）刊本

　　封面有「甲子如月樊山題」簽。首有樊山撰《稊園詩鐘社二百次大會招客啓》；又有癸亥九月丁傳靖撰《稊園二百次大會小啓》；又歸善李綺青漢父序《稊園詩鐘社二百次大會序》。現將署名「樊山」之作收錄如下：

宋宮人以珠花爲王岐公潤筆　限多韻

中秋偏殿勸瑤鍾，香口交誇錦繡胸。明歲黃裳兒預宴，御前惆悵幾昭容。

徐王以打毬賭青苗法　限江韻

荊舒新法氣難降，毬杖親王善擊撞。倘似高俅好腳跡，何難踢倒宋封樁。

手實雞豚犬雜哤，王門四友誤家邦。相公家在皮場住，八片皮毬以杖撞。

韓冬郎篋中燒殘龍鳳燭　限微韻
炬蓮導引願長違，且傍閩王肉線歸。倘落昭陽金鳳手，九龍帳底借光輝。
父子清聲振帝畿，鴛盟僚婿怨睽違。燭花垂到天明淚，雌鳳雄龍不並飛。
金鑾寶炬淡無輝，一集香奩底處歸。後有畏龍驚鳳客，鄧州花燭淚頻揮。

月鷹　一唱
月滿樓推江左望，鷹娑府馭朔方兵。

鷹爪建茶襄作譜，月波樓竹禹刊碑。

鷹畫宣和多粉本，月瓢回道浴金丹。

侯冷　二唱
茶冷元長嘲妓緩，羹侯邱嫂誤兒封。

手冷鬼攜王大臂，採侯帝賜子京名。

雌侯西漢曾封許，真冷南華亦望湘。

銅駝　魁斗
銅楪盲人羅睹雀，珠圈村婦糞穿駝。

致　謝

　　在這篇小文章的結尾處，必須向多年來關心我學業與成長的各位師友致以衷心的感謝。因爲有他們的幫助，我纔得以順利完成學業。

　　首先感謝我的父母，支持我走過二十三年的求學生涯。他們並沒有「望子成龍」之願，卻能夠爲我的每一點進步而驕傲。他們爲我創造了自由寬鬆的成長環境，幫助我不斷地進步。

　　導師馬亞中先生，在指導我完成碩士三年的學業後，欣然接受我繼續深造的申請，招我入門攻讀博士學位。先生厚愛，弟子辜負期望，慚愧之至。四年來兼職工作、優游歲月，學業多有荒疏。先生仁厚，不忍訶責。畢業前夕，回首舊事，方覺內疚。未來惟有勤勉治學，方能報先生知遇之恩。

　　師叔涂小馬老師指導我求學問道之餘，傳授攝影之術，七年來，亦師亦友，獲益良多。也感謝馬衛中老師、陳桂生老師、薛玉坤老師、楊旭輝老師、陳國安老師指導我學業。

　　同門孫琴、朱琴、劉榮麗師姐於我學業生活多有幫助，在此致謝！同門馬國華、任聰穎、潘靜如師弟嘗相與論學，啓發頗多。

　　本文在寫作中，蘇州周婷女士代爲製圖，南京李培女士協助翻譯資料，師兄張瑞傑幫助校對，在此一併致謝！

　　中心藏之，何日忘之。

癸巳年春分記於水石書屋